UM NAMORO DE MENTIRINHA

CB125240

Outros livros de B.K. Borison

Um namorado de Natal
Um amor de cidade pequena

B.K. BORISON

UM NAMORO DE MENTIRINHA

Tradução
Carolina Candido

1ª edição
Rio de Janeiro-RJ / São Paulo-SP, 2024

VERUS
EDITORA

Título original
Mixed Signals – Lovelight Series

ISBN: 978-65-5924-275-7

Copyright © B.K. Borison, 2022
"Capítulo extra" copyright © B.K. Borison, 2023
Todos os direitos reservados, incluindo o direito de reproduzir em todo ou em parte.
Edição publicada mediante acordo com Berkley, um selo de Penguin Publishing Group, uma divisão de Penguin Random House LLC.

Tradução © Verus Editora, 2024
Direitos reservados em língua portuguesa, no Brasil, por Verus Editora. Nenhuma parte desta obra pode ser reproduzida ou transmitida por qualquer forma e/ou quaisquer meios (eletrônico ou mecânico, incluindo fotocópia e gravação) ou arquivada em qualquer sistema ou banco de dados sem permissão escrita da editora.

Verus Editora Ltda.
Rua Argentina, 171, São Cristóvão, Rio de Janeiro/RJ, 20921-380
www.veruseditora.com.br

CIP-BRASIL. CATALOGAÇÃO NA FONTE
SINDICATO NACIONAL DOS EDITORES DE LIVROS, RJ

B739n
Borison, B.K.
Um namoro de mentirinha / B.K. Borison ; tradução Carolina Candido. - 1. ed. - Rio de Janeiro : Verus, 2024.

Tradução de: Mixed signals
ISBN 978-65-5924-275-7

1. Romance americano. I. Candido, Carolina. II. Título.

CDD 813
24-93633 CDU 82-31(73)

Meri Gleice Rodrigues de Souza - Bibliotecária - CRB-7/6439

Revisado conforme o novo acordo ortográfico.

Seja um leitor preferencial Record.
Cadastre-se e receba informações sobre nossos lançamentos e nossas promoções.

Atendimento e venda direta ao leitor:
sac@record.com.br

Para aqueles que se contentam com migalhas:
vocês merecem o bolo todo.

E para Eliza.

1

LAYLA

— Você não é nem um pouco como eu esperava.

Uma declaração ousada vinda do homem esparramado na cadeira à minha frente. Ele atrasou quarenta e cinco minutos para me buscar, perturbou os funcionários do restaurante assim que chegamos, tomou duas doses do — em suas exatas palavras — *uísque mais barato que vocês tiverem* e, por fim, pediu um bife sem se preocupar em perguntar o que eu queria.

— Ah, é? — Embarco na tentativa de conversa. Pode ser que ele não seja tão desagradável quanto parece. Não sei como, mas já vi coisas ainda mais estranhas acontecerem. Como o cara que foi me buscar para jantar de carruagem. — Por quê?

Corto minha sobremesa em quatro pedaços iguais e tento parecer vagamente interessada. Ele arrota no punho fechado e desisto de fazer qualquer esforço.

— Você é mais gata — diz. Seus olhos descem pelo meu pescoço e param ali. — Eu não fazia ideia que você escondia tudo isso. — Ele aponta o garfo na minha direção. — Pela foto do perfil, não dá pra perceber.

Nojento. Enfio outra garfada de maracujá e coco na boca.

— Deve ser por causa de todas aquelas coisas que você cozinha, né? Os doces fazem você ser cheinha nos lugares certos.

Eu nem sei por onde começar.

— Bom, eu tenho uma padaria.

Sou dona de uma pequena padaria que fica no meio de uma fazenda de árvores de Natal a cerca de sessenta e quatro quilômetros a oeste daqui. Também sou sócia da fazenda. Passo meus dias misturando, enrolando, confeitando e embrulhando dentro de uma velha garagem de tratores que minha sócia, Stella, e eu transformamos em uma padaria assim que ela comprou o lugar. Janelas enormes que vão do chão ao teto. Piso de carvalho antigo. Ao longo das paredes, mesas e sofás formam nichos confortáveis, enfeitados com almofadas e mantas. É o meu lugar favorito no mundo.

Todos os dias, acendo as luzes e arrumo as mesas, me sentindo como se vivesse dentro de um daqueles globos de neve. Até mesmo em pleno verão, quando a umidade é tão intensa que parece que estou andando em gelatina, o calor abafado formando cachos em meu cabelo. Eu amo. Trabalhar na Fazenda Lovelight é a melhor parte do meu dia, e poder trabalhar com meus dois melhores amigos é a cereja do bolo.

Stella cuida da parte operacional do negócio e Beckett mantém tudo crescendo e exuberante como chefe das operações de cultivo. Os dois são carinhosos e amorosos — e estão em relacionamentos com pessoas tão gentis, amáveis e bonitas quanto eles. Fico muito contente por meus amigos estarem felizes, por mais que os relacionamentos tão-fofinhos-que-me-fazem-querer--morrer deles me deem vontade de comer uma bandeja inteira de bolinhos em um ataque de inveja.

Eles têm o tipo de relacionamento dos sonhos. Enquanto isso, eu estou aqui com... Bryce.

Eu nem o reconheci quando ele estacionou em frente à minha casa. Nossa cidade pequena e escondida é difícil de encontrar, e grande parte das pessoas ignora completamente Inglewild a caminho da praia. Quando ele parou o carro na minha garagem, achei que Bryce tinha mandado um Uber para me buscar. Então ele abriu a janela e gritou "E aí, Layla!", e eu, idiota que sou, me sentei no banco do passageiro.

Deveria ter desistido bem ali. Sei que deveria. Ele tinha um bonequinho de hamster cabeçudo no painel, caramba. Sorte a minha não ter sido assassinada.

Durante todo o caminho pela costa, fiquei olhando para ele, observando. Poderia jurar que a foto dele era de um cara de cabelo escuro e alto, mas...

Ele passa a mão pelo cabelo loiro tingido.

Ainda assim.

Ele deve se achar tão sexy sentado na cadeira desse jeito, o corpo largado, o queixo apoiado nos nós dos dedos. Para o azar dele, a cobertura de rum cremosa e quentinha no meu bolo me atrai muito mais sexualmente.

Suspiro e olho por cima do ombro dele para o bar, tentando chamar a atenção da pobre garçonete. Trocamos olhares compadecidos mais cedo, quando ele passou tempo demais encarando o decote da blusa dela. Tenho quase certeza de que foi por isso que ela me trouxe essa fatia de bolo alcoólico de maracujá, já que eu não havia pedido.

Procuro mudar de assunto.

— Você disse que trabalha em Ellicott City?

Ele concorda, enfiando outro pedaço de bife na boca que só fala besteira. Mastiga com a boca aberta e não se preocupa em engolir antes de responder, pedacinhos de comida voam enquanto fala. Queria uma proteção de acrílico entre nós. Uma parede de três metros.

— Isso. Os escritórios de advocacia do meu pai ficam lá.

— E você trabalha com ele?

— Foi o que acabei de falar, não foi?

Certo, então. Caímos em mais um silêncio desconfortável. Ele espeta o garfo no bife, e eu arrasto a ponta do meu em uma grossa camada de chantili. Ele me disse que era dono de um escritório de advocacia, que cuidava de trabalhos voluntários na região ali perto de Nova York. Alguma coisa assim, eu acho. Suspiro e corto outro pedacinho de bolo.

— E você é de onde? — pergunta ele.

Das profundezas do inferno. Enviada para destruir homens que mentem na internet e são grosseiros com quem trabalha com atendimento.

— Annapolis. — É a resposta que dou. Estou tentada a me levantar, passar por todas as mesas e pular no mar. Parece infinitamente melhor do que ficar mais um segundo sequer com Bryce.

É o meu terceiro encontro do mês, e estou cansada. Cansada de homens que se acham o máximo, de mente pequena e que, no geral, só sabem me decepcionar. Que pecado eu cometi para ser amaldiçoada com um encontro ruim após o outro? Eu pago meus impostos. Não deixo baldes de pipoca embaixo do assento no cinema. Obedeço a todas as leis de trânsito e ajudo aquela instituição de caridade de cabras com três pernas da qual Beckett não consegue parar de falar.

Por que não consigo encontrar um único ser humano com quem eu seja capaz de me conectar? Meus padrões não são tão altos assim. Quero alguém que me faça rir. Que se importe com o que eu faço, digo e penso. Quero me sentar no sofá com alguém em um silêncio feliz, perfeito e confortável — pizza na mesa de centro e meus pés enfiados embaixo das coxas dele. Quero que alguém me entregue a seção de receitas do jornal enquanto lê as manchetes. Quero compartilhar momentos, por menores, mais bobos e silenciosos que sejam.

Quero alguém que me dê um friozinho na barriga.

Encaro Bryce, que mentiu em tudo, menos no nome, e o observo usar a unha do dedão para tirar algo dos dentes.

Talvez esse alguém não exista.

— Você fez faculdade?

Não há curiosidade em sua pergunta, apenas uma satisfação presunçosa e uma condescendência insensível. Uma insegurança familiar surge no fundo da minha mente, junto com um aperto no estômago.

— Estudei em Salisbury.

Ele ri como se eu tivesse contado uma piada, então se estica por cima da mesa para pegar um pedaço do meu bolo. Não bato na mão dele, mas é por pouco. Para mim, a sobremesa é *sagrada*.

— Ah, a faculdade festeira. Faz sentido.

Eu cerro os dentes com tanta força que fico surpresa por meus molares não se quebrarem ao meio.

— O que faz sentido?

— Confeiteiras não precisam fazer uma faculdade de verdade, não é? Não importa onde você estudou ou o quê. Você poderia se formar na faculdade dos palhaços e ainda conseguiria fazer seus docinhos o dia todo.

Faculdade dos palhaços.

Docinhos.

Meu Deus.

Levo alguns segundos para me recompor. Quando respondo, minha voz sai baixinha, a fúria temperada com exaustão. Estou tão *cansada*.

— Eu me formei com honras e um diploma duplo de matemática e engenharia. — Não que isso seja importante. — Sou confeiteira e proprietária de um pequeno negócio, e aposto que ganho mais em uma hora do que você em um dia todo.

Ele ri, irônico.

Apoio o garfo na mesa. Esta noite acabou de disparar para o topo da minha lista de Piores Encontros do Mundo, e a competição é das grandes. Não consigo acreditar que coloquei meu vestido verde para isso. Que desperdício.

— Acho melhor pedir a conta.

Ele ergue as duas mãos em sinal de rendição, os olhos arregalados.

— Ei, não precisa ser tão sensível. Não quis ofender.

Eu o ignoro e coloco outro pedaço de coco na boca. Esta cobertura de rum com certeza é de outro mundo. Talvez, depois que encerrarmos aqui, eu vá até a cozinha e convença o chef a me dar a receita. Aposto que a companhia dele é melhor que a do idiota do Bryce.

Ele não faz menção de pedir a conta, como solicitei. Puxo o guardanapo do meu colo e o jogo na mesa.

— Tudo bem. Eu vou até o bar pagar.

Ele revira os olhos.

— Eu já estava indo. Não precisa ser grossa.

Que ótimo. A grossa sou eu. Certo.

Empurro a cadeira para trás e vou em direção ao bar. Não costumo ir tão longe para encontros, mas Bryce insistiu em experimentar um novo bar com tema polinésio bem na costa. Fica na beira do mar. Lâmpadas penduradas em cordas baixas. Algumas fogueiras queimando em enormes fossos redondos. A maré subindo por trás de garrafas empilhadas em velhos barris de vinho. Os bartenders andando de um lado para o outro atrás de um pequeno barco a remo que foi virado de cabeça para baixo e convertido em banco.

Seria um lugar romântico se meu par não fosse um babaca completo.

Nossa garçonete, Celia, espera atrás do balcão, a boca apertada em uma linha fina, olhos gentis e cheios de compreensão. Ela me entrega a conta antes que eu peça.

— A sobremesa ajudou, pelo menos? — pergunta.

Dou uma risada e abro o porta-conta.

— Foi a melhor parte da noite — digo enquanto pago a conta, querendo acabar logo com mais um encontro tenebroso.

— Posso trazer mais uma fatia — oferece. Quando balanço a cabeça, ela faz um breve som contemplativo. — Eu não ia dizer nada, mas aquele cara é um idiota. Você consegue alguém melhor.

— Você não está errada. — O problema é que não vi nada melhor em nenhum dos sites de namoro que me cobram mensalidades absurdas. Bryce corresponde ao esperado. — Alguma ideia de onde procurar?

Ela olha por cima do meu ombro enquanto tira um pano verde do bolso de trás para polir um dos copos. Sua expressão é de quem gosta muito do que vê, deslumbrada, e ela aponta com a cabeça para atrás de mim.

— Aqui parece um bom lugar pra começar.

2

LAYLA

TERMINO DE PAGAR a conta e olho para onde Celia indicou. Vejo um homem que se move tranquilamente entre as mesas abarrotadas e agrupadas na areia. Não é o cara que veio comigo. Claro que não. Bryce é tão inesquecível quanto papel de chiclete amassado e perdido no fundo da bolsa.

Não, o homem que vem na nossa direção é alto. Deve ter, facilmente, mais de um metro e oitenta. A pele marrom linda e radiante. Não consigo ver seu rosto porque ele está olhando por cima do ombro, para o grupo do qual acabou de sair, gritando algo com uma risada. Ele veste uma camisa havaiana colorida, que deveria ser ridícula, mas, com os três botões de cima abertos, só consigo me concentrar em suas clavículas e nas mangas apertadas na curva dos bíceps, que estão esticadas demais, como se a camisa não conseguisse conter toda a força dele.

Olho para os abacaxis dançantes em seu peito largo, distraída. Continuo olhando enquanto ele vem até o bar, bem ao meu lado, e apoia as duas mãos no balcão. Seus antebraços se flexionam, e resisto à vontade de levar minhas mãos ao rosto, admirada.

Por que *antebraços* me deixam assim?

Je-*sus*.

— Vou querer outra piña colada, por favor. O aniversariante está ficando inquieto.

Celia parece ter vontade de dar mais que uma piña colada para ele. Escondo um sorriso por trás dos dedos e, enfim, olho para o rosto dele. Quase engasgo com a surpresa.

— Caleb?

Caleb Alvarez. O mesmo homem que vejo pelo menos três vezes por semana durante os últimos cinco anos, sem pensar uma única vez em seu peitoral. Ele vai à padaria na fazenda toda segunda, quarta e sexta e faz sempre o mesmo pedido, um croissant e um café. Só com creme.

Caleb está *aqui*, tão longe da nossa cidadezinha.

Em um bar na beira da praia.

Vestindo uma camisa havaiana quase indecente com esses botões abertos.

Ele inclina a cabeça e arregala os olhos castanhos. Vejo, fascinada, suas pupilas parecerem mais vivas ao me reconhecer, um anel âmbar em volta da íris. Nunca tinha notado a cor dos olhos dele antes. Estou adorando o que estou vendo. O cabelo bagunçado pela brisa do oceano e toda aquela pele marrom-clara à mostra. Um sorriso surge no canto da sua boca, e tenho que engolir em seco três vezes seguidas.

— Layla — diz, uma doce combinação de surpresa e alegria. Ele sempre diz meu nome desse jeito, mas soa diferente aqui, com todo o sal e a areia. Fico com a boca seca.

— E aí, Caleb? — Aponto para um dos abacaxis circundado por flores laranja vibrante no peito dele. Tenho um branco total, minha mente esvaziada pelos três pequenos botões. — Camisa legal.

Já vi Caleb de suéter de gola alta algumas vezes. De calças jeans gastas e botas com cadarços na altura dos tornozelos. De camiseta durante o verão. Eu nunca tive… uma reação parecida… com nada disso.

Ele alisa os botões, um leve rubor surgindo nas bochechas.

— Ah, bom. O Alex insistiu.

Ele aponta com o queixo para as mesas. Sigo seu olhar e vejo Alex Alvarez, nosso livreiro quieto e modesto de cidade pequena, dançando o que me parece uma versão bêbada de salsa com uma linda ruiva, os dois usando camisas havaianas tão assustadoras quanto a de Caleb.

— É tipo uma tradição — explica Caleb.

— Notei.

— Ele adora estampas fortes. E todo mundo no tema.

Acho que faz sentido. Já vi as vitrines que Alex monta. São sempre bem ousadas. No Halloween passado, a cidade fez um abaixo-assinado por causa da interpretação um tanto literal de *The Rocky Horror Picture Show*. Pisco algumas vezes e olho para a camisa de Caleb de novo.

— Deu pra perceber.

— Ele também adora obrigar a família toda a parecer um bando de idiotas em público. — Caleb descansa a mão em volta o copo que Celia desliza para ele e dá um sorriso em agradecimento. Nós duas suspiramos em uníssono.

— Qual a chance, né? — Ele apoia um dos cotovelos no balcão e dá um sorriso que se abre devagar, discreto. *Uau…* tudo bem. Com certeza eu não tinha notado essas covinhas antes também. — Entre todos os bares.

— Pois é — respondo, ainda distraída. Meu cérebro está tentando alinhar essa versão de Caleb com a que eu tinha em mente. Não… não está dando certo.

Tem algum vudu nessa camisa havaiana?

Ele olha discretamente para meu vestido verde, o sorriso se derretendo e ficando mais determinado, mais sincero, o tom rosa fraco das bochechas assumindo uma cor vermelho-rubi.

— Você está linda.

— Obrigada — consigo responder, resistindo à vontade de limpar a garganta. Acho que Bryce não me fez um único elogio a noite toda, além do comentário de que sou mais bonita pessoalmente do que na foto de perfil. Um elogio de centavos.

Eu me arrumei toda hoje. Coloquei um vestido verde-claro de alças finas, com uma fenda lateral que vai até a coxa. Queria estar bonita. Queria me sentir linda, deslumbrante e desejada.

E desperdicei tudo isso com Bryce.

— Você veio com a Stella e o Beckett?

Eu me divirto ao pensar em Beckett, nosso chefe de cultivo, sempre tão mal-humorado, de cara feia, com uma bebida de coco nas mãos. Mas então brinco com a alça do vestido e suspiro alto, olhando para a mesa que abandonei.

— Estou em um encontro. Bom, acho que eu *estava* em um encontro.

Porque não faço ideia de onde Bryce está. A mesa está vazia, e poderia jurar que alguns dos talheres sumiram. Meu prato de sobremesa também.

Babaca.

Caleb parece confuso.

— Com, hum, com você mesma?

— Não. Com um idiota que, pelo jeito, gosta de sair de fininho pra não pagar a conta. — Franzo a testa, pensando no que, sem dúvida, será uma longa e cara viagem de volta para Inglewild com um carro de aplicativo. — Merda. Ele me trouxe até aqui.

— E foi embora? — A expressão de Caleb é ameaçadora. A mandíbula está cerrada, as covinhas desaparecendo tão depressa quanto surgiram.

— Acredite — confesso —, foi melhor assim.

Não consigo me imaginar sentada no carro de Bryce durante os trinta e cinco minutos de viagem até Inglewild, encarando o bonequinho de hamster no painel cheia de ódio. É bem provável que ele colocasse Ace of Base para ouvir. Ou pior, Nickelback.

— Ele não deveria ter abandonado você aqui. — É tudo o que Caleb diz, ainda encarando a mesa vazia com o olhar distante. Ele parece prestes a correr até o estacionamento como um justiceiro em busca de vingança. Sinto uma satisfação estranha ao imaginar isso.

— Tudo bem. Posso pedir um Uber pra voltar pra casa. — Eu me viro e vejo Celia ainda atrás do balcão, o olhar alternando de Caleb para mim. — Acho que vou querer aquele pedaço extra de bolo pra viagem, então.

— Espere. — Caleb segura meu cotovelo com seus dedos longos e aperta de leve uma vez. Seu toque é gentil, a mão quente. — Eu levo você de volta.

— Não, não. Não precisa. — Olho para o outro lado do bar, onde Alex é jogado de um lado para o outro pela parceira de dança, os dois rindo tanto que mal conseguem ficar em pé. A mesa está cercada por uma série de pessoas em camisas havaianas combinando. Toda a família Alvarez, enfim percebo. O tio deles, Benjamín, está com a camisa amarrada na cintura em uma versão um tanto estranha de um cropped. Sorrio. — Você não pode ir embora. É o aniversário do seu irmão.

Estreito os olhos, reparando em um rapaz de cabelo escuro com um sutiã de coco na ponta do pequeno grupo. É um pouco mais alto que os outros.

— Aquele é o Charlie?

Caleb nem se preocupa em seguir meu olhar.

— Ele mesmo.

Observo o meio-irmão de Stella bambear, uma bebida em cada mão.

— Ele veio dirigindo de Nova York?

— Você sabe como o Charlie é. Nunca diz não pra uma festa. — Caleb continua segurando meu braço, os olhos focados em mim. — O Alex não vai se lembrar de nada que tenha acontecido na última hora. É sério. Deixe que eu levo você pra casa.

— Mas e a bebida dele?

— Vou lá entregar e podemos ir.

— Como ele vai voltar pra casa?

— Alugamos um ônibus temático. — Claro que alugaram. Caleb me dá outro olhar tímido, o vermelho do rosto ficando ainda mais intenso. — Ele ama temas tropicais — murmura.

Aperto os lábios para disfarçar o sorriso.

— Vamos roubar o ônibus, então?

— O quê? Não. — Ele parece assustado. — Eu vim de carro.

— É brega demais pra você?

Um sorriso surge em seus lábios.

— Acho que pra todo mundo, pelo menos um pouquinho.

— Menos para o Alex.

— Menos para o Alex, é claro.

O sorriso discreto se amplia de repente, tão radiante e lindo que preciso me lembrar de respirar. As covinhas das bochechas ganham vida nova, e fico feliz por Caleb ainda estar com a mão em meu braço. Seu polegar alisa uma vez a parte interna do meu cotovelo, um toque despretensioso e casual. Caleb inclina a cabeça para a frente e uma mecha do cabelo escuro cai sobre a testa. Algum canto distante da minha mente ainda sussurra: *Mas o que é que está acontecendo?*

Quando foi que Caleb Alvarez ficou tão *gato*?

— Se você tem certeza — murmuro, por fim.

Eu não tenho certeza. Acho que nunca tive tão pouca certeza em toda a vida. Que segredo Caleb vai revelar a seguir? Que ele sabe tocar gaita? Que tem um bonequinho esquisito cabeçudo no painel do carro? Que é um baita de um gostoso, mas péssimo motorista? Meu Deus, será que ele dirige em *silêncio*? Ele odeia música? Não faço ideia. Mas estou pronta para a viagem agora mesmo, impressionada o suficiente com um conjunto de bíceps fortes e uma camisa estampada.

— Tenho certeza — responde decidido enquanto solta meu braço e pega a bebida frutada à sua frente. Observo com interesse a camisa dele se retesando sobre o peito. Sinto como se estivesse em uma dimensão alternativa, em que o cara legal e despretensioso que entra na minha padaria com uma precisão quase militar é, de repente, uma visão dos sonhos vestindo uma camisa havaiana. — Só me dê um segundo para falar com o Alex e podemos ir.

Caleb se afasta, passando pelas mesas, de alguma forma conseguindo não parecer ridículo. Eu não tiro os olhos enquanto ele segue.

Todas as outras mulheres no bar fazem o mesmo. Alguns homens também.

Celia assobia baixo. Droga, eu nem tinha me dado conta de que ela ainda estava ali.

— Você arrumou um rapidinho.

Coço a sobrancelha uma vez e observo enquanto Caleb tenta tirar Alex da coreografia improvisada de salsa. Alex faz uma manobra evasiva enquanto Charlie bate os próprios punhos agressivamente.

— Nós moramos na mesma cidade. Eu o conheço.

— Também queria conhecer — murmura Celia.

Eu me viro para ela com as sobrancelhas erguidas.

— Não precisa se segurar por minha causa.

Ela balança a mão.

— Não. Eu senti um clima.

— Não existe clima nenhum. Ele só é um cara legal.

O mais legal. Costumo vê-lo ajudar velhinhas a atravessarem a rua. Ele se oferece como voluntário todos os anos para o Dia de Cavar na fazenda, quando os moradores da cidade nos ajudam a preparar os campos para a nova estação. Na maioria das vezes, não sei dizer se, de fato, ele gosta dos croissants de manteiga que pede religiosamente ou se quer só apoiar um negócio local. Stella disse uma vez que ele era cronicamente gentil. É meigo e engraçado, e nunca está ocupado demais para ajudar a colocar sete sacos de açúcar de vinte e cinco quilos no meu carro.

Dane, o xerife da cidade, o demitiu do cargo de delegado há quatro meses por ele ser *legal demais*. Pelo que ouvi, Caleb aceitou muitos pagamentos de multa de trânsito na forma de notas promissórias escritas no verso de recibos antigos. Ouvi de Matty, na pizzaria, que algumas delas foram bastante explícitas.

Desde então, ele tem trabalhado como professor substituto na escola.

Observo enquanto Alex tenta fazer um passo de dança com o irmão mais velho. Todas as pessoas reunidas ao redor da mesa comemoram. Eu sorrio.

— Tipo, um cara muito legal.

— Claro, claro. — Celia põe de lado o copo que está polindo há quase quinze minutos. Pega outro. — Vou colocar dois pedaços pra viagem.

Caleb enfim consegue fazer com que Alex fique parado. Eu o observo dizer alguma coisa no ouvido de Alex que o faz ficar animado, então ele tenta subir na mesa de novo, a mão protegendo os olhos, apesar de o sol ter se posto horas atrás. Ele me vê perto do bar.

Então grita a plenos pulmões.

— Laylaaaaaa!

Caleb parece prestes a morrer de vergonha.

Vou até a mesa antes que ele resolva se lançar com tudo em cima do balcão do bar. Assim que estou perto o suficiente, ele dá um salto espetacular do topo da mesa e pousa em algum lugar perto dos meus pés. Envolve minhas pernas com os braços.

— Laylaaaaaa! — diz, cantando as sílabas do meu nome em sua melhor imitação de Eric Clapton. — Você veio à minha festa de aniversário!

Tento levantá-lo segurando-o pelos braços, mas somos impedidos pela parede de músculos de um metro e noventa que nos abraça de repente. Charlie cheira a uma prateleira inteira de bebida, seu rosto grande e ridículo pressionado em meu ombro.

— Layla. — Ele parece prestes a chorar. — É tão bom ver você.

Levo a mão à testa dele e o empurro para longe de mim.

— A gente se viu no fim de semana passado, bobo.

Stella e o namorado, Luka, fizeram um jantar na casa deles, e tive o prazer de ver meus melhores amigos e seus entes queridos bajularem um ao outro. Charlie se retirou depois de quinze minutos, alegando dor de estômago, e terminei a noite com o melhor encontro que tive em meses: uma bela garrafa de sauvignon blanc e um prato de cookies recheados com pasta de amendoim que eu mesma fiz.

— Mesmo assim — diz Charlie, a voz arrastada. Ele se afasta, os grandes olhos azuis arregalados. Está usando um sutiã de coco e uma flor atrás da orelha. Está ridículo. — Quer tomar um shot?

Alex dá aquele grito estridente mais uma vez. Coros de "shot, shot, shot" surgem no grupo dos Alvarez. Sinto duas mãos fortes em meus ombros, me guiando com delicadeza para longe dos bêbados carinhosos pendurados em mim.

— Acho que não foi uma boa ideia vir se despedir — murmura Caleb. Um de seus tios tenta entregar um copo de shot para ele. Caleb faz uma careta e balança a cabeça, depois olha por cima de mim. — Meu Deus. Acho que o Charlie está convencendo as pessoas a tomarem shots no corpo dele.

Eu não quero nem olhar.

— Vou acreditar em você.

— Certo. Hora de ir.

Ele estende a mão para mim, com a palma para cima.

Entrelaço meus dedos nos dele e vamos embora juntos.

3

LAYLA

POR SORTE, CALEB não tem nenhum bonequinho cabeçudo estranho no painel do carro.

Só um dos aromatizantes de pinheiro com o logotipo da Lovelight que Stella começou a vender na fazenda há alguns meses. Um jornal velho enfiado entre a marcha e o banco do motorista. Uma caixa da minha padaria que ele tenta esconder assim que entro no jipe.

Não paro de olhar para ele enquanto se acomoda no banco do motorista, ajustando as saídas de ar para que soprem nas minhas pernas, e não no meu rosto. Ele verifica o retrovisor e os espelhos laterais e eu sorrio. É claro que Caleb verifica os espelhos sempre que entra no carro. Aposto que ele também sabe a pressão dos pneus.

Estreito os olhos e o observo, me sentindo inquieta.

— Você cortou o cabelo?

Ele passa os dedos pelos fios, constrangido.

— Não.

— Você cresceu, talvez? Ficou mais alto?

Ele ri.

— Não cresci nem um centímetro desde que fiz dezoito anos. — Ele estreita os olhos de volta para mim. — Por quê?

— Fez plástica no nariz?

Ele parece ofendido.

— Não.

— Cirurgia de substituição de quadril?

Ele ri ao ouvir isso.

— Não. O que deu em você?

— É que você parece... diferente, só isso. — *Mais gato,* meu cérebro grita para mim. Nota dez na escala de gostosura. Juro pelas minhas baguetes de manteiga e geleia que eu nunca tinha reparado no Caleb... assim... antes. Posso ter feito alguma observação passageira, talvez. *Ah, ele é uma gracinha,* como quem não quer nada.

Mas agora... não acho que ele é uma gracinha.

É um baita de um gostoso.

Estou impressionada.

Eu me recosto no banco e observo enquanto Caleb continua fazendo ajustes no carro como se estivesse prestes a nos lançar ao espaço.

É a camisa havaiana.

Só pode ser.

— Estou surpresa — digo.

Ele me dá um olhar hesitante de soslaio, certificando-se de que já estou com o cinto de segurança afivelado antes de sairmos do estacionamento. Acho que se arrependeu de ter me oferecido carona de volta para casa.

— Com o quê?

— Que você não queira voltar no ônibus.

Ele dá outra gargalhada. Os sorrisos de Caleb são frequentes, mas suas risadas são raras, e me pego afundando no banco ao ouvi-las. Sua risada é agradável. Calorosa.

— Não. As luzes me dão dor de cabeça. Além disso, saí tarde da escola hoje. Perdi o ônibus.

Há uma ironia em alguma parte dessa afirmação.

— Como está indo? Isso de dar aula.

— É bom. Diferente. Estou aprendendo. Tenho sorte de a Katie Metzler ter decidido fazer uma viagem para se redescobrir em Florida Keys.

Uma escolha estranha para uma viagem de autodescoberta, mas tudo bem.

— A escola estava desesperada atrás de um professor de espanhol para o verão e fez vista grossa para o fato de eu não ter qualificação. Estou tirando o certificado enquanto trabalho. Quero me tornar parte do corpo docente em tempo integral no início do próximo ano letivo. Não poderia ter sido em um momento melhor, considerando as circunstâncias.

— Você ficou chateado com o que aconteceu na delegacia?

— Quando o Dane me demitiu? — Ele dá risada. — Não, de jeito nenhum. Já estava na hora. A gente sabia que ser delegado não era mais uma boa opção pra mim. Ele só me demitiu pra eu receber a indenização. — Caleb me olha rápido. — Talvez eu devesse ter ficado chateado, mas não sei. Fiquei aliviado, na verdade. Acho que posso ajudar mais pessoas como professor. Mais crianças, pelo menos.

Sobretudo em nossa pequena cidade, onde Caleb passou mais tempo impedindo que a sra. Beatrice usasse o carro como aríete do lado de fora de sua cafeteria do que evitando qualquer tipo de crime grave. Tenho certeza de que Dane consegue cuidar disso sozinho.

— O Alex vive me dizendo que eu deveria esquecer o certificado e só mostrar às crianças reprises antigas da novela que minha *abuela* sempre fazia a gente assistir. Ela nunca perdia um episódio de *Corazón salvaje*.

Sorrio. Às vezes, eu o vejo pela cidade com a avó. É mais alto que ela, e ela quase sempre está mandando nele, fazendo-o carregar as compras.

— Coração selvagem?

— Isso.

Murmuro, pensativa.

— Não seria má ideia.

— Não sei se a diretoria também acha isso.

Dou risada e olho por cima do ombro para o banco de trás. O carro dele é mais arrumado do que a bagunça de recibos amassados, tigelas velhas e doces vencidos que enchem o meu. O cheiro aqui é de canela, como se ele tivesse uma fornada inteira de biscoitos de gengibre escondida em algum lugar. Seguro a beirada da caixa de guloseimas meio enfiada embaixo do meu banco, com a esperança de encontrar algo doce lá dentro. Esqueci a droga do bolo no bar, distraída por Caleb, que tentava afastar todos os Alvarez como se fossem gatos bêbados.

Arranco a caixa branca de debaixo do banco com um puxão. Sei que estou usando um vestido verde bem apertado, e a fenda provavelmente já deve estar na altura da minha cintura, mas os olhos de Caleb seguem firmes na estrada. Ainda bem.

— Sobrou alguma coisa aqui?

— Você acha que eu consigo me controlar tanto assim?

Olho com indiferença para ele.

— Com certeza.

Toda semana, Caleb vai até a padaria e come um único croissant enquanto encara avidamente a vitrine cheia de donuts cobertos de glacê. Só pode ter nervos de aço. Ele aperta e relaxa as mãos no volante, e eu estremeço no banco. Meu olhar sobe dos braços para os ombros dele, a curva do pescoço e a linha firme do maxilar. Ele tira uma das mãos do volante e passa pelo cabelo escuro. Com a noite caindo à nossa volta, quase parece tinta derramada. Chocolate derretendo no fogão.

Sinceramente. Conheço o Caleb há anos. Como nunca notei o quanto ele é *bonito* antes?

Talvez porque estava perdida em uma motivação quase maníaca para encontrar um parceiro de vida. Ou por causa da série de homens sem graça que permiti que me enganassem ao longo dos últimos anos. Ou talvez pela regra que coloquei para mim mesma de que nunca, sob hipótese alguma, namoraria alguém da cidade. Acho que funcionou como uma venda.

Deve haver umas sete pessoas na cidade toda. Mal consigo imaginar ter que lidar com um encontro que não deu certo em todo lugar que for. Se eu tivesse que ver o Bryce todos os dias esperando na fila da padaria, pedindo meu biscoito favorito, o de farinha de aveia salgada com chocolate branco, acho que morreria. Evaporaria da face da terra.

E provavelmente também seria presa por homicídio.

Caleb limpa a garganta.

— Posso fazer uma pergunta?

— Você me salvou de pagar bem caro em um Uber hoje. Pode não apenas fazer uma pergunta, mas também tomar café de graça a semana inteira na padaria.

Um sorrisinho surge nos cantos da boca dele.

— Você já me dá café de graça.

— Bom, agora você tem o café *e* uma pergunta.

Ele pausa por um segundo.

— Só uma?

— Isso importa?

Ele parece chocado com a minha pergunta.

— É claro que importa.

— E por quê?

— Se só posso fazer uma pergunta, tenho que escolher uma das boas.

— Também acho — concordo com uma risada.

Ele murmura, hesitante, o som grave entre nós. Observo as luzes da rua pintando seu rosto na escuridão. Dourado, prateado e um vermelho bem, bem quente. O sorriso some e seu olhar parece mais incerto. Ele olha para mim e depois volta a olhar para a estrada.

— Por que você foi jantar com um cara desses?

Eu me remexo no assento, incomodada.

— Como assim "um cara desses"?

Ele murmura alguma coisa que não consigo entender.

— Um cara que deixa a conta pra você pagar e rouba os talheres antes de ir embora — responde ele, agora falando mais alto e claro.

Suspiro e pressiono dois dedos na testa.

— Você também reparou nisso?

— Ouvi você contando pra Stella na padaria umas semanas atrás — hesita Caleb — de um cara que passou um rolinho de tirar fiapos em você antes de entrar no carro dele.

Ah, sim. Peter. Ele também me fez colocar aquelas sapatilhas cirúrgicas nos sapatos, mas não contei isso para ninguém. Olho pela janela e ajeito o cabelo atrás das orelhas. Fiz escova hoje e ele está liso e brilhante. Agora, me sinto boba por todo esse esforço.

— Não tenho tido muita sorte nos encontros ultimamente — digo, por fim. É um eufemismo e tanto, mas como eu poderia explicar a desgraça que é a minha vida amorosa?

Peter e Bryce nem foram os piores. Um cara me perguntou se poderíamos pegar a mãe dele depois do almoço e levá-la à lavanderia. Outro levou o melhor amigo e agiu como se eu nem estivesse lá. Eles conversaram sobre ligas de Fantasy Football, escalando times imaginários com os jogadores da rodada, por quarenta e nove minutos, e tomaram sete doses de uísque com suco de picles.

Cada um.

— E aquele cara, como era mesmo o nome, Justin?

— Jacob — respondo baixinho.

De todos, esse foi o que mais doeu. Todo o resto eu posso fingir que são só histórias divertidas para entreter meus amigos. Incursões no mundo selvagem e estranho dos encontros. Mas eu estava com Jacob havia meses. Entreguei a ele muitas partes de mim em uma tentativa desesperada de que desse certo. Eu queria tanto que alguém só… ficasse comigo… que eu inventava desculpas, justificava o comportamento de merda dele, e dizia a mim mesma que ele iria melhorar. Que seria menos indeciso. Menos indiferente. Eu dizia a mim mesma que Jacob só precisava de tempo para se ajustar e entrar em um ritmo mais confortável. Só precisava de tempo para *gostar* de mim.

Mas, quanto mais tempo eu passava com ele, mais sentia que estava perdendo aquelas partes de mim que cedia com tanta facilidade. Para ele, nem eu nem o relacionamento éramos prioridades. Estava mais comprometido com o celular do que comigo.

Eu merecia mais do que aquilo. Eu *mereço* mais do que aquilo.

— O Jacob era um merda — reclama Caleb. O maxilar dele se cerra de novo.

— Era mesmo.

— E o que está acontecendo, então? — Caleb usa o pulso para dar a seta e saímos da estrada, mais próximos de casa. — Esses caras parecem todos…

— Uns idiotas? — sugiro. Babacas? Uma enorme e humilhante perda de tempo?

Ele ri, mas não parece se divertir nem um pouco. É um som quase cortante.

— Sim — concorda. — Todos parecem perfeitos idiotas.

Não respondo nada. Não preciso que me lembrem do desastre que é a minha vida amorosa. Que a única coisa que sempre esperei, em segredo e em silêncio, é um mistério para mim tanto quanto a matéria escura e a vida extraterrestre. Não importa quantos encontros eu tenha, estou tão longe disso agora quanto sempre estive.

Não entendo como algo que é tão fácil para os outros pode ser tão difícil para mim.

— Layla. — Caleb fala meu nome com um suspiro. Quando diz meu nome desse jeito, sinto como se tivesse duas mãos em meus ombros, me sacudindo com gentileza. — Por que você perde tempo com esses caras? Por que se contenta com migalhas quando merece o bolo inteiro?

Sinto um aperto no coração. Uma dor, bem no meio do peito.

— É muito legal pensar desse jeito, mas às vezes tudo o que se tem são migalhas.

Sei que ele não gostou da minha resposta, então me viro para olhar pela janela, observando a paisagem mudar devagar conforme nos aproximamos da costa. Tudo aqui é tão vivo e vibrante, o verão se recusando a acabar. Bichinhos de luz dançam do lado de fora da janela do carro, clarões dourados conforme passamos em alta velocidade.

Espero que ele tente me convencer a desistir dessa triste convicção. Quando Caleb não diz mais nada, quando percebo que está pacientemente esperando que eu continue falando, algo se destrava dentro de mim e as palavras saem em uma torrente.

— Não sei. Acho... acho que estou procurando nos lugares errados. Quero alguém que seja meu. E nem todo mundo é perfeito logo de cara, sabe? Às vezes as pessoas precisam de um pouco de tempo antes de se entenderem. Todos merecem uma chance. — Dou de ombros, me sentindo inocente do pior jeito possível. Quer dizer, Peter saiu do carro com um removedor de fiapos na mão. Não sei dizer se ele sequer merecia minha atenção. — E com a Stella e o Luka juntos, além do Beckett e da Evie, estou meio que cercada disso. Acho que tenho pensado que ter algumas migalhas é melhor do que nada. — Apoio a testa contra o vidro frio da janela. — Vai ver o meu problema é esse. Talvez seja melhor desistir do bolo de vez, pelo menos por um tempo, até das migalhas.

Caleb está em silêncio, o ruído do carro é o único som. O vento bate nas janelas e vozes murmuram baixinho no rádio.

— Essa analogia ficou estranha — comenta, por fim.

— Ficou mesmo.

A verdade é que eu vi Stella se apaixonar por Luka, um homem por quem ela tinha uma quedinha havia quase dez anos. Depois, vi Beckett se apaixonar, a contragosto, por Evelyn, uma mulher que é seu exato oposto. E depois que Beckett declarou seu amor pelas redes sociais, um verdadeiro choque para todo mundo, talvez até para o próprio Beckett, nossa pequena fazenda de árvores de Natal se tornou um destino para qualquer pessoa que quisesse viver um pouco de romance. Nos últimos três meses, assisti a mais pedidos de casamento, primeiros encontros e casais tão apaixonados que chegavam a dar enjoo do que qualquer pessoa presa em uma rotina de encontros frustrados deveria ter que suportar.

Eu quero isso para mim.

— O… — Caleb começa a falar e depois para, as mãos tensas no volante. — O Jesse não chamou você pra sair alguns meses atrás?

Ergo a sobrancelha e poderia jurar que até a ponta das orelhas dele está corada. *Fofo.*

— Foi na noite de competição de perguntas — murmura. — Tenho quase certeza de que a cidade inteira ouviu quando ele convidou você.

É verdade. Ele praticamente gritou no microfone enquanto eu pegava outra caneca de cerveja. Dou de ombros.

— Não namoro ninguém da cidade.

Caleb pisca algumas vezes.

— Ah.

— Com um histórico como o meu, não fico animada com a possibilidade de encontrar os fantasmas de encontros passados a cada vez que for comprar uma alcachofra na mercearia.

— Isso acontece muito? — O sorriso de Caleb surge devagar. Começa em um dos cantos da boca e vai se espalhando até que seu rosto inteiro esteja iluminado. Não consigo parar de olhar, confusa e cativada. Preciso jogar um balde de água gelada na minha cabeça. — Você precisar de alcachofras?

— Você ficaria surpreso.

— Tenho certeza de que ficaria.

Voltamos a ficar em silêncio, com o barulho constante da estrada sob nós e o zumbido de algo lento e suave no rádio. Começo a sentir a exaustão se instalar em meu corpo e curvo os ombros para a frente. Estou muito, muito cansada. Cansada de fazer a mesma coisa várias vezes e não receber nada em troca. Caleb está certo. Estou me contentando com migalhas.

— Acho que já deu — declaro. Esses encontros não estão me levando a lugar algum. Apenas me deixando mais e mais insensível a cada fracasso. Não entendo por que encontrar alguém é tão difícil para mim. — Nada de bolo. Nem cupcakes nem mesmo... rocamboles. A gata aqui vai entrar em uma dieta low-carb.

Caleb não comenta sobre minha determinação de estender a analogia que ele fez. Ele apenas apoia o cotovelo na janela e esfrega os nós dos dedos no queixo.

— Se isso faz você se sentir melhor — declara —, eu também não tenho tido muita sorte com encontros.

Não consigo evitar. Bufo. Caleb, com esse cabelo, rosto, as covinhas e os ombros. Qualquer uma das mulheres no bar hoje à noite teria jantado com ele feliz da vida. Aposto que, quando ele abrir o botão dessa camisa havaiana ridícula em casa, vão cair números de telefones que nem confetes.

— Acho difícil de acreditar.

— O quê? Por quê? — Ele é o retrato da mais pura confusão.

— Olhe pra você.

— Olhar pra mim?

Faço um gesto amplo com os braços para indicar todo o corpo dele, como uma daquelas moças bonitas nas feiras de automóveis. Sinto que deveria estar segurando um número de papelão sobre a cabeça. Nota dez em todas as categorias.

— Olhe pra você.

Um sorriso confuso faz a boca dele se retorcer. Ele limpa a garganta.

— Quando foi a última vez que você me viu com alguém na cidade?

— Além do Alex?

— Aham, além do meu irmão.

Costumo vê-lo com a avó, tão pequenina. Com a mãe e o pai também, na feira dos agricultores aos domingos. Uma frota inteira de primos que parecem estar sempre brigando, com Caleb caminhando na frente do grupo, tentando manter todos na linha.

— Não sou alguém que… — Ele para de falar de repente e suspira. — Não acredito que vou dizer isso — murmura, envergonhado. Respira fundo e fala de uma vez. — Ok, acho que eu sou muito ruim nisso de encontros. Não tão ruim quanto o Peter-do-removedor-de-fiapos, mas, de verdade, não faço ideia do que estou fazendo.

— Como é que é?

— Talvez eu fale as coisas erradas ou hesite demais. Ou seja apressado demais. Não faço ideia se estou fazendo mais ou menos do que deveria. Todos os meus namoros, se é que dá pra chamar assim, acabam ali pelo quarto encontro. Mesmo quando acho que está tudo indo bem.

— Sempre?

Ele concorda.

— Isso. Sempre. Às vezes um encontro a mais ou a menos.

— Hum.

— Pois é. — Ele parece prestes a abrir a porta e se jogar do carro em movimento. Suspira tão forte que parece vir de dentro da alma. — Acho que sou… sou um pouco demais. Pra algumas pessoas.

Algo em sua voz parece envolver meu peito e apertar.

— Como assim, demais?

As bochechas dele ficam rosadas de novo, a cor subindo até a ponta das orelhas.

— Tenho dificuldade de entender algumas deixas. Acho que acabo colocando o carro na frente dos bois. A última mulher com quem saí disse que eu era um cara legal. Mas ela falou como se isso fosse ruim. O Alex diz que eu me faço de capacho, que coloco as pessoas em um pedestal que elas não necessariamente merecem, mas, sei lá, não acho que ver o melhor de alguém seja ruim. Também não acho que ser gentil seja ruim.

— Não é. — Penso na vez em que ele deu o croissant que tinha acabado de comprar para uma garotinha, só porque ela deixou o bolo cair no chão do lado de fora da padaria e começou a chorar. A maneira como ele se ajoelhou para enxugar as lágrimas dela com a manga da camisa. — Ser gentil é algo muito bom.

Ele dá de ombros como se quisesse discordar. Sinto isso como um soco no coração. Caleb não deveria mudar nada nele mesmo, sobretudo seu jeito gentil. Eu franzo a testa para ele, seu maxilar cerrado.

Ele também não deveria perder tempo com migalhas.

Passamos pela placa da cidade de Inglewild, velha e desbotada com letras pintadas à mão. Lar. Até que enfim.

As estrelas parecem pedras preciosas no céu noturno, mais brilhantes agora que estamos em meio à grama, às árvores e aos campos. Penso em Caleb e em mim, nós dois aos tropeços em nossas vidas amorosas.

— Que bela dupla a gente forma — digo, só para nós e para o luar. — Não temos a mínima ideia do que estamos fazendo, não é?

— É bom saber que não estou sozinho nessa. — Ele inclina a cabeça para o lado, pensativo. — Talvez essa seja a resposta.

— Você está cem por cento certo — assinto, concordando. — Vamos afogar nossas mágoas em sobremesas.

— Não foi… não foi isso que eu quis dizer.

— Ah. — Vai ver era só eu que estava pensando nisso. Passei a última metade do encontro com Bryce sonhando com o que comeria quando estivesse em casa. Bolo de chocolate com uma fina camada de hortelã. Torta de morango e uma limonada gelada. Torta de pêssego. Crumble de mirtilo. Minhas opções são ilimitadas.

Caleb tamborila os dedos no volante. Aquela maldita camisa havaiana tensionada em seu bíceps de novo. Obrigada, Alex Alvarez, por ser tão fiel ao tema.

— Talvez a gente devesse namorar.

Meu sorriso se desfaz. Devo parecer uma daquelas fotos tiradas na montanha-russa, que tiram depois da primeira grande queda. Metade diversão e metade confusão. Um tanto assustada. Quando criança, nunca estava preparada para essas fotos.

Também não estava preparada para a sugestão de Caleb.

— Você está... — um frio invade meu peito e pressiona meus pulmões — de brincadeira com a minha cara?

— O quê? Não! — Seus olhos se movem entre mim e a estrada. O lado bom é que reduzimos muito a velocidade dentro dos limites da cidade.

— Não, Layla. Não estou de brincadeira com você. Pense nisso por um segundo.

— Estou pensando. — E não sei o que dizer. Não sei dizer como ele foi de *Uau, nós dois somos péssimos nisso* para *A gente deveria namorar.*

A expressão de Caleb fica abatida quando não respondo.

— É uma ideia tão absurda assim? Sair comigo?

Não. Talvez? Ok, bem provável que seja. Nunca pensei nisso antes. Nem por uma fração de segundo. Há a minha regra de não namorar ninguém da cidade, com certeza. Mas também...

Ele é o Caleb. O cara que entra na minha confeitaria e bate com o cotovelo na vitrine. O cara que se encosta no balcão com as pernas cruzadas na altura dos tornozelos e faz piadas idiotas sobre donuts. Ele sempre esteve firme e forte no grupo dos conhecidos. Um amigo, talvez. Nunca pensei em ter nada além disso com ele.

Mas será que poderia?

— Não é você — respondo, e ele emite um som que poderia ser uma risada, mas parece autodepreciativo demais para ser engraçado. — Caleb, você me pegou desprevenida. Eu não esperava isso.

— Tudo bem, é justo — admite e relaxa os ombros, que estavam quase grudados nas orelhas, a respiração ofegante. — Eu só estava pensando. Nós dois estamos cansados desses encontros. Poderia ser tipo um experimento social.

Dou uma gargalhada forte e alta.

— Toda mulher sonha em ouvir isso.

Ele sorri para mim e, tudo bem, talvez essa ideia não seja tão louca assim. Sair com o Caleb. Namorar o Caleb de forma experimental. Seja lá o que for isso.

— Mas não seria mais fácil ir a um encontro e receber uma avaliação verdadeira? Quem sabe assim nós dois consigamos descobrir o que estamos fazendo de errado.

— Se você sugerir um formulário, acho que dou um soco na sua cara — digo.

— Se eu sugerir um formulário, acho que dou um soco na minha própria cara.

Ergo a sobrancelha para ele.

— Então o quê? Vamos sair e você vai me dizer tudo o que estou fazendo de errado?

Minha voz falha um pouco. Uma ferida antiga e delicada ganha vida bem no meu peito. Uma insegurança que diz que o motivo de meus relacionamentos não darem certo sou eu mesma. Que, seja como for, só consigo atrair o pior tipo de homem. Que essas decepções são, de alguma forma, culpa minha, e é exatamente isso o que mereço.

— Não — responde ele depressa, a voz segura no silêncio entre nós. — Não é nada disso. Acho que você precisa ser bem tratada. Acho que precisa ver que *pode* ser bem tratada por alguém. Vamos sair juntos algumas vezes. Seguro seu casaco e a sua mão e ouço como foi seu dia. Saímos pra jantar. Comer espaguete ou o que quer que você queira. — Um sorriso malicioso se insinua em seus lábios. — E eu não vou roubar os talheres na saída.

Ah, droga. Está bem. Isso parece mesmo muito bom.

— E o que você ganha com esse pequeno acordo?

— Além de sair com uma mulher linda? — Minha nuca parece pegar fogo. Eu me remexo no banco. — Com sorte, você pode me dizer por que sou tão ruim nessa coisa toda dos encontros.

— Um experimento social?

— Isso.

Ele diminui a velocidade até parar em frente à minha pequena casa. Na primavera passada, eu a pintei de rosa-claro e plantei tantas flores que parecia que a Mãe Natureza tinha vomitado nela. Lírios, gardênias e girassóis grandes e reluzentes. Gosto de me sentar na varanda da frente à noite e sentir o cheiro de lavanda. Afundar os dedos dos pés na grama fresca e ver as estrelas começarem a surgir no céu.

Solto o cinto de segurança e saio do carro de Caleb, segurando a porta aberta. Fico olhando para ele sentado ali, com sua camisa de abacaxi dançante, o cabelo desarrumado, o calor abafado do verão deixando meus ombros e à parte de trás dos meus joelhos suados. Ele me encara de volta, com um sorriso nos olhos, o olhar fixo em mim.

Caleb Alvarez. Quem diria?

— Para alguém que, em teoria, é ruim em encontros, você é bom de conversa.

O sorriso em seus olhos se estende até sua boca. Eu observo os ângulos de seu rosto à luz da lua.

— Só com você, Layla.

Ruim em encontros uma ova.

— Vou pensar nisso. — Prometo com uma risada.

Ele parece querer dizer mais alguma coisa, mas engole em seco e, em vez disso, assente.

— Nos vemos segunda-feira?

Um croissant de manteiga e um café só com creme. Com certeza.

— Nos vemos na segunda. — Bato duas vezes no capô do carro. — Obrigada pela carona.

O sorriso discreto em seu rosto se alarga, e aqueles olhos castanhos brilham. É demais.

Tenho a sensação de que vou ficar pensando em muitas coisas no que diz respeito a Caleb Alvarez.

A começar por esses três malditos botões e as rugas de sorriso em seus olhos.

4

CALEB

Não vejo Layla na segunda.

Darlene, do despachante, me ligou para informar que meu irmão estava sete minutos atrasado para abrir a livraria. Porque isso seria problema meu, não sei dizer. Ela parece não ter se tocado de que não trabalho mais na delegacia e que não deveria mais me ligar dezesseis vezes ao dia para comunicar fatos aleatórios que ocorrem na cidade e que não são mais minha responsabilidade.

Que bom, Darlene. Fico feliz que a sra. Beatrice esteja fazendo latte de avelã de novo.

Sinto muito que a Mabel tenha fechado você com o carro bem perto da loja de ferramentas.

Não posso fazer nada para impedir quem quer que esteja colocando centenas de patos de borracha na fonte de madrugada. Mas as crianças estão amando.

Não, eu não assisti ao último episódio de Vai dar namoro. *Nunca nem vi* Vai dar namoro *em toda a minha vida.*

Desligo a ligação e tensiono as mãos no volante, o olhar fixo na estrada que leva para a Fazenda Lovelight. Alex está de ressaca. Tenho certeza. Mas, se minha mãe descobrir que deixei Alex sozinho no chão da cozinha, vai me receber já na entrada da garagem na base da porrada.

— Merda — digo com um suspiro. Viro à esquerda, em vez de ir reto, e sigo em direção à cidade e ao idiota mimado que chamo de irmão. Os enormes salgueiros que margeiam ambos os lados da estrada parecem zombar de mim pelo retrovisor, os galhos balançando suavemente ao sabor do vento que sopra dos campos. *Tarde demais,* eles sussurram. *Ela vai mudar de ideia.*

Ótimo. Além de ceder ao impulso e propor encontros experimentais com lindas donas de padarias, eu agora falo com árvores.

Tinha esperança de ver Layla esta manhã. Queria resgatar... algo... da nossa conversa de sábado à noite. A culpa é daquele olhar triste que ela estava e da forma como continuava tentando sorrir mesmo assim. Também é culpa daquele vestido, o tecido verde-menta que abraçava suas coxas no banco do passageiro do carro. Eu não conseguia pensar direito com ela sentada ali daquele jeito. Também não consegui pensar direito quando a vi no bar.

Tenho noventa e nove por cento de certeza de que fiz papel de idiota quando compartilhei o estado tenebroso da minha vida amorosa. Em um cenário desses, as chances de fazê-la concordar com minha proposta são de zero a nenhuma.

Saia comigo, Layla, foi o que eu disse, basicamente. *Sou ruim pra caralho nisso.*

Aperto a ponte do nariz.

Era tudo brincadeira.

Mais ou menos.

Na verdade, não.

Certo, não era brincadeira, mas estou disposto a defender essa mentira se for preciso.

Eu tenho dificuldade em encontros. Essa é a verdade. Parece que nunca consigo pensar na coisa certa para dizer no momento certo. Penso demais e depois me esforço muito para compensar o fato de que pensei demais, então penso demais no fato de ter tentado compensar. É um círculo vicioso.

Mas há outro motivo. Tenho certeza de que escolho o tipo errado de pessoa. Porque o tipo certo tem cerca de um metro e sessenta de altura, cabelo castanho curto e olhos cor de avelã, uma coleção de aventais ridículos e não faz a mínima ideia de que eu gosto dela. Nem sei dizer se ela já pensou em mim como algo mais do que o cara viciado em croissants que visita a padaria três vezes por semana para pedir sempre a mesma coisa.

Não tenho tanta certeza se dizer em alto e bom som quanto sou ruim em encontros irá ajudá-la a me ver de um jeito diferente, mas aqui estou eu.

Sempre gostei de histórias de amor arrebatadoras. Eu me sentava à mesinha de madeira na cozinha dos meus avós quando criança e ouvia meu abuelo contar o momento em que conheceu minha avó, o amor da vida dele. Eu ficava arrastando os pés no chão e observava a expressão do meu abuelo mudar. Via cada pedacinho da expressão dele se iluminar.

Na primeira vez que meu avô viu a minha avó, ele estava comprando peixe na feira. Ela estava com o cabelo preso em uma longa trança e vendia huaraches em uma pequena banca de madeira. Ele disse que bastou olhar para ela para comprar tudo o que tinha ali. O que ia fazer com os mais de trinta pares de sandálias femininas, eu não fazia ideia. Mas ela o acompanhou até em casa, ambos carregando as sacolas penduradas nos braços e, um mês depois, já estavam casados. *Amor à primeira vista*, declarava ele.

Meu pai conheceu a minha mãe quando estava na sacada do primeiro apartamento dele, molhando as plantas. Ele a viu parada na sacada vizinha. *Una santa*, ele sempre dizia quando éramos crianças, pendurados nele, pedindo para que contasse a história de novo. Achou que ela parecia uma santa. Ele costumava assobiar para ela pela janela aberta, e ela surgia com uma garrafa de vinho, a rolha entre os dentes. Conversavam até o sol baixar no céu, cada um em sua varanda, a garrafa de vinho passada de um lado para o outro.

Cresci ouvindo essas histórias. Afetuosas e românticas e que de nada servem para ajudar a controlar minhas expectativas nos encontros. Sei o que quero e o que não quero, e não estou disposto a me contentar com menos.

Layla também deveria se sentir assim. Não deveria se contentar com pouco. Não deveria ir a encontros com caras que roubam talheres. Caras que a deixam plantada no bar sozinha, pagando por um jantar medíocre em péssima companhia. Certa vez eu a vi na feira dos agricultores com aquele tal de Jacob, com quem ela namorava. Ela estava segurando um buquê, tentando mostrar as diferentes flores para o cara. Ele a ignorou completamente, ocupado no celular. Ainda consigo me lembrar da expressão de tristeza no rosto dela. Como colocou as flores de volta no lugar com cuidado e murchou de frustração.

Sinto a raiva me queimar por dentro, então ligo a seta com mais força do que gostaria.

Ela merece mais.

Quero me esforçar para mostrar isso.

Se ela permitir.

O carro de Alex está na entrada quando estaciono, as cortinas da casa fechadas. Nem me preocupo em chamar do lado de fora. Só pego a chave, escondida embaixo de uma pequena estátua da Virgem Maria no jardim, e empurro a porta com o cotovelo. Nossa avó comprou essa estátua para o Alex quatro anos atrás, e nós dois temos medo de tirá-la dali. A cada vez que olhamos mais tempo do que deveríamos para ela, a abuela surge pela porta da frente como se tivesse sido invocada.

— Hora de acordar — grito do corredor. Eu me certifico de fechar a porta atrás de mim ao entrar. Ouço alguém resmungar dos fundos da casa.

A voz dele vem da cozinha, ainda que fraca.

— *Solo déjame morir.*

Alex sempre recorre ao espanhol quando quer fazer um drama. Sorrio enquanto sigo o som de sua respiração ofegante e o encontro esparramado no chão, em frente à geladeira, os óculos no peito e uma garrafa de Gatorade na mão. Ainda está com a mochila nos ombros, a camisa meio enfiada na calça, os sapatos calçados, mas desamarrados. Parece que fez uma corajosa tentativa de sair de casa hoje de manhã, mas mudou de ideia de repente enquanto passava pela cozinha.

— Não vou deixar você morrer aqui — respondo. Ele resmunga um lamento e se vira de lado, em posição fetal.

— Eu me sentei por um minuto — reclama. — Acho que não consigo me levantar mais uma vez.

— Consegue, sim.

Ele resmunga. Bem alto e por muito tempo, quase ofendido.

— Certo. Eu não quero.

— Já era pra você ter aberto a loja. — Eu o cutuco com o pé e ele me dá um tapa no tornozelo. Parte de mim esperava que ele tentasse me morder. É sempre impossível lidar com meu irmão quando ele está de ressaca. — E eu preciso ir para a escola. Vamos.

— Estou dez... — Ele se vira um pouco e estreita os olhos para o relógio acima do micro-ondas. — Doze minutos atrasado. A loja é minha. Tenho esse direito.

— As pessoas estão preocupadas.

— A Darlene não conta. Velha chata.

Dou uma risadinha. Ela é uma velha chata.

— Se você não mexer essa bunda daí, vou contar pra ela o que você disse.

Ele olha feio para mim e coloca os óculos.

— Nada que eu já não tenha dito na cara dela. Ela só sabe que a livraria ainda não abriu porque aparece lá toda segunda-feira para se sentar nos fundos e ler as partes picantes das fantasias eróticas sem comprar nada. Algumas semanas atrás, vi quando ela tirou fotos do livro com o celular. — Ele se senta e bufa. — Ela não reclamou porque está preocupada, acredite em mim.

— Ainda assim, preciso ir pra escola. — E entrar em pânico pensando nas escolhas e acordos que faço com mulheres bonitas no banco do passageiro do meu carro. E não arrancar meu irmão do chão. — Deixo você lá no caminho.

— Não é verão? Por que as crianças estão na escola?

— Curso de férias, Alex.

Ele me dá um olhar ameaçador, encolhido em uma posição fetal diferente, meio em pé.

— Setenta e cinco por cento de chance de eu vomitar no carro.

Suspiro.

— Eu abro as janelas.

— Beleza, então. — Ele fica de joelhos, abafando a ânsia de vômito com o punho. — *Dios mio*. Acho que vou morrer.

Franzo a testa.

— Por que você ainda está com uma ressaca dessas?

— Luis, Aaron, Charlie e Sofia passaram o fim de semana aqui. O tio Benjamín também. Com tequila. — Ele aperta os olhos. Se Charlie e todos os nossos primos estavam aqui, com certeza havia tequila. — Eu acho.

— Ah.

Alex estremece enquanto fica de pé, as mãos apoiadas na cintura.

— Você não viu o Benjamín quando entrou?

— Não.

Fico surpreso por não o ter encontrado nos arbustos quando cheguei. Não seria a primeira vez.

Alex franze a testa.

— Jurava que ele ainda estava aqui.

O irmão mais novo da minha mãe nunca diz não para uma festa e nunca se esquece de trazer tequila. Não estou interessado em resolver o mistério de seu paradeiro desta vez, ainda irritado por ter que passar aqui.

Prometi para Layla que iria lá hoje. Não quero começar… seja lá o que for… quebrando uma promessa.

Alex por fim consegue se levantar e começar seu caminho lento e arrastado até a porta da frente. Ele percorre metade do corredor antes de tropeçar em algo e tombar com tudo na parede, batendo a cabeça primeiro. Uma foto nossa quando crianças chacoalha na moldura enquanto ele tenta se equilibrar.

Um lamento doloroso soa do armário de casacos. Nós dois olhamos para baixo. Duas pernas se projetam pela porta entreaberta. Não sei como não vi isso assim que entrei.

— Me deixem aqui pra morrer — lamenta a voz de Charlie lá de dentro.

Alex ri e abre mais a porta. Joga a garrafa de Gatorade lá dentro sem se preocupar com onde vai cair. Ouvimos um baque, outro lamento e as duas pernas esticadas no corredor se mexem um pouco.

— Pode ficar o quanto quiser, mas tranque a porta quando sair, tá?

Há um silêncio de meio segundo.

— Vou comer todas as sobras na geladeira antes de ir — resmunga Charlie.

Alex revira os olhos.

— Eu já imaginava.

Nenhum de nós se preocupa em ouvir a resposta. Vamos para meu jipe, Alex mais cambaleando do que andando. Quando olho para o relógio pela terceira vez, meu irmão grunhe e desliza para o banco do passageiro como se todo o seu corpo pudesse entrar em combustão a qualquer instante. Se a cor pálida de sua pele, geralmente escura, e as gotas de suor nas têmporas servirem de indicação, pode ser que isso aconteça.

Entrego a caixa vazia de guloseimas em que Layla esteve mexendo algumas noites atrás.

— Caso você sinta vontade de vomitar — explico.

Sua boca se firma em uma linha deprimente.

— Não é má ideia.

Enquanto Alex tenta se recompor, dirijo em silêncio, fazendo o que posso para não pensar no pior. Será que Layla esperou por mim de manhã? Teria tomado uma decisão? Iria rir na minha cara? Ou pior, fingir que nunca nem tivemos aquela conversa? Eu nunca mais vou conseguir entrar na padaria dela se isso acontecer.

Meu Deus, e os meus croissants.

Consigo sentir Alex me olhando. Assim que diminuo a velocidade próximo ao semáforo, olho para ele. Fazia a mesma cara quando éramos crianças e ele estava prestes a roubar meu último pão doce.

— Que foi? — pergunto.

Ele se encolhe mais no banco.

— A Layla estava mesmo no bar no sábado ou as sete piña coladas e o molho de caranguejo me fizeram imaginar isso?

— Ela estava lá.

— E você foi embora com ela, é isso?

— A gente conversou com você antes de ir embora. A gente se despediu.

— Eu preciso lembrar você do tanto que bebi no sábado?

É claro.

— Eu levei a Layla pra casa. O cara com quem ela foi jantar saiu de fininho e ela precisava de carona.

Alex resmunga em desaprovação.

— Que babaca.

— Pois é. — Não sou tão educado assim quando penso nos homens com quem ela já saiu. Nunca vou conseguir entender como alguém pode se sentar de frente para a Layla e ficar menos do que hipnotizado. O sorriso dela. O humor irônico. Toda a alegria que irradia dela quando fala… de qualquer coisa. Será que o cara se deu conta da sorte que tinha ao receber toda a atenção dela? Durante os últimos cinco anos, eu a vi três vezes por semana e acho que ela nunca reparou em mim uma única vez.

Se bem que talvez tenha reparado. Não sei. Não fazia ideia de que ela tinha uma regra de não namorar ninguém da cidade. Isso faz com que eu me sinta um pouco melhor.

— Então… você levou a Layla até em casa.

— Levei.

Alex faz humm, de alguma forma conseguindo colocar uma satisfação tão cheia de presunção nesse som que cerro os dentes.

Paramos no sinal vermelho. O único semáforo nesta cidade minúscula. Gosto de viver em uma cidade pequena, perto dos meus familiares. Mas, em dias como hoje, adoraria um pouco de anonimato.

Alex está com o rosto grudado na janela do passageiro, as mãos apertando as alças da mochila. E, ainda assim, está sorrindo como se soubesse de algo que eu não sei.

— O que foi?

Ele dá de ombros.

— Nada, não.

Eu me arrependo de não o ter deixado largado no chão da cozinha.

— O que foi, Alex?

— No caminho de volta, você pediu um bolo personalizado?

Dou um soco no ombro dele com toda a força que consigo, ainda segurando o volante com a outra mão. Ele dá uma gargalhada, animado, e esfrega o ombro.

Eu passei por uma… fase… não muito tempo atrás. Uma fase em que, a cada duas semanas, eu encomendava um bolo personalizado na padaria da Layla.

Eu nem tinha me dado conta de que fazia isso. De verdade. Só gostava de vê-la, de passar um tempo com ela. Quatro quilos depois, decidi que era hora de abrir mão do vício em glacê.

Eu me remexo no banco e avanço com o carro no sinal verde.

— O bolo dela é muito bom.

— Tenho certeza de que é.

— A cobertura… — murmuro, mas me interrompo no meio do pensamento. Não vale a pena. — Cale a boca.

Alex ri e, de propósito, passo mais rápido por uma lombada, fazendo com que ele pule em seu assento. Ele resmunga e leva a mão à boca.

— Se eu vomitar, nós dois vamos sofrer.

DEIXO ALEX EM frente à livraria e sigo depressa para a escola, entrando na sala de aula pouco antes de o sinal tocar. O dia passa e me sinto grato pela distração causada por vinte e oito adolescentes cheios de angústia e putos da vida por estarem na escola durante o verão. Passo mais tempo interceptando os bilhetes que os gêmeos McAllister trocam do que perdido em pensamentos catastróficos. No fim das contas, é a melhor distração que eu poderia pedir.

Gosto de trabalhar com crianças. Era a mudança de que precisava. Eu só me tornei policial para me manter financeiramente durante minha formação. Não tinha vocação nem uma paixão em particular por aquele emprego. Gostava de ajudar as pessoas, e também consigo fazer isso aqui.

As conversas com meus alunos são a melhor parte de ser professor.

— Pode me ajudar a traduzir isso, sr. Alvarez?

Pego o pedaço de papel da mão de Jeremy Roughman e olho para o que ele escreveu em um garrancho. Suspiro.

As conversas com meus alunos são a pior parte de ser professor.

— Não, não posso. — Amasso o papel e o jogo no cesto de lixo embaixo da minha mesa. Sinto que só jogar fora não é o suficiente. Preciso de um isqueiro. Ou uma caixa de fósforos. — Pra quem você ia falar isso?

Ele olha para os pés e murmura alguma coisa baixinho.

— Como é que é?

— Ia convidar a Lydia para o baile.

Meus lábios se contraem.

— E você achou que recitar raps dos anos noventa em espanhol seria a melhor forma de conseguir isso?

Ele dá de ombros.

— Funciona pra você.

Eu pisco. Não faço ideia de onde ele tirou isso.

— Eu não recitei letras de rap pra ninguém.

— Não, o negócio do espanhol. Como você ficou tão bom nisso? Você é muito melhor ensinando do que a sra. Metzler.

Talvez porque a sra. Metzler não fale espanhol e só ensinasse os alunos a pedirem uma quesadilla con chorizo do restaurante a duas cidades de distância, o que configura apropriação cultural. E tres leches. Tenho certeza de que ela achava que ensinar espanhol era apenas recitar cardápios sem parar. O nível de exigência era bem baixo.

— Obrigado. — Acho eu. A cada vez que Jeremy abre a boca, há muito a ser desvendado. — Eu cresci falando espanhol. Toda a minha família fala. Minha avó é de Todos Santos. — Já falei isso durante as aulas pelo menos umas trinta e sete vezes.

Ele me encara sem expressão alguma. Esfrego a palma da mão na testa.

— É uma cidade no México, Jeremy. Falamos disso há três dias.

— Ah, lembrei. — Ele estala os dedos com um sorriso enorme. — Aquelas fotos das mulheres de biquíni.

Suspiro de novo. Talvez, se dessem zoom na apresentação. Acho que vou ter que olhar de novo e substituir esses slides.

— As fotos das *praias*, Jeremy.

— Sim, sim. Foi o que eu quis dizer. — Ele encara o cesto em que joguei sua inspiração. — Você não vai traduzir pra mim, sério?

— Não vou. Sério. — Cruzo os braços e me reclino na cadeira. — Mas que tal você pensar em algo que queira dizer, então posso traduzir pra você.

Ele abre a boca.

— Algo que não seja vulgar ou uma interpretação de letra de rap.

Ele fecha a boca e faz uma careta.

— Vai valer nota?

Escondo o sorriso por trás do punho. Esse moleque, juro por Deus.

— Não, não vai valer nota. Você pediu a minha ajuda. Esse é meu jeito de ajudar.

Ele parece se arrepender de ter vindo para a aula.

— Não achei que ia ter lição de casa extra — reclama. Ele suspira da forma mais dramática que um adolescente poderia fazer e passa a mão pelo cabelo. — Falou, sr. Alvarez.

Eu o vejo perambular até o corredor com toda a confiança que só um adolescente pode ter. Nem quero saber em que tipo de problemas vai se enfiar agora. Recolho minhas coisas e pego a mochila. Se eu me apressar e ninguém me pedir para traduzir mais nada, devo conseguir encontrar a Layla na padaria antes que ela feche.

Talvez a gente devesse namorar.

Mais valeria ser o Jeremy, recitando letras de rap horríveis em espanhol.

— Uma tarefa bem interessante, sr. Alvarez.

Bato o joelho com tudo embaixo da mesa e minha mochila cai no chão, levando junto algumas canetas e uma pequena tartaruga de cerâmica usando um sombreiro. Alex comprou para mim na minha primeira semana como professor, disse que me faria parecer mais descolado. Estou começando a achar que ele estava zoando com a minha cara.

Emma, a professora de inglês dos alunos do primeiro ano, estremece na porta.

— Desculpe, não quis assustar você.

— Tudo bem — digo, enquanto me levanto da cadeira e começo a recolher as canetas espalhadas pelo chão como uma explosão de materiais escolares. — Eu estava com a cabeça em outro lugar.

Em Layla, mais especificamente. No croissant de manteiga que eu deveria ter comido no café da manhã. E no som da risada dela quando está toda coberta de farinha e açúcar da cabeça aos pés.

Talvez eu não tenha superado minha paixonite por bolos personalizados.

Emma adentra mais na sala, ficando de joelhos de forma graciosa para me ajudar a pegar as canetas.

— Devia estar mesmo. Eu nem cheguei tão silenciosa.

Sinto uma pontada de apreensão. Eu me pergunto quanto da minha conversa com Jeremy ela deve ter ouvido.

— Eu não deveria ter feito aquilo, né?

Ela olha para mim, o cabelo loiro e claro preso em um coque bem arrumado.

— Jogado essa gracinha no chão? — Ela pega minha tartaruga e dá um tapinha no chapéu dele. — Acho que não.

Dou uma risada abafada e pego o bibelô, colocando-o de volta em seu lugar de direito no canto da mesa. Piada ou não, comecei a gostar de Fernando.

— Professores de verdade não devem encorajar os alunos a escreverem cartas de amor como trabalho de casa.

Emma fica de pé e me entrega o restante das canetas, a mão cheia de vermelhos e azuis. É a quarta vez este mês que vem até a minha sala. Diz ela que quer se certificar de que estou me adaptando bem, que os alunos estão se comportando, mas me parece algo mais. Emma tem feito várias visitas. Talvez o diretor Waller tenha pedido que ela me avaliasse.

— Professores de verdade ajudam os alunos a aprenderem da forma que eles puderem. — Ela dá um sorriso gentil. — Você está se saindo bem, Caleb. De verdade. Se o Jeremy, de todos os alunos, está demonstrando interesse, então você tem feito um ótimo trabalho.

— Ah, que bom. — Se eu pudesse ter esse tipo de encorajamento na minha forma de lidar com o resto da vida, seria ótimo. Enfio as canetas em uma gaveta vazia da mesa e olho para o relógio. — Ah, que merda.

Emma segue meu olhar e franze a testa.

— Você tinha algum compromisso?

Quando enfim chegar à Fazenda Lovelight, Layla já vai ter encerrado o expediente e os funcionários é que estarão encarregados de cuidar da padaria até de noite. Eu poderia visitá-la em casa, mas não sei. Isso parece um pouco demais.

Não quero deixá-la desconfortável.

Acho que sou um pouco demais. Para algumas pessoas.

— Eu ia tentar… — Engulo em seco e paro de falar. Ia tentar *o quê*? Tentar convencer Layla a aceitar minha ideia ridícula? Implorar para que ela esqueça isso? Eu nem sei dizer.

— Ah, sim, desculpe. Eu tinha um compromisso. — Dou um sorriso discreto para Emma e jogo a mochila no ombro. — Nos vemos durante a semana?

Ela alisa a saia com a mão.

— Sim, claro. Com certeza. Trabalhamos na mesma escola.

Hesito ao perceber seu tom.

— Você queria falar alguma coisa?

— Não, não. — Ela balança a mão. — Só vim dar um oi.

Esboço outro sorriso sem graça ao passar por ela. Mal consigo dar três passos pelo corredor antes de um corpo se chocar contra o meu, uma chuva de pastas pardas e folhas de papel avulsas sobre mim.

— Ai, foi mal, Caleb. — Gabe, o professor de biologia, ajusta os óculos e agarra um pedaço de papel que flutuava devagar até o chão. Uma pena que todo o restante de seus papéis esteja espalhado pelo chão. — Eu não estava prestando atenção.

— Eu também não. — Suspiro e pego algumas das folhas próximas aos meus pés, um desenho um tanto assustador de um sapo dissecado me encarando. Sou muito grato pela vaga de professor de idiomas, em vez de algo nas ciências práticas.

— Sabe, foi até bom encontrar você. Eu estava na sala dos professores outro dia e...

Faço uma pilha um tanto caótica com os papéis e os empurro na direção de Gabe, ignorando o que quer que ele esteja falando enquanto me encaminho para a saída. Amanhã posso encontrá-lo e pedir desculpas. Tudo o que quero agora é entrar no meu carro, dirigir até a fazenda e falar com Layla. Mesmo que por cinco míseros minutos. Preciso que ela saiba que não me esqueci dela.

— Caleb!

Quero bater com a cabeça na porta da saída de emergência. Desse jeito, nunca vou conseguir passar do portão da escola. É mais fácil eu arrumar uma coletiva de imprensa e distribuir microfones para quem quiser falar comigo. Reúno toda a minha frustração como se fossem as folhas de Gabe e as empilho de forma organizada e caprichada na minha mente. Respiro fundo e me viro para ver a sra. Peters marchando em minha direção.

— Como posso ajudar, sra. Peters?

Ela balança a mão, descartando minha formalidade.

— Carina, por favor. Agora trabalhamos juntos, Caleb.

— Força do hábito — explico. — Você sempre vai ser a mãe do Luka para mim.

— Eu entendo, acho. — Um sorriso ilumina o rosto dela, o cabelo castanho balançando atrás dos ombros. Luka é a cara dela, das sardas no nariz ao sorriso que se traduz no mais puro problema.

Ela leva as mãos às costas.

— Queria só relembrar que você está encarregado do ônibus na quarta de manhã. Acho que é a primeira vez que você está na programação.

Merda. Eu tinha me esquecido disso.

— Ah, verdade. Obrigado por me lembrar.

Talvez eu possa dar uma passada na padaria da Layla amanhã de manhã. Deixar o autocontrole de lado um pouco e pedir algo de chocolate amargo. Enlouquecer e pedir manteiga de amendoim. Acho que mereço.

— Você vai até a fazenda essa semana?

É como se ela tivesse lido minha mente. Pisco algumas vezes e tento impedir o calor de se alastrar pelas minhas bochechas. A julgar pelo sorriso dela, falhei com sucesso nessa missão. Meu rubor sempre me entrega.

— Vou tentar — consigo dizer. — Parece que não consigo passar a semana sem pedir alguma coisa na padaria da Layla.

Fico ainda mais vermelho. A sra. Peters, por pura piedade, não faz nenhum comentário.

— Se vir meu filho quando estiver lá, diga que ele está com todos os meus melhores potes. — Ela estala a língua uma vez. — Ele finalmente se mudou para mais perto de mim, mas parece que o vejo menos do que quando morava em Nova York.

— Ah, bom. Tenho certeza que a Stella o mantém bem ocupado.

— Eu entendo, acho — repete ela com outro sorriso. Ela se vira para voltar na mesma direção de que veio. Dá aula de culinária depois do horário letivo para alguns dos alunos cujos pais trabalham até tarde. Receitas fáceis que podem fazer sozinhos em quantidade suficiente para levarem para os irmãos. Sempre achei extremamente gentil da parte dela fazer isso.

— Ah, Caleb?

Suspiro.

— Sim, sra. Peters?

— Diga a Layla que mandei um oi.

5

LAYLA

— Meu amor, eu só quero que saiba que você é a melhor coisa que já me aconteceu…

Cerro os dentes e faço de tudo para ignorar o casal parado a menos de um metro de mim, esfregando o nariz um no outro, as mãos dadas.

— … e estou tão feliz por termos vindo aqui juntos. Parece, de verdade, que nosso amor cresceu ainda mais e…

Faço um som como se estivesse me engasgando e me abaixo ainda mais atrás do balcão. Todos os dias. Isso acontece *todos os dias*.

— … vir pra esse lugar, sentir essa magia. Sei que meu destino é ficar com você pelo resto das nossas vidas.

Eu sei o que vem a seguir. O barulho suave de um joelho batendo no chão de taco e uma inspiração ofegante em resposta. Vi dezessete pedidos de casamento nos últimos seis meses.

É fofo, de certa forma. Mas de outras formas mais importantes… é a pior coisa.

Eu saio de trás do balcão bem a tempo de ver as duas pessoas se pegando desesperadamente, encostadas na vitrine, um enorme anel de diamante solitário brilhando no dedo certo. Eu os ignoro e volto a prestar atenção nos cupcakes.

Tenho coisas maiores para resolver do que a possibilidade de indecência pública bem aqui onde todos os meus cookies de caramelo salgado podem ver.

Caleb não apareceu na segunda.

Nem na terça.

É quarta-feira à tarde, e ainda nem sinal dele. Ele perdeu dois croissants de manteiga e todo o café gratuito que prometi.

Digo a mim mesma que está tudo bem. Nossa conversa no fim de semana foi puramente hipotética, duas pessoas que se encontram casualmente, matando o tempo durante uma longa viagem de volta para casa. Não há motivo para me sentir envergonhada por ter passado o domingo inteiro remoendo a ideia em minha cabeça, examinando-a de todos os ângulos enquanto elaborava o cardápio da padaria para a semana. Não preciso me envergonhar por ter me sentado em meu grande e quentinho roupão lilás enquanto flertava com a ideia de sair com Caleb Alvarez para ajudá-lo a melhorar suas habilidades de conquista.

Seja lá o que isso signifique.

Estou começando a achar que ele estava só brincando, e não... não tem *problema*. De verdade. Ele não precisa evitar a padaria. Ele não precisa me evitar.

Encho o saco de confeitar com glacê e observo enquanto o feliz casal deixa a padaria, minha guirlanda de peônias na porta da frente balançando de leve quando eles saem. Não é a decepção que se aloja firmemente no fundo da minha garganta, mas, sim, o café ruim de antes. Deixei-o por tempo demais no aquecedor de caneca esta manhã e não me preocupei em usar os grãos selecionados da sra. Beatrice.

Mas Caleb não faria isso. Faria? Não brincaria com algo assim. Não me parece coisa dele. Certa vez, ele passou o restante da reunião da cidade gaguejando depois que a sra. Beatrice o acusou de interrompê-la no meio da frase. Eu o vi dobrar a mesma folha de papel sete vezes. Ele nunca mais se ofereceu para liderar uma reunião.

Não, ele não estava tirando sarro de mim. Talvez esteja só ocupado. Fazendo... alguma coisa.

Por três dias seguidos.

— Está esperando alguém?

Stella aparece do nada bem na minha frente. Tomo um susto e bato com o cotovelo na bandeja de cupcakes. Ela me ajuda a endireitá-la e, em seguida, arranca um cristal de laranja do topo de um que tombou. Reviro os olhos e entrego o bolinho para ela. É impressionante a quantidade de comida que perco com a Stella e o Beckett.

— De onde você surgiu?

— Dos fundos, srta. Assustada. Estava chamando você. — Stella retira a forminha de papel do cupcake com cuidado. — Você não tira os olhos da porta. Está esperando alguma entrega? Não recebi nenhuma papelada.

— Quê?

— Quem você está esperando?

Olho para a porta de novo. Não vejo nada além de árvores nas janelas da frente, com galhos grossos, repletos de verde. Elas pressionam as janelas de vidro, que vão do chão ao teto na frente, escondendo a padaria quase que por completo. Há dias que não vejo nenhum sinal de um homem de um metro e noventa com covinhas.

Ugh.

— Não. Não, não estou. — Começo a apertar o saco de confeitar. — Não estou. Não estou esperando ninguém.

Stella estreita os olhos para mim, a boca cheia de cupcake.

— Você foi enfática demais com esse não.

Eu me inclino para a frente para continuar confeitando, faço um anel perfeito de glacê branco em volta do topo do bolinho de laranja. Chamo essas belezinhas de moinho de laranja. Gostaria de moer um deles bem na cara de Stella, nem que seja para que ela pare de me encher o saco.

— Nada disso — murmuro.

— Você já olhou vinte e uma vezes para a porta desde que cheguei aqui. E não faz nem três minutos.

Estreito os olhos e mantenho meu olhar firmemente afastado da porta, e meu olho esquerdo treme.

— Não olhei não.

— Você quase derrubou a batedeira quando entrei pra dar um oi.

— Você me assustou.

— Hum.

Stella sempre foi boa nisso. Ela sabe esperar pacientemente que eu fale o que quer que esteja tomando conta da minha mente. Ela dominou essa arte na época da faculdade, quando éramos garotas desajeitadas começando a vida adulta. Passamos muitas noites juntas na sala de estudos do dormitório, rindo de nada e falando de tudo. Fazendo bolo de *massa pronta*. Quando nos formamos, ela voltou para a cidadezinha onde cresceu e eu vim atrás dela. Ainda não estava pronta para deixar minha melhor amiga. Fiz alguns cookies com gotas de chocolate para o evento de confeitaria do corpo de bombeiros e um brilho maníaco surgiu nos olhos da Stella assim que ela os provou, explodindo em um frenesi de planos de negócios sobre a fazenda de árvores de Natal.

Estou aqui desde então.

Ao que tudo indica, cozinhar é uma excelente forma de colocar o diploma de matemática para jogo.

Minha mão treme, e a cobertura perfeita escorre pela lateral do cupcake. Suspiro, pego-o da bandeja e o coloco na frente de Stella.

— Você está me distraindo.

— Acho que você está se distraindo sozinha.

— Está bem. — Coloco o saco de confeitar de lado e olho em volta, para me certificar de que não haja ninguém perto para ouvir. Está bastante vazio, considerando que é uma tarde de quarta-feira, mas nossa cidade está repleta de pessoas intrometidas que adoram bisbilhotar. Estreito os olhos para Gus no canto, o belo e jovem bombeiro que talvez seja o maior fofoqueiro de todos. Tenho certeza de que ele é um dos mais ativos da rede de comunicação secreta da cidade, que serve para distribuir fofocas em vez de informações importantes. Também sei da lousa com apostas nos fundos do quartel do corpo de bombeiros. Durante um tempo, ele listava as probabilidades de quando Stella e Luka finalmente ficariam juntos. Agora, acho que é uma lista de apostas para adivinhar quando Beckett adotará o próximo animal.

Satisfeita ao ver que Gus não está ouvindo, olho para Stella e coloco as mãos na cintura.

— Vi o Caleb esse fim de semana — sussurro.

— Quê? Tipo, na cidade? — Ela franze a testa e dá outra mordida no cupcake. — Isso não é nenhuma novidade. Por que você está sussurrando?

Meu Deus.

— Por que você está gritando?

— Não estou gritando. Estou falando normal. — Ela me olha de um jeito estranho e dá mais uma mordida gigante no cupcake. — Você está surtando.

— Não quero que o Gus ouça o que estamos falando — explico, ainda sussurrando. Não preciso que a cidade inteira saiba que estou esperando que Caleb entre por aquelas portas. É bem capaz que isso vire pauta na próxima reunião da cidade.

— Não estou ouvindo nada — grita Gus do sofá no nicho do canto, as costas apoiadas na janela, uma almofada xadrez no colo. Ele nem se incomoda em erguer os olhos do pedaço de torta de noz-pecã. — Podem continuar.

— Você lembra onde fica a porta, não é, Gus?

Ele pisca para mim.

— Claro que lembro, Laylagarta.

— Pare de me chamar assim.

Pego Stella pelo cotovelo e a arrasto para a cozinha. Ela abandona o cupcake em uma das mesas de preparação e agarra minhas duas mãos. Aperta com força.

— O que você tem? Aconteceu alguma coisa no seu encontro, no fim de semana? Ele fez algo estranho? — Ela me aperta com ainda mais força, os nós dos dedos brancos. — Devo ligar para o Beckett e o Luka? Aposto que o Dane pode usar seus contatos de xerife para descobrir o endereço dele. Eu sempre quis cortar os pneus de alguém.

— Espere aí, Rambo. Não precisamos furar os pneus de ninguém. Eu já disse. Eu vi o Caleb esse fim de semana.

Stella ergue as sobrancelhas para mim.

— Ok, e daí? Ele mora aqui. A gente vê o Caleb o tempo todo.

— Não, eu o vi no bar.

Ela me encara, confusa.

— Layla, de verdade, não estou entendendo qual é o problema, mas vou dar corda porque é o que os amigos fazem. Que bar?

— Fui naquele bar na beira da praia em Rehoboth, para o encontro com o Bryce.

Pela cara que ela faz, parece até que a forcei a chupar limão.

— Bryce. Que nome de babaca.

— Bom, ele foi um babaca. Então combina. — Solto as mãos dela e esfrego minhas palmas nas coxas. — Ele acabou indo embora sozinho e me largou lá, e eu vi o Caleb enquanto estava tentando decidir o que ia fazer.

— O Bryce largou você lá? No bar? — Stella cerra o maxilar do mesmo jeito que Caleb fez. Seus lindos olhos azuis se estreitam e ela aperta os punhos. Parece prestes a virar a doida da motosserra. — Onde ele mora mesmo?

Eu a ignoro.

— Não interessa. O Caleb estava no bar e, Stella... ele estava com uma camisa havaiana.

Eu só consigo pensar naquela camisa. Passei a semana inteira fazendo decorações de hibiscos laranja nos doces.

A camisa surge o tempo todo em minha mente, assim como os bíceps dele. As covinhas. A voz dele ao dizer *talvez a gente devesse namorar.*

Sou pura confusão.

— Entendi. — Stella parece preocupada comigo. — Essa é uma... escolha e tanto.

— Ele disse que a gente deveria namorar — acrescento como uma reflexão tardia, minha mente ainda presa à pele escura e à saliência de suas clavículas sob o colarinho desabotoado. Eu adoraria parar de pensar naquela camisa. De verdade, adoraria.

Stella estende a mão e me dá um tapa no braço. Dou um pulo para trás, indo de encontro com a prateleira de metal cheia de enfeites para cupcakes. Um pote de gotas de chocolate cai no chão.

— Caramba, o que foi isso? — pergunto, esfregando o braço.

— Por ficar escondendo a porcaria do jogo! — Stella parece prestes a me bater de novo. — Layla, eu juro por Deus. Por que você não começou por essa parte?

Dou de ombros.

— Não sei. — Talvez porque faz dois dias que ele não vem aqui pela manhã, o que ele sempre fazia. Acho que, desde que abri a padaria, ele não passou uma semana sequer sem vir comer alguma coisa. Será que está comprando croissants em outro lugar? A ideia pesa como uma pedra no meu estômago. Ninguém faz croissants melhores que os meus. Ninguém. — Não sei se ele estava falando sério. Não vi mais o Caleb.

— Como assim?

— É que… — Olho por cima do ombro dela, pela pequena janela na porta, para me certificar de que Gus ainda está ocupado. Não estranharia nem um pouco se ele estivesse com a orelha encostada na porta. — É que, quando ele me deixou em casa, disse que a gente se veria na segunda-feira, mas não apareceu.

Stella analisa minha expressão.

— Você queria que ele estivesse falando sério?

— Não sei. — O que Caleb estava falando parecia legal. Ter um encontro que não me deixasse envergonhada e desolada. — Não seria um encontro de verdade. Mas poderia ser bom pra sair da rotina.

O rosto de Stella se desmancha em confusão.

— Acho que preciso de um manual pra essa conversa. Como assim, não seria um encontro de verdade? Comece do começo.

É o que eu faço. Conto a ela sobre o encontro desastroso com Bryce, os talheres de prata, sobre Caleb no bar e o ônibus temático. Conto a ela sobre Alex e Charlie e a dança ridícula em cima da mesa. Conto da viagem de volta para casa, de como Caleb me disse que é ruim nisso de encontros e da sugestão de que, talvez, devêssemos sair e ajudar um ao outro.

— Então, e o que você vai dizer a ele? — pergunta Stella.

— Se ele continuar me evitando, nada. — Pego o cupcake que ela deixou de lado e tiro um pouco da cobertura. — Se vai ser desse jeito, é melhor fingir que essa conversa nunca aconteceu.

— Não! — exclama Stella, ofegante, os olhos arregalados. Droga. Sei bem que cara é essa. Ela está *empolgada*. Empolgada do tipo comprar-uma-fazenda-de-árvores-de-Natal-do-nada-e-demolir-metade-dos-prédios. Ou assistir-a-todos-os-episódios-de-*Pesca-radical*-após-ler-um-livro-sobre-catadores-de-caranguejo.

Ela dá pulinhos.

— Não, não, não. Você tem que aceitar.

— Tenho?

— É óbvio.

Não para mim.

— Por quê?

— É o cenário perfeito. Um homem lindo com covinhas…

— Você também notou as covinhas dele? — Juro que nunca tinha reparado nisso antes desse fim de semana.

— Você falou várias vezes enquanto contava a história.

— Ah, beleza.

— Enfim, um homem lindo, gentil e com covinhas quer levar você pra sair. — Ela ergue um dedo como se estivesse marcando uma lista de compras. — Ele quer dar todo o carinho que você merece. — Outro dedo. — E quer que você o analise de forma crítica enquanto faz isso. Pra ser sincera, não consigo ver o lado ruim.

Dou mais uma mordida no cupcake e penso. Ela tem razão. Já desperdicei muito tempo com homens idiotas. A maré pode estar para peixe, mas a maioria deles habita o fundo do mar, com luzes estranhas penduradas na frente da cara. Eles atraem você para roubar seus brownies.

Não há nada de errado em me divertir um pouco. Eu mereço.

— Primeiro ele precisa parar de me evitar — digo, voltando ao problema original. Não posso aceitar a oferta se nunca mais o vir. Não acho que seja coincidência o fato de ele ter dado um fim repentino ao hábito de comer croissants logo após nossa conversa.

E assim, de repente, a ansiedade e a inquietação por levar um chá de sumiço se transformam em irritação.

Não é nada novo. Ser deixada na mão por um homem.

— É fácil resolver isso. — Stella tira o celular do bolso de trás da calça. — Vou ligar para a rede de comunicação e perguntar se alguém viu o Caleb pela cidade.

De jeito nenhum. Perguntar sobre Caleb seria fazer com que toda a cidade aparecesse à minha porta, pronta para opinar. Arranco o celular da mão dela tão rápido, que ele voa para dentro de uma tigela de recheio de bolo branco e cremoso.

Droga. Eu ia colocar isso em alguns donuts mais tarde.

Nós duas ficamos olhando para o aparelho até que a porta se abre e Beckett entra, com o boné virado para trás e as mangas da camiseta levemente arregaçadas. Ele está coberto da cabeça aos pés de sujeira, suor e...

— Isso é sangue?

— O quê? — Ele olha para a camiseta. — Ah, não. É recheio de morango. Peguei um donut na vitrine quando entrei.

Claro que pegou. Ergo a cabeça para o teto e resmungo.

— E o que você estava fazendo antes de entrar aqui?

Como encarregado da parte operacional da fazenda, não há nada de suspeito no fato de que Beckett parece ter passado a manhã inteira rolando em uma poça de lama. Mas, no último mês e meio, ele vem tentando me convencer de que eu deveria adotar um bando de galinhas da fazenda de produtos agrícolas vizinha. Tenho minhas suspeitas de que ele esteja construindo um galinheiro em meio às árvores ao lado da padaria, apesar de eu ter dito com todas as letras para que não fizesse isso.

Não quero galinha nenhuma, nem quero ouvir Beckett falando de galinhas tão cedo. Esse homem tem um problema sério.

O silêncio dele é a resposta de que eu que precisava. Nem me dou ao trabalho de abrir os olhos. Quero rastejar para baixo de uma das mesas de preparação e tirar uma longa soneca com uma garrafa de vinho enorme.

— Eu não estava fazendo nada — murmura.

— Aham.

Ouço a porta se abrir de novo e todo o meu corpo fica tenso. Eu me sinto como um elástico esticado demais, a dois segundos de arrebentar.

— Ei. — É a voz de Luka desta vez, as botas batendo contra o chão de madeira. — Está um clima estranho aqui.

Abro os olhos bem a tempo de vê-lo depositar um beijo demorado na nuca de Stella, com o braço em seus ombros e a mão pressionada sobre o coração dela. Ela segura o pulso dele e o aperta. Algo em meu peito também parece se apertar.

Estou feliz por eles. De verdade, muito feliz. Demoraram dez anos para chegar a um ponto em que podiam trocar carinhos com tranquilidade e sussurrar palavras de amor. Ninguém merece isso mais do que eles.

Mas também estou triste por mim. Um pouco cansada. Exausta tanto em minha mente quanto em meu coração.

Inspiro fundo pelo nariz. Expiro de novo. Beckett observa minha respiração controlada com atenção. Seu rosto fica cada vez mais sombrio quanto mais eu tento me acalmar.

— Luka — diz, sem se preocupar em olhar para o homem que está chamando. O que é bom, porque Luka está ocupado fingindo que não conseguimos ver sua mão na bunda de Stella.

— Que foi? — murmura Luka, com o nariz atrás da orelha de Stella.

— Vá buscar a caminhonete.

— Por quê?

Os olhos de Beckett se estreitam. Ele se parece com Clint Eastwood olhando em direção ao sol. A única coisa que falta é um palito de dente pendurado na boca. Evie está fora há duas semanas em uma viagem de trabalho, e o homem já está rabugento.

— Vamos partir em uma missão.

Luka, abençoado seja, não move um músculo sequer.

— Aonde nós vamos?

Beckett vira a cabeça para ele devagar.

— Você ainda tem tinta para o rosto?

Luka sorri. Stella resmunga. Eu dou risada.

O método favorito de Luka e Beckett para resolver problemas é se esconder em arbustos com o rosto pintado de camuflagem verde e preta e intimidar quem quer que esteja causando problemas. Na última vez que fizeram isso, Dane os colocou na cela de bêbados por quarenta e oito minutos e os obrigou a assistir a *Keeping Up with the Kardashians* como punição. Beckett quase chorou. Stella e eu tivemos de socorrê-los com donuts quentinhos com recheio de creme, o favorito de Dane.

Um sorriso surge no canto da minha boca.

— Não, não é uma situação de tinta no rosto.

— Então por que você parece chateada? E por que o celular da Stella está na tigela de cobertura?

— É recheio de bolo — murmuro, me sentindo impertinente. Pego a tigela e tiro o celular dali, dando alguns tapinhas para deixar cair o excesso de creme e limpando o resto com um pano de prato. Consigo sentir três pares de olhos em mim.

— Eu só... — Entrego o celular para Stella. Ela o pega, mas também agarra meu pulso e o segura firme. Luka muda de posição para poder apoiar um braço no meu ombro. Ficamos ali parados, nesse meio abraço em grupo esquisito. Não é ruim.

— Só estou cansada de me decepcionar — sussurro. Tento limpar a garganta, mas a tristeza gruda ali, pegajosa, fazendo minha voz soar estranha.

Estou cansada de ficar sozinha, é o que tenho vontade de dizer.

Ninguém diz nada em resposta. A cozinha está silenciosa, nada além do barulho do cronômetro no canto e do som constante do forno. Coloquei algumas tortinhas ali não muito tempo atrás. Mirtilo e ruibarbo com pequenas estrelas desenhadas na massa. Preciso tirá-las em breve. Mas, antes que eu possa sequer pensar em me soltar de Luka e Stella, Beckett resmunga atrás de mim, então nós três somos envolvidos por braços fortes e suados. É nojento. Vou precisar trocar de avental.

Stella me abraça pela cintura.

Também é a melhor coisa do mundo.

— Isso é estranho — murmura Luka em algum lugar acima da minha cabeça. Beckett faz um barulho de irritação e ouvimos um arrastar de pés. Luka grunhe e seu braço se choca contra meus ombros. — Mas também é gostoso! Beckett, caramba, por que você me chutou? Eu ia dizer que é gostoso.

— Não ia, não.

— Ia, sim. Ia dizer que a gente devia dar um abraço coletivo por dia. — Uma pausa. Um murmúrio pensativo. — A Evelyn tem sido uma boa influência pra você. Você está lidando melhor com sua necessidade de afeto.

Beckett resmunga de novo. Pressiono o rosto no ombro de Stella com uma risadinha.

— Independentemente do que aconteça — murmura ela enquanto Beckett e Luka continuam discutindo acima de nossas cabeças —, pode sempre contar com a gente, Layla. Você nunca vai estar sozinha.

Ela se reclina e sorri para mim.

— Goste você ou não.

Caleb finalmente dá as caras na quinta de manhã.

Ele emerge do bosque de árvores que circunda a padaria como um espírito lindo e vingativo, subindo os degraus de pedra como se não tivesse pensado em mais nada desde a última vez que o vi. Faço uma pausa com a bandeja de pão doce a meio caminho do balcão quando ele abre a porta com força, minha pobre guirlanda de flores voando pelo aconchegante salão.

Caleb parece a personificação da impaciência. Os ombros rígidos. A testa franzida. As mãos lutando contra a alça da mochila presa na maçaneta da porta.

Observo com interesse enquanto ele se solta, xingando baixinho o tempo todo.

Parece que ele correu até aqui. Talvez tenha sido atingido por um tornado no caminho.

Acho que nunca o vi tão desgrenhado.

Nem tão mal-humorado.

— Passe o celular — diz ele quando enfim consegue se soltar da porta. Sem *Oi*. Sem *Tudo bem?* Sem *Desculpa por ter ignorado você e seus croissants por três dias.*

— O quê? — Acho que ainda estou dez passos atrás, com a mão congelada a meio caminho entre o balcão e a vitrine, equilibrando um pãozinho. Se Caleb é o retrato da impaciência, então eu sou o da *confusão. Perplexidade.* — Por quê?

Ele atravessa a distância da porta até o balcão em três passos largos.

— Foi uma confusão atrás da outra nessa semana. Tentei vir todos os dias, mas o Alex estava de ressaca, depois minha *abuela* precisou de ajuda com os panos de prato e o Jeremy tinha um lance de um bilhete de amor. Foi… — Ele pressiona dois dedos entre as sobrancelhas escuras e dá um suspiro pesado, a tensão se estampando em seu rosto e na forma como tenta se conter no espaço à minha frente. — Me desculpe por não ter vindo. Eu deveria ter vindo. Queria ter vindo. Tentei mandar mensagem, mas eu não tenho o seu número.

Franzo a testa e respondo à última frase.

— Como isso é possível?

É estranho que alguém que conheço, nem que seja de vista, há alguns anos, não tenha meu número de celular. Acho que o Clint, do corpo de bombeiros, tem meu número.

Caleb parece frustrado.

— Não sei.

— Você poderia ter ligado pra padaria.

Seu rosto se contrai. Fica óbvio que ele não tinha pensado nisso.

— Acho que poderia. — Ele tira a mão do rosto e pede, impaciente, com dois dedos. Meu olhar se fixa nesse movimento discreto e gradual. — Celular, por favor.

Coloco a bandeja de pães no balcão e puxo meu celular. A ponta de seus dedos roça nos nós dos meus quando ele o pega, o toque suave. Ele dá um sorriso discreto quando vê a capinha rosa de cupcake do aparelho, sua expressão mal-humorada se suavizando.

— Vou levar você pra sair amanhã — anuncia.

Ergo as sobrancelhas e pisco algumas vezes, desviando o olhar de onde ele está escrevendo em minha tela.

— Ah, é?

Ele murmura em confirmação.

— Pego você às seis e meia. — Ele me devolve o celular, os olhos castanho-escuros procurando os meus. Consigo distinguir, neles, manchas douradas na luz da tarde que entra pelas grandes janelas. Um sorriso se forma no canto de sua boca.

Coloco uma mecha de cabelo atrás da orelha. Estou com dificuldade em entender a situação. Alguns segundos atrás, eu estava reabastecendo a vitrine de pães e, no segundo seguinte, Caleb está entrando pela porta da frente. Achei que não o veria de novo por mais quatro ou seis meses, quando poderíamos fingir que a carona em seu jipe nunca aconteceu.

Eu o noto me observando.

— O que foi?

— Nada — diz, seu sorriso se transformando em algo mais selvagem. — Você está bonita hoje.

— Eu sempre estou bonita.

Ele traça o lábio inferior com o polegar, seu olhar indo dos meus olhos até a curva do meu queixo. A inclinação do meu pescoço. Meu avental vermelho-vivo com desenhos de moranguinhos.

— É verdade — responde baixinho.

Ele limpa a garganta e pisca para a minha vitrine de vidro transparente, e um som profundo sai de sua boca. É o som da mais pura e verdadeira admiração. Sinto o calor subir pela minha nuca.

— Isso são pães doces?

Eu limpo a palma das mãos no avental, meu rosto quente.

— São, sim. — Fico chocada em perceber como, de repente, estou tão interessada na aparência, nos sons e no comportamento de Caleb. Está tudo misturado com nossas brincadeiras amigáveis, minha percepção geral dele. Ele me virou de pernas para o ar, sou a mais pura confusão. Limpo a garganta. — Quer um?

A julgar pela cara que faz, ele quer muitos. Mas tudo o que faz é passar a língua no lábio inferior enquanto continua encarando os pães. Levo a mão ao pegador e agarro um pão doce ainda quente com cuidado. Balanço o pão em frente ao rosto dele.

— Caramelo com flor de sal — provoco com a voz melodiosa.

— Eu não deveria comer. — Ele já está se aproximando, como um marinheiro bêbado levado pela luxúria.

— Ah, deveria, sim.

Caleb olha para o pão como se nunca tivesse visto nada tão tentador em toda a sua vida. Seus olhos ficam pesados, e uma respiração profunda começa em seu peito e desce pelos ombros. Bochechas rosadas. Esse é um olhar feito para a calada da noite. Para mãos que agarram e peles suadas. Sua língua aparece no canto da boca de novo, a palma da mão trabalhando em seu maxilar. A outra mão está apoiada no balcão, o antebraço flexionado. Olho fixamente para os cinco centímetros de pele expostos por sua manga dobrada.

— Por que você só come croissants de manteiga, Caleb? — Mantenho minha voz baixa. Animada. Provocante. Ele faz outro som suave. — Há um mundo inteiro de sabores esperando por você.

Ele pisca para desviar o olhar da guloseima em minha mão e se sacode para sair de seu estupor. Ele me olha nos olhos.

— Isso é jogo sujo.

Dou uma risadinha e coloco a sobremesa na sacola para viagem.

— Você não faz ideia. — Há poucas coisas que eu goste mais de fazer do que alimentar as pessoas. Seguro a sacola sobre o balcão para que ele a pegue. — Sim, vou sair com você amanhã, mas, se me deixar esperando de novo, vamos encerrar esse acordo. Não quero ser enrolada.

Não por você. Essa parte guardo para mim mesma.

— Não vou — responde, seus olhos perdendo um pouco do brilho do caramelo com flor de sal. — Juro que não vou. Não era minha intenção.

Meu estômago se contorce e se contrai.

— Estou me arriscando e suspendendo minha regra de não namorar ninguém da cidade.

Ele parece achar graça, mas não ri.

— Bom... — Ele para de repente e coça uma vez atrás da orelha.

— Bom o quê?

— Na teoria, não estamos namorando, certo?

— Tá bom. — Balanço a sacola de papel para a frente e para trás, talvez com um pouco mais de agressividade do que deveria. — Estou suspendendo minha regra de não sair com homens que conheço da cidade.

— Ah, sei. Agora eu entendi.

— Tá bom, então.

— Tá bom — concorda. — Venho buscar você amanhã.

Ele pega a sacola da minha mão e se afasta.

Observo, entretida, enquanto ele desvia da maçaneta da porta.

— Até amanhã, então!

Ele acena com a mão sobre a cabeça e desaparece nos degraus. Passa por entre as árvores que abraçam a passagem, cada passo seguro nas lajes de pedra.

Ele desabotoa o colarinho enquanto se move no calor do verão, e tenho um flashback daquela maldita camisa havaiana.

Abacaxis.

Flores.

Clavículas.

Meu celular vibra no balcão.

Abro a mensagem e encontro uma foto de Caleb, metade do rosto enquadrado, a maior parte da imagem ocupada por um pão doce com uma mordida monstruosa faltando. Suas bochechas estão cheias, o sorriso fazendo as rugas dos olhos ficarem mais profundas.

Um "ah" suave escapa da minha boca sem permissão.

E ele tem a coragem de falar que a perigosa sou eu.

Caleb

O melhor que já provei.

Deixo escapar uma risada.

Respondo à mensagem.

Layla

Pode ter certeza disso.

6

CALEB

— VOCÊ É cheio de surpresas — diz Layla, com as mãos apoiadas na cintura enquanto olha para o lugar onde estamos. Também estou olhando, porém mais concentrado no banner que parece prestes a cair. As palavras um pouco tortas para a esquerda, "Deixa Rolar", estampadas em letras neon. "Pista de patinação e parque de diversões" em negrito logo abaixo.

Mas, então, Layla morde o lábio inferior e eu me distraio por uns doze segundos.

Ela se vira para olhar para mim.

— Acho que nunca vim aqui antes. Você ganhou uns bons pontos pela originalidade.

Uma onda de inquietação me atinge em cheio no peito.

— Vai ter uma pontuação?

— Ah, com certeza. Você disse que queria um parecer, e pretendo ser bem minuciosa.

— Eu tinha esperança de que você tivesse esquecido essa parte — murmuro, mais para mim mesmo do que para ela. Desde que entrei de repente na padaria e exigi o celular dela, não consegui me acalmar mais. — No que mais estou sendo avaliado?

Um sorriso malicioso se forma nos cantos da boca dela.

— Ah, é claro que você adoraria saber.

— Com certeza. Então me conte.

Ela dá de ombros.

— Não vou entregar de bandeja.

— Nem uma dica?

Ela balança a cabeça.

Eu me balanço para a frente e para trás e enfio as mãos nos bolsos de trás. Ela fica bem assim, sorrindo, provocadora. Muito melhor que aquele olhar triste e tímido do outro dia no bar da praia, que a fazia se apagar e parecer pequena.

Se consigo fazê-la sorrir assim, acho que estou no caminho certo.

Um pouco da ansiedade que estava em meu peito se dissipa.

Mas volta a aumentar quando um grupo de adolescentes passa correndo por nós. Franzo a testa ao vê-los entrar pelas portas. Não deveria haver ninguém além de nós esta noite. Eu pedi um favor e reservei a pista só para Layla e eu.

Pelo menos achei que tinha feito isso.

Eu me lembro muito bem da conversa que tive ao telefone com Oliver, o proprietário. Promessas foram feitas. Datas foram marcadas.

As portas da pista de patinação se abrem e o barulho ecoa como uma explosão.

Adolescentes gritando e algo que soa vagamente como a música do Flo Rida.

Acho que promessas não foram feitas. Datas não foram marcadas.

As instruções que dei para Oliver eram simples. Queria a pista só para mim por uma hora. O sistema de som conectado ao meu celular. Dois pares de patins e jantar na lanchonete.

Vinte e seis mil adolescentes cheios de hormônios não estavam inclusos nesse pedido.

Franzo a testa para a porta.

— Isso — Layla está confusa — não é o que você tinha planejado?

— Não exatamente. — No ano passado, ajudei Oliver a conseguir todas as licenças para abrir a pista para a temporada de roller derby. Ele me ofereceu uma temporada grátis no Deixa Rolar como forma de me agradecer, mas achei que não era necessário. Agora era a hora de ele me pagar esse favor.

— Ah, era pra estar fechado para o público.

— A pista era só pra nós dois? — As sobrancelhas de Layla se erguem.

Eu assinto.

— Aham.

Ela olha para mim por alguns instantes e depois para a pista de patinação.

— Acho que ninguém nunca reservou nada pra mim antes — comenta baixinho.

Será que exagerei? Coço a nuca e aliso o cabelo para baixo. Não achei que uma pista de patinação por uma hora em uma sexta-feira à noite fosse algo tão impressionante. Ou talvez seja, não sei. Talvez seja demais.

Talvez eu esteja me esforçando demais.

— É o que você merece, lembra? — pergunto com delicadeza.

Ela sorri para mim, o sol difuso de verão fazendo-a brilhar.

— Sim — responde com uma espécie de alegria comedida.

Meus pés se movem sem meu consentimento, dois passos à frente até que eu possa ver as tímidas sardas sobre a ponte de seu nariz. Ela inclina a cabeça para trás e me recebe em seu espaço. Aponto para as portas com a cabeça.

— Se você quiser, a gente pode fazer outra coisa. Acho que a gente pode acabar traumatizado lá dentro.

— Será que vai ser tão ruim assim? Você vai estar comigo. — Ela ergue o queixo, e sinto o cheiro de massa folhada douradinha, recém-saída do forno. Algodão-doce e granulados coloridos. Caramba, ela tem cheiro de *sobremesa*.

— Vou, sim — asseguro. — Mas eu acho que deveria ter perguntado se você sabe patinar.

— Não patino desde que era criança. — Ela dá de ombros, como se não fosse nada de mais. — Mas vamos dar um jeito nisso juntos.

Ao menos ela está vestindo uma roupa apropriada para andar de patins, ainda que bastante inapropriada para que eu mantenha a situação sob controle. Short curto com as barras desfiadas. Uma regata de um laranja bem vivo e um lenço verde-água enrolado no cabelo curto. Camadas de colares dourados que refletem a luz. Muitas cores vivas, vibrantes.

— Podemos ir ao fliperama em vez disso — proponho.

— A noite é uma criança. Vamos deixar acontecer.

Ela estende a mão para mim e me segura pelo braço, me puxando com força para entrarmos no prédio. Quanto mais nos aproximamos, mais altas ficam as batidas da música. Faço careta de novo. Parece... "The Electric Slide"? Talvez?

Layla abre a porta e sou sufocado pelo cheiro de frango frito e spray desinfetante. Couro e pipoca. Parece que todos os alunos do ensino médio estão na pista neste instante. Vejo Jeremy passar, desviando e cortando os outros patinadores a uma velocidade vertiginosa. Seguro um resmungo de frustração.

— Por favor, não me avalie só por isso.

— Não posso prometer nada. — Layla ri. Ela aperta meu braço de novo. Acho que gosto um pouco demais disso. — Você está indo bem, Caleb. Não tentou passar um removedor de fiapos em mim nem tirou uma venda do bolso de trás. Até agora, está tudo ótimo.

Olho para o topo da cabeça dela, preocupado.

— Quem tentou colocar uma venda em você?

Ela me ignora e nos faz continuar andando.

— Vamos patinar.

Quando atravessamos a horda de adolescentes, a impressão é de que todos estão grudados no celular, chorando em seus grupos ou gritando a plenos pulmões. Quando, enfim, chegamos até Oliver no balcão, estou perturbado e irritado. Oliver olha para mim e arregala os olhos.

— Ai, merda — sussurra —, você quis dizer *essa* sexta.

Layla murmura e pega um par de patins em cima do balcão, dando um tapinha no meu quadril antes de desaparecer para encontrar um banco para trocar de sapato. Acho que também gosto um pouco demais disso. Se um apertão no braço e um tapinha na cintura me deixam assim, preciso encontrar algum tipo de válvula para aliviar a pressão.

Volto a olhar para Oliver e tento controlar minha frustração.

— É claro que eu quis dizer essa sexta. Foi exatamente isso que eu falei. Essa sexta.

— Foi mal, cara. É a Noite do Ensino Médio.

Olho por cima do ombro e conto pelo menos sete de meus alunos. Jeremy já está pendurado na grade, acenando como um lunático. A dor de cabeça começa a surgir atrás dos meus olhos, no ritmo da batida de "boogie woogie, woogie".

— Pelo menos você se lembrou de colocar a comida no forno como eu pedi?

Oliver faz uma careta e coça o canto da boca. Há uma mancha vermelha em seu colarinho que suspeito ser bastante parecida com o molho marinara da pizzaria do Matty. Sendo mais específico, o molho marinara que Matty usa na beringela à parmegiana. A beringela à parmegiana que eu comprei, trouxe para cá e guardei na geladeira nos fundos da lanchonete para o jantar de mais tarde.

— Achei que você tinha me trazido um lanchinho.

Eu encaro Oliver.

— Achou que eu tinha trazido um lanchinho pra você?

Gosto de pensar que sou uma pessoa paciente. Gentil, grande parte do tempo. Mas nunca tive pensamentos tão sombrios e perigosos como os desta semana. Quando parece que minha família, toda a escola, o proprietário da pista de patinação e todos os seres deste mundo estão conspirando contra mim.

Oliver dá dois passos para trás, se afastando do balcão em que entrega os patins alugados.

— Caleb. — Layla me chama de seu banco, com um dos patins no pé e o outro na mão. Ela escolheu um par com pequenos crânios e ossos cruzados, cadarços rosa-vivo e rodas roxas neon.

Ficam bem nela.

Pego meus patins. Os meus têm cachorros-quentes dançantes, afinal, por que não teriam? Estreito os olhos para Oliver.

— Agora você me deve dois favores. Três, se incluirmos a beringela à parmegiana.

Ele engole em seco e concorda, nervoso.

— Pode deixar, cara. Aproveitem a pista.

Não me dou ao trabalho de responder. Ia aproveitar mais a pista se ela tivesse sido reservada só para nós, como pedi, e eu pudesse tentar segurar a mão de Layla sem ter Jeremy Roughman gritando comigo do outro lado do ambiente. Agora, vou ter que me esquivar da minha turma de espanhol do ensino médio e gritar mais alto que o Cupid Shuffle.

Desabo no assento ao lado de Layla.

— Sinto muito, de verdade.

Era para eu mostrar para ela como as coisas podem ser boas. Não a incentivar a voltar para o mercado dos encontros.

— Eles têm nachos aqui, Caleb. — Ela enfia o pé no outro patim e se atrapalha com os cadarços. Afasto a mão dela e apoio seu tornozelo no meu joelho, desatando o nó. Ela expira, um tanto instável, e me observa. — Você continua com muitos pontos.

Puxo e aperto os cadarços até ficarem perfeitos, me concentrando na tarefa, e não na minha mão, que está em volta da pele nua de seu tornozelo, para mantê-la firme.

— Acho que está bom.

Layla me cutuca com seu patim perfeitamente amarrado.

— Sério, Caleb. Está tudo bem. Vamos nos divertir um pouco, tá?

Para meu azar, não consigo descobrir como fazer isso.

Não sei a quem culpar. Oliver, por não ter feito exatamente o que pedi. Ou a mim mesmo, por ter pensado que essa era uma boa ideia, para começo de conversa.

Ou Jeremy, por patinar a cerca de um metro atrás de mim e de Layla o tempo todo, fazendo seus incríveis comentários e sugestões.

— Cara, você precisa se equilibrar. *Equilíbrio*. São quatro rodas embaixo dos pés, não entendo por que toda essa dificuldade.

Eu o ignoro e me sento na pista, os braços largados sobre os joelhos. Layla derrapa até parar mais à frente e depois volta para onde estou jogado no chão. De novo.

— Por que você me trouxe em uma pista de patinação se não sabe patinar? — pergunta Layla, tentando me ajudar a me levantar. Mas ela está rindo muito, e meus pés escorregam toda vez que consigo ganhar impulso, como um daqueles personagens de desenho animado presos no lugar, com os pés escorregando embaixo deles.

— Achei que seria fácil aprender — digo ofegante, afastando as mãos dela com um tapinha e rolando para ficar de lado. Eu me apoio em meus joelhos e tento me equilibrar. Talvez eu fique aqui no chão mesmo. Quero passar o resto dos meus dias neste piso brilhoso e escorregadio.

Vou ficar com hematomas na bunda pelos próximos dois a cinco anos. Vai ser uma vitória se conseguir sair vivo desta pista. E, para ser sincero, a morte parece mais atraente do que essa humilhação contínua.

— Use os braços — grita Jeremy do outro lado da pista, as mãos em concha ao redor da boca. — É questão de equilííííbrio.

Meu Deus.

Eu o ignoro e inclino minha cabeça na direção de Layla, que está em pé, no mais impecável equilíbrio, perfeitamente imóvel ao meu lado.

— Li na internet que pistas de patinação são nostálgicas e românticas — confesso. Pensando melhor, acho que gastei tempo demais nessa ideia. — Achei que você ia gostar.

Um garoto da minha turma de espanhol patina um pouco perto demais dos meus dedos espalmados, e eu cerro os punhos. Em algum lugar ao longe, meus alunos estão começando a cantar em coro.

— Vamos, *señor* Alvarez. Se levante.

Que maravilha.

— E eu gostei.

Layla me segura pelos pulsos enquanto me ajuda a me levantar, encostando a bunda na parede para se apoiar. Ela continua me segurando enquanto procuro me equilibrar, de pé e curvado na frente dela. Nessa posição, quase consigo encostar o queixo no topo de sua cabeça. De alguma forma, os pés dela estão parados. Tão estáveis que chega a ser irritante. Fico olhando para as discretas flores no lenço verde-água retorcido no cabelo e tento me concentrar.

Não sou melhor do que aquele cara com o removedor de fiapos. Ou o cara que a levou até aquele bar na praia e depois a deixou sozinha. Eu a trouxe a uma pista de patinação lotada na Noite do Ensino Médio e eles já colocaram "Call Me Maybe" para tocar umas treze vezes. O ar fede a chulé, a hormônios e ao corredor de desodorantes de uma enorme loja varejista. Teria sido mais fácil levá-la direto para o inferno.

Ela pisca para mim, os olhos cor de avelã brilhando mais que a droga da bola de discoteca. Uma emoção que não sei nomear aparece nos cantos de seus lábios, mas estou concentrado demais em não quebrar todos os ossos do meu corpo e, por consequência, os dela, quando acabar fazendo nós dois cairmos na tentativa de descobrir.

Ela deve estar se perguntando quantas voltas ainda tem que dar antes de ir embora. Se vale a pena ficar para comer um pretzel macio ou se é melhor esquentar algo no micro-ondas em casa.

Layla ajusta o aperto de mão até que suas palmas estejam pressionadas contra as minhas. Aperta uma vez e começa a patinar de costas, devagar.

— Vamos falar dessa pesquisa que você fez.

— Não vamos, não.

— Era um artigo do BuzzFeed?

Olho para nossos pés, assumindo minha culpa.

— Era um artigo acadêmico muito qualificado.

— Sobre pistas de patinação.

— Isso. Até citaram algumas fontes — hesito. — Queria que você se divertisse, mas acho que exagerei.

De novo.

Ela não diz nada em resposta. Seu rosto se assenta em uma expressão suave, contemplativa. Já vi esse olhar antes. Normalmente quando ela está com uma espátula minúscula na mão e a língua entre os dentes, inclinada na altura do bolo, na beirada do balcão.

Ela patina em uma curva, ainda de costas, me puxando junto. Devagar, devagar, devagar. Jeremy passa por mim e grita algo vagamente encorajador.

— Vai com tudo! — Eu não olho para nada em particular.

— Caleb?

— O quê?

Ela aperta minhas mãos.

— Caleb. — De novo. Mais suave desta vez. Uma risada na ponta da língua.

Paro de tentar abrir um buraco no holofote de luzes coloridas com o olhar e olho para Layla, que está com o rosto inclinado em direção ao meu. Sua pele brilha sob as luzes irregulares, um toque de rosa-pálido nas maçãs do rosto altas. Seus olhos parecem quase verdes na escuridão da pista, o cabelo roçando a parte superior de seus ombros. Ela parece feliz.

— O quê? — pergunto, atordoado com aquele olhar. Quero dobrá-lo e colocá-lo no bolso da carteira. No lugar onde guardo uma moeda de um centavo que meu abuelo me deu e meu cartão de fidelidade da barraca de raspadinha.

— Eu gostei da pista de patinação. — Os polegares de Layla roçam nos nós dos meus dedos. — Nota dez.

— Pare com isso.

— Me desculpe — sussurra ela em meio a outra risada. — Não consigo evitar.

Layla não parou de rir desde a minha última grande queda, quando meu cotovelo atravessou um dos aparadores de madeira e eu fiquei tão preso, que Oliver praticamente teve que me arrancar de lá. Vi seis adolescentes com celulares apontados na minha direção. Não quero nem saber o que vou encontrar nas redes sociais daqui a vinte minutos.

Aperto os lábios para disfarçar o sorriso e pego um nacho da bandeja dela. Layla tenta se acalmar, mas basta olhar para o meu cotovelo para cair na gargalhada de novo. Ela se joga de costas na grama alta atrás da pista de patinação, as mãos segurando a barriga.

— Tudo bem, já chega.

— Acho que não. — Ela consegue dizer enquanto respira fundo duas vezes, arfando e ofegando.

Eu olho para o estacionamento e mordo meu nacho.

— É culpa dos band-aids — declara com um suspiro. Ela estende a mão e passa o dedo na borda de um curativo amarelo-vivo do Garibaldo. Um dos muitos ao longo do meu braço. — Você disse que não precisava, mas o Oliver insistiu em colocar.

— Que tipo de pista de patinação não tem curativos comuns?

— Não sei. O Grover combina com você. — Ela desce a mão até meu antebraço, onde três outros curativos estão colados. Toca o rosto azul do integrante da Vila Sésamo logo acima do meu pulso. Eu nem me cortei ali. Não sei o que se passou na cabeça do Oliver.

Pego outro nacho.

— Eu não estava no meu melhor esta noite.

— Eu não diria isso — rebate. — Teve diversão, jantar. — Ela aponta com a cabeça para a bandeja de nachos entre nós. — E sobremesa, se você me levar lá dentro pra comer churros. Foi muito melhor do que meus encontros costumam ser, se você não me abandonar no estacionamento quando acabar.

Estreito os olhos para ela.

— Esse encontro não deveria estar nem perto do topo da sua lista, Layla.

Ela dá de ombros.

— Sou eu quem decide isso, não você.

Ela se reclina, apoiada nos cotovelos, o corpo em uma curva suave contra a grama. É o fim do verão e parece que o anoitecer demora mais a chegar, o sol brilha firme e forte no céu logo acima do horizonte. O vento quente sopra pelo pequeno canteiro em que estamos, as ervas daninhas e as flores balançando ao nosso redor. Sopra no cabelo dela, fazendo a ponta do lenço esvoaçar e passar por seu pescoço nu. Eu sei reconhecer uma tentação quando a vejo.

Eu me pergunto se a pele ali tem um gosto tão doce quanto a calda de mel que ela usa. Ou se o sabor é mais forte, como o da ganache de chocolate grossa e pesada que coloca em alguns dos bolos. Eu me pergunto se eu ficaria com o gosto dela em minha língua por horas. Se a desejaria com tanta intensidade.

— Caleb.

Eu me forço a desviar o olhar da curva de seu pescoço, minhas bochechas ficando quentes. Em vez disso, olho para o céu, para as nuvens brancas e fofas que passam devagar. Layla e eu não teremos esse tipo de relacionamento. Temos um acordo.

— O quê?

— Eu disse "Talvez seja melhor a gente decidir como vamos fazer".

— Como vamos fazer o quê? Dividir os nachos? — Empurro a bandeja na direção dela. — Eu já disse que você pode ficar com o queijo.

— Não. — Ela parece entretida. — Nosso acordo. Da última vez que falamos disso, você invadiu minha padaria e exigiu meu celular, todo irritado.

— Ah. — Esfrego a sobrancelha com um dedo. Foi exatamente isso que fiz. — Sim, você tem razão. Aliás, me desculpe por aquilo. Eu estava… estressado.

— Está tudo bem?

— Aham. — E está *tudo bem*. Supondo que o machucado da queda na parede da pista de não tenha infeccionado. — Do que você queria falar? Acha que a gente devia criar algumas regras?

Ela faz uma careta.

— Não, acho que não precisa. Faz parecer que é… — Ela se interrompe, procurando as palavras certas.

— De mentira?

Sua expressão fica mais tranquila, mais suave e os olhos, mais brilhantes. Sob a luz do sol, eles combinam com a grama ao nosso redor. Verde-floresta. Manchinhas marrons no meio.

— É, isso mesmo. Eu não quero.

— Eu também não.

— Ótimo.

Layla pega uma folha de grama e a segura entre o polegar e o indicador, me observando o tempo todo.

— Por que você está fazendo isso, Caleb?

— Eu já disse. — Eu me certifico de retribuir o olhar dela. É importante que acredite em mim. Que entenda que estou falando a *verdade*. — Tenho tido certa, hum, dificuldade nos meus encontros. E preciso que você me ajude a descobrir o porquê.

Ela inclina a cabeça para o lado e examina meu rosto. Sinto seu olhar se arrastar como um dedo contra minha bochecha, virando meu rosto na luz para avaliar.

— Você andou levando alguém pra andar de patins?

— Só você.

— Hum.

— O que foi? — pergunto. — Esse *hum*.

— Significa que ainda não cheguei a uma conclusão. Temos mais trabalho a fazer. Mais encontros pra ir, coisas pra descobrir.

Eu tento conter o sorriso.

— Acho que sim.

— Ótimo.

Desta vez, não tento conter o sorriso. Ele surge de dentro de mim.

— Excelente.

Ela pega outro nacho e coloca uma quantidade absurda de queijo derretido nele.

— O que você acha? Um mês?

Como ela consegue dar uma mordida delicada naquela monstruosidade, eu nunca vou saber.

— Um mês parece bom.

Dois também. Ou quatro. Poucas coisas soam melhor do que me sentar ao lado de Layla, comendo nachos meio murchos na grama atrás do Deixa Rolar.

Mas esse é exatamente o impulso que estou tentando refrear com esse pequeno experimento. Quando percebo o indício de algo começando, me jogo de cabeça, me dedico de corpo e alma. E depois fico em dúvida. Penso demais. Tento alugar uma pista de patinação para um único encontro com a garota de que gosto.

Demais. Rápido demais.

— E se um de nós quiser terminar, não importa o motivo, acabou. Sem explicações.

— Parece justo. — Pego um pouco de molho e, de alguma forma, consigo derramá-lo sobre meu peito. Dou um peteleco em uma cebola e a vejo voar pela encosta da colina. — E durante esse mês seremos só nós dois. Não vou sair com mais ninguém.

Não menciono o fato de que ninguém desperta meu interesse já faz algum tempo. Tenho andado bastante ocupado comendo croissants de manteiga e encomendando uma quantidade ridícula de bolos personalizados. Layla me observa, uma mecha de cabelo dançando em sua bochecha. Quero ajeitá-la com cuidado atrás de sua orelha. Quero passar os nós dos dedos em sua pele e sentir como ela é macia.

— Eu também não vou sair com mais ninguém — declara. É um experimento, lembro a mim mesmo. *Isso é um experimento.* A onda de prazer que sinto ao pensar que Layla passará seu tempo só comigo não é apropriada.

— Não é como se eu estivesse abrindo mão de muita coisa — acrescenta ela —, meus encontros têm sido horríveis.

— Com sorte, vamos consertar isso, apesar desse belo desastre com os patins.

Ela se anima.

— Esse desastre com os patins foi incrível, muito obrigada.

Eu me ocupo com outro nacho da bandeja enquanto observo a luz do sol derretendo sobre sua pele. Vermelho, dourado e um laranja profundo. Parece que ela foi feita para estar exatamente aqui, esparramada na grama ao meu lado, com a bainha desfiada de seu short contra a pele sedosa das coxas. Sinto uma pontada em todo o meu lado esquerdo por ter caído repetidas vezes, mas também sinto outra na base da coluna. Na palma das mãos.

— Uma última pergunta — diz.

Pisco para olhar para o rosto dela. Estou acostumado com um metro e meio do balcão entre nós e com os aventais coloridos amarrados ao pescoço. Estar sentado tão perto de Layla e ter toda a sua atenção voltada para mim é um exercício de resistência.

— Diga. — Minha voz sai rouca. Limpo a garganta.

O sorriso de Layla se transforma em algo enorme. Mais radiante que as cores que dançam em fitas no céu.

— Quando você vai me levar pra sair de novo?

7

LAYLA

— Que bagunça é essa?

Beckett dá um pulo quando encosto meu ombro no batente da porta dos fundos da padaria, uma xícara de café nas mãos. Com certeza ele não esperava que eu estivesse aqui hoje. Aposto que estava contando exatamente com isso, se a tela de galinheiro enrolada em seus braços e a expressão de culpa meio sombreada pela aba do boné de beisebol servirem de indicação.

Ele pisca algumas vezes. Tomo um gole da minha caneca. É assim que noventa por cento de nossas conversas começam e terminam.

— Não estou fazendo nada — diz, como se não estivesse com uma viga de madeira apoiada no ombro.

— Hum.

Não digo mais nada. Ele se mexe, desconfortável. Bom, tanto quanto um homem do tamanho dele, segurando todos os suprimentos para um galinheiro entre seus enormes braços tatuados, pode se mexer.

Ele suspira e deixa tudo cair no chão em um estrondo. Cruza os braços e faz uma careta para mim.

— O que você está fazendo aqui? — exige saber.

— Eu trabalho aqui — respondo com calma.

— Não nas manhãs de sábado.

Tomo mais um longo gole de café da minha caneca. Beckett se remexe em silêncio.

Demoro um pouco para dizer:

— Bom saber que isso foi premeditado.

— As galinhas precisam de um lugar pra morar, tá? Não quero estar no supermercado e me perguntar se a Delilah está na prateleira de frango.

— Delilah?

Ele me olha fixamente.

— É o nome dela.

Claro que é.

— Por que você não constrói uma casa para a Delilah no seu quintal?

Ele murmura alguma coisa.

— Como é que é?

Ele olha para cima e revira os olhos, encarando as grandes nuvens brancas e fofas que se espalham pelo céu. Está quente, o calor pressiona a pele nua dos meus braços, subindo pelo pescoço. Beckett coça a nuca e ajusta o boné de beisebol até que fique virado para trás.

— A Evelyn me proibiu — explica —, depois da Clarabelle.

É verdade. A vaca que ele resgatou daquela fazenda caindo aos pedaços na Virgínia. Ela era mantida em um curral de concreto, com bolhas na barriga e nas costas. Agora ela vive no pasto atrás da casa de Beckett, pastando à vontade. Ele faz coroas de flores para ela, tenho certeza.

Ele hesita.

— E da Zelma.

Outro pato. Além dos quatro gatos que ele adotou antes e do pato que já vive na estufa. Ainda bem que a casa dele é enorme, nos confins do terreno da Lovelight. Ele é o administrador do próprio santuário de animais por lá.

— Quando a Evelyn volta?

— Amanhã.

Ótimo. Talvez ele pare de se esgueirar pelo terreno, então. Eu me afasto do batente da porta e o chamo para entrar.

— Venha. Fiz pão de abobrinha.

Ele me segue sem dizer mais nada, deixando a pilha de madeira, arame e sabe lá Deus o que mais no chão. Talvez eu possa pedir a Luka que esconda tudo enquanto Beckett estiver ocupado comendo. Apesar de que Luka deve estar embaixo de quarenta e sete edredons na casa de Stella, roncando alegremente nesta manhã de sábado.

Beckett se joga em um banco na extremidade oposta da minha mesa de trabalho, com o queixo apoiado na mão, as tatuagens que se estendem ao longo de seus braços à mostra sob luz da manhã. Ele percorre a cozinha com o olhar, procurando o pão de abobrinha com o qual o tentei a entrar.

Parte de mim quer mantê-lo ali até que eu consiga convencê-lo a parar de tentar construir um galinheiro no meu quintal, mas uma parte ainda maior quer se livrar de algumas dessas sobras para as novas fornadas que vou assar hoje de manhã. Sempre valorizei mais a praticidade que a punição.

— Ali dentro. — Aponto para uma pequena bandeja de metal com árvores dançantes impressas nas laterais e coberta com papel-alumínio na beirada do balcão. — Sem gotas de chocolate dessa vez. Foi mal.

Beckett faria praticamente qualquer coisa por uma fatia de pão de abobrinha. Certa vez, quando Stella declarou, toda presunçosa, que tinha pegado a penúltima fatia, ele empurrou Luka de cabeça em uma árvore para subir os degraus da padaria primeiro.

Ficamos sentados em silêncio, Beckett com seu pão, eu com a massa de donut em que estava trabalhando antes de ouvi-lo nos fundos. Não costumo vir aos sábados de manhã, é verdade, mas estava me sentindo inquieta. Acordei e pensei em Caleb no mesmo instante. Aquelas malditas covinhas. Enquanto servia meu café, continuei a pensar nele após sua última queda, estatelado no chão da pista, o braço longo cobrindo os olhos.

As imagens ficavam vindo à minha mente como em uma fita de filme antigo. A linha de seu maxilar. O polegar no lábio inferior e uma gota de molho na frente da camiseta. Pernas longas estendidas na grama. Ele não é nada do que eu esperava que fosse.

Foi o encontro mais divertido que já tive.

— Que cara é essa que você está fazendo?

Volto a misturar a massa.

— Que cara?

Beckett estreita os olhos para mim.

— Esse sorriso estranho. — Ele tenta imitar meu sorriso, as bochechas cheias de pão de abobrinha. Parece ridículo. — Nunca vi você com essa cara antes.

— Bom, eu não consigo ver meu próprio rosto, não é mesmo? — Eu me irrito.

— É. — Ele revira os olhos e volta a comer o pão. Misturo a massa até meu braço começar a doer. Ele murmura alguma coisa que soa vagamente como *irritadinha*.

— Você… — Hesito, sem saber se quero fazer a pergunta que tem me incomodado. A pergunta em que penso mais quando estou com ele e a Evelyn, a Stella e o Luka. A cada vez que observo um casal passando juntos, em perfeita sincronia, pelas portas da frente da padaria.

Beckett me observa com mais paciência do que mereço, a bandeja de pães aninhada entre as mãos.

— Eu o quê?

— Você achava que ia encontrar alguém antes? — Engulo o nó em minha garganta. — Você achava que algum dia encontraria a Evelyn?

O rosto dele se transforma ao ouvir o nome dela, uma calmaria se instalando em seus ombros.

— Não — responde. Ele inclina a cabeça para o lado e passa a palma da mão no queixo. — Não achava. Não sou a pessoa mais sociável do mundo e eu… eu tenho dificuldade pra me relacionar com as pessoas. Você sabe disso.

Beckett tem problemas com interações sociais, espaços pequenos e barulhos altos. Ele leva algum tempo para se acostumar com as pessoas, para começar a conversar. Suspeito de que seja por isso que passe tanto tempo nos campos. Na quietude, ele pode se recompor com mais calma.

— Mas a Evelyn viu partes de mim que ninguém mais tinha visto e decidiu que queria ficar com elas. Eu também queria ficar com as dela. Sou… — ele limpa a garganta — sou muito grato por isso. E eu, hum, acho que você deve ter notado que fica meio difícil pra mim quando ela não está por aqui.

O homem tem andado pela fazenda todo mal-humorado, como se alguém tivesse tirado o brinquedo favorito dele. Evelyn viaja por causa do trabalho com a Coligação dos Pequenos Negócios Americanos, ajudando pequenas empresas como a nossa em todo o país a se adaptarem ao mundo digital. Ela é incrível no que faz. Só que deixa um fazendeiro mal-humorado para o resto de nós sempre que viaja.

Olho para ele achando graça, ainda trabalhando na massa. É bom que estes sejam os melhores donuts da costa Leste quando eu terminar.

Beckett me dá um sorriso sem graça, recolhendo as migalhas no fundo da bandeja com a ponta dos dedos.

— Você vai encontrar alguém, Layla.

— Todo mundo diz isso, mas eu não tenho tanta certeza — confesso. — Queria algo que fosse só meu. Alguém, talvez. — Meu e só meu. Sorrisos secretos, toques tranquilos e lábios pressionados contra minha nuca. Afeto fácil e conforto no dia a dia. Coloco a tigela com a massa de lado e pego uma bandeja. — Você acha mesmo que alguém vai querer essas partes de mim?

Ele dá de ombros.

— No mínimo, vão querer esse pão.

Arremesso uma espátula na cabeça dele.

Stella me interrompe no meio da terceira fornada de donuts, empurrando a porta dos fundos com força para fazê-la bater contra a parede. Uma cascata de aventais e lenços de cabeça cai sobre ela, rosa-bebês, roxo-vivos e uma lona grossa com quebra-nozes dançantes que tenho certeza de que era uma piada, mas que adoro usar o ano todo mesmo assim. Ela quase não consegue passar pelo mundaréu de tecidos.

— Tenho novidades — anuncia com um lenço laranja cobrindo a parte de cima do rosto. É uma pena que Beckett já tenha ido embora. Acho que ele gostaria mais disso do que do meu pão de abobrinha.

— Você descobriu um jeito melhor de lidar com a papelada do que jogar tudo na gaveta de baixo e esperar por um milagre.

— Haha. — Ela afasta o lenço laranja e passa a brigar com um lenço azul--claro. — Não. Mas o Luka continua fazendo o melhor que pode.

Se Luka conseguir fazer com que Stella, enfim, seja organizada, terá feito o trabalho da vida dele. Às vezes, ele espera até que ela saia de casa para reorganizar todos os armários. Na última vez que ela foi a Anápolis por causa de uma entrega, ele reorganizou a estante de livros por gênero e cor.

Sinto uma emoção forte no peito. Eu me endireito da minha posição de sempre, curvada sobre a mesa, e quase mando a bandeja de donuts pelos ares.

— O Luka pediu você em casamento?

Posso ter certas dúvidas em relação à minha vida amorosa, mas fico muito animada com a felicidade dos meus melhores amigos. Fica mais fácil ignorar o titilar de tristeza nos cantos do meu coração, que neste instante está pulando de alegria.

— Quê? Não. — Um olho azul-claro me espreita através do tecido transparente. Não faço ideia de como ela ainda está enrolada ali. Stella afasta o último avental restante com um suspiro de alívio. — Ele acabou de se mudar lá pra casa.

Depois de uma demorada reforma na parte de trás da pequena casa de campo de Stella, para que Luka tenha espaço para trabalhar e Stella tenha mais espaço para acumular aromatizantes de pinho e panos de prato com desenhos vintage e sabe-se lá o que mais.

— Faz mais de uma década que vocês estão apaixonados — protesto.

Ela coça atrás da orelha.

— Mas só faz um ano e pouco que estamos namorando. Sei que vou ficar com o Luka pra sempre. Não tenho pressa.

Só mesmo Stella para pensar em uma década como pressa. Encho um saco de confeitar com a massa.

— Fico bem de tons terrosos e rosa-envelhecido, então um casamento no outono seria a melhor opção.

— Vou levar seu comentário em consideração. Mas não é isso o que eu tenho pra dizer. — Stella dá pulinhos do outro lado da mesa. Paro de trabalhar, ainda segurando o saco de confeitar.

— O que foi?

— As novidades!

— Certo, vamos, conte de uma vez.

Ela se joga no banco que Beckett abandonou há três horas, após ter consumido todas as guloseimas que estavam ao seu alcance.

— Esperava um pouco mais de empolgação.

— Da minha parte?

— É.

— Pra um anúncio que não faço ideia do que é?

Stella assente.

— Sim.

— Tá bom. — Ergo um braço no ar e dou um gritinho. Volto a abaixar o braço. — Está bom assim?

— Melhor — concorda Stella com um sorriso. — Porque acabei de receber uma ligação da *Baltimore Magazine* e eles querem que você apareça na edição "Os melhores".

Pisco repetidas vezes.

— Como é que é?

Ela voltou a dar pulinhos, sentada no banco, quase vibrando do outro lado da mesa.

— Eles ligaram agora há pouco. Vim correndo do escritório até aqui, e você sabe muito bem que eu detesto fazer cardio. Eles disseram que têm visto a padaria em todas as redes sociais e monitorado as avaliações, e que você não só vai estar na lista das melhores padarias de Maryland, como também querem fazer uma reportagem sobre você. Uma reportagem completa. Uma sessão de fotos! — Stella praticamente grita as últimas palavras para mim.

— Fotos minhas? — Aponto para mim mesma, uma mancha de açúcar de confeiteiro na minha camiseta.

— Suas! — grita Stella, projetando metade do corpo por cima da mesa e se jogando nos meus braços. Seu cotovelo vai parar na minha tigela de massa. O joelho empurra a bandeja, fazendo com que ela caia. Ela me envolve pelos ombros e me abraça com força. Seu cotovelo ossudo está cravado em meu pescoço.

— Tem certeza? — pergunto com a cara enfiada no cabelo dela. Não consigo entender. Minha padaria não tem nem um *nome*. É só *a padaria*. E eles querem… — Tem certeza de que falaram de mim?

— Falaram o seu nome e falaram sem parar dos seus scones de mirtilo com cobertura crocante. Eles vão vir daqui a algumas semanas para a entrevista e a sessão de fotos. — Stella se afasta um pouco e balança meus ombros de leve. — Claro que eles querem você. *Você* é incrível.

— Querem fazer uma reportagem sobre mim. — Tento pronunciar as palavras. Ainda me parece incrível demais para acreditar. — Querem que eu apareça na revista.

Stella sorri, o olhar suave. Ela aperta meus braços no mesmo ritmo um-dois-três que sempre vejo Luka fazer com ela. Ombros, cotovelos, mãos.

— Claro que querem.

AINDA ESTOU SOB o efeito de endorfina e açúcar em excesso quando saio da padaria, descendo a longa estrada que leva até a cidade. Stella mal conseguia se controlar enquanto me dava mais detalhes, gritando a cada três palavras, parando várias vezes para me dar um tapa no braço, o jeitinho dela de demonstrar empolgação.

Eles querem falar *comigo*. Na minha pequena padaria. Com a garota que nunca fez um curso de confeitaria e que entrou nessa profissão ao acaso. Nunca precisei da validação de ninguém além de mim mesma para me sentir bem com o que eu faço, para ser feliz em minha pequena casa de vidro em meio a todos os pinheiros, mas é bom ser notada. Ser reconhecida.

Decido, por impulso, passar pela loja de bebidas, abrindo caminho entre as pilhas de latas da cerveja local e garrafas de vodca empilhadas formando o caranguejo-azul de Maryland, o que acho impressionante. Paro a meio caminho das caixas de vinho e olho para as garrafas de champanhe dispostas no alto da prateleira, as alaranjadas no topo, reluzindo sob a terrível iluminação tremeluzente do lugar.

É como se um raio de sol tivesse atravessado as nuvens e as iluminado na prateleira. Obra do destino. É o universo me dizendo que eu mereço champanhe.

— Eu mereço mesmo — concluo. Não é todo dia que se consegue uma reportagem em uma das edições mais famosas da *Baltimore Magazine*. As redes de televisão locais fazem programas especiais para divulgar a edição que mostra os melhores. A maioria dos restaurantes da costa tem suas reportagens emolduradas e penduradas na parede. Nenhuma empresa de Inglewild jamais foi reconhecida antes.

Procuro por um dos banquinhos que Juliette costuma usar quando está reabastecendo o estoque, a fim de alcançar meu champanhe de comemoração. Nem sinal deles. Suspiro e coço a têmpora.

— Tudo bem, eu consigo alcançar — digo a mim mesma.

— Por que parece que você está desafiando a si mesma?

Olho por cima do ombro para o dono daquela voz grave e estrondosa. Caleb, parado no fim do corredor, encostado na prateleira, com os braços cruzados e um sorriso. Hoje ele está usando uma camiseta branca simples. Calça jeans desbotada com um rasgo logo acima do joelho. Óculos escuros pretos sobre o cabelo.

Está absurdamente gostoso.

Mais ainda que ontem à noite, quando me buscou em casa, com as mãos fechadas às costas e uma mecha de cabelo escuro caindo sobre a testa. Nada de removedor de fiapos com Caleb. Não, ele caminhou até a porta da frente e bateu com educação, a mão apoiada na parte inferior das minhas costas enquanto abria a porta do passageiro do jipe.

Ele gesticula em direção à prateleira.

— Qual era o plano?

Dobro uma perna e aponto para baixo com o pé, como se fosse uma bailarina e a prateleira fosse a minha barra de apoio. Caleb engole em seco.

— Eu ia subir depressa, que nem um esquilo.

Ele desencosta da prateleira e vem devagar até mim. Parece ter se recuperado de nossa pequena aventura na pista de patins. Não tem mais nenhum dos curativos no braço, ainda que exiba um hematoma bem feio logo acima do cotovelo. Franzo a testa quando ele se aproxima.

— Deixe que eu ajude, apesar de ter certeza de que seria divertido assistir a essa cena. — Caleb para bem perto de mim e estica a mão, mais e mais alto. Sinto o cheiro de protetor solar e canela, café forte e creme doce. Quero encostar meu nariz em seu ombro e respirar fundo. Talvez escalá-lo em vez de escalar a prateleira.

Ele ergue a sobrancelha para mim com o braço ainda estendido. Eu sorrio, sem vergonha alguma.

— Por que acho que você está tramando alguma coisa? — pergunta com a voz baixa.

— Eu? — Aponto um dedo para meu peito. — Jamais.

— Claro. — Ele dá risada e segura uma das garrafas em que eu estava de olho, puxando-a para baixo sem precisar ficar na ponta dos pés. Ele a oferece para mim, assobiando quando vê o rótulo. — Qual é a ocasião?

Seguro a garrafa junto ao peito, sorrindo tanto que minhas bochechas estão doendo.

— A padaria vai aparecer na próxima edição da *Baltimore Magazine*.

— Layla. — Nunca ouvi ninguém dizer meu nome dessa forma. Como se não quisesse dizer mais nada nunca mais. Seu sorriso se espalha até que as rugas no canto dos olhos pisquem para mim. Eu o encaro até meus lábios se curvarem, e estamos sorrindo um para o outro feito dois bobos, no meio do corredor da loja de bebidas. Ele hesita e, em seguida, passa as mãos pelos meus braços para pressionar meus ombros. Um meio abraço. Um abraço de mãos. Ele me aperta. — Que notícia incrível.

O calor da palma de suas mãos atravessa minha camiseta fina, e eu me entrego ao seu toque.

— É mesmo, não é?

Ele concorda.

— Já estava mais que na hora.

Sorrio para ele. O convite está na ponta da minha língua. *Venha comigo*, tenho vontade de dizer. *Podemos comer todos aqueles cupcakes que assei por puro estresse na semana passada, quando achei que você estava me evitando, e beber o champanhe. Podemos assistir a alguma coisa boba na televisão, e não vou precisar ficar sozinha.*

Mas me parece demais. Como se eu estivesse ultrapassando algum limite no estranho acordo que fizemos. Então engulo em seco, dou um sorriso contido e tento não sentir nada de mais com o toque dele. Seu dedo mindinho está quase passando por baixo da alça da minha camiseta regata.

Ele limpa a garganta e me solta, enfiando as mãos nos bolsos.

Procuro pensar em alguma coisa para manter Caleb por perto. Só mais um segundo. Inclino a cabeça para o lado e raspo a ponta do meu sapato no chão.

— Bom, você não me respondeu ontem.

— O quê?

Passo por ele em direção ao caixa, notando pela primeira vez a embalagem de seis latinhas de cerveja aos pés dele. Ele a pega e me segue.

— Quando você vai me levar a outro encontro?

— Ah. — Ele fica vermelho e coça atrás da orelha. Coloco minha garrafa de champanhe debaixo do braço e pego um saco de batatinhas sabor caranguejo para incrementar meu banquete comemorativo. Caleb sorri ao ver minhas escolhas. — Você está livre na terça?

— Claro que sim.

— Que bom. Ah, ótimo. Passo pra buscar você no mesmo horário?

Assinto.

— Vou precisar de patins? Joelheiras, talvez? — Eu o cutuco uma vez nas costelas. — Quer me dar alguma pista?

Ele olha para mim, uma sobrancelha escura se erguendo em sua testa. Um sorriso presunçoso se desenha em sua boca e, caramba, eu gosto dessa versão do Caleb. De quando consigo ver um indício de algo mais, algo provocante e delicioso.

— E que graça teria isso?

8

CALEB

— COMO VOCÊ sabia? — murmura ela assim que chegamos.

Vir para cá foi outro tiro no escuro, mas, logo depois que encontrei Layla na loja de bebidas, Stella me mandou uma série de mensagens vagas com uma lista de itens que não pareciam ter relação alguma. Coisas como: *Lavanda. Pizza de massa grossa com espinafre e ricota. Plantas em vasos de terracota. Lenços. A cor laranja.*

Escape rooms.

Não era preciso ser um gênio para entender que Stella achou que uma lista com todas as coisas favoritas de Layla poderia me ajudar, apesar de ter ficado um pouco surpreso com o escape room. Parte de mim achou que Stella estava pregando uma peça, me mandando, de propósito, coisas que Layla odiaria. Mas a preocupação logo sumiu, considerando que Layla mal consegue conter a alegria quando chegamos às portas da frente.

Ela parece um rojão prestes a explodir, toda iluminada e pronta para disparar para o céu.

Esfrego o polegar no lábio inferior, tentando não sorrir. Ela é bem reservada quando está na padaria. Simpática, mas quieta. Gosto de ver esse outro lado dela. O entusiasmo incontido e a mais pura alegria.

— Como eu sabia o quê?

— O quanto amo um bom escape room.

— Bom. — É melhor falar a verdade, acho. — A Stella me mandou uma lista com todas as suas coisas favoritas.

Layla se vira para me olhar, confusa. Ela está com um lenço diferente no cabelo hoje, vermelho-cereja com pequenos morangos estampados. Ele combina com o avental que ela estava usando outro dia, e eu sorrio ao pensar nela usando os dois ao mesmo tempo.

Quero senti-lo escorregar por entre meus dedos. Quero retorcê-lo em meu punho até que possa inclinar sua cabeça e guiar sua boca até a minha. Eu me pergunto se ela tem gosto de morango ou daquela cobertura açucarada que usa em tudo.

Afasto depressa esse pensamento.

— A Stella fez o quê?

— Pra ser sincero, eu já sabia da maioria das coisas da lista.

— Tipo o quê? — Há um desafio na pergunta. Observo como o vento de verão faz a ponta do lenço se erguer. Eu me deixo levar pela tentação e deslizo a palma da mão pelo tecido, sentindo-o entre o polegar e o indicador. Esfrego-o entre os dedos uma vez e a puxo um pouquinho mais para perto.

Vou me contentar em tê-la aos poucos, se for necessário para que nosso acordo continue. Talvez seja melhor para minha sanidade mental dessa forma também.

Ela se aproxima de mim com um sorriso.

— Lavanda — declaro. Que ela tem plantada em todo o jardim da frente, com um grande arranjo logo abaixo da pequena janela da cozinha, que parece estar sempre aberta. — Lenços. — Deixo o comprimento do tecido sedoso deslizar em minha mão, os nós dos dedos roçando seu pescoço. Ela respira fundo e eu tiro a mão. — Champanhe caro e batatinha sabor caranguejo barata.

Ela sorri ao ouvir os dois últimos itens.

— Não sei dizer se estou ofendida ou impressionada. Acho que nenhum dos caras com quem saí recebeu informações privilegiadas antes. Ela deve gostar de você.

Dou de ombros.

— Acho que isso só prova quanto ela gosta de *você*.

O sorriso de Layla está calmo desta vez, pensativo. Mas seus olhos brilham quando ela segura minha mão. Gosto da facilidade com que ela me toca, de como nos encaixamos bem. Gosto do jeito que entrelaça os dedos nos meus e aperta. Estou começando a perceber que, para Layla, o toque é uma forma de comunicação, e me baseio nele para entendê-la.

— Chega de conversa. — Ela balança nossas mãos entrelaçadas. — Vamos entrar logo pra eu acabar com você.

Sigo atrás dela, confuso.

— Isso não é uma atividade em grupo?

A confusão logo dá lugar a uma leve apreensão. O saguão da Tente Escapar é quase todo preto, com uma única mesa próxima à parede dos fundos. Em cima dessa mesa, há o que eu espero que sejam adereços, fileiras e mais fileiras de várias armas, máscaras e livros encadernados em couro pintados de dourado. Não consigo desviar o olhar do que parece ser um facão. É o primeiro indício de que não estou nem um pouco preparado para o que nos inscrevi.

Layla faz uma série de perguntas ao adolescente atrás da mesa. Coisas que eu nunca pensaria em perguntar, como:

O jogo é linear?

Há alguma sala secreta?

Alguém vai pular na gente?

Eu me assusto com a última pergunta e olho para Layla.

— Isso costuma acontecer?

Ela dá de ombros.

— Às vezes.

O garoto balança a cabeça, passando por uma lista de itens a serem verificados no iPad diante dele. Também tem um fone de ouvido e o que parecem ser três celulares na mesa. A configuração me parece bem mais complexa do que mostra a maioria dos filmes de espionagem. Eu o reconheço vagamente da escola e, de acordo com o crachá, se chama Eric.

— Não aqui. Não temos mais personagens na sala desde que o Gus socou a cara do último.

Layla e eu arfamos ao mesmo tempo.

— A sala tem um interfone — explica ele. — Posso falar com vocês por ele e, se precisarem de alguma coisa, é só gritar. — Ele dá um tapinha nos monitores alinhados do outro lado da mesa. — Também vou ficar de olho, só por garantia.

— Garantia do quê?

Eric me olha fixamente do outro lado da mesa. É um olhar do mais puro cansaço. O olhar de alguém que já viu muito na vida.

— De algumas coisas.

Tudo bem, então. Estou começando a ter a sensação de que este pode ser outro encontro desastroso. Não tão ruim quanto o último, espero. Não sei dizer se alguma coisa será capaz de superar os vídeos de compilados das minhas quedas na pista de patinação ao som de uma música ridícula com uma batida pesada. As crianças os compartilharam durante toda a semana. Recebi dois deles no meu e-mail de trabalho. Alex me enviou um que tinha mais de vinte mil visualizações, com uma série de emojis chorando de rir.

Passo a mão na parte de trás da cabeça, a ansiedade crescendo em mim.

— Estamos na sala da ilha tropical, certo?

— Ah, não. — Eric continua rolando a tela de seu dispositivo. Não faço ideia do que está procurando. — Tivemos que colocar vocês na sala do apocalipse zumbi.

— O quê?

— A sala do apocalipse zumbi.

— Por quê?

— Porque andaram fazendo umas coisas impróprias na sala tropical e tivemos que mandar higienizar.

Layla tenta disfarçar a risada com uma tosse.

— Vocês têm alguma outra opção além de… apocalipse zumbi?

Um cenário de fim do mundo com criaturas mortas-vivas comedoras de gente não ajuda no clima que eu estava esperando criar.

— Temos a sala de pandemia.

— A sala de pandemia e a sala de apocalipse zumbi?

Eric assente.

— O Billy gosta muito desse tema.

Esqueci que Billy é o dono deste lugar. Ele trabalhava meio período na funerária a duas cidades de distância. Acho que encontrou um novo lugar para canalizar todo o seu… entusiasmo.

— O Billy não se vestia todo de couro preto? — sussurra Layla para mim.

— Ele ainda faz isso — responde Eric. — E às vezes também usa dentes de vampiro.

O sorriso de Layla desvanece.

— Isso parece… legal.

— É uma escolha e tanto — resmunga Eric. — Certo, vou levar vocês dois até a sala. Vão ter uma hora para escapar. Tudo de que precisam está escondido lá dentro, mas vocês têm direito a três pistas. Se precisarem de alguma, é só gritar e eu digo pelo alto-falante. Vou monitorar vocês o tempo todo, então não destruam nada enquanto estiverem na sala. Os móveis pregados no chão devem continuar assim.

Layla assente, a expressão em uma determinação sombria.

Eu não sabia que deveríamos nos importar com a posição dos móveis.

— Hum, como é?

Eric nos conduz para atrás da mesa e passa por uma pequena entrada. Seguimos por um corredor estreito e escuro, ladeado por portas pretas sem placas. Tenho que me abaixar para desviar das luzes baixas, mal conseguindo ver Layla bem à minha frente. Os sons saem abafados, como se estivéssemos no subsolo.

Dá para entender por que o Billy gosta tanto disso.

Eric continua passando as instruções enquanto caminhamos.

— Como eu disse, vou monitorar vocês, então não façam nada de impróprio, por favor.

Percebo que Layla está interessada.

— Como assim *impróprio*?

Metade do rosto de Eric está coberto pela sombra quando ele se vira.

— Vocês ficariam surpresos com as coisas que já vi.

Layla cobre a boca para rir. Engulo em seco para conter a inquietação. Não era isso que eu esperava. Eric para em frente a uma porta mais larga que as outras, com uma marca de mão ensanguentada logo acima da maçaneta. Um grito ecoa do lado de dentro.

Seguro Layla pelo pulso e ela inclina a cabeça para trás para olhar para mim. É o mais próximo que estivemos desde que começamos este encontro, e estar perto dela me deixa atordoado. Como estamos, eu poderia envolvê-la pelos ombros e abraçá-la. Beijar sua testa e arrastar meus lábios pela linha de seu maxilar. Enfiar minha mão na gola de sua blusa e sentir a pele delicada por baixo. Explorar do ombro até o pescoço com a boca. Quero tantas coisas com Layla.

Neste instante, eu me contentaria com um encontro normal.

— O que foi? — sussurra.

Engulo em seco.

— Nada. Só queria ter certeza de que está tudo bem pra você.

Ela abre um enorme sorriso. Esse sorriso é tentação e prazer com uma cobertura doce e açucarada de distração. Hoje ela está usando o short jeans rasgado de novo e uma blusa branca larga que fica mais apertada em seus braços e solta em todo o resto. O tecido parece tão macio e tão tentadoramente fino. Aposto que eu poderia sentir o calor de sua pele através dele. Aposto que o tecido se dobraria em meus pulsos quando eu passasse as mãos por baixo dele.

Limpo a garganta e olho fixamente para a marca de mão ensanguentada na porta, em um esforço para me distrair. O sorriso de Layla aumenta.

— Está reconsiderando, Caleb?

— Não. — Outro grito irrompe por trás das portas fechadas. Eu me encolho. — Talvez.

Seu sorriso gigantesco diminui. Ela se vira em meus braços até que a frente de seu corpo esteja pressionada contra o meu. O calor dela me distrai, o cheiro de açúcar, manteiga e geleia de cereja.

Layla Dupree é *perigosa*.

— Não precisamos entrar — sussurra, suas palavras só para mim. — Você pode me levar pra tomar sorvete. Eu entendo se for demais pra você.

— Não. — Layla merece isso. Alguém que se esforce. Mesmo que seja algo tão comicamente ridículo como a experiência de fugir em um apocalipse zumbi. *Sobretudo* se for a experiência de fugir do apocalipse zumbi, eu acho. — Vamos escapar dessa sala.

Aquele sorriso largo e animado ganha vida em seu rosto. Ele se encaixa em meu peito, bem no lado esquerdo. Meu Deus, como ela é linda. Deveria sorrir assim o tempo todo.

— Ah, me esqueci de avisar — observa Eric, empurrando a porta para abri-la com o ombro. Os sons do interior se intensificam e Layla desliza sua mão de volta para a minha. Estou mais concentrado nesse único ponto de contato do que em qualquer outra coisa, por isso quase não ouço quando ele diz: — Vai vir mais um grupo pra entrar com vocês. Temos um mínimo de quatro pessoas nas salas... desde o que rolou na ilha tropical.

— Calma, como é que é?

Ele nos apressa para entrarmos, ignorando por completo o braço sem corpo pendurado no teto acima de sua cabeça.

— Assim que eles chegarem, eu mando entrar.

E, com isso, Eric desaparece porta afora e nos tranca em um apocalipse zumbi.

Eu observo o espaço. Sei que Eric disse que ninguém vai pular em nós, mas com certeza parece que isso poderia acontecer. A sala foi decorada para parecer um hospital antigo. Há uma cadeira de rodas tombada de lado, um carrinho médico com cerca de quarenta e duas mil gavetas, alguns prontuários de laboratório e cortinas tortas nas janelas. Mas estou mais focado nos falsos pedaços de corpos espalhados pelo chão e teto, com sangue de mentira escorrendo. Não são hiper-realistas, graças a Deus, mas são suficientes para me deixar grato por não termos ido jantar antes dessa pequena excursão.

Enfio as mãos nos bolsos traseiros e me balanço para a frente e para trás, franzindo a testa para o que parece ser parte de uma fíbula encharcada de ketchup.

— Eu queria, do fundo do meu coração, que a gente estivesse na sala tropical.

— Não sei. — Layla cutuca uma cabeça desmembrada pendurada no teto. Nós a vemos se balançar de um lado para o outro. — Essa sala tem um clima e tanto.

Coço a nuca, enfiando a mão no cabelo e esfregando com força. Ela atravessa a sala e examina um respingo de sangue falso na parede como se fosse uma obra de arte de valor inestimável no museu de arte.

Sinto que estou atingindo níveis de absurdo nunca antes vistos durante esse acordo com a Layla. Costumo ter dificuldade de criar conexões ou de conversar, não… de lidar com partes do corpo desmembradas. Não posso dizer que já tenha levado uma mulher para ficar trancada em um quarto com membros humanos antes.

— Talvez seja melhor considerar nosso próximo encontro como o primeiro — sugiro. A gente podia começar do zero. Quem sabe assim eu não seja tão desastroso.

Layla nem se dá ao trabalho de olhar para mim enquanto pega o que parece ser uma seringa. Ela a examina e depois a coloca com cuidado sobre a mesa.

— Acho que não. Este é um excelente segundo encontro.

Eu me encolho.

— A gente pode, por favor, não contar a pista de patinação como o primeiro encontro, pelo menos?

— Por que não?

Olho feio para ela.

— Ainda tenho um machucado que parece o mapa de Massachusetts na bunda.

Ela ri.

— Não me provoque com a sua bunda, Caleb.

Antes que eu possa curtir o fato de Layla ter falado da minha bunda, a porta se abre atrás de nós. Eric conduz mais três pessoas para dentro e preciso reprimir uma reclamação. Gus, Clint e Montgomery. Os três bombeiros da cidade, que, juntos, formam o grupo de pessoas mais sem-noção que já conheci. Eles entram na sala com camisetas iguais e com faixas de cor vermelho-sangue na testa. Parece que estão prestes a participar de uma maratona. Ou talvez começar um clube da luta.

Gus sorri assim que nos vê.

— Ora, ora, ora. O que temos aqui?

— Você sabe o nosso nome, Gus — retruca Layla. — Não consigo entender por que insiste em fingir surpresa quando sabe exatamente o que está acontecendo o tempo todo.

— Está querendo insinuar alguma coisa, Laylagarta?

Olho maravilhado para ela e murmuro *Laylagarta?* Ela estremece e balança a cabeça.

— Não me chame assim, e você sabe muito bem do que estou falando.

Ao menos alguém sabe, porque eu não faço ideia. Layla me chama para mais perto até que sua boca esteja próxima do meu ouvido, e meu coração vai parar na garganta. Porra, ela é tão cheirosa.

— O Gus opera a rede de comunicação — sussurra, o lábio inferior roçando de leve na curva da minha orelha. — Tenho quase certeza de que ele também cuida da nova divisão, a de fofoca por mensagens.

A rede de comunicação da cidade deveria ser usada apenas em caso de emergência. Mas isso durou cerca de duas semanas. Agora, seu maior objetivo é compartilhar informações sobre quem furou a fila na loja da sra. Beatrice, para onde a Evelyn vai e por quanto tempo podemos esperar que Beckett fique resmungando pela cidade, e quando o novo estoque de café de grãos selecionados chegará ao supermercado. Não me surpreende saber que Gus está à frente de tudo. Ainda mais porque recebi uma mensagem há três dias de um número desconhecido dizendo que Matty está tentando fazer pizza com massa recheada.

Só uma pessoa estaria tão interessada nas mudanças do cardápio do Matty.

— Não faço ideia do que você está falando — protesta Gus, arrogante.

Layla bufa.

Clint olha para as paredes enquanto Monty passa as mãos sobre o batente da porta. Eric cutuca Gus uma vez no braço para chamar a atenção dele.

— Nada de facas dessa vez, Gus. Não quero você cortando nada de novo.

— De novo? — pergunto.

Todos me ignoram. Gus ergue as mãos, as palmas para a frente.

— Como eu ia saber que não tinha pista nenhuma no colchão?

— Achei que gritar "Não tem pista nenhuma no colchão" sem parar pelo interfone fosse ajudar — retrucou Eric.

Com certeza esse garoto não é pago o bastante para isso. Gus esconde a risada com a mão, abrindo os dedos na barba por fazer.

— É, justo. Bem colocado, Eric. As mesmas regras de sempre? — Ele estala os nós dos dedos.

Olho para o teto em um esforço para buscar paciência e, em vez disso, encontro uma cabeça decepada. Layla se aproxima mais.

— Não vamos demorar pra escapar — diz ela —, eu prometo.

— ENTRE NO teto, Layla! — grita Gus.

Suspiro e abraço Layla pela cintura, tirando-a de cima da mesa em que estava enquanto tentava seguir as instruções de Gus. No começo, foi engraçado ver toda a animação e empolgação dela. Agora, estou só tentando evitar que se machuque.

— Ela não vai entrar no teto, Gus.

Gus agarra a gola da minha camisa e me puxa até ficar a cinco centímetros do meu rosto. Ele está suando… demais.

— Você quer continuar vivo, Caleb?

A esta altura? Não. Na verdade, não.

— Eu vou sei lá aonde e — faço um gesto vagamente motivacional — pego o antídoto ou o que for. Eu me sacrifico pelo time.

Havia uma lanchonete pequena no saguão. Eu ficaria feliz em esperar lá fora e comer um pretzel bem macio enquanto isso aqui se resolve sozinho. Layla e eu podemos ir tomar um sorvete depois, e posso afogar minhas mágoas em açúcar e creme.

— Sair da sala elimina. Você vai ficar bem aqui. — Layla leva a mão ao peito de Gus e o empurra para longe de mim. — Aposto que consigo me enfiar em uma das saídas de ar. A última pista falava de *circular*, não é? Talvez isso queira dizer circulação de ar.

Gosto muito da Layla, mas isso… isso é o caos. É o puro suco do caos. Não consigo entender como alguém escolhe isso para se divertir.

A voz discreta de Eric surge nos alto-falantes. É a quarta vez nos últimos dez minutos.

— Por favor, não entrem no teto nem nas saídas de ar. Não tem pista nenhuma lá. E também não tem pista nenhuma dentro das partes do corpo, então pode parar de mexer nesse braço, Montgomery.

Monty derruba o braço que estava tentando dissecar usando uma pinça e um pedaço do quadro de avisos quebrado. Ele quica no chão fazendo um barulho de plástico.

— Acho que isso era um brinquedo de cachorro — murmuro sem, de fato, falar com ninguém.

— O que a gente tem que fazer é se concentrar — grita Clint em uma altura desnecessária. Acho que não se dá conta de que ninguém consegue se concentrar enquanto ele está gesticulando como louco desse jeito. — Precisamos encontrar a terceira chave, desenvolver um antídoto e dar o fora daqui.

Aperto a ponte do nariz. Eric tem aumentado constantemente o som ambiente nos últimos vinte minutos. Vou ouvir corpos de mortos-vivos sendo arrastados e derrubados em meus pesadelos por semanas.

— Isso é loucura.

— Isso é vida ou morte, Caleb! — grita Gus em meu rosto.

— Se fosse vida ou morte, estaríamos mortos há sete minutos, quando você quase deixou uma horda inteira de mortos-vivos passar pela janela — responde Layla, irritada. — Não quero mais ouvir a sua voz. Vá para o canto e ajude o Monty a descobrir a combinação do cofre.

Gus vai para o canto batendo os pés, lançando um olhar maldoso para mim. Não estou sendo dos mais prestativos, sei disso, mas acho que ele está exagerando.

Guardo esse pensamento para mim.

— Obrigado — digo a Layla, resistindo à vontade de passar as mãos por seus braços. Se os zumbis falsos não me matarem, essa camiseta vai fazer isso. Percebi um lampejo de pele nua quando ela levantou os braços para alcançar o topo do armário e tive que olhar fixamente para um frasco cheio de globos oculares para me recompor. — O que acontece se não conseguirmos escapar da sala?

Layla me olha com irritação. Ela joga os ombros para trás e ergue o queixo, aqueles lindos olhos estreitados parecem uma tempestade de verão. Isso causa uma impressão profunda em mim e, na mesma hora, sem saber explicar o porquê, fico excitado.

Caramba.

— A gente vai escapar da sala! — exclama com a mais pura determinação. Não duvido dela nem por um segundo. No entanto, duvido dos três idiotas unidos sobre o cofre, tentando abri-lo com um pé falso.

— Talvez seja melhor eu ir ajudar.

Preciso de uma distração ou vou escoltar Layla até o canto mais escuro desta sala e dar ao Eric mais material para suas sessões de terapia.

Layla concorda.

— Vou tentar encontrar a chave.

A chave. A combinação. O antídoto. Eu me esqueço o tempo todo das peças desse quebra-cabeça. Vou até os três, que deixaram o pé de cabra improvisado de lado e começaram a sacudir o cofre. Não deve restar muito tempo. Só preciso aguentar a próxima meia hora, no máximo, e Layla e eu poderemos ir para um lugar tranquilo.

Sozinhos.

Juntos.

Com sorvete, de preferência.

— Como posso ajudar? — pergunto.

— Preciso que você pare de flertar — exige Gus — e se concentre em tirar a gente daqui.

— Não estou flertando — resmungo.

— Está, sim.

— Aqui — interrompe Clint. Ele me entrega algo que parece um martelo malfeito. — Dê umas pancadas nesse cofre.

— Não era pra gente tentar descobrir a combinação?

Gus suspira e olha para o teto como se eu fosse a pessoa mais burra do planeta.

— A última pista dizia claramente pra usar força bruta. A combinação é uma isca.

— Uma isca?

— Isso, Caleb. Uma isca.

— Desculpe, é difícil ouvir o que você diz quando não está gritando na minha cara a cada três minutos.

Monty leva o braço ao rosto para esconder a risada. Gus escancara um sorriso.

— Sabe, você é mais engraçado do que parece. — Ele me empurra para a frente. — Vamos, dê uma pancada.

— Tem certeza?

Ele está a dois segundos de usar meu rosto como martelo nesse cofre e revira os olhos.

— Tenho certeza. Dê uma pancada, cara. — Ele ajusta uma das faixas que colocou no antebraço. — A menos que você ache que não vai conseguir.

Olho fixamente para o martelo falso em sua mão esquerda. Consigo ouvir Layla em algum lugar atrás de nós, murmurando para si mesma os ingredientes do antídoto. Quero que Layla aproveite este encontro. Quero ser alguém com quem ela possa se divertir.

Quero nos ajudar a escapar desta sala.

— Eu consigo.

Gus estende a mão na direção do cofre, como se estivesse me oferecendo a melhor mesa em um restaurante chique. Quem me dera. Aposto que eu não teria que olhar para dedos de pés decepados se tivesse decidido levar Layla para jantar como um ser humano normal.

— Fique à vontade.

Suspiro e ergo o martelo.

A primeira pancada não gera grandes resultados. O martelo ricocheteia inutilmente na parte de cima. Mas então bato de novo e de novo, me concentrando na dobradiça da grossa porta de metal. Algo chacoalha e todo o cofre emite um ruído profundo e sinistro em resposta. Gus se aproxima mais ao meu lado.

— Você está quase lá — anuncia, sem fôlego.

— Dá pra chegar pra lá? Você está me deixando doido.

Ele agarra meu pulso.

— Aqui — diz —, eu posso ajudar.

— Não preciso de ajuda. — Tento livrar meu pulso enquanto Gus tenta fazer meu braço martelar. É desajeitado e desconfortável, e não consigo colocar força nenhuma. — Gus, me largue.

— Se você deixar...

— Eu sei usar o martelo.

— Sabe mesmo? Porque não é o que parece.

— Cai fora.

Só que Gus não cai fora. Ele puxa meu braço para trás de novo. Se para dar impulso ou para me irritar, eu não saberia dizer. Mas, ao fazer isso, não presta a menor atenção ao movimento do próprio braço.

Tudo acontece em câmera lenta: Layla solta um grito triunfante atrás de nós, e eu me viro para ver o que ela está fazendo. Gus não desacelera o movimento, e seu braço dispara para trás enquanto ele tenta me forçar a golpear o cofre. No meio de todo esse caos de movimento, barulho e distração, meu rosto fica no caminho.

Uma dor ofuscante explode em meu olho esquerdo. Em um segundo estou em pé ao lado de Gus, e no outro estou caído de costas no chão, com a visão turva. Pontos de luz nebulosos dançam com as cabeças decepadas penduradas no teto até que fico tão tonto, que acho que vou vomitar. Fecho os olhos com um gemido.

Os hematomas da pista de patinação dão sinal de vida.

Está tudo confuso.

A trilha sonora de zumbis é interrompida de repente. Ouço pés em disparada no corredor e, em seguida, alguém abre a porta com um estrondo, soltando um grito agudo. Quatro vozes diferentes fazem palavrões ecoarem em minha cabeça.

Monty é o primeiro a falar depois que o som silencia.

— Pelo amor de Deus, Eric. Que merda foi essa?

— Temos um lesionado! — grita Eric. De fato, não há necessidade alguma para essa gritaria toda. — Jogo suspenso!

— Acho que a gente pode terminar o jogo — consigo dizer do chão. É impossível que eu consiga me levantar e terminar essa coisa. Estou exausto. Completa e totalmente acabado. Pela segunda vez em poucos dias, rolo de lado e me apoio nos joelhos para me levantar. Fico ali, de cabeça baixa.

A mão pequena de Layla pressiona com delicadeza a base da minha coluna.

— Você está bem?

— Estou — murmuro. Provavelmente com um hematoma. Extremamente envergonhado, com certeza. Eu me arrasto até ficar de pé e evito olhar nos olhos dela. Sobretudo porque não consigo enxergar nada.

É um pequeno consolo o fato de Gus estar envergonhado ao lado da porta, com seus grandes braços cruzados. No entanto, não é ele quem terá de dar aula para um grupo de crianças com um olho roxo nas próximas semanas, então isso não é muito reconfortante.

— Eu sinto muito, cara, de verdade. Às vezes eu me empolgo e perco a cabeça.

Esse é um belo eufemismo. Eu o encaro com o olho bom. Sei que não era a intenção dele me dar um soco na cara, mas preciso sair daqui. Tateio cegamente atrás de mim procurando Layla. — Vamos embora.

— Espere aí um segundo!

Um armário que eu pensava estar trancado se abre no canto direito dos fundos. Billy sai mancando de lá, com o rosto coberto por uma maquiagem de zumbi.

Todos nós o encaramos enquanto ele se aproxima dos adereços espalhados pelo chão.

— Pensei que você tinha dito que ninguém iria pular na gente — diz Layla.

— Nem eu sabia que o Billy estava aqui. — Eric é uma combinação de perplexidade e resignação. Acho que essa não é a primeira vez que o Billy surge aleatoriamente de um armário no meio de uma sessão.

Billy para bem na minha frente, procurando algo no bolso do paletó. Ele também está com as mãos pintadas, algo grotesco que faz parecer que seus dedos foram mastigados até o osso. Gostaria de estar mais surpreso.

Ele me entrega um pedaço de papel.

— O que é isso?

— Diz que você não vai responsabilizar a Tente Escapar em caso de lesões.

— Eu não deveria ter assinado isso antes de começar?

Gus se endireita no canto.

— Posso acrescentar meu nome em um desses parágrafos?

— Já chega. — Layla arranca o papel da minha mão, passa o braço pelo meu e nos puxa em direção à porta que dá para o corredor. — Vamos dar uma olhada, Billy. Mas não prometemos nada.

— Mas...

— Meu parceiro e eu vamos embora — diz ela.

Um sorriso malicioso surge no rosto de Gus. Bom, ao menos na parte do rosto dele que consigo ver.

— Parceiro, é?

Layla dá um tapinha nele quando passamos.

— E você cale a boca.

— Claro, Laylagarta.

— Estou começando a achar que o problema sou eu — murmura Layla.

Estamos encostados na traseira do jipe no estacionamento do supermercado, um pote de sorvete equilibrado entre nós no para-choque, um saco de milho congelado sobre metade do meu rosto. O calor emana do asfalto, um brilho próximo ao chão, onde tudo se torna nebuloso. Inclino a cabeça para o lado para poder olhar bem para ela com o olho que não está coberto pela embalagem.

— E por que você acha isso?

Desanimada, ela cutuca a parte de cima do sorvete com a colher.

— Você mal conseguiu sair vivo desses dois últimos encontros. — Ela não olha para mim. — Talvez não seja você a pessoa ruim em encontros.

— Não dá pra chamar nosso encontro de ruim quando conseguimos isso. — Mostro a foto que Eric nos fez tirar antes de sairmos da Tente Escapar. Ao que parece, na taxa de entrada está inclusa uma foto de recordação no fim da jogada. Agora que já se passou algum tempo, posso dizer que a foto é hilária. Layla está encarando Gus, Gus está olhando para o chão, estou fazendo o que posso para sorrir com o olho inchado, e Clint está curvado para a frente, rindo muito. Montgomery só conseguiu encaixar metade do corpo na foto. Billy está escondido no canto de trás, só os olhos visíveis por baixo de toda aquela maquiagem.

Acho que vou colocá-la na minha mesa. Bem ao lado do Fernando.

Layla não responde. Cutuco o ombro dela com o meu.

— Não acho que o problema esteja em um de nós. Acho que está... em todo o resto.

— Você está querendo dizer que estamos cosmicamente destinados a sermos ruins em encontros pra sempre?

— Não. — Aponto com a cabeça em direção ao supermercado, onde é possível ver pelo menos cinco pessoas perto das janelas fingindo estar procurando alguma coisa quando, na verdade, estão nos observando no estacionamento. Cindy Croswell está analisando as laranjas há quase dezessete minutos. Bailey McGivens se esqueceu de desligar o flash do celular quando o apontou para nós há dez minutos.

— Estou dizendo que as pessoas dessa cidade têm muito tempo livre.

Layla segue minha linha de visão.

— Ah.

— Todo mundo aqui conhece a gente — explico. — Não temos privacidade nenhuma.

Layla ergue uma sobrancelha, com a colher na boca. Fico olhando por tempo demais para a forma como seu lábio inferior se arrasta contra o plástico barato, a língua no canto dos lábios.

— E o que você quer fazer com essa privacidade, hein?

Ajusto o saco de milho no rosto.

— Tentar não morrer.

Ela ri e balança as pernas para a frente e para trás, as pontas dos pés mal tocando a calçada. Ela está quieta, comendo mais duas colheres de sorvete enquanto eu espero.

— Você quer sair da cidade para o nosso próximo encontro?

Estou surpreso com o fato de ela ainda querer sair comigo a esta altura. Devo transparecer essa surpresa em meu rosto, porque seu olhar se suaviza. Ela enfia a colher no pote de sorvete e a ergue cheia entre nós, me oferecendo. Uma garantia na forma de chocolate e caramelo.

— Acho que é o melhor pra nós dois.

Eu seguro seu pulso e firmo sua mão enquanto aceito a colherada, meu polegar contra a pele sedosa na parte interna de seu pulso. Consigo sentir o ritmo constante de seus batimentos, delicados e suaves.

Tiro a mão. Layla mantém a colher entre nós, suspensa, o olhar fixo na minha boca.

— Tem chocolate na minha cara?

Ela balança a cabeça e enfia a colher de volta no pote, concentrando-se em puxar um caramelo das profundezas geladas.

— Você vai me mandar mensagem essa semana?

Eu tiro o milho congelado do rosto, fazendo uma careta.

— É claro. E vejo você amanhã pra comer croissants e tomar café.

Ela franze a testa ao ver meu rosto.

— E talvez seja bom pegar uma bolsa de gelo pra levar também.

— Não está melhorando?

Ela balança a cabeça.

Eu suspiro.

— A vida é um eterno dias de luta, dias de glória.

— Hoje o dia foi só de luta — lamenta Layla. Ela salta da traseira do carro e coloca a tampa no pote de sorvete.

— Não, a gente teve uma vitória — digo.

Ela dá a volta até a porta do passageiro, me observando por cima da cabine do carro.

— Eu sei que você não gostou tanto assim dessa foto.

Eu gostei, sim, mas não é disso que estou falando.

— Consegui passar um tempo com você, não foi?

Ela abre um sorriso enorme, radiante e lindo.

— Ah, Caleb. — Ela suspira e abre a porta do jipe. — Dez de dez.

9

LAYLA

A PADARIA TEM um segredo que nem mesmo a rede de comunicação conseguiu descobrir. Uma informação confidencial, secreta e sigilosa que mantive guardada sob sete chaves durante anos. Beckett não sabe. Luka não sabe. Evelyn não faz a menor ideia. Acho que Stella suspeita, mas nunca me questionou.

Acho que ela se deu conta da dimensão do segredo.

— Dá pra ir mais rápido? — A sra. Beatrice mal consegue carregar a caixa de tamanho industrial que tem nos braços, cheia de biscoitos amanteigados. — Não consigo ficar assim o dia inteiro.

— Só se passaram vinte e três segundos — sussurro de volta enquanto me atrapalho com as chaves na mão. — Não vai precisar carregar isso o dia inteiro. É só até eu colocar a chave na fechadura.

Na terceira quarta-feira de cada mês, a sra. Beatrice e eu fazemos uma troca de mercadorias. Ela me traz três dúzias de biscoitos amanteigados e, em troca, dou seis tortas para ela. Ficamos sentadas na cozinha, na mais completa escuridão, consultando as receitas uma da outra e bebemos exatamente duas xícaras de café. Ela fala um monte na minha cabeça sobre como preparo a massa das tortas e depois vai embora, em meio à névoa.

Tudo é feito às escondidas.

A cidade inteira acha que nós duas competimos. Ao longo dos anos, criamos essa reputação com todo cuidado, com conversas planejadas e ofensas intencionais. Imaturidade? Pode ser. Manipulação? Com certeza. Nós duas vendemos mais quando parece que estamos brigando. As pessoas passam pelo café da sra. B de manhã para comer seus scones e, de tarde, vão até a padaria e compram alguns dos meus para comparar. Mal sabem que a receita é exatamente a mesma.

Somos a Coca-Cola e a Pepsi da confeitaria.

A verdade é muito menos emocionante. A sra. Beatrice me acolheu assim que me mudei para Inglewild. Acho que se cansou de me ver rolar a tela do celular em seu balcão enquanto procurava freneticamente um emprego. Um dia, ela exigiu que eu a ajudasse na cozinha, e foi aí que tudo começou. Fiquei encantada. Aparecia todos os dias antes de o sol nascer e a sra. B me ensinava tudo o que sabia.

Ela não é nem de longe tão assustadora quanto gosta de fazer todo mundo acreditar.

Por fim, consigo colocar a chave na fechadura e passamos pela porta dos fundos da padaria. Ela deixa sua caixa de papelão na ilha e começa a descarregá-la.

— Acrescentei alguns sequilhos com geleia também — explica, jogando um saco de biscoitos redondos minúsculos coloridos no meio, uns com geleia de morango, outros de damasco, ao lado da batedeira. — Você nunca acerta o ponto desses.

Dou risada e ligo a cafeteira.

— Sabe, se as pessoas descobrissem o quanto você é legal, toda essa ima gem de brava que você criou iria por água abaixo.

A imagem ameaçadora de Beatrice é o seu carisma. Ela serve o café em meio a caretas e não se preocupa em ser simpática quando joga uma quiche na mesa à sua frente. Mas seus quadradinhos de limão mais que compensam o mau humor, então suponho que ela possa agir como bem entender.

— Ninguém nunca vai descobrir. — Ela se acomoda em um dos banquinhos, o longo cabelo grisalho caindo pelas costas, sua expressão mais suave sob a luz do amanhecer. Está usando a mesma camiseta de banda rasgada de sempre, desta vez por baixo de um macacão jeans, com pesados coturnos nos pés. Ela tira um caderno espiral em frangalhos da bolsa que colocou no chão e dá dois tapinhas na capa. — Vamos falar de ruibarbo.

Então nos sentamos em minha cozinha e conversamos sobre ruibarbo, chocolate amargo e ganache de avelã. Discutimos a consistência da massa dos bolos amanteigados e o que faremos com a safra de morangos que Beckett está prestes a colher. Ela critica meu creme de limão e eu a repreendo por seu chantili caseiro.

É só mais uma manhã de quarta-feira.

Até que alguém bate à porta da frente.

Ficamos paradas com a caneca a meio caminho da boca. Os olhos da sra. Beatrice se voltam para os meus, acusadores.

— Quem é? — Beatrice parece estar pronta para pular pela pequena janela estreita acima da pia de trabalho.

— Não faço ideia.

Ninguém nunca vem a uma hora dessas. Ninguém a não ser nós duas.

Alguém bate de novo no vidro da janela da frente. Eu me levanto do banquinho e abro a porta que dá para a frente da loja enquanto a sra. Beatrice se joga no chão.

— O que você está fazendo? — sussurro, incrédula.

— Me escondendo — sussurra em resposta. Ela rasteja dois metros para a frente para espiar a porta e inclina a cabeça para o lado, com um sorriso malicioso. — Parece que é o Caleb.

Estreito os olhos. Parece mesmo o Caleb, mas não faço ideia do que ele está fazendo aqui às cinco da manhã.

Ele bate de novo, sem se dar conta de que está sendo observado por duas esquisitonas que espreitam dos fundos.

— Layla? — Sua voz é abafada pelo vidro grosso da porta da frente. — Sou eu. — Ele se remexe, inquieto, e olha por cima do ombro para o aglomerado de árvores escuras atrás dele. — Eu trouxe café da manhã.

— Ele já se deu conta de que você é, literalmente, especialista em fazer café da manhã?

— Fique quieta — protesto. — Onde você deixou o carro?

— No estacionamento de cascalho que o Beckett usa como depósito. Atrás dos pinheiros e do galinheiro que ele vive dizendo que não está construindo.

— Ela ergue uma sobrancelha para mim. — Você acha que eu tenho cara de idiota?

Mais ou menos. A julgar pela forma que está se arrastando pelo chão da cozinha.

— Espere até eu abrir a porta da frente pra sair pelos fundos. Vou distrair o Caleb.

Ela ri, zombeteira.

— Claro que vai.

Não me dou ao trabalho de responder a essa provocação. Passo as mãos no cabelo, coloco a xícara de café no balcão e vou até a porta da frente. Caleb se endireita assim que me vê, abrindo um sorriso em seu belo rosto. Um frio glacial se espalha pela minha barriga, e sorrir parece tão natural quanto respirar. Eu me sinto como se estivesse presa na outra ponta de um fio, puxada para cada vez mais perto de onde quer que ele esteja.

Passo a mão pela fileira de cadeados, observando-o através do vidro. Calça cáqui e uma camisa de botão de manga curta, passada com perfeição. Meus olhos percorrem desde a saliência de suas clavículas até as covinhas em suas bochechas. A linha reta de seu nariz e o... hematoma horrível, preto e roxo, ao redor do olho.

Abro a porta e o conduzo para dentro.

— Seu olho está horrível.

Mas, de alguma forma, também está incrível. Atraente de um jeito rústico. Com essa calça cáqui, fica encantador. Dois visuais drasticamente opostos no mesmo homem.

Ele toca o inchaço da bochecha com a ponta dos dedos.

— Está, né? Foi por isso que coloquei essa calça cáqui de tiozão. Achei que poderia ajudar.

— Ajudar a fazer você parecer um pai de seriado dos anos noventa?

Ele dá de ombros.

— Ajudar as pessoas a se concentrarem em algo que não seja meu rosto. As crianças acham hilário quando eu uso essa calça, sei lá por quê. Mas não sei como vou explicar esse olho pra eles. Não posso falar a verdade.

De fato, não sei se seria bom Caleb contar aos alunos que ficou com um olho roxo após tomar uma cotovelada de Gus enquanto tentava usar um pé humano falso para abrir um cofre falso em um apocalipse zumbi falso. Imagino que os adolescentes teriam algumas coisas a dizer.

Caleb franze a testa e passa por mim até a bancada. Ele coloca um saco de papel marrom simples em cima.

— Talvez eu diga que lutei com um puma.

— Sério?

— Ou que foi em um helicóptero. Ainda não decidi.

— As duas opções são muito boas. — Olho por cima do seu ombro, para o saco de papel que começa a ficar marcado pela gordura. Meu estômago ronca ferozmente em agradecimento. — O que você trouxe ali?

— Sanduíche de bacon e ovo. — Ele se apoia no balcão ao meu lado. Olho fixamente para a calça cáqui dele. Ela cumpre o papel de me distrair de seu rosto, mas talvez não pelos motivos que ele listou. É porque fica… ótima nele. — Imaginei que não quisesse cozinhar pra você mesma.

Algo em meu peito se contorce. Um leve puxão que reverbera e o faz estremecer. Não gosto de cozinhar só para mim. Depois de passar a maior parte do tempo fazendo comida para todo mundo, costumo comer o que sobra na fornada em que estiver trabalhando.

Ele ter percebido isso é importante.

— Você trouxe pra mim?

Ele concorda, com um sorriso divertido nos lábios.

— Trouxe. Desculpe por ter vindo tão cedo. Queria encontrar você antes de ir pra escola.

— Você tem que entrar cedo hoje?

— Tenho que receber os ônibus.

Não consigo parar de olhar para a embalagem sobre a bancada. Ele parou em algum lugar. Por mim. Ele acordou cedo, fez uma parada extra e dirigiu até aqui.

— Obrigada — sussurro.

Ele ergue a mão entre nós, mas depois parece pensar melhor e a baixa de novo.

— Não tem de quê.

Quero saber o que ia fazer com aquela mão.

— Mas mesmo assim, eu…

Há um tumulto na cozinha. Pelo som, parece que algumas bandejas de cookies foram parar no chão. Olho para a porta dos fundos com os olhos arregalados e Caleb… Caleb já está contornando o balcão e passando pela porta antes que eu possa pensar em impedi-lo.

— Ai, merda — sussurro. Espero que Beatrice esteja correndo pelos campos neste momento. Por que ela demorou tanto para sair? Poderia apostar todos os meus croissants de chocolate e a minha espátula favorita que estava ouvindo atrás da porta, aquela intrometida.

Sigo atrás de Caleb bem mais devagar e com muito menos entusiasmo. Quando chego à cozinha, ele está parado no meio do cômodo com as mãos na cintura, olhando atentamente para a porta dos fundos, escancarada.

— Precisamos ligar para o Dane — declara com uma voz severa e dura, que faz um arrepio subir pela minha coluna.

Eu o ignoro e vou em direção à porta. Não quero um bando de insetos zumbindo enquanto faço torta de ruibarbo. Um braço forte envolve minha cintura e Caleb me levanta e me afasta como se eu fosse um saco de açúcar. Ele me coloca de pé ao lado da pia, com o braço ainda firme em volta da minha cintura.

É perturbador o quanto eu gosto disso.

— Alguém estava aqui — fala, com as sobrancelhas escuras arqueadas sobre os olhos castanhos. Manchas de âmbar e ouro dançam em sua íris enquanto ele me olha, a mão apertando minha cintura. Isso acende uma chama em meu peito que se espalha até a palma das minhas mãos, a parte de trás dos meus joelhos e o fundo da minha garganta.

Engulo em seco.

— Caleb.

Ele pisca devagar. Não consegue parar de examinar a cozinha como se um assassino estivesse prestes a saltar da minha geladeira com um machado. Ele ficou mesmo impressionado com aquele dia no escape room.

— O quê?

— Eu tenho uma… bom, preciso contar uma coisa.

Isso chama sua atenção. Ele olha para mim e seu maxilar se cerra.

— Pode falar.

— Não é nada de mais.

— Está bem.

— Não quero que você fique apavorado.

Ele engole em seco de novo, apoiando a palma da mão na mesa ao lado do meu quadril. Com o olho roxo e essa expressão no rosto, quase parece uma pessoa diferente. É como a revelação da camisa havaiana tudo de novo. *Caleb é um gostoso,* meu cérebro informa em uma voz sonhadora e melodiosa. *Caleb é um baita de um gostoso.*

Gostoso, protetor, gentil e meigo, e tem cheiro de café moído na hora. Ele me trouxe o café da manhã, praticamente chutou a porta da minha cozinha, e está tão, tão perto.

Isso é um problema.

— Sinto informar, Layla, mas acho que já estou trinta por cento apavorado.

— Tudo bem, então. — Por onde eu começo? *O ano era 2013, e Beatrice e eu decidimos formar uma sociedade secreta para compartilharmos receitas e...*

— Layla.

Certo.

— Tinha alguém tomando café comigo hoje de manhã — digo em um rompante.

Caleb pisca algumas vezes. Sua expressão se suaviza um pouco e ele volta a piscar. Ele se afasta da bancada e dá dois passos para trás. Olha para o teto e depois para o chão. Limpa a garganta.

Um silêncio constrangedor se estende entre nós, e eu entrelaço os dedos das mãos.

— Ah. Não... não tem problema. — Um rubor surge em suas bochechas, vermelho-vivo intenso. Mas esse não é o mesmo rubor de quando ele está contente e não quer demonstrar, ou de quando sorri tanto que parece que seu rosto vai ficar assim para sempre. Nem mesmo de quando passo meus dedos pelo braço dele. Ele... ele está *envergonhado.*

Então sou tomada por uma confusão desesperadora e terrível.

Caleb está no meio da cozinha com os ombros curvados e parece que queria estar em qualquer outro lugar, menos aqui. Ele não desvia o olhar do balcão. Dos bancos ligeiramente fora dos lugares habituais e das duas xícaras de café sobre a bancada. Observo sua garganta subir e descer quando engole em seco.

— Acho que vou… — Ele aponta com o polegar por cima do ombro, ainda sem olhar para mim — Vou embora.

— O quê? Não. — Eu o agarro pelo braço quando ele tenta passar por mim. Ele para de repente, mas ainda se recusa a olhar na minha direção. Foca toda a atenção nos meus sapatos. Na pilha de tigelas na prateleira de baixo. Na fileira de forminhas coloridas para cupcakes. — Você trouxe café da manhã. Fique. Vamos comer juntos.

— Eu não…

— Por favor.

Ele suspira. Um som curto e frustrado.

— Layla.

— Caleb.

— Acho melhor eu ir embora.

— Acho melhor você ficar.

Ele finalmente cede e olha para o meu rosto. Eu o encaro longa e profundamente. Franzo a testa. Acho que nunca o vi tão decepcionado.

— Achei que a gente tinha combinado que, se alguém quisesse terminar o acordo, falaríamos — aponta ele em voz baixa. — Eu não teria me importado se você tivesse falado. Eu entendo.

E… ah. *Ah*. Ele achou que eu estivesse em um *encontro* hoje de manhã. Pensou que eu estava na cozinha tomando café da manhã com outro homem. De uma forma romântica. Penso no tempo que demorei para abrir a porta da frente. Como ele teve que bater ao menos três vezes.

Eu estremeço.

Caleb tenta passar por mim de novo, e eu o agarro com força com as duas mãos. Ele poderia se desvencilhar se quisesse, mas fica parado no lugar, os olhos fixos no chão aos nossos pés.

— Caleb, tenho outra coisa pra contar.

— Não sei se quero ouvir.

— Eu… — gaguejo, sem saber o que falar, procurando uma explicação que faça sentido.

— Está tudo bem. De verdade, Layla. Sempre acaba no terceiro encontro pra mim. — Ele ri baixinho, e eu odeio isso. Como parece que está rindo de si mesmo. — Por favor, não… Você não precisa me explicar nada.

Eu o ignoro.

— Na terceira quarta-feira do mês, eu me encontro com a sra. Beatrice.

Caleb ergue a cabeça devagar. Ele olha para mim, os olhos escuros me observando. Cheios de cautela.

— A sra. Beatrice?

— Isso. Ela vem, nós nos sentamos e falamos de tudo o que temos planejado para o próximo do mês.

A boca de Caleb se retorce, confusa.

— Por que ela não… Por que a porta estava escancarada?

— Porque é um segredo, Caleb — digo com uma seriedade mortal. — Ouvimos você bater à porta e ela fugiu. Você consegue imaginar a destruição que essa notícia ia causar na cidade se as pessoas soubessem?

— Eu não acho…

— Temos uma reputação a zelar. Todo mundo acha que a gente se odeia. O sigilo é fundamental.

Seus lábios se contraem de novo, mas desta vez parece um sorriso. Um sorriso normal.

— Entendo.

— Pois é. — Assinto. — Agora você entendeu. — Eu o seguro pelos braços e sacudo o máximo que posso. O que não é grande coisa. — Achou mesmo que eu estava enganando você com um encontro misterioso em pleno café da manhã?

— Talvez.

— Achou sim.

— Tá, eu achei. Mas, pra ser justo, você estava agindo de uma forma muito suspeita.

Ergo uma sobrancelha.

— Quem marca um encontro às cinco da manhã?

Ele fica ainda mais vermelho.

— Eu estou aqui, não estou?

Ele dá um sorriso gentil, lento e tão cauteloso que chega a doer. Quero que ele sempre sorria assim. Não quero vê-lo pisando em ovos comigo.

Caleb duvida de si mesmo de muitas formas, grandes e pequenas. Estava mais que pronto para acreditar que eu tinha terminado com ele. Que ele não merecia um pouco mais de consideração.

Fico triste ao pensar nisso.

Deslizo minhas mãos pelos braços dele até segurar seus pulsos.

— Sim, você está aqui. E com um sanduíche, ainda por cima. A sra. Beatrice só me trouxe uns biscoitos amanteigados e muitas reclamações.

— Hum. — Caleb vira as mãos até que nossas palmas estejam pressionadas uma contra a outra.

Até que seus dedos estejam entrelaçados aos meus. Nós nos tornamos muito bons nessa coisa de dar as mãos. Ainda estamos trabalhando no resto.

— Isso levanta uma questão interessante, na verdade.

Pisco algumas vezes e observo como a cor de suas bochechas se suaviza em um leve tom de rosa, seus olhos se tornam ligeiramente calculistas. Meu cérebro está funcionando um pouco mais devagar que o normal, estando tão perto dele.

— O quê? Os biscoitos?

— Não, suas reuniões matinais sigilosas.

— Ah, o que há de interessante nelas?

Caleb aperta minhas mãos e me puxa para mais perto até que meus tênis estejam acomodados entre suas botas surradas. Meu avental roça o tecido passado de sua camisa de botão. Um suspiro escapa dos meus lábios.

— O que eu ganho com isso? — sussurra. Ele puxa nossas mãos até que meus dois braços estejam envoltos em sua cintura, suas palmas alisando meus braços. Seu toque é intencional, lento, forte e delicioso. Um feixe de luz dourada atravessa as cortinas brancas da cozinha e passa por suas botas, subindo devagar por nossas pernas enquanto o sol nasce para nós e o resto do mundo. Eu gosto dele assim, aqui no silêncio. Quando somos apenas ele e eu, e um sanduíche de bagel em um saco de papel sobre o balcão. Biscoitos amanteigados no tabuleiro e o sopro quente de sua respiração na pele do meu pescoço. Ele toca meu queixo com o nariz e eu inclino a cabeça para o lado, expondo mais da minha pele para ele explorar.

— O que você ganha? — pergunto vagamente, concentrada demais no contato de seu corpo contra o meu.

— Isso é um segredo, não é? — Sua voz está mais baixa agora, um som profundo que eu praticamente posso sentir. Ele roça o lábio inferior logo abaixo da minha orelha e eu estremeço. — O que eu ganho por guardar seus segredos, Layla Dupree?

Murmuro, traçando a curva de seu maxilar com os olhos. Os cílios escuros e fartos e as bochechas. De que cor elas ficariam se eu abrisse mais um botão dessa camisa elegante? Observo atenta quando seus lábios se separam em um suspiro trêmulo. Parece que o jogo que ele começou está afetando a nós dois. Eu sorrio.

— O que você quer, Caleb Alvarez?

Ele ergue a cabeça e seu nariz esbarra no meu. Tira uma das mãos da curva do meu braço para acomodá-la no alto das minhas costas, fazendo uma leve pressão até que eu me curve contra ele. Ele desliza a mão para baixo, para baixo e para baixo, com os dedos passando pelos cordões do meu avental. Um sorriso surge no canto de sua boca. Quero mordê-lo.

Agarro a camisa dele.

— Eu quero… — Seus dedos encontram a ponta do cordão do avental e ele a puxa.

O tecido que cobre meu peito começa a se soltar. Estou mais excitada do que se ele tivesse colocado a mão por dentro da minha blusa.

— O que você quer? — pergunto, a voz falhando.

Ele acaricia meu pescoço com a outra mão. Passa os lábios no contorno do meu rosto e depois mais para baixo, bem onde pode sentir minha pulsação. Não é bem um beijo. Só seus lábios roçando a pele macia. Seu suspiro faz cócegas na pele delicada, um murmúrio baixo de desejo. Meus joelhos fraquejam.

— Quero alguns desses biscoitos — sussurra em meu ouvido.

Eu resmungo e apoio a testa em seu peito. Ele gargalha na quietude da cozinha, um som satisfeito, alto e profundo. Inclino a cabeça para trás para poder encará-lo.

— Alguém já disse que você é um provocador?

Ele balança a cabeça, os dois braços em volta da minha cintura. Ele nos balança para a frente e para trás, e eu não posso deixar de sorrir também. Gosto de cada versão dele que me mostra. Gosto de Caleb Alvarez por completo.

— Não, você é a primeira.

— Que sorte a minha. — Bato os nós dos dedos em sua clavícula e me afasto, com a intenção de colocar a bancada entre nós. Não sei quando comecei a pensar em beijar Caleb, só sei que tenho pensado. O tempo todo. É um zumbido sob minha pele, que ecoa em meu sangue.

Talvez tenha sido na pista de patinação, quando eu o ajudei a se levantar segurando seus dois braços enquanto ele xingava. Talvez tenha sido no escape room, quando ele me abraçou pela cintura e me puxou para fora da mesa.

Ou talvez tenha sido naquela primeira noite no bar, com aquela camisa havaiana ridícula e o cabelo bagunçado, a o calor abafado deixando tudo suado e quente.

Quando ele olhou para mim e realmente me viu.

Eu não sei. Só sei que quero a boca dele na minha. Quero aquele sorriso dele, que se abre enviesado quando pressionado em minha pele. Mãos ávidas e aquelas covinhas surgindo com o sorriso. Quero desembaraçar Caleb como se ele fosse os cordões do meu avental.

É confuso. Surpreendente.

E me distrai.

— No que você está pensando? — murmura.

Estou pensando em que gosto ele teria após comer alguns dos biscoitos. Se já tomou café e se eu também conseguiria sentir esse sabor.

Dou um sorriso contido. Ah, se ele soubesse.

Eu o cutuco no peito e depois me afasto.

— Em algo delicioso.

10

CALEB

Acho que forcei a barra com a Layla.

Depois daquele momento na padaria, ela está diferente. Não chateada. Só… quieta, acho eu.

O sorriso dela ainda parece ser só meu, e ainda se demora com seus toques nos nós dos meus dedos ou no meu pulso quando passo para tomar café e comer um croissant. Temos planos para amanhã à noite, e ela respondeu a todas as minhas mensagens. Mas ela parece distante.

— *Tal vez deberías besarla, osezno.*

Para deixar claro, eu não pedi conselhos à minha avó.

Ela me viu aqui sentado na pequena e frágil mesa de madeira em sua cozinha e decidiu me dar um conselho. Junto com um pote inteiro de chilaquiles, um prato mexicano de tortilhas com molho.

Vim até aqui atrás de só uma dessas coisas.

— Tem molho picante? — pergunto.

Ela me dá um tapa na orelha com a colher.

— Não precisa, já está perfeito — responde ela e resmunga algo em espanhol que soa como *mimado* e *molho picante*. Decido ficar de boca fechada.

— Aonde você vai levar a menina amanhã? — pergunta.

— Não sei — murmuro com a boca cheia de comida. — Ela disse que queria escolher dessa vez.

Melhor assim, se levar os últimos dois encontros em consideração. Meu olho roxo agora assumiu um tom suave de amarelo e o inchaço sumiu quase todo. Já consigo andar sem mancar. Melhor não abusar da sorte.

Por mais que a sensação seja a de que fiz besteira.

Minha avó assente em aprovação.

— Que bom. Um homem que aceita receber ordens de uma mulher é um homem que vale a pena.

— *Gracias, abuela.*

— Era um elogio pra ela, não pra você.

— *Gracias, abuela.*

— *Cómete tus chilaquiles* — diz ela, mexendo na lava-louças. Eu me ofereceria para ajudar, mas é bem provável que minha avó me bata com a colher de novo se eu me levantar da mesa antes que o pote esteja vazio. Ela tem todo um lance com comida.

— Você devia ter dado um beijo nela. — Ela repete o conselho.

Eu mexo meu garfo no pote.

— Não sei, não.

— Por quê? — Minha avó se vira e ergue uma sobrancelha para mim, com o cabelo preso em um coque frouxo. Ela está usando os brincos que ganhou do meu abuelo no aniversário de cinquenta anos de casamento, feitos para parecerem conchas, que refletem a luz da cozinha. O vestido vermelho-vivo balança em torno de seus tornozelos, seu rosto suavizado pela idade e pela expressão divertida. — Fui casada por quase setenta anos, não fui? Meus conselhos não são bons?

— *Por supuesto que sí, abuela.* É só que… eu acho que a deixei desconfortável — murmuro. Acho que fui longe demais. Eu queria provocá-la um pouco, mas depois tudo fugiu do controle.

Eu perdi o controle.

Conseguia sentir o cheiro de açúcar em sua pele. Morangos frescos, biscoitos e o xampu, algo leve e floral, como pétalas de rosa. Deslizei a palma da mão por suas costas e senti cada vértebra de sua coluna, a respiração profunda e trêmula que ela deu quando seu nariz tocou no meu pescoço. Quando baixei a cabeça e ela murmurou, quase a peguei no colo e a deitei na ilha da cozinha.

— Quem você deixou desconfortável?

A porta de tela nos fundos da casa da minha avó se abre e Charlie entra na cozinha confiante — como se fizesse isso todos os dias —, com um buquê de flores na mão e o paletó do terno em um dos braços. Ele ignora minha cara de espanto e entrega as flores à minha avó, com um beijo em ambas as bochechas.

— *Hermosa como siempre, Mariana* — diz para ela.

Ela sorri.

Franzo a testa, muito mais que confuso.

— O que você está fazendo aqui?

Minha avó faz um som de desaprovação e bate nas minhas costas com a colher. É um aviso.

— *No seas grosero, osezno.*

— Isso mesmo, ursinho. — Charlie ergue as sobrancelhas, entretido e presunçoso. — Não seja grosseiro.

Charlie mora em Nova York. E trabalha em Nova York. Não entendo por que ele está na cozinha da minha avó em uma tarde de dia de semana. Ignoro o fato de minha avó me chamar de osezno, ursinho, meu apelido de infância na frente dele e me concentro no que é mais importante. Por exemplo, porque ela tem três potes de comida prontos para ele enquanto eu só recebi um.

— *Eres um ángel* — diz Charlie, melodioso, jogando o que eu presumo ser milhares de dólares em alfaiataria sobre a cadeira à minha frente. O cara é uma contradição ambulante. Na última vez que o vi, estava fazendo do armário de casacos do meu irmão sua nova casa. Fico feliz de ver que se recuperou. — *Un tesoro. Una reina.*

Minha avó enrubesce em um tom forte de vermelho. Acho que é daí que vem o meu rubor. Fico olhando para os dois, ainda atônito.

— O que está acontecendo?

Charlie desaba em sua cadeira e joga a ponta da gravata sobre o ombro. Ele reorganiza a tigela à sua frente.

— O que parece que está acontecendo? É o meu almoço mensal com sua avó.

— Almoço mensal.

— Isso.

— Com a minha avó.

— Isso, Caleb. Foi isso mesmo que eu acabei de dizer. Meus parabéns.

— Desde quando?

— Desde que ele fez meu imposto de renda no ano passado — explica minha avó do fogão. Ela já está cozinhando outra coisa. Na verdade, é um milagre que Charlie tenha sido o único a entrar pela porta até agora. Normalmente, a casa costuma ser um fluxo constante dos meus primos entrando e saindo. Acho que meu tio Benjamín ainda tem um quarto aqui. — Ele é um bom menino.

Charlie espeta um tomate com o garfo e o aponta para mim como uma arma.

— Viu, ursinho? Eu sou um bom menino.

— Não me chame assim.

— Tarde demais. Já está gravado na minha mente. Agora você vai ser meu *ursinho* pra sempre.

Suspiro e dou outra garfada em meu almoço tardio. Deixo de lado o fato de que chilaquiles é um prato que se come no café da manhã e que minha avó me disse que não tinha mais nada para comer. Uma bela de uma mentirosa.

— É sério que você dirigiu até aqui só pra almoçar com a minha avó?

— É óbvio. — Observo minha avó entregar um copo de limonada para ele, que sussurra algo em espanhol como resposta. Ela dá uma gargalhada alta e vibrante, o som ecoando nas paredes e janelas. Um sorriso se insinua em meus lábios antes que eu possa me lembrar de que estou irritado. Sempre amei a risada dela.

— Também precisei trazer uns papéis para a Nova — acrescenta. — Ela está tentando expandir o estúdio de tatuagem.

— Ah, verdade. Ela quer comprar aquele espaço atrás da floricultura, não é?

— O plano é esse. — Charlie abre a tampa de mais um pote e solta um gemido profundo e estrondoso de agradecimento. Aquele desgraçado. Minha abuela fez bolo de tres leches para ele.

— *Abuela* — resmungo. — Você disse que não tinha sobrado nada.

Ela só afasta metade do corpo do fogão, o rosto de perfil.

— E não tinha.

— Então por que o Charlie tem metade de um bolo?

— Porque ele ficou com o que sobrou. — Ela tira a colher da enorme panela no fogão e arrasta o dedo pela borda. Prova o molho, faz uma careta, polvilha um pouco de tempero em pó e volta a mexer. — Agora pare com isso, você é um homem ou uma criança? Por que está sentado aí choramingando?

— *Tu postre es mi favorito* — resmungo. — Você sabe que eu amo seu *tres leches.*

— Eu não estava falando da sobremesa. Estava falando da mulher.

Charlie apoia o queixo na mão e se balança na cadeira. Um homem do tamanho dele deveria parecer ridículo fazendo isso, mas é claro que ele não fica. Ele parece só ansioso e entretido, com o garfo frouxo na mão e as bochechas cheias de chantili, canela e pão de ló. Babaca. Esse bolo era meu.

Com o cabelo escuro e olhos azuis brilhantes, ele se parece com a meia--irmã, Stella.

Eles também compartilham a falta de sutileza.

— Vamos falar mais dessa mulher — pede Charlie.

— Não, obrigado.

— Ah, relaxe. — Charlie abre seu terceiro pote e faz mais uma série de elogios à minha avó em espanhol. Eu nem sabia que ele falava espanhol. — Eu sei que você e a Layla têm um lance.

— Um lance?

— Um lance. Mas tenho que dar o braço a torcer. Acho que essa é a primeira vez que vejo a rede de comunicação secreta perplexa. Ninguém sabe o que está rolando de verdade com vocês dois. O Gus deu algumas opiniões depois do escape room, mas…

— O quê?!

— Mas ninguém tem certeza de nada.

Bom, acho que somos dois então. Ou… seja lá quantas pessoas estejam na rede de comunicação neste instante.

Mudo de assunto.

— Como você entrou na rede de comunicação?

Charlie faz uma careta.

— E por que eu não estaria na rede?

— Porque você não mora aqui.

Ele bate o punho cerrado no peito duas vezes.

— Meu coração mora aqui. É só isso que importa para a rede de comunicação. Mas pare de enrolar e me conte o que está pegando entre você e a Layla.

— Nós estamos... namorando.

Charlie estreita os olhos.

— Você não me parece muito convencido disso.

Eu me remexo em meu assento. Acho que não estou. Ainda mais depois do que aconteceu no outro dia. Ou não aconteceu. Não sei.

— É um namoro de mentirinha, pra praticar. Por um mês. Tem prazo de validade.

Precisa ter. Só tive dois encontros com a Layla e os dois terminaram em acidentes, mas, ainda assim, sinto que estou me entregando. Gosto de vê-la sorrir. Gosto de ouvir a risada dela. Gosto de segurar sua mão e encostar meu queixo na cabeça dela. Gosto de seu humor sarcástico e de como sempre percebe minhas conversas fiadas. Gosto de poder descobrir todas as diferentes partes dela. Eu gosto *dela*.

Um mês. Vai ser suficiente.

Tem que ser.

— Quem teve essa ideia?

— Eu. — Talvez. — Faz sentido que seja assim.

— Odeio dar más notícias, meu amigo. Isso não faz sentido nenhum, mas você é livre pra acreditar no que quiser.

— Eles ainda não se beijaram — frisa minha avó do fogão. — Ela quer ser beijada.

Charlie se reclina na cadeira com um suspiro pesado de decepção.

— Cara — diz ele com os olhos arregalados. — Se ela quer ser beijada, você tem que dar um beijo nela.

Eu me ocupo com os talheres, sem desviar o olhar do tampo da mesa.

— Eu não sei se ela quer ser beijada.

Charlie e minha avó fazem o mesmo som de desdém. Minha avó acrescenta alguns palavrões bem criativos junto.

— Você sabe — insiste Charlie —, é só pensar. Ela deu algum sinal?

As mãos dela agarrando a parte de trás da minha camisa. Seu nariz contra o meu. Aquele som discreto que ela fez, murmurando, quando encontrei a ponta do avental e a puxei.

— Viu? — Charlie aponta o garfo para mim de novo. — Ela quer ser beijada.

Ainda estou pensando em tudo isso quando entro na garagem da casa de Layla duas horas depois, segurando um pequeno buquê de lavandas na mão esquerda. Estou pensando nisso quando bato à porta, e estou pensando nisso quando ouço passos leves no corredor através da porta da frente.

Layla abre a porta e sorri para mim. Ela está usando um vestido branco curto que valoriza a cor de sua pele, e também me faz querer me ajoelhar, prender o tecido entre os dedos e subi-lo até o umbigo.

Engulo em seco.

— Pra você.

Ela não faz menção de pegar o buquê, o sorriso oscilando.

— Está tudo bem?

Eu assinto. Depois balanço a cabeça. Ela abre um pouco mais a porta e faz sinal para que eu entre.

— Entre. Não precisamos sair agora.

Avanço para o corredor e paro. A casa de Layla se parece tanto com ela, perfeita, maravilhosa. Há cor por toda parte, desde o tapete rosa-claro sobre o piso de madeira desgastado até o sofá azul-marinho encostado na parede, coberto com almofadas de todos os formatos e tamanhos. Há pelo menos cinquenta mantas de várias cores e texturas em uma cesta ao lado da estante, plantas, livros e porta-retratos competindo por espaço.

Pego uma foto em uma moldura dourada, com o metal em forma de vinhas enroladas em volta da imagem. Layla e três mulheres que se parecem com ela. O mesmo cabelo, os mesmos olhos e o mesmo sorriso, mas Layla ainda se destaca das demais. Seu sorriso é um pouco mais selvagem, um pouco mais livre.

— Suas irmãs?

Layla concorda.

— Quando nos reunimos para o aniversário do meu pai.

— Você não fala muito delas.

Ela dá de ombros, pega uma manta estendida sobre a poltrona e a dobra em um quadrado bem arrumado.

— Não somos tão próximas quanto eu gostaria. Quando fui para a faculdade, elas ficaram perto dos meus pais. — Ela arruma o cabelo atrás das orelhas. Já percebi que faz isso quando está desconfortável. Eu franzo a testa. Ela dá de ombros e abre um sorriso discreto. — Nem todo mundo tem um monte de primos dispostos a usar camisas havaianas pela gente.

Coloco a foto de volta no lugar.

— Elas nunca vieram visitar?

Ela balança a cabeça.

— Não, até agora, não. Acho que meu pai ainda torce para que seja uma fase. Essa coisa de confeitaria.

O que Layla faz é muito mais que confeitaria. Odeio que ela fale da empresa que criou como uma *coisa*.

— Essa coisa de confeitaria?

Ela murmura e pega um pote de geleia meio vazio em outra mesinha.

— Peguei do Beckett — explica calmamente. Ela expira fundo, para criar coragem de falar. — Estudei matemática e engenharia na faculdade. Não sei se você sabe disso. Sempre fui muito boa com números, mas, não sei, não era algo que me empolgava. Estava me sentindo meio perdida no último ano, um pouco sozinha, e a Stella… a Stella era minha melhor amiga. Então recusei algumas ofertas de emprego que recebi e decidi vir pra cá atrás dela. Acho que meu pai ainda não me perdoou por isso.

— Ele queria que você fosse engenheira?

Ela concorda.

— Acho que tinha esperança que eu me alistasse na Marinha, como ele fez. Minhas irmãs estão todas envolvidas na vida militar de alguma forma, seja com emprego, apoiando a base ou casadas com militares. E eu estou aqui, uma decepção com meu café e meus croissants.

Franzo a testa.

— Eu nunca me decepciono com seu café e seus croissants.

Ela abre um sorriso discreto, tímido.

— Eu sei que não.

— Mas, Layla, falando sério. — É importante que ela me ouça. Que ela entenda. — Você sabe que o que você criou vai muito além de uma padaria, né? O seu negócio.

Ela dá de ombros, e eu engulo o resto da minha curiosidade. Tenho tantas perguntas para fazer. Por que ela estudou engenharia se nunca gostou? O que ela queria fazer? Por que achava que uma cidade pequena no litoral de Maryland era o único lugar para onde poderia ir? É por isso que ela acha que só merece o mínimo dos homens?

Ao menos me conforta que ela pareça feliz aqui. Que tenha encontrado um lar em Inglewild. Olho para a foto dela e de suas irmãs mais uma vez e cutuco a moldura com o polegar até que ela fique centralizada na mesinha. É claro que Layla manteria uma foto delas em sua casa, apesar das decepções.

— Azar o deles — sussurro baixinho. Tão baixo que ela mal consegue ouvir.

Eu observo enquanto ela caminha para a cozinha, seu vestido branco me provocando enquanto roça em suas coxas. É muito fácil imaginá-la passando os dias aqui: recostada no sofá com uma xícara de café; trabalhando na cozinha com o cabelo solto e um de seus lenços acariciando a pele nua de suas costas; cantarolando enquanto desenrola uma massa de torta, com farinha em cada canto da bancada.

— E que cara é essa aí?

Você me mostra partes de si mesma que quero colecionar como conchas. Não consigo parar de pensar em beijar você, e não faço ideia de como você se sentiria se cruzarmos esse limite. Não quero assustá-la. Não quero me envolver demais.

Se bem que acho que é um pouco tarde para escapar desse último pensamento.

Dou de ombros e me sento em um banco rosa-claro que parece ter saído do Mundo dos Doces Encantados. Dou uma olhada nas palavras cruzadas que ela deixou pela metade na bancada. Tenho certeza de que a resposta para a linha sete horizontal é *desesperado.* Nada mais apropriado.

Ela para de reorganizar os vasos na bancada. Seis deles, todos repletos de diferentes tipos de flores. Isso me faz sorrir.

— Nosso acordo significa que você pode me fazer perguntas, Caleb. Esse é o objetivo.

Nosso acordo. Fico grato pelo lembrete. Não tenho nada a perder ao falar com Layla, exceto talvez um pouco da minha sanidade. Limpo a garganta e coloco o buquê na beirada do balcão.

— Você queria que eu beijasse você naquele dia?

Ela se atrapalha com o pote de geleia que havia acabado de colocar de lado, fazendo-o cair na pia da cozinha em uma cacofonia de sons. Assim que o ajeita, olha para mim por cima do ombro.

— O quê?

Apoio os braços no balcão e retribuo seu olhar.

— Você queria que eu beijasse você? Na padaria?

— Bom... — Ela se vira para mim, as mãos ocupadas com um pano de prato. Ela hesita, e eu a observo pesar as palavras. — Achei que você fosse me beijar.

Isso não responde ao que perguntei. Pensar que alguém ia fazer algo e querer que a pessoa faça são duas coisas muito diferentes.

— Você quer que eu beije você, Layla?

Sinto um arrepio em algum lugar perto da base da minha coluna. Eu sei a minha resposta para essa pergunta. Quero dar um beijo nela. Quero dar um beijo nela mais do que quero outro daqueles pães doces de caramelo com flor de sal, e isso quer dizer que quero muito.

— Quando as pessoas estão namorando, elas se beijam, não é? — A voz dela soa baixa, provocante. Mas há um fogo em seus olhos que só vi por alguns segundos antes. Seguro a bancada com força.

— Aham.

— Então, talvez... — Ela pega o buquê que eu trouxe e seus dedos roçam a parte de cima da minha mão. Ela os leva até meu pulso, dá dois tapinhas e deixa a mão ali. Fala baixinho, a voz rouca, e sinto minha pele toda se arrepiar. — Talvez seja melhor revisarmos os detalhes do nosso acordo.

Algo em meu peito se abre, se revela, se desenrola. Viro minha mão para segurar a dela. Envolvo meus dedos nos dela e aperto.

— Talvez seja melhor mesmo.

11

LAYLA

Achei que Caleb fosse me beijar agora.

Depois de desabafar, de repente, sobre a questão da minha família com ele, achei que se levantaria daquele banco, me encostaria na bancada, enfiaria a mão no meu cabelo da mesma forma que fez com o cordão do meu avental e me daria uma distração e tanto. Pensei que ele me beijaria.

Mas não é o que ele faz. Em vez disso, ele afasta a mão da minha e me conduz pela porta até o carro como se tivéssemos acabado de conversar sobre os preços no mercado, e não sobre os pormenores dos limites físicos do nosso relacionamento.

Ele segura a porta do jipe e coloca a mão na parte inferior de minhas costas enquanto entro. Ele me deixa escolher a estação de rádio e mantém as duas mãos no volante enquanto dou as instruções para o local que escolhi. A estrada é ampla, com campos verdes de ambos os lados. Ele aumenta a velocidade para cem quilômetros por hora assim que entramos na rodovia que leva ao litoral, o vento quente fazendo meu cabelo bater e meu lenço se enrolar em mim em uma dança de rosa e azul. Solto uma risada quando Caleb tenta colocá-lo atrás da minha orelha, mas só consegue enrolá-lo em seu pulso.

Tiro o lenço do cabelo e o coloco em seu braço, e ele sorri para mim banco do motorista, as bochechas rosadas.

Quanto mais perto chegamos, mais rico de cheiros o ar fica. Sal marinho e madeira. Caramelo da loja de doces bem na esquina do calçadão. Os campos se transformam em dunas e salgueiros, estendendo seus longos dedos verdes para o céu azul infinito acima de nós.

É o trajeto perfeito para o verão.

Mas queria que Caleb me beijasse.

Não entendo. Quero que Caleb me beije. E eu quero beijá-lo. Achei que tinha deixado isso bem claro. Mas faz quarenta e cinco minutos que ele está dirigindo até a praia sem encostar os lábios nos meus, e agora estou frustrada.

— Você vai me beijar ou não?

Eis a beleza do nosso acordo. Posso perguntar o que quiser, quando quiser, sem me preocupar com a possibilidade de assustar Caleb. Isso é libertador de uma forma que eu não esperava. Sei que, não importa o que aconteça, nós dois estaremos bem no fim do mês.

Também me divirto ao vê-lo quase tropeçar e cair enquanto caminhamos do estacionamento até a praia, com o cascalho pouco a pouco se transformando em areia. Paramos para comprar guloseimas no quiosque da orla, dois sorvetes com casquinha sabor laranja nas minhas mãos enquanto Caleb tenta amarrar o lenço no meu cabelo. O sorvete na minha mão esquerda está começando a derreter e escorrer pelos dedos.

Caleb termina de arrumar meu cabelo e segura a mão com o sorvete que derrete devagar, levando meus dedos lambuzados até a boca sem pensar. Quase não consigo respirar quando ele inclina a boca até a minha mão, o lábio inferior roçando nos nós dos meus dedos, o lento arrastar da língua onde o sorvete escorre na minha pele. Ele faz isso sem hesitar — como se fosse um costume nosso —, e agora sou eu quem não consegue se equilibrar.

— Ainda não — responde, afastando a boca da minha mão e me firmando com o braço nos meus ombros. Com certeza preciso de apoio depois disso. Ele inclina a casquinha cremosa para o lado e resgata um pouco do sorvete que escorre com outra lambida obscena. Sinto cada centímetro do meu corpo se arrepiar. — Preciso de um plano.

Não consigo conter a risada.

— Ah, é?

Ele assente e lambe o sorvete outra vez.

— É. Você merece um beijo dos bons, tipo de cinema.

O peso que nem percebi que carregava de repente deixa meus ombros. Caleb também quer me beijar. Um sentimento terno e suave se enrola em meu peito.

— É mesmo?

Ele concorda e me olha de soslaio.

— Fogos de artifício, estrelas cadentes — continua ele e sorri por trás de uma montanha de baunilha que está diminuindo depressa — e coisas do tipo.

— Adoraria saber o que são *coisas do tipo*.

— Achei que você gostaria mesmo.

— Parece bem complicado.

Ele dá de ombros, com o braço encostado no meu. Seus dedos traçam um padrão preguiçoso na pele nua do meu ombro. Acho que não percebe que está fazendo isso, o que me faz gostar ainda mais, esses segredos ocultos escritos em minha pele.

— Eu vou planejar. Posso avisar antes, se você preferir.

— Seria ótimo, obrigada.

— O prazer é todo meu, Layla.

Algo me diz que o prazer também será meu.

Paramos no fim da cerca de junco que margeia o pequeno calçadão até a praia, onde as dunas se transformam em areia leve e fina. A praia está quase vazia a esta hora do dia, as famílias arrumando suas cadeiras, guarda-sóis, toalhas e brinquedos para voltar para os hotéis. Somos os únicos nos aproximando do mar, o ruído do quebrar das ondas nos chamando para mais perto.

Pego uma manta na bolsa e depois a garrafa de suco de maçã, entregando ambos a Caleb. Ele desdobra a manta com um movimento rápido da mão e depois olha para o suco. Eu não deveria achar isso tão atraente.

— Você trouxe suco de maçã?

— Vinho — corrijo. — Não queria trazer a garrafa. É proibido trazer vidro pra praia.

— Linda e inteligente — diz. E então tenta espiar na minha bolsa. — O que mais você trouxe?

Um pedaço de queijo. Um pão recém-assado e embrulhado em papel de cera, amarrado com um pedaço de barbante rosa choque que encontrei em uma gaveta da ilha da cozinha. Um pouco de salame seco do Luka e…

— Isso é bolo de morango?

Estendo o pote para Caleb, que se joga de joelhos na manta, as mãos estendidas. Fico em pé atrás dele enquanto tiro o restante das coisas da bolsa.

— É, sim.

— Posso comer esse primeiro?

— A gente já tomou sorvete — ressalto. — Acho que bolo de morango é a escolha mais lógica depois disso.

Ele faz um som de profunda satisfação e abre a tampa do pote. Paro por um segundo e o observo enquanto ele pega o garfo. Cabelo despenteado e pele marrom, a ponta das orelhas já um pouco queimadas do sol. Deixo os nós dos meus dedos roçarem sua nuca, e ele inclina a cabeça até encostá-la em minha coxa, os olhos castanhos sorrindo para mim. O ar salgado do mar e o som das ondas tão alto em meus ouvidos. Aquelas linhas nos olhos de Caleb, surgindo só para mim.

Bom.

Para mim e para o bolo.

— Se você não se sentar logo — diz, alegre, o sorriso se alargando —, vou comer tudo isso sozinho.

— Que bom, porque eu fiz pra você.

Pego a garrafa de suco de maçã e um dos copos de papel que coloquei na bolsa e me sento ao lado dele, o joelho encostado em sua coxa. Ele me segura pela cintura e me puxa um pouco até que eu me aconchegue contra ele, a mão enorme em meu joelho, nossos braços pressionados confortavelmente um no outro.

Ele parece mais à vontade para demonstrar afeto agora. É como se a nossa conversa na cozinha tivesse cortado as amarras que o prendiam. Também cortou algumas das minhas. Sei que Caleb fica preocupado, achando que está apressando as coisas, mas, para ser sincera, bem que eu queria que ele apressasse um pouco mais.

Ofereço um gole do vinho.

— Me conte, como foi o seu dia?

Seu sorriso se abre mais, como se essa fosse a melhor pergunta que eu poderia ter feito. Como se ele estivesse esperando desde sempre que alguém perguntasse isso. Que alguém se importasse com os pequenos detalhes.

— Bom, o Jeremy me entregou o primeiro rascunho da tarefa do poema de amor.

— Por favor, por favorzinho, pelo amor de Deus, me diga que você trouxe.

Ele tira um pedaço de papel dobrado do bolso e o entrega para mim. Eu dou um gritinho de alegria.

— Não, não. — Pressiono o papel de volta na mão dele. — Quero uma leitura dramática.

Caleb dá uma gargalhada e apoia o papel na manta para desdobrá-lo com uma das mãos enquanto garfa um pedaço gigantesco do bolo com a outra e o coloca na boca. Presto bastante atenção na boca dele trabalhando, no creme que fica no canto dos lábios. Ele pega outra garfada e me oferece. Eu me inclino para a frente e seguro seu pulso, mantendo o garfo firme entre nós. A acidez do morango, o creme doce e lisinho. Uma mordida perfeita que me faz murmurar de satisfação.

Arrisco olhar para o rosto de Caleb. Seus olhos estão grudados na minha boca, o peito subindo e descendo com a respiração ofegante.

Engulo e passo a ponta dos dedos no lábio inferior, certificando-me de limpar todo o creme.

— Está tudo bem?

— Aham, tudo bem — responde com a voz baixa. Balança a cabeça e olha para o pote. — Eu vou, ah, vou ler o poema.

Encantada, entrelaço os dedos e apoio o queixo nas mãos, ansiosa. Caleb ri de como me preparo para ouvir e alisa o papel na perna. Imagino muitas possibilidades. Jeremy me ajudou na padaria na última primavera, e sei que ele conhece uma quantidade assustadora de letras do Ja Rule.

Ele limpa a garganta e eu observo seus olhos examinarem o papel. Um sorriso surge no canto de sua boca, fazendo a covinha aparecer discretamente.

— *Y yo me voy'a dar un shot por ti, espero que estés bien* — começa. — *Yo he estao con mile y tú sigue en el top ten.* — Suas bochechas ficam de um vermelho-brasa e ele me lança um olhar rápido antes de voltar a atenção para o papel. — *No me lo niegue, baby, que yo también.*

Fico olhando para ele, a boca entreaberta. Acho que nunca ouvi Caleb falar tantas palavras em espanhol antes. Já o ouvi dizer uma ou duas palavras diferentes em uma conversa, mas nunca algo tão... extenso. Estico minhas pernas contra a manta e pressiono a ponta dos dedos no pescoço, de repente minha garganta parece seca. Sinto que preciso de um copo de algo forte. Ou de um cigarro, talvez.

Resisto à vontade de me abanar e me forço a voltar a atenção ao poema.

— Eu não entendo espanhol muito bem, mas você disse alguma coisa de *top dez*?

Caleb dobra o pedaço de papel e o coloca de volta no bolso.

— Disse sim.

— E eu ouvi um *vem com tudo baby* no meio?

— Não posso confirmar nem negar. — As bochechas de Caleb ficam ainda mais vermelhas, mas ele está sorrindo. — É um trabalho em andamento.

Solto uma risada e pego o pão, desembrulhando-o do papel e cortando uma fatia. Caleb fecha o pote do bolo com um último olhar do mais puro desejo e depois nos serve mais vinho. Nós nos movemos com perfeição ao redor um do outro, a ponta de seus dedos em meu ombro, na parte inferior das minhas costas, na curva do meu pescoço. Ele passa a palma da mão por baixo do meu cabelo e gira o lenço de seda entre os dedos, arrastando-o pela palma da mão e puxando com delicadeza.

Estar com ele aqui é tão tranquilo. Compartilhando como foi nosso dia e observando as ondas. Com os dedos dos pés enfiados na areia geladinha, enquanto o sol se põe cada vez mais baixo no céu, um globo laranja ardente que projeta a luz dourada em todas as direções.

É tão tranquilo que quase assusta.

— Então estamos quase na metade do experimento — comenta, a boca a cinco centímetros do meu ombro. Sinto arrepios. — Como estou me saindo?

Quero me recostar em seu peito e sentir seus braços ao meu redor. Quero deslizar meus dedos entre os botões de sua camisa e ver o rubor tingir suas bochechas. Quero muitas coisas, mais e mais a cada dia.

— Não sei dizer. — Ergo as sobrancelhas e corto outro pedaço de pão. — Você ainda não me beijou. Não posso julgar ainda.

A verdade é que não faço ideia de porque todas as outras mulheres abriram mão de Caleb. Ele é meigo. Gentil. Atencioso de todas as maneiras certas. Ainda que não tenha me beijado, percebo como me olha às vezes. O desejo comedido. A consideração cuidadosa. Como se estivesse calculando a rota, todos os lugares em que pararia e se ocuparia com a boca, a língua e os dentes.

Como é possível que eu não tenha notado esse homem antes? Como todas as outras mulheres abriram mão dele?

Ele me lança um olhar significativo, os olhos castanhos aquecidos como ouro líquido.

— Eu já expliquei.

— Aham, tá bom. — Balanço a mão entre nós. — Fogos de artifício. E coisas do tipo.

Ele estica as longas pernas e se apoia na palma das mãos, um sorriso secreto fazendo os lábios se curvarem. Olha para a água por um longo momento, e um pouco do calor entre nós parece diminuir e se assentar.

— Você está preparada para a entrevista?

Assinto. A equipe da *Baltimore Magazine* visitará a fazenda na próxima semana. Tenho passado todo o meu tempo livre organizando e reorganizando a padaria. Testando novas receitas. Praticando expressões normais no espelho para que eu não pareça maluca nas fotos.

— Quase. Estou tentando decidir o que preparar pra eles. — Coloco um morango na boca. — Quero que seja surpreendente.

— Layla. — Caleb ri como se eu tivesse contado uma piada —, você é surpreendente.

Dou de ombros e me ocupo fazendo um castelo de copinhos de papel.

— Eu sei. Mas quero que eles fiquem deslumbrados, sabe? Não quero que pensem que cometeram um erro quando chegarem e virem a padaria.

Já vi algumas das padarias que costumam mostrar na revista. São grandes, modernas e bonitas. Com luminárias personalizadas, azulejos pintados à mão e fogões que não foram resgatados do refeitório da escola da cidade.

Ainda não tenho certeza de que tudo isso não foi fruto de uma grande confusão.

— Layla.

Abro outro pote e pego um mirtilo, sem encará-lo.

— Estou pensando em usar flores comestíveis nas tortinhas de creme. Ou nos macarons, quem sabe.

Caleb apoia os dedos no meu joelho. O polegar pressiona a pele macia.

— Layla, por que você acha que não merece isso?

— Não acho que eu não mereço.

Ele ergue uma sobrancelha. Uma rajada de vento sopra da direção do mar e uma única mecha de cabelo escuro cai sobre sua testa. Hesito por um instante e depois a ajeito.

— Não é isso — digo mais uma vez, sem saber se estou tentando convencer a mim mesma ou a ele. — Eu só fico preocupada...

Hesito, sem saber o que falar. Caleb apoia a mão inteira na minha coxa e me puxa para mais perto.

— Preocupada com o quê?

— Não quero que seja um erro — confesso baixinho. Ele se inclina para a frente para me ouvir melhor por causa do som das ondas. Tento ser corajosa. — Não quero que eles me vejam e pensem que podem encontrar alguém melhor pra aparecer na revista. Quero que a minha padaria seja boa o suficiente. Quero ser boa o suficiente.

Ele tira a mão da minha perna e roça os nós dos dedos no meu queixo. Inclina meu rosto para cima até que eu esteja olhando para ele.

— Isso não é só por causa da revista, né?

Não. São todos os encontros fracassados dos últimos três anos. São os oito meses que passei com Jacob, tentando fazer com que ele me amasse. São meus pais, que fingiram interesse quando liguei e contei da entrevista, mas depois me perguntaram se eu planejava voltar a estudar para fazer mestrado. São minhas irmãs, que não se dão ao trabalho de retornar minhas ligações. É ver todos ao meu redor se apaixonarem enquanto tenho dificuldade de fazer o mesmo. São todas as decepções que já tive, empilhadas umas sobre as outras como um castelo de cartas bambo.

— Não — admito, por fim —, não é.

O olhar de Caleb está fixo no meu. Nunca o vi tão sério, nem mesmo quando pensou que alguém estava invadindo a padaria e cogitou usar meu batedor de ovos gigantesco como arma.

— Você merece coisas boas, meu bem. — Ele engole em seco, os olhos procurando os meus. — Por que não consegue se enxergar? Por que não consegue ver como você é incrível?

— Porque — digo, a voz trêmula. — Porque ninguém mais fez questão de me enxergar.

Ele esfrega o polegar no lábio inferior, e os olhos castanhos ficam mais sombrios. Olha para as ondas, parecendo tentar se recompor antes de voltar a falar.

— Você sabe que sempre usa laranja às terças-feiras?

Eu pisco algumas vezes, confusa com a mudança repentina de assunto.

— O quê?

— Você usa a cor laranja — diz ele de novo —, às terças-feiras. Às vezes é só um lenço no cabelo, outras vezes é o vestido, os sapatos ou o avental. Uma vez você usou uma blusa laranja-vivo e um shortinho laranja que eu juro que diminuiu minha expectativa de vida em uns dois a sete anos. — Ele suspira e coça a nuca. — Você toma chá de camomila à tarde. E tem uma linha de expressão que aparece bem aqui — acrescenta, arrastando a ponta do dedo no canto da minha boca — quando quer tentar esconder a empolgação.

Ele passa o polegar na curva da minha bochecha, descendo pelo maxilar até o espaço secreto atrás da minha orelha que sempre me faz estremecer. Ele acaricia esse ponto e depois segura meu rosto com as duas mãos.

— Você criou o seu negócio sozinha, com as próprias mãos. Tudo o que tinha era um galpão velho onde ficavam os tratores. E o que você criou também é incrível para todos nós. Ninguém vai a sua padaria à toa, e ninguém gosta de você à toa. Eu noto você, Layla Dupree. — Ele fala com tanta firmeza, tão determinado, que não consigo deixar de acreditar. — Tão claro como o dia, eu sempre notei você.

12

LAYLA

Somos expulsos da praia por uma tempestade.

Em um segundo, Caleb está com meu rosto entre as mãos e, no outro, estamos tentando pegar a manta enquanto trovões estalam acima de nós, nuvens espessas deslizando depressa sobre o mar. Caleb pega o pote do bolo e o segura junto ao peito, como se sua vida dependesse disso, quando as primeiras gotas de chuva começam a cair.

Um estrondo de trovão ecoa alto. Nós dois congelamos no lugar e olhamos um para o outro.

A boca de Caleb forma uma linha fina e a camisa já molhada começa a grudar na pele.

— Vamos correndo?

Concordo, o vento aumentando. Pego o pote do bolo da mão dele e o enfio na bolsa também, pendurando a bolsa com tudo no ombro. Caleb revira os olhos.

— Me dê a bolsa, Layla.

— Não. — Balanço a cabeça. — Eu consigo levar.

— Sei que você consegue, mas quero ajudar.

— Não quero ficar discutindo por causa da bolsa. Só quero chegar ao carro logo.

As nuvens no céu estão pesadas, escuras e mais do que um pouco agourentas. É uma vergonha que eu não tenha percebido antes, mas estava distraída com os olhos e as mãos de Caleb e…

Eu noto você. Sempre notei.

Há quanto tempo estou olhando para o lugar errado enquanto Caleb olhava diretamente para mim?

Um relâmpago rasga o céu sobre as ondas agitadas. É como se a Mãe Natureza tivesse decidido ir de zero a cem em um minuto.

— Você tem razão — diz Caleb. Ele se abaixa e abraça minhas pernas, a mão quente na pele nua das minhas coxas. Ele me levanta e me acomoda no ombro como se eu fosse um saco de farinha, a bolsa batendo na parte inferior de suas costas. — Vamos.

Eu me agarro às laterais da camiseta dele com força, aos berros.

— Não foi isso que eu quis dizer!

Ele ri, e o som se perde em meio ao vento, à chuva e aos trovões. Eu solto uma gargalhada e seguro em sua cintura enquanto ele nos leva para o estacionamento. Não sei se estou tonta por estar de cabeça para baixo ou pelo eco de suas palavras. Tudo o que sei é que sinto as gotas frias da chuva em minha pele quente e Caleb, sua força e sua risada, enquanto ele segue para o estacionamento. Ele me apoia na lateral do carro, procurando as chaves no bolso enquanto a chuva começa a encharcar nós dois, o cabelo escuro grudando na testa. Eu o afasto e ele sorri para mim por baixo dos cílios espessos, um sorriso discreto, tímido e secretamente satisfeito.

— Pode entrar — pede, me apressando para entrar no carro, seu corpo protegendo o meu contra o pior da chuva. Assim que fecho a porta, ele corre para a frente. A chuva cai sobre o carro, um tamborilar pesado que abafa todo o resto. Quando Caleb enfim consegue se sentar ao meu lado, ele está encharcado nos braços, no pescoço e no rosto. A camiseta azul-clara está pingando.

Limpo a garganta e desvio o olhar do tecido grudado em seu peito. Dá para ver tudo. Ele é muito… definido.

Limpo a garganta de novo.

— Você tem alguma toalha aqui? — Meus olhos continuam indo parar nele e na camiseta molhada. Fui hipnotizada por seu peito largo. Incapacitada pelos bíceps flexionados.

Ele passa a mão pelo rosto em um esforço para limpar a chuva dos olhos e pisca para mim, o olhar se demorando na gola do meu vestido. Suas bochechas ficam vermelhas e ele desvia o olhar, os olhos encontrando o painel e se fixando ali como se o rádio tivesse acabado de revelar todos os segredos do universo. Olho para baixo, para o meu vestido. A chuva fez com que o tecido branco ficasse quase transparente. É possível ver os contornos do meu sutiã rosa-claro, a renda provocante na parte de cima.

Caleb tateia o banco de trás sem olhar.

— Tenho isso aqui — responde, a voz rouca. A tensão paira no ar entre nós, me deixando inquieta, e balanço as pernas sem parar contra o couro. Gosto muito do jeito que ele fala. Quero saber qual a sensação de ouvir essa voz no meu ouvido, logo abaixo dele. Se ficaria mais tensa e o puxaria contra a pele macia da minha barriga. Entre minhas pernas abertas.

Ele me entrega uma camiseta preta, pego o tecido quente e gasto entre meus dedos. Fico sentada ali, muda, com a camiseta dele no colo.

— Está limpa — explica —, pode usar por cima do vestido.

— Ótimo, obrigada. — Tiro o lenço do cabelo e o deixo no porta-copos entre nós. Enquanto tento colocar a camiseta, bato os cotovelos na janela, no painel, no ombro de Caleb.

Ele dá uma risada e, em seguida, suas mãos estão ali, guiando o tecido. Braços, cabeça, ombros. Passo a cabeça pelo buraco e ele tira meu cabelo de dentro da gola, o toque demorado. Ele traça a base do meu pescoço com o polegar até a manga da camiseta. Alisa o tecido.

Eu nem sei se estava amassado.

— Você está bonita — declara, com a voz rouca.

— Pareço um rato afogado.

— Mas está bonita.

Nós nos olhamos e não desviamos o olhar. Ele cerra o maxilar.

Ele não está me olhando de um jeito educado.

Seria muito fácil diminuir os quinze centímetros de espaço entre nós. Eu poderia passar a mão por sua camiseta molhada e puxá-lo para mim, a chuva batendo no teto do carro e os trovões iluminando o vidro embaçado das janelas. Eu pegaria seu lábio inferior entre os meus e o beijaria como queria ter feito na cozinha. Sentiria o gosto do bolo em sua língua e veria que tipo de sons ele faz quando sente *desejo*.

— Layla — diz em um som baixo que parece ficar preso no fundo de sua garganta. Um som que testa todos os limites da minha compostura.

Eu me inclino para a frente e encosto meu nariz no dele. Quero tanto isso, quero *ele*, desesperadamente. Caleb flexiona a mão que ainda está no meu braço.

— Fogos de artifício? — pergunto. — E coisas do tipo.

Sinto sua risada roçando em meus lábios. É um som baixo e rouco que me atinge com tudo.

— Ainda não. — Ele deposita um beijo na ponta do meu nariz e se reclina. — Coloque o cinto de segurança, sua arruaceira.

Eu faço beicinho.

— Você me provoca demais, Caleb Alvarez.

Ele me olha de canto de olho enquanto liga o carro e puxa o cinto de segurança. Olha fixamente para a barra da camiseta em minhas coxas nuas. Pareço muito menor com ela, o tecido grosso e macio chegando quase até os joelhos. Cobrindo meu vestido por completo e fazendo parecer que não estou usando nada por baixo.

Ele suspira como se tivesse resistido a muita coisa.

— Digo o mesmo, Layla Dupree.

— SÓ ESTOU dizendo que baunilha é uma escolha simples demais — digo para Caleb.

— É um clássico — retruca.

— É sem graça. Pergunto qual sabor de sorvete você escolheria se só pudesse tomar um pelo resto da vida e a sua resposta é baunilha? — Balanço a cabeça enquanto Caleb estaciona na minha garagem. — É quase ofensivo.

Ele puxa o freio de mão e dá um sorriso aberto.

— Baunilha não precisa ser sem graça. É muito versátil. Combina com muitas outras coisas e fica delicioso.

Acho que não estamos mais falando de sabores de sorvete. Algo em minha barriga se contorce quando ele diz a palavra *delicioso*, um calor que se espalha, devagar, por cada centímetro do meu corpo. Caleb lambe o lábio inferior e seu sorriso aumenta. Eu o cutuco uma vez nas costelas, rápido e com força.

Ele se encolhe e dá um tapinha na minha mão.

— Ei, vá com calma. Esse é o primeiro encontro que eu não saí todo machucado.

Faço questão de verificar meu relógio inexistente.

— Ainda.

— Espero que não aconteça nada daqui até a sua porta.

Olho pelo para-brisa. A tempestade já ficou para trás, mas a chuva ainda continua. A água escorre pelas janelas, nos mantendo encobertos na entrada da minha garagem. Parece que estamos em nossa própria bolha particular, longe do resto do mundo.

Gosto disso. Gosto de estar escondida assim com Caleb.

— Eu tenho uma pergunta — digo no silêncio do carro. Caleb está ocupado mexendo no rádio, fingindo que não está me observando com o canto do olho desde que estacionamos aqui. Gosto desse jeito discreto de flertar. Gosto do fato de que, às vezes, ele precisa se esforçar para isso. Gosto que as emoções, pensamentos e sentimentos dele estejam sempre tão óbvios em seu rosto.

Gosto de muitas coisas em Caleb.

— Pode falar.

Coloco as mãos no colo e me ajeito no banco do passageiro.

— Por que você precisa de ajuda pra namorar?

Observo o sorriso dele vacilar e o maxilar se contrair, os olhos se voltando para mim e depois para o rádio. Ele pressiona um botão, e Rick Astley irrompe nos alto-falantes antes de ele desligar tudo.

— Como assim?

— A pista de patinação, o escape room, o piquenique na praia… Você pode ter tido alguns problemas com os lugares, mas você foi ótimo. — *Ótimo* não parece o suficiente para expressar o quanto esses foram alguns dos melhores encontros que já tive na vida. — Não consigo entender por que não existe uma fila de mulheres dando a volta no quarteirão atrás de você.

Ele dá de ombros, obviamente desconfortável.

— Eu já disse — murmura —, sou um pouco demais para algumas pessoas.

— Não entendo o que isso quer dizer.

— Quer dizer… — As palavras saem em um suspiro. Ele olha pela janela, para a chuva que cai como cascata. Volta a me olhar com seus olhos castanhos e acolhedores. — Não fui cem por cento sincero com você, Layla.

Ai, meu Deus. Sinto todo o meu corpo tensionar contra este belo assento de couro. Eu sabia que Caleb era bom demais para ser verdade. Será que ele vai tirar um pequeno boneco de vodu do porta-luvas? Será que vai me dizer que só gosta de transar usando fantasia de bichinhos fofos e peludos?

— O que foi? — sussurro, me preparando para o pior.

Caleb olha para baixo, para as pernas. Para cima, para o teto. Por cima do meu ombro, pela janela e, por fim, com relutância, volta a olhar para mim.

— Sei muito bem por que as mulheres não querem sair comigo.

— Por favor, não me diga que sente tesão em gente vestida de bicho — murmuro para mim mesma.

Suas sobrancelhas se juntam em uma linha grossa.

— O quê?

— Deixe pra lá. Continue, por favor.

— Acho que sou bobo demais — explica, por fim. — Costumo ver só o lado bom das coisas e… — Sua boca se contorce em um sorriso discreto e autodepreciativo que quase parte meu coração em dois — bom, e deixo o resto pra lá.

Franzo a testa, sem entender qual o problema.

— Não há nada de errado em ser otimista. Ainda mais no começo de um relacionamento.

— Isso é verdade. Mas ninguém quer um parceiro que nunca opina em nada, paralisado pelo medo de que ninguém nunca queira conhecer seu verdadeiro eu.

— Caleb. — Sinto um aperto no peito. — É isso que você acha?

Ele dá de ombros de novo.

— Eu não tive sorte com… ninguém. Foi por isso que esse acordo nasceu, não foi? Acho que estou tentando descobrir como fazer com que minhas peças se encaixem com as de outra pessoa. Você não tem nenhuma dica pra me dar?

A pergunta sincera faz com que a rachadura em meu coração se aprofunde. Penso em Caleb nos encontros que fomos: abrindo todas as portas, a mão nas minhas costas. O olhar curioso e interessado em seu rosto sempre que eu contava alguma coisa. Como ele se lembra do café que peço, que não gosto de frutos do mar, que prefiro leite de aveia ao de vaca. Meu sorvete favorito e a que horas acordo de manhã para chegar à padaria antes da correria matinal.

— Não — digo baixinho. — Não tenho nenhuma dica. — Faço uma pausa. — Só que é melhor verificar se seu plano de saúde está em dia antes de começar a namorar. Você tem uma baita propensão a sofrer acidentes.

Ele dá um meio-sorriso, o olhar pairando em algum lugar perto de seus joelhos.

— Isso só acontece quando estou com você — murmura.

— Caleb — digo o nome dele em um suspiro, o que o faz olhar para mim. Detesto saber que ele se vê dessa forma, que ache que é isso que tem a oferecer para uma namorada. Porque tudo o que vejo é um homem estável, gentil e verdadeiro, com um coração tão grande quanto o mar. — Talvez você não tenha descoberto como encaixar suas peças com as de alguém porque ainda não encontrou o quebra-cabeça certo.

Os lábios dele se curvam nos cantos enquanto me olha, ponderando o que acabei de dizer.

— Você acha?

— Acho. — Assinto uma vez. — Você precisa encontrar seu quebra-cabeça raro, único, de 808 peças, com pecinhas minúsculas e cores específicas.

Ele dá uma risada baixa, e é ridículo o quanto me sinto satisfeita. A cada vez que ouço essa risada, sinto como se tivesse ganhado um presente.

— Certo, então. — Ele passa a mão pelo cabelo úmido. Eu me deixo distrair pela camiseta molhada grudada em seus bíceps. Ao que parece, o quebra-cabeça que estou sugerindo é uma edição limitada. Um pôster de revista. — Isso já é alguma coisa.

— Você tem muito a oferecer, Caleb. Não se contente com pouco.

Ele me observa com um olhar caloroso.

— Não vou.

— Acho bom.

Relaxo no conforto do silêncio entre nós, a chuva no capô do jipe e o leve estrondo de um trovão a distância. O carro tem cheiro de canela. Canela, café e Caleb, todos misturados. Adoraria ficar um bom tempo neste carro, sentada ao lado dele. Neblina nas janelas e a mão dele a exatos cinco centímetros da minha no descanso de braço entre nós. Seria muito fácil aproximar meus dedos. Traçar os nós de seus dedos com a ponta do polegar.

Em vez disso, suspiro e olho pela janela.

— Ainda está chovendo.

— Está.

— Acho que vou entrar correndo.

Ouço o clique de seu cinto de segurança.

— Eu acompanho você.

— Você não vai me acompanhar até a porta.

Começo a enrolar minhas mãos na bainha da camiseta emprestada, mas Caleb me impede, a ponta dos dedos suaves nas costas da minha mão.

— Pode ficar. — Parece que ele está brigando com a vontade de ver meu vestido branco de novo. Que bom, fico feliz por não ser a única a sofrer aqui. — E não seja ridícula, é claro que eu vou acompanhar você até a porta.

— Não vai, não.

— Quem você acha que eu sou? O Peter?

Faço uma pausa.

— Quem é Peter?

— O cara com o removedor de fiapos.

Ah, como é fácil me esquecer disso diante da ridícula camisa havaiana e das covinhas em suas bochechas. Coloco a mão sobre a maçaneta da porta.

— Não tem porque você tomar chuva.

Ele suspira.

— Layla, eu vou acompanhar você até a porta…

Saio do carro antes que ele possa terminar a frase, batendo a porta atrás de mim e pulando de pedra em pedra no caminho, com os sapatos enfiados debaixo do braço. O chão é quente sob meus pés e a chuva é fresca em minha pele, a grama recém-cortada, o pavimento molhado e os girassóis se erguendo ao redor. Posso sentir o cheiro da madressilva dos arbustos nos cantos do quintal. Terra úmida e um leve aroma cítrico.

Um trovão ressoa ao longe, um último adeus da tempestade de verão.

Ouço a porta do carro batendo.

— Layla!

Eu ando mais rápido. Esse homem teimoso pode ficar na chuva sozinho, se quiser. Mal coloquei os pés no último degrau da varanda da frente quando dois braços fortes me puxam pela cintura. Dou uma gargalhada quando Caleb me faz girar com tudo: a grama, as flores, a chuva e a minha linda casa rosa se confundindo sob o céu noturno. Um redemoinho de cores, sons e felicidade. Ele me coloca no degrau mais alto da escada e fica parado enquanto me acomodo em seus braços.

É a coisa mais fácil do mundo abraçá-lo pelo pescoço.

Sentir a palma de sua mão, grande e quente, pousar na parte de baixo das minhas costas. Sorrio para ele.

— Sua camiseta está ficando molhada de novo.

Gotas de chuva ficam presas nos cílios dele. Observo uma delas descer por sua bochecha. Escorregar pela barba por fazer e cair pelo pescoço.

— Não me importo com a camiseta.

— Não?

Ele balança a cabeça.

— Com o que você se importa?

Ele me abraça mais apertado, e a sugestão de um sorriso se forma em seus lábios. Há um segredo nesse olhar. Uma promessa. É o único aviso que recebo antes de ele diminuir a distância entre nós e encostar sua boca na minha.

Acho que nunca fui beijada com um sorriso antes. Estou convencida de que posso sentir esse gosto em seus lábios junto com a água da chuva caindo sobre nós dois, os vestígios de morango e creme. Nossos lábios se tocam e Caleb emite um som suave no fundo da garganta. Surpresa, felicidade, o início de uma risada. Ele desliza uma das mãos pelas minhas costas até meu cabelo, guiando meu rosto para o lado com gentileza até encontrar um ângulo de que goste. Seu nariz encosta na minha pele enquanto continua a dar selinhos nos meus lábios, uma, duas, três vezes.

Beijinhos doces e saborosos.

Ele se afasta e encosta a testa na minha, o polegar traçando uma linha em meu pescoço.

— O que você está esperando? — sussurro, atordoada e faminta. Agarro o tecido da camiseta em seus ombros. Sou dominada pela ganância, por um desejo intenso.

Ele dá risada e me dá mais selinhos. A mais perfeita imagem do autocontrole. O homem que pede um único croissant mesmo com tantas opções açucaradas à sua frente.

Quando estou prestes a entrar em combustão, ele respira fundo e pressiona sua boca na minha.

E… ah. *Ah.* O beijo de Caleb é o melhor dos prazeres. É demorado. Lento. Ele me beija com todo o autocontrole que eu o acusava de ter, mas agora parece proposital. Parece que estou sendo saboreada. Ele pressiona um beijo na curva do meu lábio superior, no canto da minha boca, na pequena cicatriz branca na curva do meu maxilar, fruto de quando, aos sete anos, fui burra e roubei a scooter da minha irmã mais velha para dar uma volta no bairro.

Pronto, cada beijo diz. *Pronto e pronto e pronto.*

Eu me sinto como o croissant de manteiga favorito dele.

Cada beijo delicado e perfeito aumenta a minha vontade até que eu esteja desesperada de desejo. Enfio a mão em seu cabelo e puxo, solto um gemido preso no fundo da garganta. Quero mais. Quero tudo.

Sinto o autocontrole de Caleb se estilhaçar sob minhas mãos e contra minha boca. Quero sorrir em triunfo.

Mas então ele me ergue, um braço envolvendo minha cintura e me inclinando para trás até que eu tenha que colocar as pernas em volta de sua cintura para me equilibrar. Sua calça jeans molhada pressiona a pele nua na parte interna dos meus joelhos, um arrastar áspero que faz meu sangue ferver e arrepia cada centímetro de minha pele nua.

Beijo de cinema, o pensamento surge em algum lugar do meu cérebro que ainda é capaz de pensar de forma lógica. Ele me segura firme, um braço forte na minha bunda enquanto a chuva cai sobre nós, a outra mão segurando meu rosto. Nunca fui abraçada assim durante um beijo, nunca fui tocada com tanta… necessidade. Caleb prende meu lábio inferior entre os dentes com um som rouco e eu arqueio as costas, as mãos agarrando seus ombros. Ele abre minha boca, o polegar em meu queixo, até que nossas línguas possam se encontrar. Um beijo quente. Urgente. Úmido.

Todo o meu corpo se tensiona com o prazer. Movemos nossas mãos sem parar, ambos buscando qualquer pedaço de pele nua que possamos encontrar. A extensão suave da minha coxa, a curva entre o pescoço e o ombro dele, a parte inferior das minhas costas e meu braço. É uma luta para ver quem consegue conquistar um novo terreno primeiro. Quem consegue tocar mais.

Quando enfio a mão por baixo da camiseta molhada e apoio a palma em seus músculos, tão fortes que me surpreendem, ele inclina todo o corpo na minha direção. Eu o arranho e sua mão procura a minha, parando minha exploração errante com gentileza. Ele diminui a velocidade de nosso beijo para algo profundo e úmido, os dedos abertos em meu pescoço e na minha nuca. Ele tem gosto de sorvete. Tem sabor de doce, de açúcar e uma leve pitada de algo amargo, bem discreto, como a canela que coloco por cima das minhas tortas de maçã. Chocolate quente amargo.

Seu polegar vai do meu maxilar até a cavidade entre meus seios. Ele se demora ali, hesitante. Quero que ele vá mais longe. Quero que passe as mãos por baixo do tecido macio e úmido dessa camiseta emprestada e roce o polegar nos meus mamilos. Que me faça arquear, gritar e estremecer.

Mas ele continua me beijando. Ele me beija até que eu não consiga respirar. Até que eu não consiga lembrar meu próprio nome.

— Layla.

Que bom que ele faz isso por mim.

Ele tira minha mão de baixo de sua camiseta e entrelaça nossos dedos. Aperta com delicadeza, para me acalmar. Para nos acalmarmos. Eu retribuo o aperto e encosto minha testa na dele.

— Layla — diz ele de novo, a voz baixa e um pouco rouca.

— Humm? — Nunca fui beijada dessa forma em toda a minha vida. Eu me sinto embriagada. Meu corpo inteiro está dormente.

Ele ri e me ajuda a soltar minhas pernas que ainda abraçam sua cintura. Nem me lembro de como nos enroscamos dessa maneira. Ele me apoia no degrau de baixo da varanda. Descalça, quase escorrego na madeira molhada. Caleb estende a mão para me segurar, quase caindo ao tentar evitar que eu caia de cara na grama. É uma confusão descoordenada e um pouco perfeita.

Consigo me equilibrar, as mãos dele em minha cintura e meu coração indo parar na garganta.

Caleb me ajeita com delicadeza nos degraus até ficarmos frente a frente. Nunca fui beijada dessa maneira e nunca fui cuidada assim. A camiseta que ele me emprestou. Suas mãos cuidadosas. Os nós de seus dedos roçando meu queixo.

Olho para ele parado na chuva, as gotas ainda caindo sobre sua pele. Suas bochechas coradas, o cabelo molhado e os lábios machucados. A chuva desliza por seu rosto e desce pela clavícula. Quero me lembrar dele assim para sempre.

— Me diga a verdade — tento falar. Minha voz está rouca demais. — Você estava doidinho pra se machucar de novo, me beijando desse jeito. — Afasto o cabelo molhado do rosto dele. Puxo a mecha de leve e seus cílios se agitam. Interessante. — Você tem fetiche em morde e assopra.

Ele pisca algumas vezes.

— Fetiche no quê?

A voz dele está deliciosamente rouca, um ronco baixo no fundo do peito. Eu me arrepio e ele percebe, os olhos escuros brilhando mais. Cacau puro. Cereja preta.

— Em morde e assopra — repito, tentando me conter para não envolver a cintura dele com meus joelhos de novo e nos transformar em algo decadente e satisfatório. Algo com respirações ofegantes e mãos que agarram, a voz dele na minha orelha e meus dentes em seu pescoço. Eu o olho de cima a baixo. A camisa dele subiu uns cinco centímetros, revelando um pouco do abdômen. Vejo um volume grosso e evidente na frente de sua calça jeans.

Agora sou eu que tenho que engolir em seco.

Talvez eu não devesse ter dito a palavra *fetiche*.

Os olhos escuros me observam com atenção enquanto seus dedos colocam uma mecha de cabelo molhado atrás da minha orelha. Seu polegar traça meu maxilar e se detém no meu queixo, na saliência do meu lábio inferior. É como se ele estivesse memorizando o que aquele beijo fez comigo. Estou corada e sem fôlego, imagino. Extasiada.

Uma felicidade deliciosa e delirante.

— Vou pra casa agora — anuncia sem se mexer.

Eu assinto.

— Tá bom.

Não tiro meus braços de sua cintura.

Ele acaricia minha bochecha.

— Vejo você amanhã?

— Tá bom. — Ainda não o soltei.

Ele dá risada.

— Croissants e café. De manhã. — Parece que ele está tentando se convencer.

Assinto de novo e inclino meu rosto em direção ao dele, esperando outro beijo antes que ele tenha que ir embora. Caleb dá uma risada e se abaixa para encostar a boca na minha.

Esse beijo é doce. Uma cereja no topo de um sundae de sorvete de baunilha.

Ele passa a língua devagar no meu lábio inferior e me sinto como aquela casquinha de sorvete que ele estava tomando na praia. Eu me inclino na direção dele.

— Boa noite, Layla — diz contra minha boca.

Eu sorrio.

— Boa noite, Caleb.

13

CALEB

QUANDO ENTRO EM casa, dou de cara com doze pessoas na minha cozinha.

Ou, melhor dizendo, quando flutuo para dentro de casa.

Porque não faço ideia de como consegui vir da casa da Layla até aqui. Não faço ideia de como coloquei um pé na frente do outro e me afastei dela. Provavelmente não foi muito seguro eu ter vindo dirigindo. Nem me lembro de ter entrado na garagem.

Pele quente. Respiração ofegante. A boca de Layla se movendo contra a minha.

Eu queria dar um beijo de cinema, mas a Layla me beijou como se o mundo estivesse acabando. Um beijo com sabor de aventura. Um beijo que nos lançou no espaço.

Nunca beijei uma mulher dessa forma antes. E também nunca fui beijado assim.

Esfrego a ponta dos dedos na boca e entro pela porta dos fundos da cozinha, a mente ainda em algum lugar nos degraus da varanda de Layla, seu corpo envolto no meu. Suas coxas na minha cintura e a mão na minha barriga. Eu estava a sete segundos de pressioná-la contra o corrimão da varanda, deslizar minhas mãos por baixo da camiseta que havia emprestado e sentir toda aquela linda renda me provocando através do tecido molhado do vestido.

Entro na cozinha e minha família paralisa: um quadro cômico do jantar em andamento. Minha mãe está segurando uma grande faca sobre um tomate. Luis está fazendo algo bizarro com um pano de prato e uma espiga de milho. Sofia está vasculhando a gaveta da geladeira. E, no meio de tudo isso, como o centro de uma tempestade perfeita, está minha avó, com as mãos em uma tigela, misturando alguma coisa. Ela para o que está fazendo e me lança um olhar crítico, a sobrancelha firme erguida no alto da testa.

— Hum. — Olho por cima do ombro para verificar se não há ninguém atrás de mim, se não estraguei, sem querer, uma festa surpresa na minha própria casa. Reclino o corpo para trás e verifico de novo os números de metal acima da porta. Sim, é aqui que eu moro. Entro e fecho a porta. — O que está acontecendo?

O silêncio toma conta do lugar, um milagre quando todos os meus primos estão reunidos em um mesmo cômodo. Esta cozinha não foi construída para acomodar toda a família Alvarez.

Minha avó enfim encontra o que estava procurando em meu rosto. Ela assente e continua misturando o que quer que esteja naquela tigela, com as mangas arregaçadas até os cotovelos. Espero que seja pozole.

— *Bien* — declara. — Vocês se beijaram.

Como se ela tivesse acabado de estalar os dedos e dado uma ordem, o movimento recomeça na cozinha. Minha prima Sofia se movimenta com a cara enfiada na geladeira, toda a parte da frente do corpo escondida enquanto reorganiza a comida. Minha mãe se volta para seus tomates e cebolas picados. E Luis faz… seja lá o que ele esteja fazendo com aquela espiga de milho.

Fico ali parado, confuso.

Alex aparece ao meu lado e me entrega uma das cervejas que pegou na geladeira da cozinha. Da cozinha onde ele esteve sentado por um bom tempo com o restante da minha família enquanto eu não estava aqui.

Ainda estou muito confuso.

Coço a nuca e franzo a testa.

— Eu esqueci o aniversário de alguém?

— Não. — Alex dá um longo gole em sua cerveja. — A *abuela* ligou e disse que você estava em crise. Que a gente tinha que vir pra sua casa e alimentar você. — Ele olha para minha camiseta e faz uma careta. — Por que você está ensopado?

Ignoro a pergunta.

— Como vocês entraram?

— Com a chave.

— Que chave?

— Todos nós temos uma chave.

Pisco algumas vezes.

— Todos vocês?

Alex concorda.

— Todos nós.

É claro que eles têm. Minha mãe deve ter ido à loja de ferragens onde meu primo David trabalha e tirado cópias assim que entreguei a chave reserva nas mãos dela.

Meu celular vibra no bolso de trás da calça e quase o deixo cair pela janela na pressa de pegá-lo. É difícil com a calça jeans molhada desse jeito. Alex ri enquanto me contorço.

Eu o afasto com a mão em seu rosto e enfim consigo tirar o celular. É uma mensagem de Layla.

Layla
O melhor de todos.

Sorrio.

— *Dios mio* — resmunga minha prima Adriana no canto. — Você já está meio apaixonado de novo, não é?

Minhas bochechas ficam vermelhas e coloco o celular no bolso. Alex olha para onde ela está sentada, em um banco perto da geladeira. Parece que ela está usando um dos meus vasos como copo para sua Corona. Que bom.

— Não — murmuro. Consigo sentir os olhos de todos na cozinha em mim. Sinto um aperto na garganta e tusso algumas vezes. — Claro que não.

Adriana me encara estreitando os olhos, que se parecem muito com os da nossa avó.

— Você sempre faz isso, *osezno*. Vai a alguns encontros, se diverte e, de repente, acha que está apaix...

— Ah, fique quieta — corta Alex. — Você só está com inveja porque o Frankie nunca tem tempo pra você.

Ela ergue as sobrancelhas perfeitas e leva meu vaso de flores à boca.

— Ele me dá muitas coisas, e nenhuma delas é durante o dia. — Alguém resmunga de novo, desta vez em tom de repulsa. Minha tia revira os olhos e murmura algo incisivo e rápido em espanhol. Adriana desvia o olhar.

— Vamos comer como uma família — diz minha avó, uma ordem velada em sua voz. — *Basta con eso.* — Já chega disso.

Há um coro de concordância em resposta. Alguém liga o rádio, e o murmúrio baixo da estática e das vozes preenche o espaço, o sobe e desce das trombetas permeando tudo. A risada alegre da minha mãe ressoa com algo que meu pai sussurra ao seu ouvido. As facas batem em uma tábua de corte e alguém abre uma garrafa de vinho.

Alex passa o braço em volta do meu ombro e me leva para a sala de jantar. Minha pobre e despreparada sala de jantar, na qual só deve caber metade da família. Terei que pegar a mesa dobrável no porão. Algumas cadeiras da garagem. Adriana pode comer na cozinha.

Ela fez parecer que eu me apaixono duas vezes por semana por qualquer pessoa que passe por aqui. Sei que posso ser meio precipitado às vezes, mas com a Layla é diferente. Temos limites muito claros. Nossas expectativas estão definidas. Não estou me precipitando.

— Não ligue pra Adriana — comenta Alex, me entregando uma pilha de pratos limpos do armário da parede. — Essa aí acha que *amor* é só uma palavra de quatro letras.

— *Amor* é uma palavra de quatro letras — resmungo, me sentindo um adolescente de novo, discutindo com meus primos na cozinha até que minha avó puxe nossas orelhas e nos obrigue a nos sentar juntos à mesa.

Minha camiseta molhada está grudada no peito, e eu a puxo com o polegar e o indicador. A sensação de leveza, felicidade e vertigem com que entrei em casa se foi, substituída por uma sensação de algo se afundando dentro de mim. Será que estou me entregando demais por causa de um beijo? Será que esse beijo deveria mesmo ter acontecido? Sendo bem sincero, não sei dizer.

Alex revira os olhos.

— Você entendeu o que eu quis dizer.

Coloco dois pratos, com os garfos inclinados seis milímetros para a direita, como minha abuela gosta. Meu avô sempre arrumava a mesa desse jeito, e manter essa pequena tradição a faz sorrir.

— Mesmo assim. O jeito como ela falou. Faz parecer que sou um idiota ingênuo.

Alex franze a testa quando vê como arrumei a mesa. Ele demora a responder, e tudo dentro de mim se revira de forma ainda mais dolorosa.

— Não é algo ruim — responde, por fim — querer se apaixonar.

— Obrigado.

— Mas é melhor ter cuidado, Caleb. Eu conheço você. Você se deixa levar pelo coração. E essa coisa toda com a Layla... — Ele para de falar e olha fixamente para a toalha de mesa que minha avó deve ter trazido. É branca e delicada, e com certeza não se parece com nada que eu tenha.

— O que tem essa coisa toda com a Layla?

— Já faz um tempinho que você é a fim dela. Vocês estão se conhecendo melhor agora e eu não acho... não quero que a imagem da Layla que você criou na sua mente se confunda com a Layla de verdade, uma pessoa com falhas, defeitos e imperfeições.

Balanço a cabeça, frustrado.

— Não é isso que está rolando.

Não é. Eu a estou conhecendo melhor, entendendo quem ela é por trás dos sorrisinhos e da risada fácil. Não estou projetando nada nela.

— Parecia que alguém tinha enfiado um raio de sol na sua bunda quando você entrou em casa hoje. — Ele dá um suspiro longo e preocupado. — Às vezes, você tem dificuldade em estabelecer limites, ainda mais quando se trata de sentimentos. Tudo o que quero é que tome cuidado. E que seja justo com a Layla. — Ele engole em seco. — Às vezes é difícil estar em seu pedestal.

— Você parece a Adriana falando.

— Não. Não, não é assim. Ela é uma... o que mamãe sempre diz? *Cangrejo enojón?*

Solto uma risada. Adriana parece mesmo um pequeno caranguejo irritado.

Alex sorri e depois aperta os lábios em uma linha fina.

— Tudo o que estou dizendo é que você precisa ver essa situação pelo que ela é. Você disse que isso tinha data para acabar, certo?

Concordo.

— Acho que é importante se lembrar disso — comenta com gentileza. — Não quero que você fique cheio de expectativas.

— Pois é. — Imagino o rosto de Layla entre minhas mãos, os olhos fechados enquanto as gotas de chuva pintavam sua pele em pinceladas. O sorriso atordoado em sua boca e como ela se inclinou na minha direção nos degraus da varanda. Esfrego os olhos e tento apagar essa imagem. — Ninguém quer isso.

Olho para os meus pés, para a poça de água que estou deixando na madeira. Minha avó chamou todos para cá porque achou que eu precisava de apoio emocional. Adriana riu na minha cara por eu ter esperanças no amor. E meu irmão mais novo está me dando um sermão sobre limites. Resignado, passo a mão na parte de trás do meu cabelo molhado.

— Acho melhor eu ir me trocar.

— Caleb...

Dispenso Alex com a mão.

— Eu estou bem.

E estou mesmo. Está tudo bem. Na mais pura e completa perfeição. Eu sabia no que estava me metendo quando concordei com os encontros com a Layla. A ideia foi minha. Posso beijá-la na chuva sem sentir nada. Bom, sem sentir mais do que já sinto. Posso dar tudo o que ela merece sem rabiscar nosso nome em pequenos corações no caderno.

Eu sou adulto. Ela é adulta. Não preciso disso. Posso lidar com as consequências das minhas ações.

Entrego o restante dos garfos para Alex sem olhar para ele e vou até a cozinha para indicar a Sofia onde está a saladeira. Em vez disso, me distraio com meus pais, que estão em seu mundinho ao lado da geladeira. Observo meu pai ajeitar uma mecha de cabelo comprido atrás da orelha da minha mãe, um sussurro pressionado na pele logo abaixo. Ela ri, alto e feliz, e ele a toma em seus braços. Ela pousa os braços dela nos ombros do dele, e ele a conduz em uma dança leve e fácil, girando em torno do minúsculo espaço da cozinha. Ela inclina a cabeça para trás e ri ainda mais, os olhos do meu pai fixos nos dela.

Algo em meu peito se contrai, uma dor discreta.

— Não deixe que o tio Benjamín saiba que temos tequila — murmuro para Alex. — Já volto.

Eu me afasto antes que ele possa dizer mais alguma coisa e subo a escada para o quarto. O celular de volta à minha mão vibra mais uma vez e deslizo para desbloqueá-lo, o brilho intenso na escuridão do corredor.

Layla
Me diverti muito com você essa noite.

Deslizo o polegar sobre as letras do nome dela antes de jogar o celular na cama e tirar as roupas úmidas do corpo.

Posso ficar até o fim deste mês com Layla sem perder o controle sobre meus sentimentos. Posso ser tudo o que ela merece sem me machucar no processo. Não era esse o objetivo do nosso acordo desde o começo? Eu daria a Layla uma experiência positiva de namoro, e ela me daria um feedback para que eu consiga ser mais realista.

Tudo está exatamente como deveria estar.

Inclusive meu coração.

14

LAYLA

— HÁ QUANTO tempo ela está assim? — sussurra Evelyn.

— Não faço ideia — responde Beckett baixinho. — Faz meia hora que cheguei.

Ignoro os dois enxeridos do outro lado do balcão, puxando com cuidado uma flor roxa entre as flores comestíveis espalhadas pela superfície de metal. Elas são muito delicadas, e eu não paro de amassá-las na hora de transferir.

— A cara dela congelou nessa posição?

— Beckett!

— Que foi? É uma pergunta sincera.

Evelyn suspira.

— Não, eu não acho que a cara dela tenha congelado.

— Vocês sabem que estou ouvindo, né?

Eu me endireito da minha posição curvada e levo a mão às costas. Cada centímetro do meu corpo está doendo. Dou uma olhada na cozinha. O balcão está quase todo ocupado com tudo o que preparei para a sessão de fotos. Tortinhas, cremes e cannoli em miniatura. Pães, brioches e bagels. Uma versão um tanto interessante de um pretzel macio. Parece o Mundo dos Doces Encantados aqui.

— Talvez eu tenha exagerado — concluo.

Evelyn ri.

— Você acha? Faz horas que está cozinhando que nem uma doida. O que você vai fazer com tudo isso?

Os dedos ávidos de Beckett se aproximam de um brownie de chocolate e nozes, e eu dou um tapa na mão dele.

— Vou vender tudo e preparar tudo de novo na semana que vem, quando o pessoal da *Baltimore Magazine* vier. Estou decidindo qual vai ser o cardápio. — Giro a minúscula torta de morango e ruibarbo à minha frente, com as flores comestíveis formando uma linda coroa na parte de baixo. — Acho que vai ficar bonito nas fotos. O que vocês acham?

Beckett está ocupado franzindo a testa para mim, os braços cruzados, um dos pés no apoio de pé do banco de Evelyn. Ele a arrastou para perto assim que ela entrou há quinze minutos, com o joelho pressionado contra a coxa dela.

— Acho que o que você fazia antes já estava bom.

Reviro os olhos e volto a me abaixar para ficar na altura dos meus preciosos bebês. Pego uma pétala amarela seca de minha coleção de flores e a coloco com delicadeza em cima de outra.

— Até parece o Caleb falando.

Evelyn sorri e gira de um lado para o outro em seu assento. Seu longo cabelo escuro balança em torno dos ombros e Beckett se deixa distrair no mesmo instante. Seus olhos se transformam em corações, e pássaros de desenho animado começam a voar em torno de sua cabeça. Ele entrelaça os dedos nas mechas escuras de cabelo dela e puxa de leve. Ela dá um beijo rápido na parte interna do pulso dele.

— O que mais o Caleb faz?

Beckett faz um som como se estivesse engasgando. Fico vermelha da cabeça aos pés.

— Gente, pelo amor de Deus — Evelyn dá um tapa no peito de Beckett, que ainda está tossindo no punho fechado. Acho que nunca vi o rosto dele dessa cor. — Eu quis dizer que quero as atualizações! Eu não estava aqui quando vocês começaram a namorar. Sinto que perdi todas as coisas boas.

— Não estamos namorando de verdade — murmuro. — Você sabe que só escolho caras péssimos pra namorar.

Mas, ao que parece, nos beijamos de verdade. Acho que não podemos chamar o que aconteceu naquela noite na varanda de treino. Eu não parei de pensar nisso. Também não parei de desejar que aconteça de novo.

Caleb veio me ver na manhã seguinte ao nosso encontro, me deu um beijo na bochecha e trouxe outro bagel gorduroso com bacon, ovo e queijo. Ele ficava todo vermelho a cada vez que olhava para mim, das bochechas à ponta das orelhas. Amei cada segundo.

Beckett enfim volta a respirar e aponta para mim, o dedo fazendo um círculo na frente do meu rosto.

— Seu rosto diz o contrário.

Dou outro tapa em sua mão.

— Meu rosto não diz nada.

— Faz três dias que você não para de sorrir.

— E daí? Eu não costumo sorrir?

Beckett e Evelyn balançam a cabeça. Evelyn está com uma expressão de alegria no rosto, o queixo apoiado nas mãos fechadas.

— Não desse jeito. — Evelyn suspira, um pouco sonhadora demais para o meu gosto. — Já faz um bom tempo que não.

Esfrego a ponta dos dedos em meu lábio inferior e estico o pescoço. Tem sido bom passar um tempo com Caleb. Sair com alguém que parece se importar comigo de verdade. Por mais que nada disso seja real. Por mais que, depois desse acordo, eu tenha que voltar a procurar entre os peixes no mar. Ao menos terei as lembranças.

Suspiro e sigo com o que faço de melhor: mudar de assunto.

— O que vocês dois estão fazendo aqui, afinal?

Os dois trocam um olhar rápido. Evie arregala os olhos e se remexe no banco. Beckett coloca a mão em seu joelho.

— Ainda não — aconselha.

Desconfio na mesma hora.

— Ainda não o quê? Do que vocês estão falando?

— Nada.

— Beckett.

— Calma, eles já vão chegar, só um segundo.

— Quem vai chegar em um segundo?

Stella irrompe pela porta de trás como se estivesse esperando pelo aviso de Beckett, Luka vindo logo em seguida. Os dois parecem cansados, as bochechas rosadas pelo esforço. Os cachos de Stella estão fora de controle com a umidade. Eu estreito os olhos para eles.

— Vocês dois estavam fazendo coisas inapropriadas nos campos de novo?

Luka ri.

— Não. Isso é com eles, não com a gente. — Ele aponta para Evie e Beckett. Evie fica vermelha e Beckett dá de ombros, sem se importar.

— Eu já falei pra não ficar olhando as câmeras de segurança.

Evie fica ainda mais vermelha. Ela abaixa a cabeça e se aproxima de Beckett.

— Aqui têm *câmeras*?

Beckett segura a nuca dela com a mão e aperta.

— Não na nossa casa, querida.

— Tudo bem, já ouvi o suficiente, obrigada. — Não preciso saber que coisas estranhas e exibicionistas meus amigos andam fazendo. — Por que vocês estão todos aqui?

Evie e Beckett se levantam. Stella passa o braço pelo meu cotovelo e começa a me puxar para a frente da confeitaria.

— Temos uma coisa pra mostrar.

— Que ótimo, mas o creme...

Ela me empurra, me conduzindo com força ao redor do balcão e através do salão, saindo pela porta da frente e descendo a escada. Eu tropeço ao tentar acompanhá-la e bato em suas costas quando ela para de repente. Stella se vira para mim e coloca a mão sobre meus olhos.

— Ai.

Ela me ignora.

— Fizemos uma coisa pra sua sessão de fotos na próxima semana.

Ai, Deus. Da última vez que Beckett e Stella tentaram me ajudar com algo na padaria, acabei com três dúzias de biscoitos queimados, duas tigelas de cerâmica quebradas e granulados em cada centímetro quadrado do chão da cozinha. Amo a Stella com todo o meu coração, mas ela não leva jeito para nada na cozinha. E Beckett tem a paciência de uma criança contrariada de três anos.

— Nós quem?

— Todos nós — explica Luka em algum lugar atrás de mim. Fico muito mais calma ao ouvir isso. Se Luka estava envolvido, o desastre não pode ser tão grande. Ele ao menos limparia os granulados. Eles me posicionam de frente para a padaria e me giram de um lado para o outro até eu não ter ideia de para que lado estou virada. — O Caleb também, quando contamos pra ele.

— Contaram o que pra ele?

Stella tira a mão do meu rosto. Pisco os olhos contra o sol forte de verão que se infiltra por entre os galhos das árvores. Estou de pé nos degraus de pedra que levam à porta principal, com flores e trepadeiras se enroscando e contornando a pesada estrutura de madeira da padaria. As flores emolduram a entrada como o mais belo dos quadros, roxo, dourado e azul-claro.

Eu me concentro nas janelas à esquerda.

— Hum. — Ergo as sobrancelhas, confusa. — Eu deveria estar vendo o Gus fazer coisas inapropriadas com uma quiche?

Stella bufa.

— Não. Ali.

Ela chama a minha atenção para a enorme janela no lado oposto da porta, com grossos feixes de margaridas-amarelas em ambos os lados. Ainda me lembro de quando as plantei, no dia em que Stella me deu as chaves do celeiro reformado. Com sujeira até os cotovelos e um sorriso estampado no rosto. Finalmente, parecia que eu estava no lugar certo e na hora certa. Eu sentia em meu coração e em meu sangue.

Lar.

Observo o novo acréscimo na janela.

Pintado com cuidado em letra cursiva e dourada, ocupando quase todo o vidro, está escrito *Padaria da Layla*. Há uma linha curva abaixo, pontilhada com pequenas flores brancas. E, logo acima, há uma placa de metal novinha em folha balançando suavemente para a frente e para trás com a brisa quente. Um círculo de bronze com a mesma letra cursiva, com uma torta gravada abaixo. Eu apostaria todos os croissants da cozinha que Beckett fez isso.

Preciso pressionar meus dedos sobre as bochechas. Meu rosto inteiro parece estranhamente tenso.

— Você me disse que queria algo que fosse seu — comenta Beckett baixinho. Ele passa um braço pelos meus ombros e me puxa para perto. Stella se junta a mim do outro lado e depois Luka e Evie. Acho que essa coisa de abraço em grupo se tornou oficial agora. — A padaria sempre foi sua. Mas agora está escrito.

Caleb está esperando na frente da minha casa quando chego.

Esparramado nos degraus como o enfeite de jardim mais delicioso que já vi, Caleb parece cheio de preguiça, iluminado assim pelo sol. Um sorriso discreto no rosto. Uma perna comprida esticada à sua frente. Tenho que parar e respirar por um instante antes de sair do carro.

— Achei que você ia me levar pra sair hoje — comento. Eu me distraio com a camisa branca de botão, as mangas arregaçadas até os cotovelos e o colarinho aberto. Ele deve ter vindo direto da escola, com uma manchinha de giz no bolso esquerdo da calça, que deve ter esbarrado em algum lugar.

— Mudança de planos — declara com um sorriso e cutuca a sacola de supermercado perto da cintura.

Paro na base da escada e inclino a cabeça para trás enquanto ele se levanta. Da última vez que estivemos aqui, eu estava com as pernas em volta da cintura dele, sua boca contra a minha. Ele respira devagar, com um olhar de profunda concentração no rosto, a linha entre suas sobrancelhas se aprofundando à medida que me olha. Acho que também está se lembrando.

— Obrigada — digo, a voz mais suave do que pretendia.

Ele ergue uma sobrancelha.

— Pelo quê?

Caleb pega a sacola de compras enquanto eu o conduzo escada acima. Sinto seu corpo quente atrás do meu. Firme. Giro a chave na fechadura e nos levo para dentro.

— Pela placa — explico. — O Beckett e a Stella me mostraram hoje. Eles disseram que você ajudou. Obrigada.

— Ah, sim. — Caleb coloca a sacola de compras na bancada e começa a tirar o que trouxe de dentro. Tomates. Arroz. Alguns limões e um saco de tortilhas que parecem caseiras. Meu estômago ronca de prazer. — Não sei se distrair você enquanto Beckett tirava as medidas conta como ajudar.

Pego uma tábua de cortar e levo os ingredientes para a pia.

— Quando foi isso?

— Sexta-feira — revela. Ele abre um saco de nachos e coloca um na frente do meu rosto enquanto minhas mãos estão na pia. Eu mordo a pontinha, meu lábio inferior contra o polegar dele. Sua respiração falha quando ele afasta a mão. — Quando você me mostrou como cortava os morangos.

Faz sentido. Caleb agiu como se nunca tivesse visto alguém cortar morangos antes. Ele deve ter me pedido umas seis vezes para mostrar como eu os corto para enfeitar. Franzo a testa, uma inquietação surgindo no fundo da minha mente. Já tive homens que fingiram estar interessados antes, e isso nunca acabou bem para mim. Sei que estamos só praticando, mas não quero ser uma... tarefa.

Caleb percebe meu desconforto. Ele deixa o saco de nachos de lado e apoia o quadril no balcão ao meu lado, os olhos escuros estudando meu rosto. — O que foi?

— Nada. — Sacudo a cabeça e alinho os limões em um pano de prato limpo. Pressiono com o cotovelo para tirar o suco.

Ele não cai na minha tentativa de mudar de assunto.

— Pode falar.

Achei que Caleb quisesse ficar perto de mim, que estava arrumando uma desculpa para encostar o queixo no meu ombro e pressionar o corpo no meu, observando com atenção enquanto eu cortava os morangos frescos. Pensei que talvez ele quisesse me beijar de novo, mas ele não me beijou.

Na verdade, não nos beijamos desde aquela noite na chuva.

— Achei que você estava inventando uma desculpa pra ficar perto de mim — murmuro, sem conseguir olhar nos olhos dele. — Não me dei conta de que fazia parte de um plano.

Ele imita minha cara emburrada e dá dois passos à frente, me pressionando contra a pia. Suas mãos encontram a bancada na altura da minha cintura, um braço de cada lado. Ele tem cheiro de chuva de verão e café recém-passado. Quero mergulhar meu nariz na base de seu pescoço e respirar fundo.

— E eu preciso de uma desculpa pra ficar perto?

Balanço a cabeça. Ele brinca com meu cabelo, os nós dos dedos roçando em meu pescoço. Eu estremeço.

— O que foi, Layla?

— Você não me beijou — digo em um rompante. Eu me sinto uma verdadeira idiota, mas, desde o nosso primeiro beijo, ele não tentou me beijar de novo. Olho para ele por baixo dos meus cílios. — Você… você ficou desconfortável, por causa daquela noite?

Ele solta uma risada e sinto meu estômago se revirar. Uma emoção forte que vai até os dedos dos pés. Olho para os botões de sua camisa.

— Desculpe, eu não percebi…

— Layla, não. — Ele ergue meu queixo até me fazer olhar em seus olhos de novo. São tão gentis, de um marrom-dourado quente sob a luz do sol que entra pelas janelas da cozinha. — Se eu pareci desconfortável, é só porque eu queria muito… — Ele engole em seco. É a vez dele de hesitar.

— Queria muito o quê?

Se ele disser que quer mais espaço, talvez eu saia pela porta da frente e nunca mais pare de andar. Acho que nunca quis tanto que um homem me beijasse antes. É uma sensação angustiante, ficar à espera de uma resposta.

— Queria muito beijar você — declara Caleb, a voz rouca. Olho para ele assustada. — Passei todos esses dias querendo beijar você.

O choque frio se transforma em algo líquido e quente.

— Pra valer?

— É, pra valer. — Ele passa a mão pelo maxilar e olha para mim. Um sorriso se insinua no canto de sua boca. Ele hesita, só por um instante, então se inclina e encosta o nariz na minha testa. — Você não percebeu? Não consigo parar de pensar nisso. Em você.

Eu o puxo para mais perto, as duas mãos entrelaçadas no tecido branco de sua camisa. Inclino o rosto em direção ao dele.

— Então por que não me beijou de novo?

Suas mãos apertam a beirada da bancada.

— Não sei se é uma boa ideia, Layla.

— Por quê?

— Porque toda vez que estou perto de você, sinto um aperto no peito — diz ele bem na minha têmpora e expira, baixo e devagar. — Porque tenho certeza de que, se eu beijar você de novo, vou querer mais.

Meu corpo inteiro fica quente. Caleb segura meu rosto com uma mão trêmula e passa o polegar por baixo da minha orelha. Ficamos ali encostados na pia… presos, na expectativa. Meu coração bate forte, não consigo respirar direito. Eu também quero mais. O fantasma daquele beijo tem me assombrado nos últimos dias, lábios quentes e toques fugazes. Quero saber qual é a sensação dos dentes dele encontrando meu pescoço. Qual é a sensação das mãos dele na pele nua das minhas coxas e no meu quadril. Qual é a sensação quando Caleb enfim se entrega.

— O que foi que dissemos na outra noite? — Roço os lábios na curva de seu maxilar. Seu corpo grande estremece e ele pressiona o quadril contra o meu na pia, um movimento repentino e bruto. Um gemido fica preso no fundo da minha garganta. — Talvez seja melhor revisarmos os detalhes do nosso acordo.

15

CALEB

Não consigo respirar direito.

Não consigo entender como fui de tirar as compras da sacola a prender Layla contra a pia da cozinha. *Paciência,* era o que eu dizia a mim mesmo todos os dias desde o encontro na praia. *Caleb, se controle, pode ser que ela não queira beijar você de novo.*

Mas com toda certeza eu queria. Isso mais parece um eufemismo. Meu corpo inteiro tem me implorado para beijá-la toda vez que a vejo. Quando entrei na padaria outro dia, ela estava com um lenço laranja-vivo enrolado no cabelo, uma camiseta de banda velha e desbotada, amarrada com um nó na cintura. Ela sorriu assim que me viu, e eu quis encostá-la na geladeira nos fundos. Queria enrolar o lenço em meu punho e *puxar.*

Sei que deveria me controlar, me lembrar do nosso acordo, como Alex me disse para fazer, mas, porra. É difícil me manter distante quando é tão bom estar perto dela. Quando ela olha para mim e tenho a sensação de que talvez ela possa sentir metade do desejo que eu sinto. Não consigo fingir com Layla, nem quero.

E eu gosto que seja assim, na verdade. Layla não merece que alguém esconda partes de si mesmo quando está com ela. Se eu quiser, posso beijá-la na pia da cozinha e aproveitar cada segundo disso.

Passo a mão nas costas dela.

— Posso fazer uma pergunta? — A voz dela soa baixa, as mãos brincando com a gola da minha camisa como se Layla se sentisse ofendida por ela. Layla a torce para um lado e depois para o outro. Arranha minha pele com a unha rosa e eu quase caio de joelhos.

Engulo em seco.

— Você pode perguntar o que quiser.

— O que nós estaríamos fazendo se não tivéssemos um acordo? — Ela abre um botão e passa para o próximo. — Se eu fosse outra pessoa, me diga o que você teria feito da última vez que quis me beijar.

— Da última vez?

Ela murmura e assente.

— Exato.

— Bom. — Passo os dedos pelo cabelo dela e hesito um instante, então prendo meus dedos nele. Ela se contorce quando puxo um pouco e solta um gemido discreto. *Meu Deus.* — Eu teria esperado na frente da sua casa até que você chegasse do trabalho, com uma sacola de compras do mercado para preparar um jantar pra você, na sua casa. Porque eu não teria suportado a ideia de estar em um lugar onde não pudesse tocar você. Porque eu iria querer ficar sozinho com você.

Layla inclina a cabeça para o lado e eu dou um beijo demorado logo abaixo de sua orelha. Meu autocontrole está por um fio quando minha boca encontra sua pele macia. Ela tem cheiro de caramelo com flor de sal. De uma bandeja inteira de pães recém-saídos do forno.

— Eu teria esperado você fechar a porta da frente e depois colocaria as compras no chão. Teria segurado sua bolsa e encostado você contra aquela janelinha, aquela bem do lado da porta. — Layla faz outro som maravilhoso, puxando minha camisa. Quero lamber esse som dos cantos de sua boca, senti-lo em meus lábios no espaço entre seus seios. Quero mil coisas em mil combinações diferentes.

— Teria levantado você e colocado suas pernas na minha cintura. Como naquela noite, lembra?

Ela concorda.

— Eu também lembro. Nós nos encaixamos tão bem desse jeito — murmuro. Desde então, não consigo pensar em mais nada. Vou para a cama à noite e penso em como Layla se ajustou tão bem aos meus braços. Como cada centímetro dela se alinhou perfeitamente com cada centímetro meu. — Teria segurado você assim e beijado você. — Roço meus lábios nos dela, provocando. — Eu teria me entregado, acho. Teria beijado seu pescoço até a borda dessa linda blusa. Talvez colocasse minhas mãos por baixo da sua saia para ver se você me deseja tanto quanto eu desejo você.

Ela suspira.

— Caleb.

Eu me agarro ao último fiapo de autocontrole e tento me manter firme. Então me afasto um pouco até que nossos quadris não estejam mais juntos, precisando de espaço. Ela me dá um olhar significativo, a expressão cálida enquanto me analisa. Ombros, peito, barriga. Ela morde a língua quando seus olhos alcançam meu cinto. E a parte logo abaixo, totalmente desperta.

Apoio uma mão na bancada ao lado da cintura dela e ignoro a necessidade que percorre cada centímetro do meu corpo.

— É isso que eu teria feito.

Ela pisca para mim.

— Tudo isso parece muito bom, só pra constar.

— Bom saber. — De repente, parece que a temperatura na cozinha é de oito mil graus.

Eu me volto para a tábua de cortar e para os dois tomates recém-lavados que estão na bancada. Preciso de algo para ocupar as mãos, ou vou erguer a pequena saia laranja de Layla e ver que sons ela faz quando minha boca está em outro lugar.

Tenho que engolir o som preso em minha garganta.

— Com nosso acordo em mente… — Layla hesita —, tenho uma confissão a fazer.

— Sou todo ouvidos. — E, ao que parece, cheio de *dedos*, já que o tomate escapa de mim. Eu estico a faca de cozinha e o pego antes que caia na pia.

— Eu nunca tive um parceiro que… — Ela para de falar. Fico esperando que continue, mas ela não diz nada. Olho para ela por cima do ombro.

— Nunca teve um parceiro que o quê?

Não sei o que estou esperando que ela diga. Seu histórico com os homens é famoso e, depois da história do removedor de fiapos, não sei mais o que esperar. Ela fica vermelha e ajeita o cabelo atrás das orelhas. Lança um olhar rápido para mim e depois fica encarando acima do meu ombro. Dá de ombros sem convicção.

— Você sabe.

Eu não sei. Talvez eu ainda esteja embriagado com a sensação do corpo dela pressionado contra o meu, ou vai ver estou cansado, mas não faço a menor ideia do que ela está querendo dizer.

Franzo a testa.

— Não sei.

Ela olha para o teto e respira fundo.

— Eu nunca tive um parceiro que me fizesse chegar lá. — Ela diz a última parte da frase com os dentes cerrados, como se estivesse sendo fisicamente arrancada de dentro dela. Quando eu não faço nada além de piscar em resposta, ela suspira com força e cruza os braços. — Eu nunca... ninguém nunca me fez gozar, Caleb. — O tomate em minha mão voa pela cozinha, bate na geladeira e depois cai no chão com um barulho molhado. As sementes e o suco escorrem pelo eletrodoméstico.

Layla e eu ficamos olhando para ele. Um minuto se passa em completo silêncio. Depois, mais um.

— Eu não devia ter falado nada — murmura, sem fôlego.

— Não. Não, eu só estou... — Estou me recuperando um pouco. Tendo um ataque cardíaco, talvez. Meu cérebro está preso em uma imagem de Layla estendida em belos lençóis brancos, com o corpo nu e as costas arqueadas. Estou pensando em seus joelhos afastados, a mão apoiada na barriga. Meu cérebro está travado na palavra *gozar* saindo daqueles lábios.

Limpo a garganta. Depois limpo de novo.

— Nunca? — Ela balança a cabeça e olha para o azulejo do chão da cozinha. Não consigo ver muito de seu rosto, mas posso ver que suas bochechas estão de um vermelho-vivo. Apoio a faca no balcão. — Ei, não precisa ter vergonha.

Ela coloca a palma das mãos nos olhos.

— Não sei por que contei isso pra você. Nunca contei pra ninguém.

Espero que tenha me contado porque confia em mim. Porque agora se sente confortável o suficiente para me contar coisas. Diminuo o espaço entre nós e esfrego minhas mãos em seus braços.

— Fico feliz que tenha me contado.

— É constrangedor — sussurra. — É que... por muito tempo, eu... achei que tinha algo de errado comigo.

— Não há nada de errado com você. — Aperto os braços dela para tranquilizá-la.

— Não sei por que contei isso, de verdade — sussurra ela de novo, a voz falhando. Suas mãos se entrelaçam entre nós. Eu as seguro nas minhas.

— Layla, isso não diz nada sobre você, tá? Diz tudo sobre as pessoas com quem você esteve. Idiotas, lembra?

Ela solta uma risada discreta, mas não retribui meu olhar.

— Olhe pra mim, por favor.

Ela suspira, mas faz o que peço, inclinando a cabeça para trás e olhando para mim com olhos tímidos e cautelosos. Sinto como se meu coração estivesse na garganta, pulsando na base do meu crânio. Essa é uma ideia terrível ou boa demais. Ainda não decidi.

Acho que depende de como ela vai reagir. Se vai me dar um tapa na cara ou não.

— Isso é algo que você quer?

Suas sobrancelhas se inclinam para baixo.

— Como assim?

— O acordo é para a gente praticar, não é? A gente poderia praticar isso também. Você pode me dizer o que quer. — Engulo em seco. — A gente poderia trabalhar junto para descobrir o que você precisa e como você precisa.

Meu Deus. Minha mente vai à loucura com as possibilidades. Layla embaixo de mim. Layla contra a parede. Layla com as duas pernas cruzadas bem alto em minhas costas.

Pela cara dela, ainda está confusa.

— Caleb, você vai ter que explicar pra mim. Não entendi nada.

— Você quer praticar na cama? — pergunto. Tento não corar, mas é inevitável. Não consigo controlar quando nos imagino juntos, entrelaçados em seus lençóis. Aposto que eles também devem ter estampa de morango. Talvez pequenos cupcakes. — Você quer que nosso acordo seja físico também?

Ela abre a boca. Fecha e abre algumas vezes sem dizer nada, como se as palavras que busca estivessem em algum lugar fora de alcance. Muito, muito fora de alcance. Isso... não deve ser um bom sinal.

Tento me afastar, mas ela agarra minhas mãos e as segura com força.

— Por quê? — Enfim consegue dizer.

— Porque... — respondo. — Porque você merece que alguém tente.

Seus lábios se contraem nos cantos e seus olhos cor de avelã se estreitam.

— Algum outro motivo?

Desta vez, quando solto meus dedos dos dela, ela permite. Passo a mão sobre a linha suave de seu maxilar, observando como ela reage ao meu toque. Ela inclina a cabeça para o lado e eu arrasto os nós dos dedos pela pele macia de seu pescoço, descendo até a delicada saliência de suas clavículas. Arrasto um dedo e depois o outro, desço até a pele quente entre seus seios. Posso sentir o ritmo constante de seus batimentos cardíacos. Cada inspiração delicada.

Eu tenho outro motivo. Um motivo egoísta.

— Porque eu quero ver você se desfazer — confesso com a voz rouca. Ergo a cabeça e me certifico de olhar nos olhos dela. — Porque quero ter o prazer de fazer isso.

Porra, eu quero isso mais que tudo. Quero saber como ela fica com minhas mãos tocando sua pele nua. Quero saber que marcas meus polegares podem deixar em seus quadris, nas coxas, na curva da bunda. Quero saber que som ela faz com minha boca em seu pescoço e seu corpo corado e quente sob o meu. Se ela suspira ou geme ou morde a pele melada de suor. Quero conhecer todos os segredos que ela ainda não compartilhou comigo, tudo o que eu possa desvendar com nossos corpos juntos.

Com Layla, eu *quero tudo*.

Seus olhos estão mais escuros. Verde-musgo e dourado. Como galhos grossos em uma tempestade de verão. Ela abre a boca, os olhos dançando entre os meus, avaliando a veracidade das minhas palavras.

— Essa é uma boa resposta — conclui, por fim.

Murmuro e dou dois passos para trás. Tenho que fazer isso. Senão, vou colocar as mãos em suas coxas e levá-la para cima da bancada. Beijar e beijar, e beijar até obter minha resposta. Não serei o cavalheiro educado que quero ser com ela.

Volto para a tábua de cortar e, às cegas, pego outro tomate. Começo a cortar com as mãos trêmulas. Sinto como se tivesse acabado de ser chutado de um avião sem paraquedas. Não sei se estou respirando ou apenas ofegante. Nunca fui tão ousado com uma mulher em toda a minha vida.

Viro o tomate e corto do outro lado. Os pedaços saem terrivelmente deformados. É incrível que eu não tenha cortado o polegar fora.

— Acho que eu gostaria disso — declara Layla, falando mais alto que o som da faca. Faço uma pausa e olho para ela por cima do ombro. Ela está de costas para a pia, as duas mãos às costas e os olhos fixos nos meus. Seu cabelo está um pouco bagunçado e a gola da camisa está torcida para o lado, o sobe e desce de seu peito me colocando em algum tipo de transe hipnótico. De novo. Ela está linda.

— Com você — esclarece, e meus ombros relaxam, se acomodam. O peso que comprimia meus pulmões diminui.

O fato de ela querer fazer isso comigo em específico é importante. Mostra que confia em mim.

Layla dá um sorriso discreto e se afasta da pia. Ela examina o balcão, procurando os vegetais que estava lavando. Seus olhos são contemplativos. Pensativos. Como se estivesse fazendo uma lista e verificando-a duas vezes.

Engulo em seco.

— Com você, acho que eu gostaria muito disso.

Comemos nosso jantar.

Layla se senta de um lado da mesa, e eu, do outro.

Conversamos como se não tivéssemos concordado, após deixar um tomate se esmagar no chão, em explorar a parte física do nosso relacionamento.

Falamos das minhas aulas na escola. Do progresso do Jeremy com a Lydia e de como algumas outras crianças apareceram pedindo minha ajuda para traduzir seus recadinhos. Layla apelidou isso de *clube do amor* com uma risada adorável que me faz sentir como se alguém estivesse tentando arrancar meu coração do peito pela garganta. Falamos da sessão de fotos que está prestes a acontecer e da receita de pudim que ela conseguiu aperfeiçoar. De carolinas e brioches e baguetes com geleia de figo.

Só fico excitado duas vezes, quando ela usa termos sofisticados de confeitaria. Considero isso um pequeno milagre.

Não voltamos a falar da nossa conversa na cozinha.

Layla quer falar. Posso perceber a cada vez que olha para mim, na expectativa em seus olhos e na forma de segurar o copo. Um de seus pés com meias cutuca os meus embaixo da mesa, e meu joelho bate com tanta força no tampo de carvalho maciço que meu copo quase vira. Eu o pego antes que ele derrame.

Layla esconde seu sorriso presunçoso atrás da ponta dos dedos.

— Tudo bem? — pergunta de forma um pouco inocente demais.

— Tudo.

Eu estou bem. Mais do que bem. Só não consigo parar de pensar no suspiro que ela deu quando encostei os nós dos dedos em seu pescoço. Não consigo parar de imaginar o volume suave de seus seios e como ela se arqueou contra mim, acompanhando meu toque sem nem mesmo perceber.

Ela demonstra tanto o tesão que sente. Ninguém nunca ter dedicado tempo para recompensá-la por isso é um crime.

— Caleb?

Balanço a cabeça. Distraído de novo.

— Sim?

Seu sorriso vacila e há insegurança no olhar.

— Perguntei se você queria sobremesa.

Sigo a linha da alça de seu vestido ao longo do ombro. É fina, de um laranja-ferrugem que faz sua pele brilhar. Antes do jantar, ela estava usando uma camisa de botão curtinha enrolada sobre ele, amarrada logo acima da cintura. Ela a tirou devagar enquanto servia nosso vinho, o tecido deslizando de seus ombros até a curva dos cotovelos. Roçando em sua pele conforme ela o tirava e colocava na cadeira.

Fiquei com as mãos coçando de desejo de fazer isso eu mesmo. Eu queria desembrulhá-la como se fosse um presente.

— Você está viajando de novo.

— Desculpe. — Esfrego a mão na testa. — Sei que estou.

— Você quer sobremesa?

Balanço a cabeça e ela parece ficar triste.

— Mas eu tenho bolo de chocolate com creme na geladeira.

A prova do meu desejo por ela é o fato de que nem pestanejo ao ouvir isso. Empurro a cadeira para trás.

— Venha aqui um segundinho.

Ela não se move de sua cadeira no outro lado da mesa.

Seu lábio inferior está manchado de um vermelho intenso por causa do vinho.

— Por quê?

— Porque eu quero beijar você — respondo. É melhor ser honesto. Quero lamber o vinho de seus lábios e envolvê-la pela cintura. A única coisa que estou interessado em saborear esta noite é Layla, em qualquer versão que ela esteja disposta a servir.

Ela pisca para mim devagar, os olhos arregalados. Mas seu sorriso é rápido, como um raio de calor se estendendo pelo céu. Ela me observa por um segundo e depois empurra a cadeira para trás.

— Você poderia ter me dito antes — brinca. Antes, presumo que ela queira dizer, quando eu a encostei na pia da cozinha.

Dou um tapinha em minha coxa e suas sobrancelhas se estreitam.

— Bom, estou dizendo agora.

Ela demora a se aproximar, dando a volta na mesa, seus olhos cor de avelã brilham à luz do sol poente. Os feixes dourado-quentes e vermelho-queimados a iluminam como se ela fosse uma chama dançante que se aproxima cada vez mais. Nunca quis tanto me queimar em toda a minha vida.

A ponta de seus dedos roça do meu joelho até o alto da minha coxa. Ela para bem na minha frente e fica no espaço estreito entre minhas pernas abertas.

Inclino a cabeça para trás e a observo.

— Caleb Alvarez, quem diria que você era tão mandão. — O sorriso dela diz que isso não é necessariamente uma coisa ruim. — Vai ser assim, é?

Assinto, minhas mãos alcançando a cintura dela. Eu a ajudo a se acomodar em meu colo, sentando-a de lado em minhas coxas. A curva de sua bunda é um peso delicioso contra mim, sua boca pairando sobre a minha. Deposito um beijo em seu queixo. Outro na parte em que o ombro se encontra com o pescoço.

— Vai ser assim — sussurro, então a beijo.

Achei que seria diferente beijar Layla pela segunda vez.

Foi por isso que me contive durante toda a semana, ainda tomado pela adrenalina do primeiro beijo.

Achei que a segunda vez seria mais moderada, mais calma, e que nós dois nos acomodaríamos em nossos respectivos papéis.

Talvez na segunda vez eu não me sentisse tão fora de controle.

Mas, ao que parece, sou um grande idiota.

Porque, no momento em que encosto minha boca na de Layla, estou entregue. Tudo desaparece até que somos apenas ela e eu, e respirações ofegantes, nossos corpos criando uma deliciosa fricção enquanto ela enrosca as mãos no meu cabelo.

Ela se vira em meu colo e eu solto um gemido em sua boca, minha língua deslizando quente, úmida e devagar contra a dela. Ela tem um gosto tão doce. De morangos encharcados de vinho. Das fatias de laranja no fundo da minha taça, que ela pegou escondido quando achou que eu não estava olhando.

Envolvo a mão em torno da pele nua de seu tornozelo e agarro sua perna, ajustando-a em meu colo até que esteja com o pé pressionado contra o braço da cadeira e minha palma esteja traçando segredos em sua panturrilha. Ela tem um sobressalto quando passo o polegar na parte de trás de seu joelho. Uma gargalhada que passa dela para mim. Isso também tem um sabor doce, como bolhas de champanhe e a melhor cobertura que já comi na vida.

Subo minha mão e ela afasta um pouco os joelhos. Faço uma pausa, meus dedos firmes de maneira possessiva em torno de sua coxa.

— O que você quer, Layla? — pergunto, e depois lambo devagar a parte logo abaixo da orelha dela. Seu corpo inteiro se arrepia e ela arranha meu couro cabeludo.

— Eu não sei. Isso é bom.

— Isso é bom — concordo. Chupo a base do pescoço dela, e suas unhas me arranham com mais força. Se ela continuar se movendo no meu colo desse jeito, vai ser muito mais que bom. Estou me contendo por um fio, dividido entre o controle e a indulgência selvagem. — Mas acho que você deve me dizer o que quer.

— Eu não... — Ela corre o nariz pela minha bochecha e encosta a testa na minha. — Eu não sei o que quero.

Deslizo o polegar uns dois centímetros para cima contra a parte de dentro da coxa. Ela emite um som baixo na garganta, e o desejo fecha o punho em volta do meu coração e aperta.

— Você quer... — Preciso engolir duas vezes para terminar a pergunta. — Quer que eu toque você?

Ela concorda avidamente e rebola no meu colo, jogando o quadril para a frente. Eu a seguro para que fique imóvel contra mim.

— Preciso que você fale, Layla.

— Quero. — Ela vira a cabeça e respira a resposta em minha boca, a mão segurando meu rosto. — Quero que você me toque. — Deslizo os dedos para cima, brincando com o tecido frágil de sua saia. Observo o caminho que minha mão segue com fascinação, meus pulmões ardendo.

— Como quer que eu toque você?

Ela engasga com uma risada quando deslizo o polegar de sua coxa até a pele do quadril, brincando com o elástico fino.

Parece que está usando uma calcinha delicada feita com o algodão mais macio que se possa imaginar. Não sei por que isso me faz passar os dentes contra o pescoço dela, mas é o que eu faço. Meu autocontrole está seguro por uma linha tênue.

— Eu nem sei como gosto de ser tocada. — Ela ainda está rindo de sua piada particular, com a cabeça inclinada para trás, enquanto me oferece mais pele para morder, saborear e chupar. Aceito o convite, deixando uma marca logo acima de sua clavícula. *Minha,* parece dizer.

Minha por enquanto, uma voz no fundo da minha mente me lembra.

Eu a ignoro.

Layla passa os dedos pelo meu cabelo e estremece.

— Eu quero que você me toque. Isso não é... isso pode ser o suficiente por enquanto?

É uma resposta bastante fácil. Faço com que ela se levante do meu colo, segurando-a pela cintura. Confusa, ela franze a testa para mim, as mãos correndo para colocar o cabelo bem-arrumado atrás das orelhas. Eu as seguro e as coloco contra meu peito. Não quero que ela fique insegura. Não quero que se esconda.

Não comigo. Não assim.

Ela aperta o tecido da minha camisa, o olhar de quem tenta entender.

— Algum problema? Você mudou de ideia?

É minha vez de rir.

— Não — respondo. — Eu não mudei de ideia. Só estou encontrando uma posição melhor.

Eu a puxo de volta para mim e a acomodo ajoelhada, uma perna dobrada de cada lado de minhas coxas na estreita cadeira. Sentada assim no meu colo, ela não tem como não notar o volume da minha ereção por baixo da calça jeans gasta, nem tem como não perceber como estamos perfeitamente alinhados. Mas não me importo. Quero que ela veja o que faz comigo. Quero que saiba o quanto é desejada.

— Assim — digo, minha voz rouca.

Deve haver lugares melhores para fazer isso, mas não consigo suportar andar o metro e meio que nos separa do sofá. Ou colocá-la sobre a mesa à minha frente. Quero seu peito pressionado contra o meu. Quero sua respiração em meu pescoço e seus joelhos abraçando meu quadril.

Eu a puxo para baixo, impaciente, com sua saia presa entre nós. Nós dois gememos ao mesmo tempo: gemidos que ecoam, estrondosos. Layla é tão gostosa, mesmo com essas camadas de tecido entre nós. Quente, macia e perfeita. Ela rebola enquanto se acomoda sobre mim, e uma chuva de estrelas explode atrás dos meus olhos. Não faço ideia de como vou aguentar.

Ela passa os polegares nas laterais do meu rosto. Desce até a curva do meu lábio inferior. Eu mordisco a ponta de seu dedo e ela solta uma risada.

— E agora? — pergunta.

Sorrio e deslizo minhas mãos de volta para dentro de sua saia. Suas coxas estremecem sob minhas palmas, os quadris se contraindo ao meu toque. Meus polegares encontram as tiras finas em sua cintura e eu estalo o tecido contra sua pele.

— Agora vamos descobrir como você gosta de ser tocada.

16

LAYLA

Eu não esperava que fosse acabar a noite sentada no colo de Caleb, com suas mãos por baixo da minha saia, mas aqui estamos. Com certeza não estou triste por isso. Seus olhos estão escuros, o cabelo está revirado em todas as direções e ele tem um chupão se formando logo abaixo da orelha esquerda, fruto da minha empolgação.

Ele fica lindo assim.

Ele desliza os polegares do alto das minhas coxas até a parte interna dos meus joelhos, e quase lanço nós dois para fora da cadeira.

— Estou nervosa — sussurro, decidindo ser honesta. Não quero que ele fique desanimado quando eu não… responder ao seu toque.

Já tive parceiros que ficaram chateados no passado. Frustrados. Aprendi logo que fingir costuma ser o caminho mais fácil, sem a complicação de egos feridos.

Mas não quero fingir nada com Caleb.

— Por que você está nervosa? — Ele desliza as mãos até a minha bunda e aperta, fazendo faíscas dançarem pela minha coluna. — Sou só eu.

Mas esse é o problema, não é? Ao que parece, ele não é *só* o Caleb.

Ele é um toque cuidadoso e um olhar persistente. Patins no primeiro encontro, nachos e beijos na chuva. A mão no meu cotovelo e na parte inferior das minhas costas, os lábios pressionados na minha nuca. Firme. Confiável. Gentil. Muito gostoso.

Caleb está se revelando muitas coisas para mim.

— Às vezes... — Reviro os olhos e encaro a luminária acima da mesa da cozinha em vez de olhar para o rosto dele. — Às vezes eu demoro um pouco pra entrar no clima.

Ele emite um som baixo e mexe os quadris sob os meus. Olho nos olhos dele. Está um pouco ofegante, os botões da camisa esticados. Parece um tanto selvagem, um tanto exausto. Com fome de algo que não é a sobremesa.

— Isso parece o oposto de um problema, Layla.

— É?

Ele concorda, entusiasmado, e se inclina para a frente até que seus lábios encontrem o ponto em que o decote revela parte dos meus seios. Ele dá um beijinho acima do meu coração e depois lambe uma faixa quente até o meu pescoço. Meu corpo todo estremece com força.

— Gosto de me esforçar pra conseguir o que quero — sussurra em meu ouvido.

Um suspiro escapa da minha boca.

Tudo bem, então.

Ele dá dois tapinhas do meu quadril por baixo da saia, o rosto ainda enterrado no meu pescoço.

— Se levante — ordena com gentileza, e eu levanto o quadril, apoiada sobre os joelhos, para que suas mãos possam se mover. Ele traça a linha da minha calcinha de um lado ao outro da cintura com uma única e deliberada ponta do dedo.

— Você gosta de ser provocada? — Os nós de seus dedos roçam a parte da frente do algodão macio da minha calcinha, quase sem encostar. Respiro fundo e me arrepio toda. — Ou você prefere rápido? — Seu polegar pressiona com força o local onde mais preciso dele, e nós dois gememos de prazer. O meu gemido soa mais ofegante, o dele, mais baixo e rouco.

— Ser provocada — respondo com a boca no topo de sua cabeça, minha voz ofegante e fraca. — Acho.

Nunca me fizeram essa pergunta antes. Nunca pensei muito sobre o que quero e o que não quero quando estou com alguém assim. Mas eu gosto desse estímulo, do desejo contido em minha barriga que aumenta quando seu toque é fugaz e suave. Gosto do roçar de seu polegar quando ele traça cada centímetro de mim por baixo da saia, devagar, devagar, devagar. Como se estivesse saboreando. Como se estivesse memorizando.

Como se quisesse que o momento durasse.

Ele pressiona o polegar de novo e grunhe baixinho quando sente como estou molhada entre as coxas.

— Meu Deus — exclama ele. Meu corpo inteiro treme como uma folha ao vento. — Me diga quando estiver bom, tá?

Concordo e me movo contra sua mão.

— Tá bom.

Ele tira uma das mãos de debaixo da minha saia e brinca com a alça do vestido no momento em que os nós de seus dedos roçam meu centro de novo. Eu contenho um gemido e enfio as mãos em seu cabelo, meus quadris indo em direção ao seu toque e depois se afastando. Essa posição é estranha, meu corpo está suspenso acima do dele enquanto ele me toca. Eu me sinto desajeitada e desequilibrada, tudo está muito apertado.

— Não, fique aqui. — A mão de Caleb vai até meu quadril e ele me guia para baixo, me incentivando a rebolar na mão em seu colo. Mais confortável, envolvo seu pescoço com os braços e me ajeito. Um meio-sorriso se insinua em seus lábios, fazendo as covinhas que adoro aparecerem, e eu me acomodo mais um pouco.

É o Caleb, e com Caleb estou segura.

Eu o observo com os olhos semicerrados enquanto rebolo, seu olhar fixo em mim, sentada em seu colo. Sinto seu olhar como sinto os nós dos dedos em minha pele nua, nos meus ombros. O volume dos meus seios contra o vestido, a saia subindo pelas coxas. Ele se recosta na cadeira e afasta mais as pernas, fazendo com que as minhas também se abram mais. Seus dedos têm mais espaço para explorar sob meu vestido, e quase não consigo respirar.

— Você fica tão linda assim — diz ele em voz baixa. — Está gostoso?

Eu murmuro alegre em resposta e fecho os olhos. Inclino a cabeça para trás enquanto ele puxa uma das alças do meu vestido para baixo e depois a outra, ambas se acomodando na curva dos meus cotovelos. Ele roça a boca na minha clavícula e na pequena cavidade entre meus seios. O tecido do meu vestido se mantém ali, apertado.

A sensação é incrível. Uma provocação deliciosa, do jeito que eu queria. O calor se acumula no fundo da minha barriga e em todos os lugares em que meu corpo está pressionado contra o dele: joelhos, coxas, cabeça e coração.

— Responda, Layla. — Ele ajusta a mão entre minhas pernas para que eu pressione diretamente o polegar dele a cada movimento dos quadris. Meu corpo inteiro estremece.

— Está gostoso — digo, as palavras arrastadas. É a melhor sensação que já tive com alguém, e ele nem precisou tirar minhas roupas. Ele não tocou a pele nua por baixo delas. Um de seus dedos invade a borda da minha calcinha e um som errático fica preso no fundo da minha garganta.

— Gosta quando eu falo com você? — Ele segura o decote do meu vestido com os dentes e puxa o tecido só um pouquinho para baixo. A tensão dos meus mamilos contra o tecido macio o distrai. Ele passa a língua em um deles sobre o material frágil do vestido, que está quase caindo, até que eu esteja arqueada em seu colo.

— Gosto quando você fala — consigo dizer entre respirações ofegantes. Não consigo parar de observá-lo. Seu braço flexionado entre minhas pernas e a boca nos meus seios. Ele prende um mamilo entre os dentes, e o calor sobe pela minha coluna. Nunca me senti assim, nem mesmo sozinha. Deixo escapar um suspiro trêmulo. — Gosto quando você…

Não termino a frase, meus pensamentos se dispersando. Ele encosta a testa no meu peito e pressiona os quadris contra os meus, com a mão presa entre nós.

— Do que você gosta?

Minhas bochechas estão quentes. Eu também nunca disse isso a ninguém.

— Gosto quando você também me diz do que gosta.

Acho que gosto do elogio. Gostaria de ouvir todas as coisas boas que o estou fazendo sentir.

Ele geme, um som impotente. Ele ajusta a mão para que eu rebole em sua palma, a parte alta roçando em meu clitóris a cada movimento brusco do meu quadril. Ele pressiona meu pescoço com beijos molhados, chupando.

— Quer saber o quanto você é gostosa?

— Quero.

— Quer saber como estou ficando louco só de ver você assim?

Assinto freneticamente. Sim, é disso que eu preciso. Quero saber que Caleb está sentindo o mesmo que eu. Que ele também se sente fora de controle. A tensão dentro de mim se agita mais fundo, um frio no fundo da minha barriga. Rebolo com mais força, perseguindo o toque.

— Isso, meu bem. Assim mesmo. — A mão por cima do vestido me agarra pela cintura e me guia para mais perto. Em todo lugar que me movo, sinto uma sensação diferente. O botão da calça jeans dele quando meus quadris avançam. A pressão dura de seu pau na parte interna da minha coxa quando eu me inclino para baixo. Sua boca no meu peito e o cabelo bagunçado no meu pescoço.

— Isso — incentiva ele, e eu rebolo com mais força. Agarro a parte de cima da cadeira em que estamos equilibrados e persigo a sensação, fazendo minhas pernas se contorcerem e tremerem. Persigo aquela deliciosa borda dourada que está fora do meu alcance. — Isso mesmo, Layla. Cavalgue na minha mão até chegar lá.

— Caramba — murmuro. Acho que é a combinação de seu toque firme e de suas palavras baixas e murmuradas, elogios sussurrados em meu ouvido, aumentando meu desejo cada vez mais. Ele não hesita enquanto eu me esforço contra ele, e o material áspero de sua calça jeans roçando a parte interna de minhas coxas torna tudo melhor. Eu gosto do ardor. Gosto do desespero.

Eu me movo, e Caleb me diz como sou gostosa, perfeita, como estou toda quente e que sente que estou molhada através da calcinha. Ele me diz que já está ansioso por outro momento assim comigo, mas que vai tirar todas as minhas roupas para que ele possa ver o rubor pintar minha pele de rosa.

— Só com um daqueles lenços lindos — murmura ele com a boca na base do meu pescoço, o dedo passando por baixo da bainha da minha calcinha. — Nada mais.

— Eu não... — Minha voz se eleva em um lamento. Estou tão perto, mas não consigo me forçar a ultrapassar o limite. Quanto mais me esforço contra ele, mais longe pareço estar. Meu prazer oscila, a frustração nebulosa embotando a sensação. Eu me contenho em um gemido que mais parece um soluço.

Caleb me faz desacelerar com toques suaves e cuidadosos. A ponta dos dedos na parte inferior das minhas costas. Um beijo entre meu ombro e meu pescoço.

— Do que você precisa? — sussurra ele.

— Eu não sei — murmuro em seu pescoço, raspando meus dentes em sua orelha e rebolando com mais força em sua mão. *Quero gozar. Quero gozar, quero gozar, quero gozar.* — Não sei do que preciso.

Caleb me imobiliza acima dele, e eu me agito em seu aperto, frenética. A necessidade pulsa bem abaixo da minha pele, um zumbido vertiginoso no fundo dos meus ossos. Chupo seu pescoço, me atrapalho com os botões de sua camisa. Sou pura confusão, o puxando e agarrando debaixo de mim. A paciência se foi. A hesitação também.

— Caleb, por favor — peço, envergonhada por estar implorando por um orgasmo, mas também incapaz de parar. Estou tão *perto*. — Por favor, continue. — Ele passa a mão pelas minhas costas e aperta minha bunda por cima do vestido. Ele me segura com um dos braços e me levanta, mantendo-me firme contra a frente de seu corpo enquanto se ergue da cadeira. Envolvo seus ombros com meus braços.

— Vou continuar. — Ele dá quatro passos em direção ao sofá e caímos nele, nos acomodando até que eu esteja pressionada contra as almofadas e Caleb esteja acima de mim, com minhas pernas em volta de sua cintura. Cruzo os tornozelos e o puxo para mais perto, o pau pesado e duro no espaço entre minhas pernas. — Você vai gozar, eu prometo. Acho que descobri o problema.

— Você parou de me tocar — reclamo, me sentindo petulante. Ele segura meus pulsos, guiando meus braços para cima da minha cabeça. Eu os quero embaixo do meu vestido. Em minha pele. — Esse é o problema.

— Eu estava fazendo você se esforçar demais — diz ele, o olhar fixo no deslizar de suas mãos largas pelos meus braços, então nas laterais do meu corpo. Ele prende dois dedos na parte de cima do meu vestido e puxa até que meus seios fiquem nus sob ele. Solta um grunhido baixo e apreciativo e passa a palma das mãos de leve nos meus mamilos. Ele me provoca dessa forma, com o peito ofegando enquanto se mantém acima de mim, de joelhos. Quando enfio meus dedos sob seu cinto e puxo, ele agarra meu pulso e o leva acima da minha cabeça, me pressionando com mais força contra o sofá. Meu corpo inteiro estremece de necessidade.

Seus olhos queimam de prazer ao me encarar.

— Você não tem que se esforçar, meu bem. Deixe que eu faço o trabalho.

Então Caleb começa.

Ele me segura no sofá e se move contra mim como se estivéssemos em uma cama. Como se estivéssemos em uma cama e nus, e ele estivesse dentro de mim e quisesse ir mais fundo. Ele rebola os quadris, chupa meu pescoço e arrasta uma palma da mão pela linha do meu braço até meu seio. Belisca meu mamilo enquanto roça o corpo no meu, e tudo se transforma em cores brilhantes, formas, sensações e o som ofegante de nossas respirações juntas.

— Você está tão linda, Layla. Puta merda.

Uma mecha de cabelo escuro cai sobre sua testa quando ele alcança meu tornozelo. Ele envolve seus longos dedos em torno do osso delicado e o apoia mais alto nas costas. Dobro os joelhos e quase me engasgo com um gemido.

— Aposto que você fica mais linda ainda quando goza. Posso ver? — Ele pega o lóbulo da minha orelha com os dentes e o puxa. — Você vai me mostrar?

— Caleb. — Digo seu nome apenas porque quero. Quero sentir o gosto das sílabas em minha língua enquanto me movo com mais intensidade. Ele murmura e pressiona o polegar em meu queixo, guiando minha boca até a dele. O beijo é lento e profundo, a cadência do corpo se mantendo. Ele não acelera, não desacelera, apenas continua a me excitar por cima da roupa, naquele ritmo perfeito, delicioso e pesado.

— Você está quase lá?

Eu concordo e depois concordo de novo. Não sei há quanto tempo estamos nos movendo juntos dessa forma, só sei que é uma sensação muito, muito boa. Caleb é tão, tão gostoso. Ele roça os dentes na minha orelha e, ao mesmo tempo, desliza a mão entre nossos quadris, arrastando o polegar com força, o que me faz arquear, ofegar e gemer sob ele.

— Me diga como você quer.

— Mais rápido — ofego. Ele segue minhas instruções com perfeição, e eu gemo. — Dois dedos, um pouco mais alto. Por favor… eu…

— Bom. Isso mesmo — diz Caleb. Seus quadris se chocam contra as costas de sua mão. — Quero que você sinta esse prazer, Layla. É seu.

Talvez seja o incentivo dele, ou talvez seja o polegar entrando por baixo da minha calcinha molhada e retorcida. Talvez seja o primeiro toque dele em minha pele nua ou o som profundo de prazer que ele emite em resposta. Um palavrão murmurado, como se ele estivesse tão entregue quanto eu. Não sei dizer. Só sei que, quando inspiro, estou vendo Caleb se mover acima de mim e, ao soltar o ar, estou mergulhando rumo ao prazer mais intenso.

Acontece de repente, um solavanco forte bem no centro do meu peito. Como uma corda sendo puxada. Eu me agarro a Caleb enquanto a sensação me percorre, um incêndio de prazer e sensações selvagens e confusas. Pode ter começado de repente, mas se espalha devagar, pela parte de trás das minhas pernas, pela base dos quadris, ao longo dos meus seios, pressionados contra o tecido frio da camisa de Caleb. Eu gemo e faço sons que nunca ouvi saírem de minha boca antes.

Quando enfim recupero o fôlego, Caleb ainda está por cima de mim, ofegando em meu pescoço.

Deslizo a palma das mãos pelas costas dele e as enfio por baixo da camisa. Seus quadris se movem e ele se aconchega em mim, a pele quente sob o toque. Ele parece o cobertor mais pesado e com o cheiro mais delicioso.

Eu sorrio para o teto.

— Acho que essa foi a melhor ideia que você já teve.

Ele toca meu pescoço com o nariz, e posso sentir seus lábios se curvarem em um sorriso.

— Melhor que a pista de patinação?

Eu me mexo embaixo dele, muito satisfeita.

— Sem dúvida.

Ele ri e leva a mão à base do meu pescoço. Acaricia minha pele com o polegar. É um conforto e uma marca. Uma garantia suave de que tudo o que acabamos de fazer foi como deveria ser.

— Eu concordo.

— Você… — Eu me remexo embaixo dele e traço a linha forte de sua coluna até logo acima da calça jeans. Quero tirar a camisa dele e acariciar essa pele linda. Engulo em seco. — Quer que eu toque você também?

Caleb se apoia sobre os antebraços, com um delicioso rubor nas bochechas, no pescoço e na ponta das orelhas. Seus lábios estão inchados e o cabelo é uma série de ondas emaranhadas de suor. Quero me lembrar dele exatamente assim toda vez que ele estiver do outro lado do balcão na padaria e pedir um croissant. Se bem que imagino que será um desafio e tanto à minha produtividade.

— Eu, hã… — Ele morde o lábio inferior. — Não precisa.

Ignoro minhas entranhas se revirando, a dor da rejeição, por mais gentil e amável que ele tenha sido. Tudo bem se ele não quiser que eu o toque da mesma maneira que ele acabou de me tocar. Sem problema.

Olho fixamente para o teto e acalmo minhas mãos.

— Layla. — Caleb suspira meu nome. — Não é nada disso. Eu já, hã… já…

Franzo a testa e vejo o rosto dele se contorcer de vergonha.

— O quê?

Ele olha para mim com um sorriso tímido e triste. Ergue a mão e traça as linhas do meu rosto, o inchaço do meu lábio inferior. Parece encantado. Aquele toque memorável dele, tudo de novo. Eu o seguro pelo pulso e dou um beijo estalado bem no centro de sua palma.

Ele apoia a testa na minha clavícula e balança para a frente e para trás.

— Eu já gozei — explica com muita relutância. Ele esfrega a mão que acabei de beijar em seu peito. — Só precisei ver você. Tocar você foi… — Ele suspira devagar. *Incrível,* esse som parece dizer. Outro suspiro e uma risada baixa e estrondosa. — Eu me sinto um adolescente.

Uma onda de calor substitui a sensação de vazio no meu peito. Afeição, com toda a certeza e segurança.

— Você deve ter sido divertido na adolescência.

Ele dá de ombros e se apoia nas mãos para erguer o corpo.

— Eu era um moleque todo desengonçado. Não sabia como falar com as pessoas, de verdade. Ainda mais com as garotas.

Acho difícil acreditar nisso quando, há uns três minutos, ele estava me dizendo para *gozar.* Mas gosto mesmo assim. Gosto que Caleb se sinta confortável para ser ele mesmo comigo. Que não se censure nem se molde a algo que acha que eu quero. Eu entendo Caleb em todos os seus belos e imperfeitos tons.

Ele se ergue até se sentar recostado no sofá, e eu fico esparramada sobre as almofadas, com o vestido erguido até a cintura e o braço estendido acima da cabeça. Os olhos de Caleb percorrem um caminho sinuoso pelo meu corpo, detendo-se na curva dos meus seios.

Ele respira fundo, com os olhos turvos e sonolentos. Desejo. E algo mais suave.

Eu sorrio.

— Dez de dez — digo, me sentindo mal por atribuir uma nota. Mas preciso lembrar a nossa situação, a base em que nosso relacionamento está sendo construído. Não vai ser nada bom encarar a realidade no fim disso tudo, apesar de ter sido incrível. Suspiro e passo os dedos pelo cabelo suado. — Você é maravilhoso, merece medalha de ouro.

Ele sorri, com os olhos franzidos no canto.

— Eu digo o mesmo. — Caleb se vira no sofá com as pernas abertas, uma mão apoiada na barriga e a outra no espaço de cinco centímetros entre nós. Seu olhar se detém em todos os lugares que suas mãos tocaram. A inclinação dos meus ombros e a extensão suave dos meus braços. A cavidade entre meus seios e a pele macia da minha barriga.

É uma coisa simples ter alguém me observando enquanto me recomponho. Simples e linda, uma intimidade incrível.

Outra novidade para mim esta noite.

Ele passa a mão no meu tornozelo e tamborila os dedos na minha panturrilha. Sobe a palma da mão até a parte de baixo do meu joelho e desce de novo enquanto eu passo os braços pelas alças do vestido. Um tapinha, outro tapinha, até chegar aos meus pés.

— O quê? — pergunto enquanto me contorço para colocar a alça teimosa, toda retorcida.

Caleb tira a mão do meu joelho e segura o tecido teimoso, passando o polegar pela minha clavícula enquanto o endireita. Ele passa a mão pelos meus ombros, bem de leve, até o centro do meu peito. Repousa a mão ali até que eu tenha certeza de que pode sentir as batidas do meu coração.

— Nada — diz ele, com uma voz profunda —, gosto de olhar pra você.

Sorrio e aliso a saia do vestido para cobrir minhas coxas. Seguro a mão dele na minha e entrelaço nossos dedos, aconchegando-me ao seu lado até que estejamos enrolados um no outro. Ficamos sentados em meu sofá azul, ouvindo os sons da casa se acomodando ao nosso redor. O ranger da madeira e os grilos chamando uns aos outros pela janela aberta acima da pia. Acho que nunca fiquei tão quieta com alguém antes. Tão contente só por *existirmos*.

Inclino a cabeça e dou um beijo nos nós dos dedos de Caleb. Ele emite um som de satisfação, bem no fundo da garganta, e inclina a cabeça para olhar para mim.

— Você ainda tem bolo? — pergunta, a voz cheia de esperança.

Solto uma risada.

— Tenho. — Eu me inclino e deposito um beijo na curva do sorriso dele. Sinto como se estivesse flutuando. Como se estivesse no meio da lagoa que fica nos extremos do terreno de Lovelight, olhando para os raios de sol que passam por entre as árvores. Meus lábios percorrem a linha nítida de seu maxilar até o queixo. Eu me aninho em seu peito e o envolvo em um abraço. — Ainda tenho bolo.

17

CALEB

— Acho que a gente devia... *meu Deus,* Caleb. — Layla ofega meu nome em minha boca, os dentes em meu lábio inferior e as duas mãos sujas de farinha agarrando meu cabelo com força. Vai parecer que mergulhei a cabeça em uma tigela de massa quando sair daqui, mas não consigo me controlar. Na verdade, desde aquela noite, dois dias atrás, no sofá de Layla, não consigo parar de tocar nela. Toda vez que fecho os olhos, vejo aquele vestido laranja retorcido em seu corpo. A pele nua e minhas mãos pressionando as dela contra o sofá. Continuo ouvindo os sons que ela fazia enquanto se movia em meu colo e buscava o prazer.

Se eu achava que iria desejá-la menos depois que sentisse seu gosto pela primeira vez, fui um idiota. O desejo só aumentou.

Ainda mais hoje, que ela está usando o avental estampado de morangos. Há algo de especial no vermelho que se destaca em sua pele macia, nos cordões que dão duas voltas em sua cintura, amarrados em um laço bem-feito na frente do corpo. Quero desfazê-lo com os dentes.

Sem mencionar o batom vermelho-cereja e os brincos de argola dourados. O lenço azul com pequenas bananas amarelas enfeitando seu cabelo curto. Entrei pela porta e ela me olhou por cima de uma bandeja com forminhas de crème brûlée de baunilha, um sorriso enorme ao me ver. Precisei parar por um momento e respirar fundo. Esfregar a palma da mão no peito e tentar colocar tudo de volta em seu devido lugar.

Tentei me comportar. Fiquei sentado no banquinho e fingi tomar minha xícara de café, mas, na verdade, estava observando as curvas de seu corpo enquanto ela se debruçava sobre a bancada. Observei enquanto ela misturava, mexia e desenrolava a massa fresca para os rolinhos de canela, ignorando a tentação quando ela pegou um pote de açúcar com canela. Não pude evitar um gemido fraco quando ela mexeu a manteiga derretida em uma tigela, espalhando-a na massa com um pincel, em listras largas.

Mas foi o glacê que enfim me tirou do sério. Em um segundo, Layla estava pegando a tigela na geladeira e, no outro, estava estendendo a mão na minha direção, com uma porção perfeita e imaculada de glacê equilibrada na ponta do dedo. Eu lambi seu dedo, os cílios dela tremularam e, no instante seguinte, estávamos nos agarrando, com tigelas e um prato em formato de cupcake indo parar no chão.

— É melhor a gente parar — diz ela logo antes de correr os dentes pelo meu pescoço e guiar minha boca de volta para a sua com a mão em meu queixo, deixando mais marcas de farinha. Eu a pressiono com força contra a geladeira e aperto as coxas dela com mais intensidade.

— É, é melhor — concordo. Empurro seu queixo com o nariz até que ela incline a cabeça para trás, até que eu possa chupar seu pescoço e sentir o gosto de açúcar em sua pele. Ela pressiona os quadris contra os meus e estou a quatro segundos de enfiar as mãos por baixo desse avental e descobrir que tipo de calcinha Layla Dupree usa quando está cozinhando.

Sempre fui meticuloso em questão de autocontrole. Sempre muito educado, fazendo o que era esperado de mim. Mas Layla faz com que eu me sinta transtornado. Livre, desconcentrado, desestabilizado. Subo uma das mãos pela perna dela e depois volto a descer, a barra do vestido roçando nos nós dos meus dedos.

Ela está ofegante, puxando meu cabelo com força. Uma sensação lenta e quente se desenrola na base da minha coluna, minha respiração mais acelerada do que um segundo antes. Há surpresa e encantamento em seu sorriso, e ela puxa de novo, inclinando minha cabeça para trás, a boca em meu pomo de adão. Seus olhos estão fixos em mim.

Meu corpo inteiro se desfaz contra o dela.

Ela ri, um som rouco logo abaixo do meu ouvido.

— Preciso ir trabalhar.

— Tá bom. — Não desgrudo dela, meu rosto apoiado em seu pescoço.

— Caleb. — Posso sentir seu sorriso em meu ombro. Ela abraça minha cintura e me aperta. — Vá se sentar no seu banquinho.

— Não, valeu.

Não quero ir. Quero ficar onde estou, abraçado à Layla, sentindo o cheiro de farinha, açúcar e lavanda em sua pele, o coração dela batendo contra o meu. Alex tem me dito que preciso controlar minhas expectativas, mas não vejo problema em me entregar.

Sempre gostei de Layla do jeito que qualquer pessoa gosta de alguém que é bom e gentil. Um sentimento caloroso, mas, ainda assim, um tanto impessoal. Eu gostava do sorriso dela, de sua risada. Gostava de como ela sempre cuidava do caixa, independentemente do quanto a padaria estivesse lotada. Gostava de vê-la decorar os bolos prendendo a língua entre os dentes e segurando com cuidado uma espátula pequenina.

Mas agora esse gostar está se transformando em algo mais profundo. Gosto de como ela segue o que o coração diz, apesar de já ter se machucado tantas vezes. De como ela ergue o queixo e se esforça para ser corajosa quando está falando da família. A lealdade inabalável que tem por seus amigos e o orgulho que sente deste lugar que construiu.

Também gosto do jeito que ela me toca, como passa os dedos para cima e para baixo no meu braço enquanto estamos sentados no capô do jipe. Gosto de ver o sol pintar o céu em um caleidoscópio de cores suaves com Layla deitada em meu ombro. Do polegar dela apertando a pele macia na base do meu pescoço quando se anima com alguma coisa, a voz subindo um oitavo, em um ritmo mais rápido.

Ela é tudo o que eu pensava que seria e mais um pouco.

Layla começa a cantar o início duvidoso de uma música e se remexe colada a mim. A ponta dos dedos brinca com o cabelo curto na minha nuca enquanto eu a envolvo em um balanço para a frente e para trás, bem devagar. Uma dança só nossa, particular, bem aqui na cozinha da padaria dela. Farinha no meu cabelo e meu coração batendo acelerado. Melhor que qualquer encontro que eu poderia ter planejado.

— Você acha que... — Ela engole a frase, as unhas me arranhando de leve. Solto um som um pouco constrangedor e me acomodo sob seu toque.

— O quê?

Sinto que está hesitando. Percebo pela maneira como seu corpo fica tenso contra o meu. Eu continuo nosso balanço enquanto ela encontra a forma certa de dizer o que quer.

— Você acha que as coisas têm dado tão certo entre nós por causa do acordo? — Sua voz é um sussurro. — Ou você acha que é por nossa causa?

Murmuro, roçando a boca em sua têmpora.

— Como assim?

Ela inclina o rosto em direção ao meu, as duas mãos pressionadas em meu peito.

— As coisas entre nós parecem... — Um sorriso surge no canto de sua boca, e gosto tanto dele que me abaixo para saboreá-lo. Ela ri em minha boca e me empurra para trás de novo. — Pare de me distrair. — Seus lindos olhos procuram os meus e, quando volta a falar, sua voz é suave, tímida, e tem um tom que eu nunca tinha ouvido antes. — As coisas parecem fáceis demais entre a gente, Caleb. E não sei quanto disso é por mim, por você ou pelo acordo.

Traço meu polegar pela curva de seu maxilar até o meio do queixo.

— Não podem ser as duas coisas?

Ela franze a testa.

— Como assim?

Penso bem no que quero falar e decido expressar uma teoria que tenho analisado.

— Pode ser que o acordo tenha ajudado a gente a ser mais sincero um com o outro, mas não acho que seja só isso. Talvez ele só tenha dado um empurrãozinho na direção certa.

Ao menos, foi assim que escolhi ver a situação. O acordo pode ter tornado mais fácil nosso caminho juntos, mas a forma como me sinto quando estou perto dela? O crédito é cem por cento da Layla.

Eu a mantenho perto de mim com uma mão firme na base de sua coluna. Ela enterra o rosto na parte da frente da minha camisa. O cabelo curto grudado nas bochechas até que ela se esconda o máximo que consegue.

— Como você sabe disso? — murmura em minha camisa.

Eu expiro, baixo e devagar, então crio coragem e confesso.

— Dia 17 de fevereiro.

Ela suspira, uma discreta lufada de ar quente em algum lugar sobre meu esterno.

— O que aconteceu no dia 17 de fevereiro?

— Eu comprei um bolo.

É uma provocação. Quero tentá-la com respostas curtas demais, para que tenha que se inclinar para trás e olhar para mim. Mas ela se mantém firme no lugar, erguendo uma mão para bater em minhas costelas em um aviso velado.

— Se você me disser que comprou um bolo em uma padaria de supermercado, vou socar sua cara, Caleb Alvarez.

Solto uma risada, surpreso.

— O quê?

— Se esse bolo era de mistura pronta ou foi feito por outra pessoa, nunca mais falo com você.

— Não comprei o bolo no supermercado nem de outra pessoa — respondo. — Comprei de você.

Ela não diz nada. Deslizo a ponta dos dedos por suas costas, ao longo de sua coluna. Ela é tão definida ali, tão firme. Acho que nunca se deu conta disso.

— Comprei um bolo no dia 17 de fevereiro. Eu lembro bem a data por causa do monte de enfeites do Dia dos Namorados que ainda estava pendurado na frente da padaria. Eu batia a cabeça em um negócio com um cupido de papel o tempo todo. Acho que você pendura as decorações baixo demais, às vezes.

— Ou você que é alto demais — argumenta ela, em algum lugar próximo da minha clavícula.

— É, talvez seja isso. Mas alguém estava reclamando com você por causa de um bolo no balcão. Disse que você errou na cobertura e que não queria o bolo se estivesse errado, e você… você parecia tão confusa e um pouco triste, e eu queria... — Eu me lembro da raiva queimando em meu peito, descendo para meus ombros. Uma queimação na palma das mãos. — Eu ainda era delegado e achei que não seria certo dar um soco na cara de alguém... então, esperei. A pessoa foi embora e não levou o bolo. Quando perguntei o que você ia fazer com ele, você meio que deu de ombros e olhou para as flores no topo, tão lindas, como se fossem a pior coisa que já tinha visto, e... — E partiu meu coração um pouco, vê-la atrás do balcão tentando não chorar. — Então eu comprei o bolo. E, Layla, foi o melhor bolo que já comi em toda a minha vida.

As mãos dela vão da minha cintura para as costelas. Ela espalma os dedos.

— E eu gostei... — Paro de falar. Essa é a parte difícil. A parte que me causa incerteza. É aqui que sinto cada conversa fracassada com uma mulher como uma marca em minha pele. Não quero forçar a situação, não com a Layla.

Quero ser o suficiente.

— Eu gostava de abrir a geladeira no meio da noite pra pegar um copo d'água e ver a caixa de bolo lá. Gostava de comer um pedaço de manhã com meu café e olhar para as pequenas flores no topo. Às vezes, você morde a ponta da língua quando está fazendo os desenhos no bolo, sabia disso?

De vez em quando, eu chegava mais cedo para pegar meu bolo, só para poder ver seu rosto se transformar quando ela estava concentrada. Uma alegria tão cheia de cuidado, disfarçada, que florescia quando ela sorria, como as pequenas margaridas feitas de glacê.

Mas decido guardar essa parte para mim.

— Eu comia só um pedaço por dia. Quando estava acabando, comecei a comer pedaços cada vez menores. Então, quando comi o último com meu café e não conseguia aceitar a ideia de esperar até depois do trabalho, olhei para a caixa cheia de migalhas e pensei: *Por que não pedir outro bolo*? Eu estava... — Solto uma risada, me sentindo meio constrangido, meio burro e um milhão de outras coisas confusas que pesam em minha cabeça e em meu coração. — Eu estava com tanto medo de ligar e encomendar outro bolo.

Liguei duas vezes e desliguei, dei uma volta na cozinha, coloquei as mãos na cintura e encarei o celular na mesa. Quando, por fim, decidi ligar, nem foi a Layla quem anotou meu pedido. Eu me lembro de pensar em como estava sendo idiota por causa de um *bolo*.

— Eu pensei que você tinha um monte de festas de aniversário dos Alvarez para ir e tinha ficado encarregado dos bolos — murmura ela no ombro da minha camisa, esfregando o nariz no tecido. Sua voz soa um tanto embargada.

— Não, eu não estava encarregado dos bolos. — Rio de novo. Eu comia todos aqueles bolos sozinho, e a mudança na largura da minha cintura era a prova disso. — Não sei dizer por que continuei pedindo os bolos. Acho que gostava de ver você. De estar perto de você. Ainda gosto de tudo isso, Layla.

Ela funga e se agarra a mim com mais força. A cada vez que meu coração bate, parece que está tentando abrir caminho por entre os músculos, tendões e ossos para chegar até ela. Estou de pé diante do precipício, esperando...

Não sei o que estou esperando.

Acho que estou apenas esperando.

Faço carinho nas costas dela e enfio as mãos por baixo de seu cabelo, encostando a palma da mão em sua nuca.

— Então, é isso. Não acho que tudo que está acontecendo seja por causa do acordo. Acho que parte disso sou eu, parte é você e parte somos nós. Mas tudo isso é bom, não é?

— É — sussurra ela. — É bom.

— Acho que podemos desbravar essa próxima parte juntos. É só... só continuar me dizendo do que você precisa.

Ela enfim se afasta do meu peito e ergue o queixo, os olhos surpreendentemente claros e radiantes. Noto um leve vinco sob o olho direito até bochecha, onde seu rosto estava apoiado na minha camisa, uma delicada linha na parte que estava grudada em mim. Acho que gosto mais disso do que deveria.

Seus olhos procuram os meus, me encarando. Ela franze o nariz e traço meu polegar no vinco discreto.

— Você também tem que me dizer do que precisa — responde, por fim. — É assim que vai funcionar. Temos que continuar conversando.

— Eu gosto de conversar com você.

Parece ridículo dizer isso, mas percebo que ela está com as bochechas rosadas e um sorriso tímido surge em sua boca. Seguro seu rosto entre as mãos para que possa observar o sorriso crescer ainda mais. Ela vira a cabeça e dá um beijo bem no meio da minha palma. Gostaria de poder segurar esse beijo em minhas mãos também.

— Também gosto de conversar com você.

Suspiro, me sentindo mais leve do que nunca, e me aproximo novamente.

— Tenho um pedido, na verdade, já que você disse que posso falar.

— Tem, é?

— Tenho, sim.

— Diga lá, então.

Acaricio a orelha dela com o nariz e dou um único e demorado beijo na pele macia abaixo dela. Sorrio quando ela agarra a parte da frente da minha camisa e tenta me puxar para mais perto ainda. Layla pode ter dificuldade em verbalizar sobre o que precisa, mas não é nada tímida na hora de mostrar.

— Mais mãos dadas — sussurro. Uma de minhas mãos alcança a dela e eu entrelaço nossos dedos. — Mais croissants de manteiga.

Mais corridas na chuva. Mais piqueniques na praia, com os pés na areia e bolo de morango em potinhos. Menos escape rooms e pistas de patinação, acho eu, mas sou flexível nessa parte, se for algo que ela queira.

Ela dá uma gargalhada.

— Mais sorvete — exige. Dá um beijo rápido em meu queixo. — Mais beijos — sussurra.

Eu a seguro pela nuca e dou um selinho nela.

— Acho que podemos começar essa parte agora mesmo.

Ela concorda, o nariz roçando no meu.

— Aham, acho que sim.

Então, abaixo a cabeça em direção à dela em um beijo mais lento que o último e mais doce também. Esse beijo parece ser algo mais.

Mais de Layla. Mais de mim.

Mais de nós dois juntos.

Mais de tudo.

18

LAYLA

Três dias depois, Caleb está parado no meio da minha cozinha de novo. Mas, desta vez, com as mãos enfiadas nos bolsos, olhando para a imensidão de tortas de frutas na bancada, como se estivesse prestes a realizar uma intervenção. Ele coça o queixo e passa a palma da mão na nuca. Olha para mim e depois para a bancada.

Ele é todo hesitação.

Acho fofo.

— Isso é… comida pra caramba — diz devagar, com cuidado. Acho que está com medo de me assustar. Levando em conta meu estado mental nos últimos dias, não é precaução exagerada. Ele empurra a ponta de uma torre de cupcakes com o dedo mindinho, a cabeça ligeiramente inclinada para o lado em reflexão. Essa torre é nova e acho que não precisava de mais uma, mas meus cupcakes de abacaxi com rum ficam tão lindos ali, e é isso que importa.

Caleb se vira para mim, parado no lugar. Acho que é a primeira vez que ficamos no mesmo cômodo sem nos agarrarmos. Ao que parece, nossa conversa no outro dia se traduziu em amassos em todas as superfícies da padaria e além. Mas beijar o Caleb nem passou pela minha cabeça hoje, o que mostra o quanto estou nervosa para a entrevista da *Baltimore Magazine* amanhã.

Hoje ele está usando uma camisa de botões. Larga, com as mangas arregaçadas, dois botões desabotoados na altura do pescoço. Limpo as mãos no avental e dou uma olhada na cozinha.

Não está tão ruim quanto na manhã em que Evelyn e Beckett vieram me visitar, mas por pouco. Diminuí um pouco o ritmo. Se fizer vista grossa, talvez. Ainda assim, passei metade do dia fazendo seis dúzias de tortinhas de creme, com flores comestíveis enfeitando as bordas de cada uma delas. Caleb apareceu durante a última fornada com outro sanduíche gorduroso de café da manhã e um beijo na minha nuca. Ele se acomodou em um dos banquinhos e me observou com o queixo apoiado no punho, um olhar preguiçoso em seu belo rosto toda vez que eu olhava para cima. Um sorriso discreto, olhos carinhosos, só um vislumbre da covinha. Parecia que ele queria mais a mim do que as tortinhas.

Mas isso não o impediu de pegar uma.

As coisas estão indo bem com Caleb. Mais que bem. Ontem à noite, tomamos sorvete em um quiosque de madeira a meio caminho da cidade e ficamos sentados no estacionamento com os pés balançando no para-choque. Sob o céu de algodão-doce e uma brisa morna de verão que soprava pelos campos. Eu me sentei com o joelho encostado em sua coxa, tomei sorvete de nozes e observei como os salgueiros dançavam com a brisa. A mão de Caleb na minha coxa, o polegar passeando para a frente e para trás na pele sensível.

— Mais sorvete — comentou ele com um sorriso, repetindo nossa conversa da outra noite. Retribuí o sorriso e seus olhos assumiram uma expressão mais suave, mais séria. Ele passou o polegar em minha bochecha com carinho, inclinou-se para a frente e deu um beijo no canto da minha boca.

— Mais desse sorriso — acrescentou.

Nunca me senti tão confortável com um homem. É libertador, agradável, assustador e maravilhoso.

Principalmente assustador.

Fico esperando pelo pior. É difícil acreditar que, de repente, minha má sorte no amor tenha evaporado. Adorei a história que Caleb me contou sobre como ele queria me ver e por isso encomendava os bolos, mas acho que nosso acordo pesa mais do que ele pensa. Talvez os critérios do nosso relacionamento de mentirinha nos façam ver tudo pintado de rosa. Talvez o tique-taque do relógio garanta que só vejamos o melhor um do outro, não sei.

Tudo parece muito fácil agora.

Olho para ele de soslaio, observando-o reorganizar algumas das minhas espátulas limpas por ordem de tamanho. Ele me viu fazer isso uma vez e agora faz sempre que está aqui comigo. Outro dia, também encontrei o papel-alumínio no lugar dentro do armário. Luka ficaria muito orgulhoso.

Ele me pega olhando e um sorriso se forma no canto de sua boca.

Suas covinhas voltam à vida, e minha barriga dá cambalhotas, um *tum-tum* respondendo bem no meu peito.

Deve ser pura química. Já me deixei enganar por isso antes. Ou talvez seja a liberdade do nosso acordo. A capacidade de sermos exatamente quem somos sem nenhum tipo de pressão. Um relógio que corre devagar. Deve ser isso, porque esse tipo de coisa não acontece por acaso.

Não comigo.

Fico com o coração na mão e me concentro em um pedaço de papel-manteiga. Se o que está acontecendo for só por causa do acordo, esses sentimentos devem se dissipar quando o mês acabar. Vamos nos separar sem ressentimentos e as coisas vão voltar a ser como antes. Conversas amigáveis três vezes por semana. Um café com creme. Um croissant de manteiga.

Terei novos e incríveis parâmetros para comparar meus relacionamentos, e Caleb vai saber como conquistar a próxima mulher por quem se interessar. Será como se nada tivesse acontecido entre nós.

O cookie que estou tentando embrulhar se desfaz em minhas mãos. Fico olhando para as migalhas de aveia e nozes e tento afastar a imagem de Caleb saindo com outra pessoa. Será que eles vão comprar sorvete de creme com cristais de laranja na praia? Será que se vão se sentar na lanchonete do Deixa Rolar e comer nachos meio murchos?

— Ei. — Caleb toca a ponta do meu nariz, surgindo de repente bem na minha frente. — No que você está pensando?

Pisco algumas vezes e coloco o papel-manteiga no balcão, esfregando a palma da mão contra a tensão que está se formando na parte de trás do meu pescoço. Não preciso pensar nisso agora. Essa preocupação fica para outro dia. Algo para a Layla do futuro resolver. Neste instante, a única coisa em que preciso me concentrar é na entrevista e em deixar este lugar o mais bonito possível para a sessão de fotos.

— Eu estava pensando em flores. — É muito fácil distorcer a verdade. Eu estava pensando vagamente nas flores da frente da loja, no enorme dossel de peônias, lavanda e margaridas que a Mabel me ajudou a torcer ao longo das vigas. Agora, quando se entra pela porta da frente, é como se o verão estivesse caindo pelo teto. Flores e flores por toda parte.

— Bom, elas estão lindas. — Caleb encosta o quadril no balcão ao meu lado e arranca uma lasca de chocolate do meu papel-manteiga. — A Mabel ajudou você?

Faço que sim com a cabeça. Gus também. Um caminhão inteiro de flores antes mesmo de o sol nascer esta manhã. Uma dúvida surge em minha mente, uma coincidência que tem me incomodado.

— Ei, você tem recebido notícias da rede de comunicação?

Quando as notícias se espalham, costumo receber ligações de Matty, mas o silêncio das últimas semanas parece bastante suspeito. Não sei nem se houve alguma atualização sobre a situação dos patos de borracha nas fontes.

As sobrancelhas de Caleb se contraem em uma linha funda.

— Não. Agora que parei pra pensar, não tenho recebido nada.

— É um tanto estranho, você não acha?

Ele concorda e pega mais um pedaço do cookie. Sorte dele, ser tão bonito. Se fosse o Beckett, já teria levado uma colher nos dedos.

— É verdade. Também não tenho notícias da Darlene, e ela ligava duas vezes por dia.

Minha suspeita aumenta.

— O que você acha que isso significa?

— E tem que significar alguma coisa? — Ele dá de ombros. — Talvez não haja nenhuma notícia.

Olho nos olhos dele. Ah, meu querido Caleb.

— Lembra aquela vez que houve uma discussão na cidade sobre macarrão com queijo e o Gus enviou um decreto dizendo que estava expressamente proibido distribuir macarrão gravatinha?

Caleb mastiga, pensativo.

— Lembra aquela vez que o Jesse ficou sem cerejas no bar e tentou fazer uma campanha de doações por telefone? — Eu bufo. Beckett descobriu e mudou o número do contato para que as doações fossem direcionadas para a Sociedade Americana de Prevenção da Crueldade contra os Animais quando a mensagem chegou até ele. Acho que foram arrecadados mais de setecentos dólares. — Pois é, não acho que seja por falta de notícias ou de qualquer outra coisa em que a rede tenha se especializado. — Faço uma pausa para bocejar, com as costas da mão contra a boca enquanto meu corpo inteiro arrepia e estremece. — É estranho, só isso.

Estou exausta. Minha lombar está me matando, meu corpo está irritado comigo por ficar tanto tempo em pé, erguendo coisas e assando. Eu não lembro a última vez que saí desta cozinha, agora que parei para pensar. Talvez ontem? Anteontem? Nem sei que horas são: se é manhã, noite ou o meio da tarde.

— Ok, meu bem. — Caleb abandona as migalhas de cookie e coloca as duas mãos nos meus ombros. — Agora já chega.

Balanço no lugar, os cookies de aveia com pedaços de chocolate dançando na frente dos meus olhos.

— O que foi?

— Esse intensivão de confeitaria que você está se forçando a fazer.

Ele endireita a postura, as mãos espalmadas. Seus polegares vão de um lado para o outro em minhas clavículas e deslizam um pouco por baixo da gola da minha camisa. É um toque reconfortante, que me aquece como um cobertor. Um cobertor *alto*, minha mente anestesiada de tanto cozinhar suspira com alegria. Um cobertor *bom*. A boca dele se contorce em um sorriso.

Espero não ter falado em voz alta.

— Você fez comida suficiente para abastecer um pequeno exército. Acho que é melhor dar a noite por encerrada.

— Então é noite, pelo visto. — Meus olhos turvos examinam a cozinha antes de voltar a olhar para o homem alto e bonito que me mantém de pé. — Eu ia fazer um bolo de pêssego agora.

Os olhos de Caleb escurecem um pouco, suas pupilas se dilatando ao ouvir falar do bolo de pêssego.

— Porra — murmura baixinho, com um ranger profundo das palavras entre os dentes cerrados. Ele coloca as mãos nos meus ombros. — Não acredito que estou dizendo isso, mas esqueça o bolo de pêssego. Você precisa dormir um pouco.

— Eu só quero que tudo esteja perfeito. — Quero que o pessoal da *Baltimore Magazine* olhe em volta e veja todas as coisas que tornam este lugar especial. Quero ser impressionante. Memorável.

Alguém por quem valha a pena ficar.

— Está tudo perfeito, Layla. — Ele me puxa para mais perto até que minha testa encoste em seu queixo. Fecho os olhos e agarro sua camisa sem pensar. Ele é tão quente. Como um… como um brownie de chocolate. Eu me aconchego em seus braços e me enrosco nos botões da camisa. Talvez ele esteja certo. Talvez eu precise dormir um pouco. — Mesmo sem todas essas coisas que você fez, este lugar seria perfeito. Deixe que eu leve você pra casa.

— Será que eu penduro alguns cupcakes primeiro? — Eu me inclino para trás e apoio o queixo em seu peito, com os braços em volta de sua cintura — Pra acompanhar as flores?

— Agora eu sei que você está delirando. — Ele se reclina até conseguir tocar meu queixo com o polegar, a mão grande segurando meu rosto. — Não, você não precisa desperdiçar cupcakes pendurando alguns no teto.

Semicerro os olhos.

— Tem certeza?

Ele sorri. Um sorriso discreto.

— Tenho.

— Está bom assim?

— Está ótimo.

— Tem certeza?

Sua risada ressoa baixinho contra meu peito, bem onde meu queixo está pressionado no corpo dele. Caleb passa a mão pelo meu cabelo e pressiona a palma nas minhas costas para me acalmar.

— Sim, tenho certeza.

Apoio o peso do meu corpo no dele. Ele me envolve em um abraço, me aconchegando. Acho que nunca me senti tão confortável na vida.

Ouço a porta da cozinha se abrir e botas pesadas na madeira.

— Ai, merda. Foi mal. Não quis interromper. — Beckett parece comicamente angustiado. Não me dou ao trabalho de olhar, mas parece que ele está falando de costas para nós. Aposto que está cobrindo os olhos com as mãos. Que ironia, vindo do homem que sei que adora uma escapadinha romântica com Evie sob as estrelas no meio de nossos campos de árvores. Eu sorrio para a gola da camisa de Caleb, com os olhos ainda fechados.

Será que estou dormindo? Estou acordada? Nem sei.

— Você não interrompeu nada — murmuro, com meus braços ainda presos à cintura de Caleb. Quero que ele me leve até o carro exatamente assim. Quero que ele me leve para casa enrolada nele feito um coala.

— Isso é contra a lei, meu bem — sussurra ele em meu cabelo, com um sorriso na voz. Acho que falei em voz alta. — Os cintos de segurança são importantes.

— Eu posso ser o seu cinto de segurança — murmuro.

Caleb ri de novo, e Beckett emite um som áspero e rouco que se parece vagamente com uma risada.

— Ela está bêbada de açúcar?

— Apelidei de intensivão de confeitaria.

— Boa.

— Estou ouvindo vocês dois. — Só não sei dizer quem está falando. E porque a voz deles soa como se estivesse vindo do fim de um túnel muito longo. E alguém está tocando merengue?

Mãos firmes trabalham nos cordões do meu avental. Deixo Caleb movimentar meus braços enquanto me guia com cuidado para me livrar do tecido de lona. Balanço no lugar, abro os olhos e observo enquanto ele passa o polegar sobre um dos morangos, colocando o avental com cuidado na prateleira ao lado da porta.

Olho para Beckett, ainda confusa. Parece mesmo que estou bêbada. Como se estivesse no fundo do mar.

— Você precisa de alguma coisa?

Beckett balança a cabeça, observando Caleb pegar algumas tigelas na bancada e colocá-las na lava-louças industrial: as menores meio inclinadas na prateleira de cima, do jeito que eu gosto. Vejo um sorriso de cumplicidade nos olhos de Beckett e ele vira o boné até que a aba esteja para trás, com uma pequena árvore de Natal bordada acima dos fechos.

— Ei, cara. — Ele inclina o queixo em direção a Caleb. — O que você acha de cachorros?

Caleb dá uma olhada por cima do ombro.

— Em geral ou de um cachorro específico?

Estreito os olhos.

— Nem pensar.

Beckett me ignora.

— Eu conheço um cara que está procurando um lar pra um cachorro que foi abandonado…

— Onde você encontra essas pessoas?

— Ele acha que ela deve ter sido um cachorro de polícia. Sabe todos os comandos. Acha que foi abandonada porque é um pouco pequena e não é agressiva. É muito meiga. Ela adora borda de pizza e se chama Poppy.

Caleb faz uma pausa e inclina a cabeça para o lado, pensando no assunto.

— Eu toparia.

Eu olho para ele, um pouco chocada.

— Toparia?

Ele dá de ombros.

— Por que não?

Beckett concorda e cruza os braços tatuados.

— Vou avisar pra ele. Talvez vocês dois possam se conhecer.

Tento imaginar Caleb com um cãozinho de resgate que adora borda de pizza. Uma risada um tanto histérica brota de mim. É disso mesmo que eu preciso, de mais um motivo para me sentir atraída por ele.

Beckett me olha com preocupação.

— Tudo bem aí?

— Você jura que veio até aqui pra tentar fazer com que outro animal seja adotado?

Ele dá de ombros e pega uma das tortas que ainda não guardei na geladeira. Eu bato em seus dedos com uma toalha.

— Ai, Layla. Nossa. — Ele leva a mão ao peito. — Eu vim dar uma olhada. Queria ter certeza de que você não ia passar a noite aqui nem ia se esconder na prateleira da despensa de novo.

Reviro os olhos.

— Isso foi só uma vez, porque eu queria ficar de olho na massa fermentada.

Caleb fica parado de costas para mim, curvado sobre a lava-louças. Ele vira a cabeça até que eu possa ver seu rosto de perfil.

— Você dormiu na despensa?

Cruzo os braços, preparada para defender meu compromisso com meu trabalho.

— Era a prateleira de baixo, perto do chão, e era muito confortável.

— Você me deu um susto e tanto — resmungou Beckett. — Pensei que fosse um vampiro.

Beckett entrou pela porta dos fundos naquela noite e eu saí rolando da prateleira. Acho que ficamos os dois gritando por cerca de sete minutos. Sem dizer nada, só gritos incoerentes.

Caleb termina de arrumar a louça e vem ao meu encontro. Ele se posiciona atrás de mim e passa um braço sobre meu peito, me puxando até que minhas costas estejam grudadas em seu corpo. Fecho os olhos e cantarolo enquanto ele dá um beijo em minha nuca.

É muito bom. Quero fazer isso para sempre.

— Como você quer guardar essa comida toda? — pergunta ele. Não é uma pergunta sedutora, mas parece que talvez pudesse ser. Acho que nenhum homem nunca me perguntou que tipo de pote deveria usar para guardar rolinhos de canela antes.

Dou algumas instruções e Beckett nos ajuda. Juntos, limpamos a cozinha e guardamos tudo. Estou preocupada com o estado da minha geladeira, mas só preciso sobreviver até amanhã. Depois disso, Beckett pode roubar todas as tortinhas que quiser.

Beckett desaparece com um resmungo e um aceno por cima do ombro assim que guardamos a última bandeja, provavelmente a caminho de seduzir Evelyn em um campo em algum lugar. Com sorte, desta vez eles irão para longe das câmeras. Eu me derreto sob o toque de Caleb em minha nuca e suspiro.

— Estou pronta pra ir, só quero dar uma olhada na frente de novo. Quero ter certeza de que tudo está do jeito que deveria.

— Está bem. — Ele desliza a mão pelas minhas costas e me segura pela cintura. — Venha comigo.

Caleb me leva para fora pela porta dos fundos, com seus dedos entrelaçados aos meus, andando pelo caminho de pedra que circunda a padaria até a frente. O caminho é ladeado por flores silvestres: amarelas, rosas e roxas, reluzentes contra a madeira desgastada do galpão que, antes da reforma, servia para guardar tratores. Quando Stella comprou a fazenda, o galpão estava caindo aos pedaços.

Acho que Hank o usava como depósito. Limpamos o galpão por dentro, colocamos algumas janelas na parte da frente, ligamos a água e a energia, compramos uma quantidade absurda de tinta e a padaria nasceu.

A mão de Caleb aperta a minha enquanto ele olha para mim por cima do ombro, a luz da lua deslizando pelas curvas de seu corpo. Ombros. Rosto. O sorriso discreto. Que se alarga quanto mais ele olha para mim.

— Feche os olhos.

— Por quê?

Ele bufa e abaixa a cabeça, nos guiando com cuidado ao redor de um arbusto de lilases rebelde, uma mão segurando a minha e a outra apoiada na minha cintura. Ele me olha por entre os cílios, permanecendo perfeitamente imóvel enquanto eu arrasto meus pés sonolentos pelas duas pedras entre nós. Esbarro nele, que me abraça pela cintura. Apoio a testa em seu queixo e ele ri, um som rouco e baixinho.

— Você confia em mim, Layla Dupree?

Enfio os dedos por baixo de sua camiseta macia até sentir a pele quente. Ele é como uma fornalha, mais quente que o ar abafado da noite. Traço a ponta dos meus dedos na base de sua coluna e ele solta um suspiro trêmulo que me agrada muito.

— Eu confio em você, Caleb Alvarez. — Encosto o nariz em seu queixo e ele passa os dedos pelo lenço no meu cabelo. — E em algumas outras coisinhas também.

— Ah, é? — Sua voz é gentil, divertida, rouca e baixa, soando de algum lugar acima da minha cabeça. — Quer dar uma nota pra isso?

Esfrego o nariz em seu pescoço. Tenho quase certeza de que ele está segurando todo o peso do meu corpo. De novo.

— Agora, não.

— Talvez depois, então. Vamos lá, estamos perto. Vamos dar uma última olhada e depois vamos direto pra casa.

Abrir meus olhos requer um esforço monumental.

— Você pode segurar minha mão? — Minha voz sai arrastada.

— Posso, meu bem. Eu vou segurar a sua mão.

Ele me conduz pelos últimos três passos com meu corpo quase colado ao dele, meus olhos obedientemente fechados e nossos dedos entrelaçados. Ele me faz parar com um toque suave em meu ombro e me vira com cuidado sobre a pedra maior na base da escada. Aquela que eu fiz Beckett arrastar por metade da propriedade com seu trator depois que a encontrei perto do lago.

— Pode olhar — sussurra Caleb, e eu abro os olhos.

O lugar inteiro está iluminado. A luz amarela quente se espalha pelas janelas e dança ao longo das pedras em uma chuva cintilante de ouro.

As flores penduradas no alto parecem perfeitas daqui. Glicínias brancas como a neve e peônias rosa-pálido. Uma grossa guirlanda verde se enrola ao redor das vigas de madeira expostas no teto. Tudo isso flutuando acima dos sofás aconchegantes e mesinhas arrumadas, cada cadeira em um estilo e vasos com padrões antigos. Margaridas e camomilas se espalham pelas bordas lascadas da cerâmica colorida, um feixe para cada mesa.

Magia. Parece magia.

Meu pé escorrega em um cascalho e Caleb me segura pela cintura de novo, me puxando mais para perto até que meu corpo esteja pressionado contra o seu. Eu me agarro a ele enquanto meus olhos percorrem cada flor, cada traço de tinta, cada telha, cada detalhe.

— Olhe pra tudo aqui. — Caleb me abraça com mais força. Roça a boca na minha bochecha. — Isso é obra sua, Layla.

— Com muita ajuda. — Tento me esquivar do elogio, mas meus olhos estão ardendo, uma pressão bem entre as sobrancelhas que me faz saber que estou prestes a começar a chorar no degrau da frente da padaria.

Caleb ignora a minha fala.

— Estou tão orgulhoso de você — diz ele, a voz calma e sincera. Suas mãos me seguram com mais força, e eu me abraço com a mesma intensidade. Algo em meu peito se desloca, se realinha e se encaixa no lugar.

Uma única lágrima escorre dos meus olhos e desliza pela bochecha.

Quando foi a última vez que ouvi isso de alguém? Quando foi a última vez que acreditei nisso? Afasto a lágrima com os nós dos dedos e encosto a testa em seu ombro.

— Eu também estou orgulhosa de mim.

19

CALEB

A MANHÃ CHEGOU rápido demais.

Deixar Layla em casa ontem à noite foi difícil. O sol estava se pondo no horizonte, o céu em um lilás pálido que aos poucos se transformava no azul da meia-noite. Ela adormecera com o rosto encostado na janela do lado do passageiro, as duas mãos segurando uma das minhas junto ao peito. Entrei em sua garagem e desliguei o motor. Fiquei sentado ali, com a noite caindo em pinceladas de azul-claro, roxo e azul-marinho, assistindo enquanto ela dormia. Minha mão nas dela, um sorriso discreto no canto da sua boca.

Então ela acordou assustada, gritou *Que foi?* alto o suficiente para que eu batesse a cabeça na janela, o que quase me causou uma concussão. Demorou um pouco para que ela parasse de rir depois disso.

Layla estava embriagada de torta, delirando de donuts. Eu a ajudei a entrar em casa e ela se agarrou à minha camiseta como um pequeno carrapicho. Ela se contorceu, puxou e tentou me arrastar para o quarto. Não sei quando Layla ficou tão forte, mas parecia que eu tinha que usar toda a minha força física e mental para resistir a ela.

Vamos ficar de conchinha, Caleb, sussurrou na minha orelha, roçando os dentes. *Vou me comportar, eu prometo.*

Quase a coloquei no ombro e a carreguei para o quarto.

Mas hoje é um dia importante para ela, e eu não queria ser uma distração.

Além disso, ela adormeceu assim que sua linda cabeça tocou o travesseiro, um ronco discreto a cada inspiração.

Então tirei suas botas, a cobri com o cobertor e saí pela porta da frente, me certificando de que a estava deixando trancada. Programei meu relógio para despertar cedo demais e agora estou aqui, com os braços cobrindo o rosto, xingando o zumbido incessante na minha mesa de cabeceira. Dou um tapa no despertador sem olhar e suspiro quando o barulho para.

Quero ir até a padaria antes da entrevista de Layla. Quero dar um beijo em seu nariz e fazer com que o nervosismo em seus olhos diminua um pouco. Ela não tem nada com que se preocupar. A padaria está incrível. Tenho quase certeza de que tive sonhos eróticos com aquelas tortas de frutas ontem à noite. A *Baltimore Magazine* vai ter um dia e tanto na cabana de vidro no meio da floresta de Layla. Parece que a padaria saiu de um livro, como as histórias que os pais contam aos filhos na hora de dormir.

Layla no meio do salão, com todas aquelas flores em volta dela como um dossel. Um sorriso tímido e as bochechas rosadas. Pele nua. Bolo de morango.

Meu celular começa a tocar de novo.

Eu o pego com um olho fechado e me sento quando vejo a tela. Não é meu alarme, mas uma chamada. Quase me atrapalho quando vejo o nome de Layla piscando na tela.

— Oi — atendo e tento não demonstrar que estou excitado só de pensar em sua pele nua e no bolo. Puxo os cobertores para cima do colo e limpo a garganta duas vezes, como se ela pudesse me ver através da droga do celular. — Bom dia.

Sua respiração está entrecortada do outro lado da linha, e o tesão que sinto evapora. Em vez disso, sou tomado pela apreensão e, antes que ela diga uma palavra, já estou vestindo a blusa de moletom.

— Caleb.

Sua voz está embargada e irregular. Parece que está chorando.

Pego uma calça jeans qualquer e enfio as pernas, o celular entre o ombro e a orelha. Eu a ouço tentar se recompor e quase enlouqueço com a expectativa.

— O que está acontecendo?

— Houve... — Ela soluça e dá outro suspiro trêmulo. Atravesso a casa como se estivesse a caminho de sair para cometer um crime. E pode ser que o faça, assim que descobrir o que é que está acontecendo.

— Respire fundo, meu bem. Só me diga onde está e eu vou até você.

Paro no meio do corredor e ouço um soluço abafado. Como se ela tivesse virado a cabeça para longe do celular, como se estivesse tentando parar de chorar por tempo suficiente para falar. Um lampejo de calor feroz e, em seguida, um frio de gelar os ossos percorre meu sangue.

Gosto de pensar que sou um homem moderado, controlado, mas não estou me sentindo assim neste momento.

— Layla — suplico. — Onde você está?

— Na padaria — sussurra ela por fim. — A energia deve ter acabado durante a noite. — Um suspiro pesado e a respiração irregular. — Está tudo arruinado.

É PIOR DO que eu pensava.

Sem um controle da temperatura e com as janelas de vidro que vão do chão ao teto recebendo o calor do lado de fora, todas as flores na frente da loja murcharam. Impecáveis e brancas na noite passada, agora estão penduradas, murchas e desbotadas, tingidas de amarelo. Pétalas com bordas secas decoram o chão como pequenos soldados mortos em batalha, um campo de guerra desordenado que leva até Layla, sentada no chão da padaria, de costas para o balcão da frente, os braços sobre os joelhos, a testa enfiada entre as coxas.

— Meu bem — suspiro. Parece que está fazendo quarenta graus aqui dentro, e o sol ainda está nascendo. Olho para a bancada onde ela empilhou os cookies ontem à noite. Eles parecem uma bolha amorfa na vitrine de vidro. Eu sinto um arrepio.

— As geladeiras pararam de funcionar — murmura, sem se preocupar em erguer o rosto. Eu me agacho na frente dela e passo as mãos pelos seus braços nus. Ela contorce os dedos, mas não estica as mãos. — Todas as tortas estragaram. Tudo o que eu... — Ela solta um suspiro trêmulo. — Tudo o que eu fiz ontem está estragado. Não sei o que fazer.

— A gente… — Duas peônias caem do teto e aterrissam com um baque suave ao nosso lado. Layla ofega, tão triste e derrotada que o som parece se alojar no meu peito. Uma faca nas minhas costelas. — A gente pode dar um jeito nisso.

Layla se inclina para trás e vejo seus olhos vermelhos, os rastros de lágrimas em suas bochechas. Quero colocá-la no colo e abraçá-la. Ao que parece, quero arrumar briga com um ar-condicionado quebrado.

— Como? — pergunta ela baixinho. — Como a gente pode consertar isso? Não tenho energia elétrica. Os fornos não ligam. Não posso usar nenhum dos ingredientes. — Ela pisca, e seus grandes olhos cor de avelã se enchem com mais lágrimas. — O pessoal da revista vai chegar às dez.

Dou uma olhada no relógio acima do balcão antes de lembrar que ele deve ter parado de funcionar quando a energia acabou. Os ponteiros estão congelados às 22h12. Quase seis horas inteiras sem eletricidade. Isso explica por que tudo está assim.

Limpo a garganta e verifico meu relógio.

— Então ainda temos algumas horas para trabalhar.

Layla seca os olhos. Ela tem pétalas de flores no cabelo e está usando um avental amassado e solto pendurado na cintura. Como se tivesse entrado e tirado o avental do gancho, como sempre faz, sem se preocupar em amarrá-lo ao pescoço.

— Pra fazer o quê?

Eu me levanto.

— Você consegue preparar alguma coisa com o que sobrou? Consegue começar a fazer alguma coisa?

Ela balança a cabeça, a mão trêmula passando sob os olhos.

— Eu não…

— Só o primeiro passo, Layla. Você só precisa começar.

Estendo a mão para ela. Ela pisca para mim de seu lugar no chão, com os lábios curvados para baixo e os ombros caídos para a frente. Parece tão pequena desse jeito. Pequena, triste e abatida. Nunca mais quero vê-la assim.

— Eu já vi os bolos que você faz, Caleb. — A voz dela soa lacrimosa, rancorosa, reprimida. — Sua massa de bolo é horrível.

Dou uma gargalhada.

— Minha massa de bolo é ótima.

— É a pior massa que já vi na minha vida.

Tentei cozinhar com Layla uma vez, e ela acabou rindo tão histérica, que mal conseguia se segurar.

— Tudo bem, então. Que tal você me mostrar como se faz? — Eu a chamo com os dedos até que ela respire fundo e estenda os braços. A seguro pelo pulso e a puxo para se erguer e ficar perto de mim. Dou um beijo em sua têmpora e na ponte do nariz.

— Cuide da cozinha, meu bem. — Limpo as últimas lágrimas dela com os polegares. — E deixe o resto comigo.

PRIMEIRO VOU À casa de Beckett.

Deixo Layla na cozinha com um pequeno ventilador a bateria que encontrei no painel do carro, preso em uma prateleira e inclinado para soprar o cabelo do pescoço dela. Ela dá um sorriso fraco, oscilante, mas cheio de gratidão, e eu desapareço pelos fundos, entro no jipe e atravesso a fazenda a uma velocidade que testa os limites da suspensão do carro nas estradas de terra esburacadas e rochosas. Viro na entrada da garagem de Beckett com tudo e uma chuva de cascalho voa sobre os dois últimos degraus da varanda, evitando por pouco a fileira de narcisos que tenho certeza de que foram plantados pela irmã dele, Nova.

Bato com força na porta da frente até ele atender com uma careta e um taco de beisebol rosa e dourado na mão esquerda. Vejo Evelyn por cima de seu ombro, com uma camisa xadrez enorme, dois dos gatos empoleirados em seus ombros. Evelyn dá um aceno discreto.

Beckett larga o taco com um suspiro, as mãos nos joelhos.

— Que porra…

— Você tem um gerador? — Posso pedir desculpas depois e, talvez, perguntar por que ele tem um taco de beisebol rosa coberto de purpurina dourada no armário da frente. — Em algum lugar da fazenda?

— Caleb. — Beckett endireita a postura e coça a nuca. Ele joga o taco em algum lugar e se abaixa para impedir que um dos gatos saia porta afora. Empinadora mia para mim e ergue a patinha em sinal de saudação. É fofo, mas não tenho tempo para isso. — Por que você está na minha casa a essa hora da manhã perguntando sobre geradores?

Evelyn caminha pelo corredor e o afasta da entrada da porta.

— Quer café? Temos um bule pronto.

Sacudo a cabeça e olho para os campos, em direção à padaria. Uma espessa camada de umidade paira sobre os campos de grama, embaçando tudo até que só seja possível ver faixas de cor: verde-escuro, cobre e dourado.

Mesmo agora, posso sentir o calor na minha pele. Na minha nuca e nos pulsos. O dia vai ser quente para caramba.

— A padaria ficou sem energia elétrica durante a noite. — Eu me viro para Beckett e Evelyn. — O ar-condicionado parou de funcionar, as geladeiras e os fornos também. Toda a comida estragou.

Evelyn arregala os olhos.

— O pessoal da revista… — Respira fundo. — É hoje a entrevista, não é?

Eu concordo. A boca de Beckett forma uma linha firme e determinada. Ele apoia o gato no ombro e se vira para disparar pelo corredor.

— Eu chego lá em quinze minutos — fala de longe. Ele pega um molho de chaves em um pequeno gancho perto da porta dos fundos. — Evie, querida, eu encontro você mais tarde na padaria.

Sandy, proprietária da mercearia e a mulher que acordei com uma ligação em um horário quase obsceno, me encontra na entrada da loja com uma cara um tanto perplexa, as chaves tilintando no pequeno cordão em seu pulso enquanto ela abre a série de fechaduras na porta. Ela me conduz para dentro assim que se termina, a mão pequena no meu cotovelo.

— Está tudo bem? — Ela olha por cima do meu ombro para o jipe mal estacionado no meio-fio, ocupando parte da rua. Seus olhos se voltam para seu pequeno e aconchegante sedã estacionado no lugar de sempre, a alguns metros da entrada da mercearia. Suas sobrancelhas se contraem em uma linha. — O que você precisa comprar tão cedo?

— Toda manteiga, açúcar, farinha e ovos que você tiver está bom pra começar, eu acho. — Olho para a seção de hortifrúti e tomo uma decisão. — Morangos também.

Ela pisca para mim.

— Todos?

Eu concordo.

— Todos.

— Você estava com vontade de comer bolo de morango? — Ela olha para o relógio. Caminha em direção às máquinas registradoras e acende as luzes, as lâmpadas fluorescentes zumbindo acima de nós. — Às cinco e meia da manhã?

Mal percebo quando um sorriso surge no canto da minha boca.

— Mais ou menos.

Quando todas as sacolas lotadas estão no porta-malas e estou dirigindo pela rua principal, o sol começa a surgir logo acima das árvores. Observo a luz se arrastar pela calçada e sinto que estou em uma corrida contra o tempo. Espero que Beckett esteja com o gerador ligado. Espero que Layla esteja com seu avental. Se eu entrar na padaria de novo e vir lágrimas no rosto dela, vou perder a cabeça. É bem capaz que comece a cozinhar sem parar, na tentativa de ajudar. E ela está certa quando diz que minha massa de bolo é horrível.

Paro e abro a janela do lado do passageiro. Basta gritar o nome dela da calçada para chamar sua atenção atrás do balcão.

Beatrice abre a porta da frente da padaria com uma careta, o longo cabelo grisalho trançado em uma coroa na cabeça. Ela está usando coturnos de novo e um vestido vermelho-sangue que vai além dos joelhos.

— O que está acontecendo?

— Entre no carro.

Ela dá um sorriso e cruza os braços.

— Por mais que eu adore receber convites de homens bonitos, não posso sair pra passear com você ao nascer do sol hoje. — Ela apoia o ombro na coluna da varanda da frente. — Venha me ver depois que a padaria estiver fechada — brinca com uma piscadela.

— É a Layla! — grito antes que ela consiga fechar a porta na minha cara. — Ela vai dar uma entrevista pra revista hoje e a energia na padaria acabou. Ela precisa de ajuda.

É incrível como Beatrice não hesita. Ela tira um molho de chaves de um bolso escondido em seu vestido e tranca a porta da frente. Desce depressa os degraus de pedra e praticamente se joga no banco do passageiro do jipe, usando a maçaneta para içar seu corpo. Afivela o cinto de segurança e me lança um olhar impaciente, com a mão estendida para fora da janela.

— O que é que você está esperando? Ande logo.

— Só mais uma coisa. — Seguro o celular entre a orelha e o ombro, dando ré no beco entre os prédios. Ele toca duas vezes antes que alguém atenda, uma enxurrada de palavras em espanhol. Estremeço quando olho para o relógio. Devo estar interrompendo a reprise matinal da novela.

Sua bronca soa metálica através do celular quando me viro em direção à Lovelight.

— *Lo siento, abuela*. Preciso de um favor.

20

LAYLA

Não sei dizer como, mas Caleb conseguiu o impossível.

A padaria toda está uma loucura, todos em plena atividade. Gus arranca de forma agressiva as flores murchas na frente, e Beatrice mistura alguma coisa ao meu lado. Não vi Caleb desde que ele deixou Beatrice na porta dos fundos e saiu em seu jipe a toda velocidade através dos campos de novo, mas sei que ele tem entrado e saído. De vez em quando, sinto o cheiro de café. Ouço o som baixo de sua voz acima do ruído constante do caos organizado que se tornou minha cozinha.

Sua avó chegou logo depois que ele saiu, com muitos de seus primos. Ela olhou para mim, agarrou minhas bochechas com suas mãos enrugadas e disse algo feroz e determinado em espanhol. Deu um tapa na minha bunda e me mandou cortar morangos.

Então fui cortar morangos.

Beatrice coloca outra bandeja de bolinhos na minha frente e empurra um cortador redondo em meu peito.

— Corte isso — ordena —, e depois passe adiante.

Não tenho minhas tortinhas perfeitas enfeitadas com flores comestíveis, tampouco os copinhos de mousse de chocolate que passei um tempo meticuloso preparando, mas tenho seis bandejas de tortinhas quentes e um gerador que fornece energia para a padaria. Tenho fornos funcionando e mais ajudantes do que poderia imaginar, uma verdadeira esteira de produtividade composta por Stella, Evelyn, Beatrice, dois primos de Caleb e algumas outras pessoas da cidade. Barney, um dos ajudantes de Beckett na fazenda, tem uma surpreendente habilidade em cortar morangos em pequenas flores. E nunca vi ninguém bater um recheio de bolo melhor do que Alex Alvarez.

Ao que tudo indica, todos têm talentos ocultos.

Eu corto as fatias de bolo e alguém coloca o recheio. Os morangos são cortados e acrescentados, e alguém adiciona mais uma camada de bolo. E assim seguimos.

Não terei meu cardápio completo, mas vou ter alguma coisa. E isso é mais do que eu tinha uma hora atrás.

Eu sabia que algo estava errado assim que cruzei o caminho da entrada hoje de manhã. A luz da frente, que mantenho sempre acesa, estava apagada, e o ar-condicionado, silencioso. Abri a porta principal e fiquei olhando por três longos segundos para as pétalas no chão. Eu sentia o calor abafado na minha pele, um cheiro um tanto rançoso e azedo de comida estragada. Pareceu que eu tinha andado mil quilômetros até chegar aos fundos da padaria.

Conferi as geladeiras, vi as sobremesas destruídas, me sentei no chão e liguei para Caleb.

Foi a única coisa que consegui pensar em fazer.

O que, por si só, é assustador. Os termos e as condições do nosso acordo são bastante claros, mas, quando senti tudo desabar, Caleb foi a única pessoa para quem eu quis ligar. Não queria Stella nem Beckett, nem Evie, nem Luka.

Queria o Caleb.

E ele veio. No mesmo instante. Com a camisa vestida do avesso e ao contrário, a etiqueta logo abaixo do queixo. A cara amassada de sono e com um sapato diferente em cada pé, mas veio até mim.

Com certeza isso não estava incluso no acordo.

Stella me cutuca com o cotovelo.

— Quando os scones ficam prontos? — Pisco algumas vezes e pressiono outro círculo no bolo. Olho para o relógio que Beckett consertou antes de desaparecer em algum lugar com Caleb e Luka.

— Dez minutos.

O que me dá quase quarenta e cinco minutos antes que a equipe da revista apareça. Deve ser tempo suficiente para fazer os últimos bolinhos e expulsar todo mundo. Talvez eu consiga fingir que esta é uma manhã comum, e não o momento mais estressante da minha vida. Evie aparece do meu outro lado e começa a mexer no meu cabelo.

— Perto da comida, não — murmuro. Essa é a última coisa de que preciso.

— Então venha aqui um segundo.

Beatrice me afasta com as mãos cobertas de farinha e arranca o bolo com violência de mim. Eu decido deixar, reviro os olhos e sigo Evelyn até o canto. Se alguém ficou espantado por Beatrice e eu estarmos trabalhando juntas, ninguém disse nada. Talvez nossa aparente rivalidade não seja tão forte quanto eu pensava. Talvez eu devesse empurrá-la na prateleira de geleias da próxima vez que nós duas estivermos no supermercado, só para reforçar a história. Ela com certeza acharia divertido.

Evelyn me encosta na parede e começa a desembaraçar os nós que formei no cabelo. Passa os dedos pelo meu couro cabeludo, separando e ajeitando. Suspiro, ansiosa.

— Acho que não tenho tempo pra isso.

— Vão tirar fotos suas hoje. — Ela me lembra com a sobrancelha escura e perfeita erguida. — Você vai me agradecer por isso quando sua cara estiver na revista.

Ela está certa, eu acho. Mas isso não torna mais fácil ficar parada. Pelo menos, com toda essa loucura, tenho conseguido não pensar em nada. Conseguido conter os pensamentos que se escondem como sombras desde que Stella me contou sobre a oportunidade. *Eu não mereço isso. Eles vão aparecer e me dizer que foi tudo um mal-entendido. Meus scones não são nada de mais. Eu não sou nada de mais.*

Os pensamentos intrusivos não pararam desde que fiquei sabendo, há algumas semanas. Na verdade, eles pioraram, uma enxurrada quase interminável de dúvidas e desconfianças.

Mas fico melhor com Caleb, quando ele está por perto. Tento não pensar muito nisso.

Evelyn pega um batom do bolso da frente do macacão e tira a tampa, batendo-o no meu lábio inferior.

Qualquer outra pessoa me surpreenderia se, de repente, tirasse um item de maquiagem da roupa suja de lama, mas não Evie.

Fecho os olhos e inspiro, trêmula, segurando o ar e depois expirando devagar. Evie afasta a mão do meu rosto.

— Layla — Abro os olhos, piscando. Evelyn sorri com gentileza. — Tudo está incrível. Sei que não é como você planejou, mas... eles estão vindo aqui por sua causa, não pelos scones.

Isso não faz com que eu me sinta melhor. A ansiedade aperta em meu peito.

— Eles estão vindo por causa dos scones — protesto. E bolinhos. E tortas. E todas as outras coisas do cardápio especial estampado no quadro da frente. Coisas que agora estão nas latas de lixo nos fundos. Suspiro.

Evie me sacode devagar.

— Layla, querida, vai ficar tudo...

— Oi — interrompe Caleb com suavidade, surgindo de repente ao nosso lado, os joelhos e a testa sujos, a camiseta ainda do avesso. Ele me abraça e o alívio que sinto é imediato. Alguma coisa acontece quando estou em seus braços, em seu aperto firme e seguro. Uma pressão quente que se expande no centro do meu peito, desatando os nós mais apertados. Antes que me dê conta, estou retribuindo o abraço e buscando o pulso dele. Caleb movimenta a mão até nossos dedos estarem entrelaçados, o polegar roçando para a frente e para trás nos nós dos meus dedos. Ele inclina a cabeça para mais perto para que eu possa ouvi-lo por cima do barulho da cozinha. Sendo mais específica, do som de Beatrice dando ordens como um general de guerra.

— Posso pegar você emprestada por um segundo?

Concordo.

Evie o cutuca com força no peito enquanto ele me puxa para a porta dos fundos.

— Não estrague a maquiagem dela.

— Pode deixar. — Seus lábios se contraem e seu olhar se fixa no meu lábio inferior, recém-pintado de batom. — Não vou ficar com ela por muito tempo.

A porta se fecha atrás de nós, e ele nos leva pelo mesmo caminho de pedra que percorremos na noite anterior. Quando ele me abraçou e olhamos para a frente da padaria como se fosse a realização de todos os meus sonhos. Hoje, parece mais um pesadelo. Como se eu estivesse usando um par de sapatos que não me serve.

Como se eu fosse uma impostora.

— Caleb. — Puxo a mão dele, agora certa de suas intenções. — Eu não quero.

Ele me ignora e acelera o passo. Eu bufo e sigo atrás dele, arrastando os pés. Tenho vontade de me agarrar ao arbusto de azaleias e me debater. Talvez eu desapareça entre os galhos e passe a morar ali. Eles podem me entrevistar por entre as folhas.

Eu encaro meus pés enquanto contornamos a frente do prédio, e Caleb me alinha no mesmo lugar em que estivemos doze horas atrás. Ele passa os braços sobre meus ombros e me puxa para o seu peito.

— Olhe.

Eu balanço a cabeça. Não quero ver minhas próprias decepções, minhas expectativas não atendidas. Não quero ver o resultado de todo o meu esforço meticuloso reduzido a uma tentativa desorganizada. Caleb bufa e guia meu queixo com gentileza. Ele beija minha têmpora e me faz erguer o rosto.

— Olhe, Layla.

Com relutância, olho para a frente da minha padaria. As flores penduradas que eu podia ver pelas janelas na noite passada se foram, as pétalas caídas foram varridas e não há nada no chão. As hastes que estavam em todas as mesas também sumiram, os potes de conserva voltaram ao seu lugar habitual, empilhados atrás do balcão. Parece a padaria em qualquer outro dia. Grandes janelas e mesas de madeira. Pinheiros enormes ao redor.

Perfeitamente comum. Perfeitamente simples.

— Estou tão orgulhoso de você — diz, a voz quente em minha orelha. A mesma coisa que disse ontem à noite, quando este lugar parecia mágico.

Apoio a cabeça em seu peito e olho para cima. Só consigo ver a curva de seu maxilar, as linhas de seu olho esquerdo. Não consigo desvendar se está sendo sincero.

— Por quê? — pergunto. — Todo o meu trabalho, tudo o que fiz… foi em vão.

— Não foi em vão.

— Foi, porque agora isso é o de sempre. Nada de especial.

Ele arfa como se não pudesse acreditar.

— Nada de especial? — Ele engole em seco, um estalido no fundo da garganta. — Você não precisa de todas aquelas coisas extras. As flores eram bonitas, mas eram só detalhes. Foi isso que tentei dizer ontem à noite.

— Dizer o quê?

— É você, Layla. Sem os enfeites, talvez, mas esse lugar é você. Seu coração. Sua bondade. Seus croissants com manteiga e seu café. Não há uma única pessoa que suba esses degraus e não fique encantada com você.

Solto um suspiro trêmulo e me viro em seus braços. Tento acreditar no que ele está dizendo, mas é muito difícil.

— Você acha isso mesmo?

Ele desliza a mão pelo meio das minhas costas.

— Eu tenho certeza que sim, e você também. Onde está a Layla que aceita meus elogios com um sorriso e um aceno de cabeça porque sabe que são exatamente o que ela merece?

— Se escondendo — murmuro. Ela está enterrada sob camadas de dúvida e exaustão. — Melhor você tentar de novo.

Posso sentir o sorriso que faz os ombros dele relaxarem, que tira a tensão de seu corpo. Abro um pequeno sorriso, encostada bem no meio de seu peito.

— Você é incrível, Layla — sussurra. — Se eu pudesse comer só uma coisa pelo resto da minha vida, seriam seus croissants de manteiga.

Solto uma risada.

— Mentiroso.

— É verdade. Quero tirar uma foto de um deles pra guardar na carteira e olhar quando estiver me sentindo sozinho.

Dou uma gargalhada. Encosto a bochecha no peito dele de novo e o aperto com força.

— Vou pedir pra Nova tatuar um deles em mim.

Gosto bastante dessa ideia. Meu corpo fica quente pensando nas possibilidades. Talvez nas costelas, na saliência do osso do quadril, naquela linha deliciosa que corre no meio de seu abdômen. Em algum lugar que eu possa traçar com minha língua. É uma bela distração.

Dou um suspiro demorado e animador. Toda a minha ansiedade, frustração e decepção se dissipam no ar do verão.

— Obrigada — sussurro — por estar aqui.

Ele segura minha nuca e aperta. Sinto sua boca em algum ponto em meu cabelo.

— Não há nenhum outro lugar em que eu preferiria estar.

O PESSOAL DA *Baltimore Magazine* chega às dez horas em ponto em uma padaria limpa e com ar-condicionado. Scones de mirtilo e de morango preenchem cada centímetro do balcão. A padaria está movimentada, a fila saindo porta afora. Acho que a cidade inteira está aqui esperando por algo para comer. Não apenas as pessoas que apareceram de madrugada para me ajudar, mas muitos outros clientes também.

O xerife Dane Jones está no começo da fila, a mão segurando o cotovelo de Matty, o chapéu enfiado debaixo do braço, um sorriso raro, mas radiante, que surge na lateral da boca quando Matty se inclina para ele e sussurra algo em seu ouvido. Jeremy e sua mãe estão em algum lugar no meio, e Jeremy se separa de vez em quando para ficar pulando enquanto acena para mim, cheio de energia. E Charlie, que de alguma forma veio de Nova York para cá, vestindo um terno escuro bem cortado, com o nariz enfiado no celular, encostado na parede, próximo à cafeteira, com um scone de mirtilo na mão. Ele ergue a cabeça de repente e olha duas vezes quando vê Nova, a irmã caçula de Beckett e tatuadora da cidade, examinando os desenhos a giz no quadro do meu cardápio.

Mas meus olhos encontram Caleb. Ele está sentado no canto com Beckett e Luka, os três parecendo que acabaram de dar dez voltas em uma quadra de lama, tomando chá em pequenas xícaras de porcelana. Pelo que entendi, eles vasculharam os campos em busca de todas as flores silvestres que puderam encontrar. A padaria está pontilhada com toques de cor, o cheiro de madressilva misturado com manteiga quente e mirtilos frescos.

Caleb chama a minha atenção com uma piscadela, e me acalmo um pouco mais.

Coloco um buquê de margaridas ao lado da caixa registradora e observo quando eles se aproximam. São apenas dois, um homem vestido de forma casual, com cabelo loiro-escuro, e uma mulher pequena com uma câmera pendurada no pescoço. Observo a cabeça do homem inclinada para trás enquanto olha para as vigas de madeira restauradas inclinadas no teto, as cestas de vime que transformamos em luminárias. Um sorriso começa em seus olhos e se insinua em suas bochechas enquanto ele gira para absorver tudo.

Eles passam pelo aglomerado de pessoas, meus *amigos*, e eu endireito a postura. Encontro aquela fonte silenciosa de orgulho que surgiu no meu primeiro dia aqui, um molho de chaves em minha mão. Eu me afundo nela e meu sorriso se torna seguro.

— Oi, eu sou a Layla. — Eu me apresento, os sons da padaria fluindo ao meu redor como a maré. Uma xícara de chá se acomodando em um pires. O moer dos grãos de café. Uma risada gostosa perto do quadro do cardápio. — Bem-vindos à minha padaria.

— VOCÊ VIU a cara dele quando experimentou o scone? — Agarro a camiseta de Caleb com as duas mãos e o balanço para a frente e para trás. Quer dizer, faço o melhor que posso, mas ele está tão firme quanto uma montanha, apoiado em meu balcão. — Pareceu que tinha transcendido.

Caleb esfrega a nuca.

— Eu vi foi a cara dele enquanto ele não parava de olhar pra você — resmunga.

Balanço a mão para ele.

— Eles pareciam tão felizes. Ficaram mais tempo do que disseram que iam ficar e tiraram muitas fotos!

Anita, a fotógrafa, mal parou para comer. Will, o repórter, comeu seis scones e dois pedaços de bolo. E ainda pediu uma caixa para levar. Sinto a adrenalina baixar e o relaxamento da exaustão me invadir.

A expressão de Caleb se suaviza.

— Foi tudo perfeito.

— Acho que a reportagem vai ser boa.

— Vai, sim. — Ele pressiona as costas da mão contra a boca para abafar um bocejo, depois balança a cabeça como se estivesse tentando dissipar o cansaço. Ele pega uma toalha de mão e a dobra em quadrados bem-feitos. — Foi ótimo, Layla. Ainda que o Bill não conseguisse tirar as mãos de você.

— Will — corrijo com um sorriso discreto e uma cutucada em seu antebraço. — E ele apertou a minha mão. Foi só isso.

— Foi um aperto de mão muito amigável — insiste Caleb.

— Relaxe. — Desamarro o avental nas costas e estico o pescoço. — Você ainda tem que me aguentar por mais uma semana. Não pretendo terminar nosso acordo antes do tempo.

Uma parte de mim está considerando estender o acordo. Pensei nisso mais de uma vez na última semana. Mas ainda não sei o que, entre nós, funciona por causa do que combinamos para o acordo e o que funciona de verdade, o que é genuíno. Ainda não confio que algo tão bom seja real.

Olho para cima e encontro os olhos de Caleb, os lábios curvados para baixo em uma careta.

— O quê?

Ele se afasta do balcão e limpa a palma das mãos na calça jeans. Ainda não arrumou a camiseta.

— Já se passaram três semanas?

Assinto.

— Pois é, sua avaliação final vai ser das boas. — A piada morre no espaço entre nós. Fico desconfortável, me remexendo no lugar à procura de algo para dizer e me livrar de toda essa tensão incômoda.

— O que você... — Observo enquanto ele traça uma linha sem rumo na minha bancada com o dedo indicador, a expressão ainda séria no rosto. — O que você planejou para o nosso último encontro?

Ele pensa na minha pergunta por tempo demais, uma respiração profunda curvando seus ombros para a frente. Ele se recompõe devagar, um sorriso com metade de sua potência habitual fazendo as covinhas despertarem. Ele para de mexer nas coisas que estão na bancada e endireita a postura.

— Você vai ver quando chegarmos lá, tá? Não vou entregar meus segredos de bandeja agora. — Ele me olha nos olhos. Castanhos, dourados e quentes. Manchas de âmbar. Minhas rugas favoritas nos cantos. — Que tal eu começar dando uma carona pra você?

Aliviada, coloco meu avental no gancho.

— Ah, isso parece ótimo.

21

CALEB

Não tinha me dado conta de que só faltava uma semana.

Acho que, depois do incidente no escape room, parei de contar. Ou vai ver foi depois do piquenique na praia. É muito fácil me deixar levar pela Layla, então não me culpo por não ter marcado os dias com um X vermelho enorme no calendário velho grudado na minha geladeira.

Não sei como devo me sentir. A hesitação que cresce em mim parece um pouco dramática demais, e a ansiedade que sobe pela minha garganta também parece exagerada. No começo, dissemos que as coisas voltariam ao normal entre nós. Concordamos que não haveria nenhum ressentimento, mas… Será que vou conseguir ficar do outro lado do balcão dela três dias por semana e fingir que está tudo bem? Como faço para parar de desejá-la tanto assim? Vou conseguir vê-la rir, gargalhar e perambular pela padaria sem querer encostar a boca na curva de seu sorriso? Sem querer sentir a alegria que pulsa através dela? Colocar a mão em suas costas e aconchegá-la mais perto de mim?

Layla já mencionou isso antes, em tom de brincadeira: nosso último encontro. Talvez seja melhor dar um passo atrás, ver as coisas de outra forma. Não era essa habilidade que eu estava tentando melhorar?

O fim do nosso acordo não precisa ser uma coisa ruim. Na verdade, pode ser uma coisa muito boa. Talvez… talvez possa ser o início de algo novo. Algo mais sério e intencional.

Adoraria parar de pensar na palavra *algo*.

Eu me jogo no sofá de Layla com um suspiro, esfregando os olhos até ver manchas.

Só preciso convencê-la de que vale a pena me dar uma chance.

— No que você está pensando? — grita ela da cozinha.

— Na minha tatuagem de croissant — grito em resposta. Mas, na verdade, estou sentado no sofá dela, com os pés apoiados na mesa de centro, tentando descobrir que tipo de encontro poderia fazer a balança da Layla pender a meu favor. O que poderia fazer com que ela reconsiderasse os termos do nosso acordo.

Também estou tentando não pegar no sono e me perguntando por que ninguém me avisou que minha camiseta está do avesso e ao contrário. Meus olhos estão pesados, se fechando cada vez mais. Pego uma das almofadas e a seguro junto ao peito.

Este sofá é macio. Confortável. Quente.

Talvez o cansaço do dia esteja, enfim, começando a bater.

Estou exausto e aninhado em um sofá que cheira a chantili e açúcar, com notas de pão fresco e massa de torta quente. É como estar em uma nuvem… ou em um sonho. Na verdade, pode ser um sonho. Talvez seja meu tipo de sonho favorito.

Sobretudo quando Layla vem da cozinha com um prato em cada mão. Eu me animo um pouco e dou uma olhada nos pedaços de torta que ela está segurando. As perguntas invadem minha mente como fumaça ou bolhas em uma taça de champanhe. E ficam se revezando em meus pensamentos. Quando foi que ela fez tudo isso? Onde essas tortas estavam escondidas? Será que ela não está nem um pouco cansada?

Por sorte, consigo fazer a pergunta mais importante de todas.

— Isso é mirtilo?

As palavras saem arrastadas, parece que estou bêbado. Que bebi dezesseis garrafas sozinho.

— É, sim. — Ela coloca os pratos na mesa, fora do meu alcance. Se eu tivesse um pingo de energia, já estaria pegando um pedaço de torta. Mas percorri toda a fazenda duas vezes colhendo flores silvestres para a padaria e minhas pernas parecem ter decidido parar de funcionar antes do restante do meu corpo. Layla desaba ao meu lado no sofá, e tudo o que consigo fazer é inclinar o corpo de leve. De olhos fechados, apoio o queixo na cabeça dela. Ela se acomoda em mim.

— Parece que você precisa mais de um cochilo do que de um pedaço de torta.

— Eu sempre preciso de torta — murmuro.

Ela passa os dedos pelo meu cabelo, as unhas roçando meu couro cabeludo. Faço um barulho constrangedor que é parte gemido, parte rosnado. Ela dá risada.

— Tire um cochilo. A torta ainda vai estar aqui quando você acordar.

— Você pode ficar comigo um pouco?

Gosto da sensação do corpo dela junto ao meu, com a ponta dos dedos acariciando meu pescoço, tão suave, tão tranquila.

— Claro. — Ela dá um beijo no meu pescoço e eu a abraço pela cintura. — A torta pode esperar.

Acordo de bruços no sofá, uma das pernas pendurada na beirada e um cobertor de tricô grosso jogado sobre metade do corpo. Ouço Layla na cozinha cantarolando uma música que toca no rádio, uma sequência de palavras murmuradas de vez em quando, com certeza erradas. Os pés com meias se arrastam pelo chão, um ritmo irregular que me faz perceber que está dançando. Ou tentando, acho eu, quando a ouço bater o joelho em um dos armários e xingar baixinho. Sorrio no travesseiro.

Eu me lembro dos sonhos da noite em flashes de cores e sensações. Sinto um aperto no peito, uma onda abafada de desejo que aumenta quanto mais ouço Layla na cozinha. Também me sinto confortável com os sons e cheiros da casa dela, nesse espacinho que ela arrumou para mim. A simples alegria de ouvir outra pessoa habitando o espaço ao meu redor.

Layla cantarola um pouco mais alto, um pouquinho desafinada, e um pouco da solidão que parece ser minha eterna companheira diminui. Um nó se desfaz em meu coração.

Eu me apoio nos cotovelos e passo a mão pelo rosto. O barulho na cozinha para.

— Ei — diz ela, com um sorriso na voz ao colocar a cabeça no meu campo de visão. — Você acordou.

— Será que acordei?

Minha voz está rouca demais. Não parece que estou acordado. Parece que ainda estou preso em um sonho. Eu me sento e abro um bocejo tão grande, que meu maxilar estala.

A risada de Layla é calorosa e serena enquanto ela dá a volta no balcão alto que separa a cozinha da sala de estar. Deve ter se trocado enquanto eu estava dormindo. Está vestindo um short minúsculo que parece muito macio e uma camiseta grande demais, deixando um dos ombros à mostra. Tem um pouco de farinha no cotovelo e algo que parece geleia de morango no queixo. Meu coração bate mais forte.

— Você está, de fato, acordado — responde. Ela para bem na frente das minhas pernas entreabertas, um dos pés encostando na minha canela. — Quer sua torta agora?

É a tentação de ver tanta pele ou, talvez, o fato de Layla ter mencionado a torta. Não sei. Não quero torta. Só quero Layla e sua risada, seu sorriso e seus olhos cor de avelã brilhando de felicidade nesta casinha aconchegante. Quero a farinha de suas mãos espalhada pelo meu cabelo, talvez aquela geleia de morango na minha língua.

Ela se inclina mais para mim, e minhas mãos encontram a pele quente atrás de seus joelhos, a ponta dos dedos traçando dois oitos. Uma de suas pernas se dobra e ela agarra meus ombros.

— Caleb.

— Hum?

— O que você está fazendo?

Estou tentando me segurar, mas sinto que não vou conseguir. A cada instante que passo perto dela, a desejo mais e mais. Gosto *mais e mais* dela.

Subo e desço as mãos em suas pernas, indo cada vez mais alto. Como posso ter passado tantos dias sem tocá-la? Mereço um prêmio pelo meu controle. Meu nome em um letreiro luminoso acima do balcão da padaria. Talvez uma daquelas plaquinhas douradas que vendem na loja de penhores.

Apoio a cabeça no peito dela, que acaricia meu cabelo daquele jeito que eu tanto gosto.

— Você estava cozinhando? — pergunto, a voz abafada pelo tecido da camiseta. Quero morar exatamente aqui pelo resto da minha vida.

Ela hesita.

— Talvez.

— Você não fica cansada de cozinhar? — Esfrego a barra do short entre o polegar e o indicador. Cinza. Algum tipo de moletom. Quero cravar meus dentes no cós e puxar.

— Na verdade, não. — Ela faz uma pausa e pensa. — Bom, de vez em quando. Quando cozinho só pra mim, não gosto tanto. — Quando seguro a coxa dela, um som de satisfação escapa do fundo de sua garganta, os nós dos meus dedos passando logo abaixo da barra do short. Eu a aperto possessivamente. — Mas você está aqui — solta ela enquanto expira.

Eu concordo. Ainda não afastei meu rosto de seu peito. Passo o nariz na curva de seu seio por cima da camiseta e ela se contorce. Não consigo perceber se está de sutiã.

— O que você estava preparando?

— O quê?

— Agorinha, o que você estava preparando? — Esfrego o queixo no esterno dela, os dentes quase roçando no volume macio dos seios.

Ela está sem sutiã.

— Ah. — Ela se inclina na direção da minha boca. — Biscoitos recheados.

Dou um gemido. Não consigo evitar. Por causa de Layla e dos biscoitos. Da risada rouca e perspicaz que ela dá.

Ela abaixa a cabeça até que sua boca esteja bem perto do meu ouvido.

— Biscoitos amanteigados — sussurra. Sinto arrepios nos braços. Estremeço. — De geleia — diz, mais devagar.

Ela emite um som agudo quando me levanto do sofá, as mãos logo abaixo da curva de sua bunda, jogando as pernas dela em volta da minha cintura. Olho para a parede perto da janela, depois para a bancada ainda coberta de farinha e um pequeno pote de geleia de laranja. Nenhuma das opções serve para o que quero fazer, mas tenho uma ideia um tanto interessante para a colher que repousa sobre a tampa entreaberta do pote. Quero mais espaço do que a bancada pode me dar. Não quero me apressar.

— Posso fazer você gozar de novo? — A pergunta escapa de mim, mais direta do que eu gostaria. Mas estou louco de desejo, as mãos explorando cada vez mais e a boca ocupada em seu pescoço entre palavras ofegantes. Layla joga a cabeça para trás com um gemido e eu cedo à tentação, pressionando-a contra a parede no início de seu curto corredor. Um dos quadros balança, e ela agarra meu queixo para guiar minha boca até a dela. Nosso beijo é confuso. Quente, úmido e desesperado. Não há nada que eu queira mais do que me ajoelhar neste tapete colorido e macio e apoiar sua coxa no meu ombro. Quero saber qual é o gosto dela, que sons ela faz, como fica quando está toda nua sob o brilho do sol do fim da tarde.

Layla tem tantos segredos que eu ainda não descobri.

Apalpo a camiseta enorme e a prendo pela cintura. Ela rebola contra meu corpo sem parar e eu não consigo... não consigo pensar. Só consigo me lembrar da última vez em que a tive tão perto de mim. Os sons que ela fez com meu corpo entre suas pernas. A cor em suas bochechas à medida que se aproximava cada vez mais do que precisava.

Só temos mais uma semana juntos, e pretendo aproveitá-la ao máximo.

Acaricio os seios dela por cima da camiseta e esfrego os polegares logo abaixo dos mamilos. Ela inclina a cabeça para trás e a apoia na parede, me abraça pelos ombros, me observando com olhos semiabertos.

— O que você estava sonhando no meu sofá? — pergunta em um gemido.

Eu sorrio e enfio as mãos por baixo da camiseta, o tecido se amontoando em meus pulsos. Não tiro a roupa dela. Quero só sentir o calor de sua pele em minhas mãos. Tento memorizar este momento, quando ela está olhando para mim como se eu fosse alguém que ela pudesse querer.

— Bons sonhos — respondo.

— Por favor, os detalhes.

— Bom. — Eu nos afasto da parede e sigo em direção ao que presumo ser o quarto dela. — Tinham biscoitos recheados.

Ela ri quando abro a primeira porta do lado esquerdo do corredor e quase a jogo em uma coleção de casacos de inverno. Roça os dentes na minha clavícula e posso sentir seu sorriso em minha pele.

— Isso é bem específico. Aconteceu mais alguma coisa nesse seu sonho?

— Biscoitos amanteigados — digo. Ela ri de novo, uma risada rouca e gostosa. — Com geleia.

Tento outra porta e sou recebido por uma cortina de chuveiro rosa-pálido, uma fileira de plantas arrumadas em uma prateleira abaixo de uma janela de vidro fosco. Meu olhar vai parar em um interessante pedaço de tecido de renda pendurado no varão da cortina. Algo com tiras e o menor laço que já vi, bem no meio.

Fico olhando por um segundo enquanto Layla explora meu pescoço com a boca. Suas mãos astutas se esgueiram para o cós da minha calça jeans e minha paciência se esvai.

— Layla. — Eu a reajusto em meu colo e prendo seus pulsos com uma das mãos. Preciso que ela pare de me tocar, ou isso vai acabar como da última vez. Rápido demais e vergonhoso demais, ainda que estranhamente satisfatório.

Um forte brilho de interesse surge em seus olhos, e eu ergo uma sobrancelha, apertando seus pulsos com um pouco mais de força. Ela arqueia as costas, as bochechas ficando vermelhas.

Arrasto os lábios na curva de seu maxilar.

— Preciso que me diga onde fica seu quarto.

— Última porta à direita — explica.

Solto as mãos de Layla e vou naquela direção, seus braços envolvendo meus ombros com força. Estamos nos beijando de novo, seus sons famintos presos na ponta da minha língua, pressionados contra meus dentes. Deslizo uma de minhas mãos por dentro da parte de trás de seu short, nada além de pele macia e a tira de elástico mais estreita que já senti em minha vida, recebendo meu toque.

O desejo queima como um incêndio em mim, e praticamente chuto a porta do quarto dela, que bate com tudo na parede, em outra coleção de quadros, cada um com uma moldura diferente. Uma foto dela, de Stella e de Beckett, que olho apenas de relance. Enquanto a sala de estar parece um arco-íris, o quarto é simples e acolhedor. Uma cama grande com um edredom macio, uma pequena montanha de travesseiros arrumados na cabeceira. Branco e creme, cinza e marrom-claro. Caímos juntos na cama, e é como cair em uma nuvem. É como girar em uma daquelas máquinas de algodão-doce, o açúcar pegajoso e grudento em minha pele.

Eu me apoio com os braços ao lado dos ombros dela, que me olha com um sorriso enorme. É a coisa mais linda que já vi. Brinco com uma mecha de cabelo e a afasto para trás da orelha.

— O que você quer, Layla?

Digo a mim mesmo que, ao perguntar, estou tentando manter viva a base do nosso relacionamento. Que a intenção é ajudá-la a falar o que quer e o que precisa na cama. Mas a verdade é que eu quero ver o desejo estampado por toda a sua pele. Quero ver os lábios dela formarem as palavras e ouvir em detalhes tudo o que quer que eu faça.

— Bom… — Ela enfia as mãos por baixo da minha camisa, as unhas arranhando de leve meu torso. — O que você me perguntou na sala é um bom começo.

Perguntei se poderia fazê-la gozar. Todo o meu corpo fica quente e eu cedo, permitindo que ela tire minha camisa. Ela a joga em algum lugar no canto do quarto, as mãos percorrendo meu tronco para cima e para baixo. Ela lambe o canto da boca, os olhos brilhando como duas pedras preciosas.

— Como você quer gozar? — Ergo o queixo dela e dou um beijo em seu lábio inferior. Eu o chupo, o polegar descendo por seu pescoço e indo parar na parte de cima da enorme camiseta. — Com as mãos? — Enfio a mão inteira por dentro da gola da camiseta e acaricio o seio dela. — Com a boca?

Ela respira fundo e abre mais as coxas até me encaixar no meio das pernas, meu pau grosso e pesado em sua parte mais macia e quente.

— Preciso confessar mais uma coisa — diz, suspirando quando belisco seu mamilo, as pernas se movendo contra minha cintura. — Eu nunca… Ninguém nunca me chupou antes.

Encosto a testa na clavícula dela com um gemido. Só de pensar que eu poderia ser o primeiro a conhecê-la assim, o único a fazê-la gozar com a cabeça entre suas pernas, fico sem fôlego. Não consigo pensar. Sou dominado pela necessidade de tocar e saborear.

Tensiono as mãos.

— E isso é o que você quer?

— Não sei — sussurra —, acho que sim.

Eu me levanto até ficar de joelhos na frente dela, as mãos em sua cintura e meus polegares entrando por baixo do cós de seu minúsculo e perturbador short.

— Podemos tentar — digo —, que nem antes. Podemos descobrir do que você gosta juntos.

Ela concorda e eu puxo seu short para baixo mais um centímetro. A camiseta está embolada perto do umbigo, e tudo o que vejo é pele macia. A curva entre a cintura e o quadril. A borda da calcinha lilás e a pontinha de uma tatuagem, logo abaixo do osso do quadril. Minha boca fica seca e eu puxo mais o short para ver melhor.

A tatuagem é um pouco maior que uma moeda. Um batedor de ovos e uma faca de cozinha cruzados e rodeados por uma coroa de flores. A pequena tatuagem logo abaixo do osso do quadril está na suave inclinação ao longo da parte interna da coxa. Passo o polegar nela, as linhas delicadas em um relevo sob meu toque, e todo o corpo de Layla parece relaxar.

— Foi a Nova quem fez — explica. — Queria uma tatuagem que fosse só minha.

Eu me inclino entre suas pernas abertas até conseguir encostar minha boca nela. Beijo uma vez, duas vezes. No terceiro beijo, cedo à tentação e passo a língua na tatuagem. Fecho meus dentes em torno do desenho e mordo.

— Ninguém mais viu isso?

Ela dá de ombros e deita a cabeça no travesseiro. Apoio o queixo na parte interna de sua coxa. Quero que todas as nossas conversas sejam exatamente assim. Os dedos dela no meu cabelo, as unhas arranhando meu couro cabeludo.

— Ninguém nunca comentou, mas acho que nunca me olharam do jeito que você olha.

— Que bom. — Raspo os dentes na tatuagem de novo e ela ergue os quadris na minha direção. — Então ela é só pra você... e um pouco pra mim também.

Ela faz um som de prazer, eu acho, enquanto termino de tirar o short dela. Deixo sua linda calcinha roxa onde está, de renda e cetim, com um laço bem pequeno em cima. Posso ver a rigidez de seus mamilos através do tecido fino da camiseta, o peito se erguendo. Preciso de todo o meu controle para não arrancar a roupa dela toda e afundá-la nesses travesseiros.

Inspiro fundo e tento me acalmar. Layla merece paciência, e não alguém que vá transar com ela feito um louco. Quero conhecê-la. Aprender seus gostos. Entender o que a faz ofegar, gemer, estremecer.

— Achei bonita. — Passo o polegar pela linha fina da calcinha em seu quadril, seguindo-a até o pequeno laço centralizado. Paro ali e viro a mão. Arrasto o dedo bem entre suas pernas. Já consigo sentir o quanto está molhada pelo tecido fino. Tão quente. Repito o gesto e uso minha mão livre para abrir o botão de cima da minha calça jeans.

— Gosto de coisas bonitas — responde ela, olhando fixamente para o local onde minha cueca aparece por baixo do cós.

— Você merece coisas bonitas — respondo com uma risada. Se ela quiser mais essa, também será dela. Mas quero fazê-la gozar primeiro, do jeitinho que pediu. Mantenho minha mão firme no lugar, passando o polegar de leve em seu centro. Traço cada centímetro dela até que ela cubra o rosto com o braço, perseguindo meu toque com movimentos suaves do quadril.

Linda. Ela é linda pra caralho.

— Caleb.

Eu dou um beijo na parte interna de seu joelho.

— O quê?

— Você vai... — Ela deixa a pergunta se transformar em um gemido suave.

— O quê?

— Você sabe.

— Eu não sei se você não me perguntar. — Continuo beijando, subindo até a coxa dela. — Você não disse que gosta de ser provocada?

— É isso que você está fazendo?

Mais ou menos. O principal é que estou tentando não ir rápido demais. Quero que este momento com Layla dure. Quero me lembrar dela bem assim: pernas longas, pele nua. As bochechas rosadas e os olhos grudados em mim. Todas essas partes novas e secretas de si mesma que ela está confiando a mim.

Pressiono seu quadril e ela ergue o joelho, inclinando as pernas para abri-las mais. Um convite.

— Você tem que me dizer o que quer, lembra?

Ela tira o braço do rosto e me olha com um único olho cor de avelã. Os cantos da boca curvados. Eu a recompenso com um beijo na virilha e ela emite outro som suave e doce.

— Diga o que você quer e eu dou. — Subo um pouco mais e dou outro beijo, bem de leve, por cima da calcinha. Ela rebola com um gemido. — Fico feliz em dar o que você quiser.

Ela estica o braço acima da cabeça, retorcendo o cabelo no travesseiro, e me olha fixamente, com desejo.

— Quero sua boca em mim — sussurra.

Roço a boca na coxa dela, uma recompensa por sua honestidade.

— Onde? — Minha voz soa rouca, um comando vindo de algum lugar no fundo do meu peito.

Quero saber exatamente o que ela quer. Quero que ela *peça*. Quero ouvi-la dizer as palavras.

— Caleb, por favor.

Enfio meus polegares por baixo da calcinha e pressiono sua pele. Ela geme, frustrada, e eu sorrio. Também gosto de provocá-la dessa forma. De ouvi-la implorar só um pouquinho.

— Onde, Layla?

Ela se apoia nos cotovelos e suspira, frustrada.

— Bom, se você vai dificultar tanto assim, eu vou resolver sozinha.

O calor desce pela minha coluna e se instala pesado no meio das minhas pernas. Só de pensar em Layla se tocando enquanto eu assisto… Engulo em seco contra a onda inebriante de desejo. Ela se acalma, um toque de rosa iluminando suas bochechas.

— Talvez isso não seja tão ameaçador quanto achei que fosse — diz.

— Não — consigo dizer, minha garganta de repente parece seca como o deserto. — Não, não é mesmo. — Uma enxurrada de possibilidades passa pela minha mente.

Mas uma… uma delas me deixa sem fôlego, a pele dela me tentando a meio centímetro da minha boca. Eu me afasto e subo por seu corpo até colocar as mãos em seus ombros. Fico ali, meu nariz em sua bochecha e minha boca no canto da dela. Dou um beijo demorado em seu lábio inferior inchado e depois o pego entre os dentes. Puxo até fazê-la gemer e me ajoelho para que eu possa ver seu corpo estendido entre os lençóis. Pele nua, pernas abertas. Olhos semicerrados e uma mecha de cabelo colada no pescoço.

Meu Deus, ela é linda.

— Você poderia me mostrar, Layla? Me mostre do que você gosta.

22

LAYLA

Olho para Caleb, sem camisa e ajoelhado entre minhas pernas, esperando que eu responda. Ele é tão gostoso que é quase indecente. A pele marrom, o peito largo. A calça jeans desabotoada. As entradinhas na cintura que desaparecem logo abaixo da calça. Olhos escuros e boca inchada.

Tive um sonho assim há quatro dias. No meu sonho, Caleb surgia atrás de mim enquanto eu misturava uma massa de biscoito e enfiava a mão na gola do meu vestido. Tocava em meu seio, a boca no meu pescoço, os dedos beliscando e puxando. Ele estava só de avental, tenho certeza. Lembro que tinha calda de chocolate envolvida.

Isso é melhor. Ele lambe o lábio inferior, os olhos indo da minha testa até o umbigo e minha calcinha retorcida logo abaixo. Eles grudam ali, brilhando como brasas na fogueira.

Isso é muito melhor.

Eu me contorço contra ele.

— O quê?

— Você ouviu. — Seu tom firme faz meu coração acelerar. Ele desce as mãos até minhas coxas, os dedos bem abertos, como se estivesse tentando cobrir o máximo de pele possível. Nem sei se percebe que está fazendo isso, seus olhos estão grudados nos meus. — Você pode me mostrar como se toca?

Deslizo as pernas nuas contra os cobertores. Uma coisa é sussurrar coisas no calor do momento, outra é mostrar para ele, no sol da tarde que atravessa minhas cortinas, como gosto de me tocar. Seus olhos se suavizam conforme ele olha para mim, e o calor e a necessidade são substituídos por um afeto gentil.

Um sorriso surge no canto de sua boca quando ele se abaixa e toca meu nariz com o dele.

— Você está segura comigo, lembra? Podemos fazer tudo o que você quiser. Ou podemos parar agora mesmo.

Assinto, mal roçando sua boca com a minha. Levo os dedos até minha barriga para testá-lo e seu olhar se fixa ali, observando. Limpo a garganta e ele volta a olhar nos meus olhos com uma relutância significativa. Percebo como gosto disso. Gosto do jeito que Caleb me olha, como se eu fosse tudo o que ele poderia querer. Como se ficar sentado na beirada da minha cama aprendendo como gosto de ser tocada fosse o suficiente para ele.

É o suficiente para eu mandar o pouco de hesitação que me restava para longe.

Movo a mão mais para baixo.

— Não temos que fazer nada que você não queira, nunca — diz ele. É assim com Caleb, um ir e vir entre se controlar e se entregar. Exigir e desejar. O melhor tipo de dança.

— Eu sei.

— Podemos voltar pra cozinha e comer um pedaço daquela torta.

Mordo a bochecha para disfarçar o sorriso.

— Vamos ficar aqui.

Eu quero isso. Quero explorar todas as formas como ele faz eu me sentir diferente, me sentir *melhor*, do que qualquer outra pessoa já fez antes. Quero ver o maxilar dele se contrair conforme movo minhas mãos por meu corpo. Quero ver seus olhos brilharem em um tom mais escuro e os músculos de seus braços saltarem. Quero desvendá-lo pouco a pouco. Testar esse seu controle meticuloso.

Quero que ele fique tão entregue quanto eu me sinto, um arrepio em minha pele e um friozinho na barriga. Como se estivéssemos à beira do precipício.

— Tudo bem — sussurra. Ele traça o polegar pela minha coxa e, em seguida, tira as mãos de mim. Ele se ajoelha na cama e aperta a nuca. Um homem lutando para se controlar.

Ah, eu gosto muito disso.

Puxo a barra da camiseta e a ergo de novo. Não sei se devo tirar ou ficar com ela. Apesar de todo o meu entusiasmo, na verdade, não faço ideia de por onde começar.

— Quer que eu...

Caleb não desvia o olhar dos cinco centímetros de pele entre meu umbigo e minha calcinha, mas pisca algumas vezes e me olha quando percebe a hesitação em minha voz. Um sorriso aparece nas linhas de seus olhos e ele tira a mão da nuca.

— Feche os olhos — ordena. Ergo uma sobrancelha e ele me dá um meio-sorriso, a covinha surgindo na bochecha. Ele arrasta dois dedos do meu joelho até a coxa. E depois para baixo. — Feche os olhos, Layla.

Bufo, a maldita firmeza em sua voz fazendo tudo dentro de mim vibrar.

— Você é mais mandão do que parece.

Sua risada é sombria e perversa, uma lufada de ar quente contra meu pescoço enquanto ele se inclina sobre mim.

— Você não faz ideia.

Ele não me dá tempo para pensar nesse pequeno e interessante comentário. Caleb se inclina e pega minha boca na dele. Ele me lambe como se eu fosse aquela torta de mirtilo que deixei na mesa de centro na sala. Intenso. Devorando. Consumindo. Fecho os olhos e o beijo com a mesma avidez.

É mais fácil seguir suas instruções assim. Desligar a parte do meu cérebro que ainda está cheia de ansiedade por causa da manhã de hoje. A parte que está analisando as consequências do que estou fazendo com Caleb, examinando cada ângulo repetidas vezes. Ele me beija e não me importo com nada além de sua boca na minha, sua mão na minha nuca e a pele quente de seu peito me pressionando contra a cama.

— Eu achei… — Caleb leva a boca para o meu pescoço, e eu arqueio sob seu toque, meus dedos encontrando o cinto em sua calça. Puxo a fivela para trazê-lo mais para perto. — Achei que era pra eu me tocar.

— Pode começar quando quiser. — Caleb ri, suave e caloroso. Parece a primeira onda de calor que emana do forno, quando estou impaciente demais e o abro para espiar lá dentro.

— Você também pode — digo em um suspiro. — Me tocar, quero dizer.

Ele toca abaixo da minha orelha com o nariz, sua expiração longa e lenta. Parece que ele está se segurando. Como se mal estivesse aguentando.

— Tá bem, mas você começa, tá?

Estendo a mão entre nós e toco meu seio, roçando o mamilo por cima do tecido macio da camiseta.

O toque quase inocente fica carregado de eletricidade com os olhos de Caleb em mim, uma pulsação lenta de calor que se instala entre minhas pernas com uma dor oca.

Repito o gesto, me demorando um pouco mais, dando um beliscão suave, e Caleb grunhe como se eu tivesse dado um soco em seu peito.

— Mais — exige.

— Ganancioso. — Eu sorrio, ainda de olhos fechados. — Vou no meu ritmo, obrigada.

Ele bufa.

— Parece que agora sou eu quem está sendo provocado. — Suas palavras saem cortadas, curtas.

— Aham. — Tiro a mão esquerda da fivela no quadril dele e a enfio por baixo da minha camiseta, segurando meu seio nu. Arrasto o polegar para a frente e para trás, quase esquecendo que estou sendo assistida. É assim que eu me toco quando estou sozinha à noite. Quando o desejo, a espera e a solidão se tornam excessivos, finjo que minha mão pertence a outra pessoa. Respiro ofegante e Caleb se vira sobre mim, os lençóis farfalhando com seu movimento. Sinto a palma de sua mão ao meu lado, a ponta de seus dedos roçando minhas costelas enquanto ele ergue minha camiseta.

— Posso ver? — Faço que sim com a cabeça e ele arrasta minha camiseta para cima. — Posso ver como você gosta de se tocar, Layla?

— Pode.

Fico deitada embaixo de Caleb com os olhos fechados, ouvindo o ritmo de sua respiração enquanto me toco. Acaricio meus seios do jeito que eu gosto, com toques provocantes e círculos tênues. Belisco meu mamilo e arqueio as costas, abrindo as pernas e pressionando Caleb, equilibrado acima de mim. Ele segura minha perna e a mantém ali, seu polegar traçando uma linha na parte de trás do meu joelho, e a sensação é como se ele estivesse tocando meu clitóris. Abro os olhos e… *Ah*, é muito mais gostoso quando o vejo me assistir.

Ele parece absolutamente acabado. A calça puxada para baixo, mais do que estava antes, como se mãos impacientes a tivessem afastado. Seu corpo é todo de linhas magras, músculos lisos e pele escura e quente. O zíper está aberto e posso ver parte da cueca boxer preta, o cós branco e nítido ao redor do quadril. Uma linha de pelos escuros logo abaixo do umbigo. Meu olhar desce até onde ele está duro e tenso, e sinto o desejo como uma fisgada.

— Toque no meio das suas pernas — pede ele com a voz baixa. — Quero ver ali também.

Enfio a mão por dentro da calcinha e consigo me acariciar uma vez, duas vezes, antes de puxar Caleb com a outra mão. Eu o seguro pela calça jeans e puxo.

— Sua boca — ofego. Seus olhos se voltam para os meus e se fixam. — Quero sua boca em mim. Por favor.

— Ah, Layla… — Ele praticamente se joga em cima de mim e passa os dentes na minha tatuagem, a boca indo de um lado ao outro do meu quadril, afastando minhas pernas com os ombros. Meu corpo todo está pegando fogo, como se estivesse derretendo. — Você não precisa dizer *por favor*. Mas, porra, amo quando você diz.

O primeiro toque de sua boca faz minhas pernas se debaterem contra os lençóis, os calcanhares cravados no colchão, enquanto procuro me firmar. A boca dele é *deliciosa*. Nunca senti nada parecido antes. Ele me agarra pela cintura e me prende contra a cama enquanto me lambe por cima da calcinha, devagar, passando a língua por tudo, e é divino.

Ele encosta a testa em meu umbigo e suspira, trêmulo.

— Layla — diz apenas. Aperta meu quadril, os dedos se enroscando no cetim. — Posso tirar?

— Pode. Pode, eu quero.

É uma confusão de membros e movimentos quando Caleb puxa minha calcinha pelas pernas e a torce nos dedos. Observo enquanto ele a enfia no bolso de trás da calça — como se eu não fosse me dar conta de que ficou com uma das minhas calcinhas mais caras. Mas eu não ligo. *Não ligo, não ligo, não ligo,* porque ele me segura pelos tornozelos e abre minhas pernas, seu corpo grande afundando entre elas. Observo como sua cabeça se inclina sobre mim, o rubor na ponta das orelhas. Como suas mãos apertam e soltam minha pele.

Ele solta um gemido baixo de prazer quando encosta a boca de novo, e cada partícula do meu corpo se acende. Prazer quente, úmido e suave como seda. Seguro o cabelo dele com força e me contraio contra sua boca ávida, rebolando de forma discreta e tornando tudo ainda mais incrível.

Solto um gemido abafado.

— Ah, meu Deus, Caleb.

Nunca senti nada parecido com isso. Nunca. Beijos úmidos que chupam, cada movimento da língua deliberado e áspero, do jeito que eu gosto. Do jeitinho que mostrei.

— Isso — murmura ele na parte interna da minha coxa, a mão segurando minha bunda, o polegar alcançando a virilha, perto da minha tatuagem. Ele a traça com o polegar enquanto morde minha perna. — Me mostre como você gosta. É tudo pra você.

E eu quero tudo. Caleb me dá e eu aceito, aceito e aceito até que meu corpo todo começa a tremer em sua boca, minhas coxas pressionando suas orelhas. Rebolo, perseguindo aquela sensação de delírio até me sentir envolvida por ela: vibrando, alcançando, chegando cada vez mais perto daquele limite que tão raramente consigo encontrar.

Então Caleb se afasta. Com o peito arfando, ele encosta a testa no meu quadril e estende a mão entre suas pernas, enfiando-a na calça jeans aberta, e observo enquanto ele se acaricia uma vez e geme.

— O-o quê? — Minha voz soa sete oitavas mais alta que o normal, ofegante e fina. — Caleb, o que você está...

— Espere. — Ele tira a mão de dentro da calça jeans e passa o polegar nas minhas costelas, subindo mais e esfregando-a no meu peito. — Você vai chegar lá, meu bem. Eu prometo.

Ele se arrasta pelo meu corpo, depositando beijos como segredos ao longo do caminho. Na parte que sinto cócegas, do lado esquerdo do quadril. Na mancha de sardas aglomeradas entre meus seios. Na curva do meu ombro. No meu queixo. Cada um deles é como o toque em um fio exposto, uma lambida de calor elétrico da ponta dos meus dedos até o cotovelo. Meu prazer se intensifica.

— Caleb.

— Às vezes é melhor assim. — Sua boca está quente em meu pescoço. — Quando você quase chega lá, mas espera um pouco.

— Eu não quero esperar — choramingo. Estou tentando puxar o homem mais teimoso do mundo para cima de mim. — Já esperei o suficiente.

Ele ri em algum lugar na minha clavícula.

— Tá bom. — Ele encosta os lábios no canto da minha boca, e eu gemo quando sinto meu gosto nele. Ele também faz um som. Algo baixo, profundo e quente. Vou me lembrar desse som toda vez que ele pedir um croissant do outro lado do balcão, pelo resto da minha vida. — Você tem razão. Estou sendo grosseiro.

Ele desliza a mão entre minhas coxas e eu arqueio as costas de novo, o calor correndo pelo meu peito e me puxando para baixo. Seu polegar acaricia meu clitóris enquanto sua boca paira sobre a minha, um dedo e depois dois deslizando para dentro.

— Não acredito... — Ele morde meu lábio inferior e o chupa em sua boca. Eu agarro freneticamente seus ombros. — Não acredito que estou aqui com você — ele respira, com um toque de admiração na voz. — Não acredito que estou tocando você assim.

Não acredito que fazíamos qualquer outra coisa que não fosse isso. É tudo tão bom entre nós, melhor do que eu jamais poderia ter imaginado. Melhor do que imaginei todas as noites nas últimas semanas, sozinha na escuridão do meu quarto: sua risada, seu sorriso e aquela maldita camisa havaiana surgindo em minha mente.

Desta vez, parece que vou chegar lá mais rápido. Meu corpo todo estremece a cada vez que ele enfia os dedos em mim. Respiro seu nome, nossos corpos balançando juntos.

Então ele para. De novo.

Cravo as unhas no ombro dele e resmungo. Meus olhos se fecham quando a pulsação entre minhas pernas se intensifica. Caleb tenta se afastar, mas eu me agarro a ele com mais força, tentando rebolar em sua mão.

— Caleb. — Minha voz é um sussurro entrecortado. — Não quero mais ser provocada.

— Não foi por sua causa — diz ele baixinho, com um sorriso tímido na voz. Consigo imaginar a expressão em seu rosto, um pouco confusa e um pouco tímida. Os lábios retorcidos e um tom rosado em suas bochechas. — Foi por mim. Eu... eu preciso de um segundo.

Empurro meus quadris para cima.

— Que seja um segundo rápido, então.

Ele solta risada e passa o polegar uma única vez no meu clitóris.

Os gemidos ficam presos em nossas gargantas.

— Tem certeza de que não quer mais ser provocada?

Balanço a cabeça.

— O que você quer, então? — Ele passa o polegar de novo e eu abro as pernas. Ele emite um som de satisfação bem na minha orelha e depois a prende entre os dentes. Sua mão se move mais devagar, com mais força, e de novo sinto que estou prestes a gozar.

— Eu quero gozar — sussurro para a pele quente de seu pescoço. Roço os dentes ali e me agarro a ele.

Ele suspira, satisfeito, e enfia os dedos com mais força. Ele me leva de volta ao ponto em que eu estava antes de parar e além. A algum lugar com o sol, as nuvens e todas as estrelas. Um milhão de desejos dançando como cometas no céu.

— Você está indo bem, Layla. — Ele belisca meu mamilo do jeito que mostrei, e eu me sinto desmoronar. Respiro fundo, como se não conseguisse puxar ar suficiente para meus pulmões. — Você está se saindo muito, muito bem. Isso, seja uma boa menina pra mim, meu bem.

Duas palavras — *boa menina* — e meu orgasmo vem em um rompante. Eu me deixo ir em sua onda, as unhas cravadas na parte inferior das costas de Caleb, meu corpo inteiro encharcado de luz quente e dourada. Posso sentir cada lugar em que Caleb está me tocando enquanto gozo, quase sem conseguir respirar.

Sua boca logo acima da minha. Seu quadril encostado na minha coxa e seus dedos no meio das minhas pernas, se movendo devagar, extraindo até o último instante de prazer de mim. Eu me movimento com ele enquanto o calor e a pulsação suave ecoam e se espalham.

— Caleb — suspiro. Eu o seguro pelo rosto e guio sua boca até a minha. Ele me beija com uma risada calorosa, o sorriso contra a minha boca.

— Oi.

Murmuro, saciada e um pouco fraca.

— Isso foi bom.

Ele afasta minha coxa com o quadril enquanto se acomoda ao meu lado. Enfia um dos braços embaixo do travesseiro, tão lindo que mal consigo suportar. Bochechas rosadas. Cabelo bagunçado. Uma marca dos meus dentes em seu ombro que não me lembro de ter deixado.

— Eu espero que tenha sido mais que bom.

— Foi muito bom — corrijo. — Tão gostoso quanto cobertura de cream cheese, quanto o brownie quentinho do meio do tabuleiro.

Ele encosta o nariz no meu ombro e desliza a mão até minha barriga.

— Bom que nem croissant de manteiga?

Croissants de manteiga. A coisa não tão especial que faço todos os dias e que Caleb pede três vezes por semana, sempre. A coisa que ele sempre quis. Uma balança pesa mais para um lado em meu peito e algo me aperta. Pisco duas vezes para afastar o que quer que esteja fazendo meus olhos arderem.

— Bom que nem croissant de manteiga — concordo, minha voz um pouco rouca. Ele se move contra mim de novo, se ajeitando entre os travesseiros e cobertores. Seus quadris se contraem para a frente e eu o sinto, ainda pesado e duro, contra a minha perna. Deslizo a mão pela lateral de seu corpo e brinco com o elástico de sua cueca. Ele solta um suspiro curto.

— Caleb?

Seus olhos estão fechados, um pequeno sulco entre as sobrancelhas.

— Hum?

— O que você quer que eu faça?

Ele abre os olhos, brilhantes e reluzindo como ouro. Pupilas dilatadas de desejo.

— Com o quê?

Eu me viro de lado e traço um único dedo pela linha volumosa de sua ereção por cima da cueca, minha boca em seu pescoço.

— Com isso.

Ele geme, os quadris empurrando contra meu toque. Ele coloca a mão sobre a minha e aperta, me guiando. Com força, mas lentamente, minha palma roça os pelos abaixo de seu umbigo a cada movimento para cima.

— Que tal dessa vez — sussurro contra sua pele. Seguro o cós de sua calça, empurrando-a para baixo. — Que tal você me mostrar do que gosta?

É exatamente nisso que tenho pensado desde que ele me levou para o sofá e segurou minhas mãos acima da cabeça. Desde que ele me fez gozar sem precisar tirar minhas roupas. Eu o empurro pelo ombro e rolamos juntos, meus joelhos um de cada lado de seus quadris. Ele me olha deitado sobre os lençóis emaranhados.

— Layla… — Ele engole o som do meu nome. Suas mãos apertam meus quadris enquanto eu luto contra o que falta do zíper de sua calça. — Não precisamos fazer mais nada. Eu posso… Provavelmente vou gozar em três segundos, se você continuar fazendo isso. — Acho que ele está se referindo aos nós dos meus dedos roçando ao longo de sua ereção em movimentos irregulares e hesitantes, enquanto puxo seu jeans para baixo. Enfio minha mão em sua cueca e envolvo meus dedos em torno de seu volume: quente, duro e deliciosamente grande. Caleb geme e recosta a cabeça no travesseiro, com os olhos fechados.

— Não quero que você goze em três segundos — sussurro. Eu o acaricio, frustrada pela maldita calça jeans que restringe meus movimentos. — Eu quero mais com você. Você não disse que gosta de ouvir o que eu quero?

Seus olhos se abrem em fendas estreitas.

— Disse.

— Então confie em mim. — Enfim consigo abaixar as calças dele até as coxas, e Caleb faz o restante do trabalho. Tenho certeza de que as calças foram parar na luminária perto do meu armário. Não me importo. — É isso que eu quero.

Maxilar cerrado, mãos cerradas, todos os músculos de seu corpo tensos...

Caleb me encara com olhos escuros.

— É por causa do acordo?

Rebolo em cima dele e nós dois gememos.

— O quê?

— Se eu for transar com você, Layla — as palavras saem roucas e apertadas de sua garganta —, não vai ser pra aprender nada ou por causa de um acordo. Vai ser porque eu quero você e você também me quer.

Eu expiro, passando os dedos por baixo do elástico de sua cueca. A resposta é muito fácil.

— Bom, eu quero você. Você me quer?

Ele me vira na cama antes mesmo que eu perceba sua intenção, seu corpo pesado sobre o meu e a mão segurando meu rosto com gentileza. Ele passeia com o polegar do canto do meu olho até meu maxilar. Dá um beijo suave em meus lábios e se inclina para trás. Nós dois estamos à beira do precipício, querendo mais.

Meu meio-sorriso favorito aparece no canto de sua boca.

— Não faça perguntas para as quais você já sabe a resposta.

ACHO QUE NUNCA transei assim antes.

Um sexo sincero e livre, e de uma beleza tão fascinante.

Caleb se levanta da cama e tira a cueca, revelando uma timidez deliciosa quando a cueca cai nos tornozelos. Eu catalogo todas as linhas e músculos de seu corpo com interesse, com a palma da mão apoiada na minha barriga. Pele marrom. Músculos definidos. As entradinhas na cintura e uma cicatriz bem onde suas costelas se curvam. Ele abaixa a cabeça enquanto eu o encaro, com a mão na nuca.

— Venha aqui — murmuro.

Ele sobe na cama, um joelho de cada vez, seu corpo grande encobrindo o meu até que tudo o que eu vejo é marrom e castanho, e o preto como a meia-noite. Ele passa os dedos em meu lábio inferior enquanto beija minha pele e eu abro as pernas para recebê-lo, o tornozelo na parte de trás de seu joelho. Tudo alinhado com perfeição, exatamente onde deveria estar, nós dois gemendo de prazer e expectativa. Um suspiro que se torna um gemido, bocas abertas sobre a pele repleta de suor.

— Camisinha? — pergunta.

Estico o braço para a mesa de cabeceira e pego o pacote de camisinhas que coloquei ali no dia seguinte àquele em que Caleb me fez gozar no sofá, na esperança de que algo assim pudesse acontecer. Dirigi por quatro cidades até uma farmácia vinte e quatro horas na calada da noite, desesperada para não me tornar o assunto da próxima mensagem da rede de comunicação. Não sei o que faria se o xerife Jones recebesse uma mensagem de voz informando que andei comprando camisinhas.

Caleb rasga a embalagem com os dentes e desliza a mão entre minhas coxas, mexendo com o polegar. Ele geme quando sente como ainda estou molhada, e tudo o que já fizemos juntos não é suficiente para aliviar o desejo.

— Você é tão gostosa, Layla. — Ele sobe a língua quente pelo meu pescoço até meu rosto e morde uma vez. — Vai me fazer perder a porra da cabeça.

— Até que enfim — murmuro. Talvez assim eu não me sinta a única.

— Até que enfim — concorda ele, com a voz firme e séria. Observo enquanto ele coloca a camisinha e se acomoda entre minhas coxas. Ele me ajuda a tirar a camiseta e então somos só nós dois. Pele nua sob a luz difusa de uma tarde de verão.

— Diz que você me quer — sussurra.

É a coisa mais fácil que eu já disse a alguém. A verdade em cada sílaba.

— Eu quero muito você.

Ele me penetra com um gemido de prazer em meu pescoço, o calor percorrendo meu corpo e me fazendo agarrar o cobertor de cada lado da minha cabeça. Ele desliza as mãos pelo meu corpo e segura meus pulsos, depois entrelaça nossos dedos e aperta. Eu me prendo a ele com as pernas, as costas arqueadas nos travesseiros, recebendo-o contra mim, dentro de mim, enquanto ele se movimenta devagar, com cuidado. A sensação é incrível enquanto ele procura a posição certa. O ritmo certo. O ângulo certo que faz meu corpo se contrair e se curvar contra o dele.

— Porra — murmura em meu ouvido, sua voz ávida e baixa. Seus quadris se chocam contra os meus com um pouco mais de força, e eu perco o fôlego. — Porra, isso é tão…

— Tão bom — termino. Aperto sua cintura com minhas pernas e Caleb se move mais rápido, de joelhos na cama, uma mão apoiada na cabeceira. Assim, consigo observar como ele se move entre minhas pernas abertas. Os músculos se contraindo e relaxando. As linhas e os sulcos de seu abdômen se esticando e se retraindo enquanto ele se afunda em mim sem parar. Em um espasmo, bato o pé no abajur na mesa de cabeceira, que vai parar em algum lugar. Ergo o corpo e cravo os dentes em seu peito.

— Você vai… — Ele fecha os olhos com força, se concentrando, o rosto corado. Observo os cílios dele enquanto persegue o prazer. — Você vai me fazer gozar. — Ele consegue dizer.

— Tudo bem. — Passo as mãos pelo cabelo dele e dou pequenas mordidas no caminho que vai do pescoço até o lóbulo da orelha. Chupo sua orelha e ele geme, desamparado. — Tudo bem. Eu quero ver você gozar, Caleb. Já imaginei tantas vezes como você deve ficar quando goza.

Ele abre os olhos, turvos e ardentes. Eles se fixam nos meus e ele penetra com mais força. A cama inteira balança. Jogo a cabeça para trás quando ele atinge um ponto que faz faíscas dançarem atrás de minhas pálpebras.

— Imaginou? — diz ele, arfando.

Assinto.

— Isso, imaginei. — Inclino a cabeça contra o travesseiro, que agora está na metade do colchão, e observo Caleb se movendo em cima de mim. Seu corpo é lindo, o rosto se contorcendo na mais bela imagem de um prazer quase angustiante. Deslizo as mãos pelo peito dele e o seguro pela cintura. Afundo as unhas ali e ele emite um som feroz.

— Você vai me mostrar? — repito suas palavras de antes. — Posso ver?

Ele ofega enquanto goza, todo o corpo se inclinando para a frente até que a testa esteja apoiada na minha clavícula. Seus quadris saltam em movimentos descoordenados e desordenados. Quase me faz gozar de novo, com o jeito bruto que ele me empurra na cama e roça em mim, mas não consigo. Não quando ele diminui o ritmo bem quando meu prazer estava começando a se intensificar. A tensão em minha barriga se suaviza, meu corpo quase no limite.

O corpo enorme de Caleb desaba no meu e ele solta o ar, o nariz na minha bochecha.

Eu o abraço pelos ombros. Ele beija a curva do meu pescoço, que ainda está latejando.

Eu me mexo embaixo dele. Isso é o suficiente. Abraço mais forte. Isso é mais que suficiente.

— Você gozou? — pergunta ele baixinho em algum lugar no meu pescoço. Sua voz soa rouca e áspera, e eu gosto muito, muito disso.

Balanço a cabeça e faço carinho nas costas dele. Sua pele está quente, o coração ainda batendo forte contra meu peito.

— Não, mas tudo bem. Eu ainda...

Não termino minha frase antes que Caleb se levante e se afaste de mim. Franzo a testa com a perda do peso e do calor dele, o braço cobrindo meus seios nus. Ele ficou... Caleb ficou bravo por eu não ter gozado? Um rubor de constrangimento sobe pelas minhas bochechas e eu viro o rosto para o lado, para o travesseiro.

— Ei, não — sussurra ele. — Não, não. Não faça assim.

Ele vira meu rosto para o dele com a palma da mão e dá um beijo lento e demorado na minha boca. Seu nariz esbarra no meu e percebo que ele está sorrindo. Caleb dá outro beijo na minha bochecha, no meu lábio inferior. Dá uma mordida e então se apoia nos braços, seu corpo se movendo para baixo, para baixo, para baixo.

Franzo a testa e tento fechar as pernas.

— O que você está fazendo?

Ele as mantém abertas, com um beijo pressionado em meu joelho esquerdo e depois no direito. Ele olha para mim por baixo dos cílios, emoldurado por minhas coxas abertas e banhadas por uma luz dourada quente. Consigo ver o brilho do suor em sua pele, o cabelo úmido enrolado atrás das orelhas. A força de seus braços e os músculos marcados em seu abdômen. Seus olhos escuros estão fixos nos meus.

— Não é assim que as coisas funcionam.

Engulo em seco, minha voz em um sussurro.

— Que funciona o quê?

— Você não vai ficar passando vontade. Então… — Ele mordisca uma vez a parte interna do meu joelho, arrasta a boca pela minha coxa. Ele sorri para mim, com os olhos escuros brilhando. — Me mostre do que você gosta, Layla.

Então coloca a boca de volta em mim, e eu desabo nos travesseiros.

23

CALEB

Por alguma razão, Charlie e Alex estão esperando na minha sala de aula quando termino de cuidar dos ônibus. Olho por cima do ombro para o corredor vazio e depois para os dois sentados nas carteiras na primeira fila. Alex entrelaça os dedos lentamente e olha para mim por cima dos óculos. Charlie não se dá ao trabalho de olhar na minha direção, ocupado com o que deve ser metade da coleção de potes da minha avó.

— Ela ainda tem feito comida pra você? — Fecho a porta e vou até minha mesa. Não faço ideia do que eles querem, mas é melhor ficarmos à vontade. Alex não costuma ser rápido quando tem algo a dizer. Dou uma espiada no que Charlie está comendo. Minha avó fez tres leches para ele… de novo.

Tento pegar um pouco de creme do topo, mas Charlie bate na minha mão.

— Ela fez pra mim.

Franzo a testa e me jogo na minha cadeira.

— Você sabe que está na minha sala de aula, né?

— E por isso tenho que dividir minha sobremesa com você? — Charlie balança a cabeça com uma risada ameaçadora. — Acho que não.

Alex nos ignora.

— Nós não estaríamos aqui — anuncia ele de sua carteira ao lado de Charlie — se você não estivesse fazendo de tudo para me evitar nos últimos três dias.

Eu não o tenho evitado, só andei ocupado. Os cursos de férias estão acabando, Jeremy está quase terminando seu projeto de bilhete de amor e Layla...

Layla é incrível. Passo todos os momentos livres que tenho sentado na cozinha da padaria, comendo croissants de manteiga e observando enquanto ela trabalha. Ou encostado no balcão da frente, o queixo apoiado nas mãos e o coração na garganta.

Ou na minha casa, com as pernas dela me envolvendo, suas costas apoiadas na parede, meus porta-retratos bem organizados caindo de lado quando nos empolgamos. Sobre sua cama com a mão em seu pescoço, fazendo Layla gozar enquanto grita meu nome do jeito mais doce que já ouvi em toda a minha vida. Acordando com o nascer do sol e deslizando a mão pela curva de sua cintura até o meio das pernas, ouvindo meu nome sair de sua boca em um sussurro enquanto a luz do início da manhã entra através das cortinas.

Adormecendo com ela em meus braços, um de seus pés frios pressionado entre minhas panturrilhas, o nariz no meu peito.

Sinto como se tivéssemos deixado de lado todos os termos do nosso acordo... E a sensação é boa.

É muito boa.

— Eu ando bem ocupado — murmuro. Viro Fernando de costas no canto da mesa. Não preciso do julgamento dele neste momento.

Charlie aponta um garfo para mim.

— Você só quer saber da Layla Dupree e está ignorando o mundo real, meu amigo.

Bufo. Não preciso ouvir isso dele, entre todas as pessoas.

— Você não tem feito a mesma coisa com a Nova Porter? — retruco. Ele acha que está sendo discreto, mas sei que é por isso que tem vindo de Nova York a cada dois fins de semana. Quase sempre vejo o carro dele estacionado do lado de fora do espaço em que a irmã caçula de Beckett está de olho para abrir seu novo estúdio de tatuagens.

— Nova Porter não quer saber de mim, mas tudo bem. — Charlie dobra alegremente uma tortilha em um quadrado harmonioso e a enfia inteira na boca. — Você tem que pensar a longo prazo, cara — protesta com a boca cheia de comida. — E não mude de assunto.

— Estou preocupado com você — declara Alex, com o rosto sério e os dedos ainda entrelaçados sobre a mesa. Ele está parecendo meu pai todas as vezes que tinha uma conversa séria conosco quando éramos crianças. Até os óculos na ponta do nariz e a boca torta. — Essa coisa com a Layla...

Esfrego a mão na testa.

— De novo isso.

— É, de novo. — Alex se reclina na cadeira, os joelhos batendo na parte de baixo da mesa. — Você precisa ouvir. Quando o seu acordo com a Layla acaba?

Eu estava tentando não pensar nisso.

— Vai fazer um mês no domingo — respondo, relutante.

— E o que vocês vão fazer no domingo?

Eu me ocupo com um pacote de post-its na ponta da mesa, virando-o para um lado e depois para o outro.

— Vamos fazer um piquenique — murmuro.

— Parece divertido — comenta Charlie.

— Parece que você está torcendo para que a Layla esqueça que esse acordo está terminando pra vocês dois continuarem o que quer que estejam fazendo, sem discutir o assunto, como adultos fariam — vocifera Alex. A mesa se move dois centímetros para a frente.

Charlie coloca mais um pedaço de comida na boca.

— Também parece divertido. Vocês vão naquele pequeno campo de flores na fazenda?

— Na verdade, vamos para o lago.

— Boa.

— Caleb — chama Alex com a voz suave, tirando os óculos, dois dedos na ponte do nariz. — O que você está fazendo?

Sei o que parece. Sei que meu histórico não é dos melhores com esse tipo de coisa. Mas Layla é diferente. O que tenho com ela, o que eu sinto por ela, é diferente. Não estou projetando nada. Acho que o acordo me faz ser mais verdadeiro e sincero do que o habitual em relação ao que sinto. Layla e eu nunca tentamos ser nada além de nós mesmos.

— Eu não sei. Se as coisas estão dando certo entre a gente, por que acabar?

É isso que tenho pensado em segredo. O que tenho guardado no fundo do peito nos últimos dias. Por que as coisas têm que mudar? Por que não podemos continuar saindo para tomar sorvete? Por que não posso me sentar no fundo da padaria e vê-la cantar totalmente errado baladas dos anos oitenta?

Alex me olha como se eu fosse um idiota. O olhar de Charlie é parecido, com um pouco de pena. Até Fernando parece me julgar com seus pequenos olhos de cerâmica.

Não faço ideia de como essa droga dessa tartaruga está virada de novo.

— Você precisa colocar um fim nesse acordo — declara Alex.

Charlie concorda.

— É, cara. Não dá para construir algo sobre uma base instável assim.

Mas nossa base não parece instável. Penso na mão dela na minha, a boca abaixo da minha orelha. No sorriso que ela abre quando entro pela porta da frente da padaria. Compartilhei mais de mim com Layla do que jamais dividi com outra pessoa. Pensamentos, segredos e sonhos.

Sinto que nossas peças se encaixam com perfeição.

— Não sei — murmuro de novo, achando o cadarço dos sapatos mil vezes mais interessante que os olhares que estou recebendo da primeira fila de carteiras da minha sala de aula.

— Você já falou disso com ela? — Alex coloca os óculos de volta. — Do que vai acontecer quando o mês acabar?

Mais ou menos, acho. Algumas piadas bobas sobre não ter mais que aturar um ao outro. Mas já faz algum tempo que não falamos dos detalhes específicos. A resposta deve estar estampada no meu rosto, porque Alex suspira de novo, decepcionado.

Tento me defender.

— Eu ia falar.

— Ah, é? Quando?

Domingo, talvez. Se ela mencionasse antes.

Charlie olha de soslaio para Alex, um tanto irritado. Está usando um terno de três peças, o colete por cima da camisa social que parece mais cara do que tudo que tenho no meu guarda-roupa. Os punhos da camisa estão dobrados, e o paletó está pendurado no encosto de uma das cadeiras. Espero que não seja aquela em que Tyler escreveu pênis setenta e cinco vezes. Não parece ser o tipo de terno que lida bem com transferência de tinta.

— O que o Alex está tentando dizer... — Charlie limpa a garganta de forma significativa. — É que é óbvio que os seus sentimentos pela Layla são verdadeiros. E, se você quiser ter algo de verdade com ela, precisa falar desse acordo primeiro. Não pode só continuar do jeito que está... toda essa bobagem de praticar. Você precisa ser sincero com ela e dizer que quer mais. Acabar com o acordo pra começar algo novo. Partir para o jogo real.

Não sei por que isso parece tão difícil para mim. Talvez seja medo de que a Layla ria na minha cara. Ou que diga que não sou o que ela quer. É mais fácil ficar só na esperança.

— Não posso só continuar de boca fechada e torcer pelo melhor?

Alex dá um sorriso torto.

— E isso já funcionou pra você antes? — Quando estreito meus olhos para ele, Alex ergue as mãos e suspira. — Não, Caleb, você não pode fazer isso. Diga a ela como você se sente. Como você se sente de verdade. Olhe só como você tem se comportado. Nas últimas semanas, anda por aí como se estivesse flutuando. Parece até... até...

— Até alguém que acabou de aprender a se masturbar — completa Charlie com a boca cheia de arroz. — Você sempre foi um cara feliz, meu amigo. Mas agora atingiu outro patamar.

Reviro os olhos e me volto para Alex.

— E se — engulo em seco e reorganizo as canetas na minha xícara. — E se ela não sentir o mesmo?

A minha esperança era a de ignorar esse momento. Se eu nunca tocasse no assunto, talvez não tivesse que me decepcionar.

Alex suspira.

— Seja sincero com ela. Diga o que você quer, mas controle um pouco suas expectativas, tá? Lembre que tudo isso foi um acordo entre vocês dois.

É normal que os sentimentos sejam um pouco exagerados. Vocês estavam procurando algum tipo de solução.

Franzo a testa, percebendo o que ele deu a entender.

— Você não acha que ela sente o mesmo?

Charlie e Alex trocam outra série de olhares que não consigo interpretar. Charlie fala alguma coisa e faz um gesto complicado com as mãos. Alex arregala os olhos, então os dois se perdem em sussurros furiosos. Não é muito diferente das duas garotas do time de softball que se sentam nesses mesmos lugares durante a aula de espanhol.

Isso não me dá muita esperança.

— Mas o que é que está acontecendo com vocês dois?

Eles param de repente. Alex olha para mim, mas Charlie olha para o teto, os lábios em uma linha fina.

— Fale com a Layla.

QUASE PERCO A coragem.

Layla desce os degraus da casa dela no domingo à tarde com um vestido rosa pastel com mangas que deixam os ombros à mostra, a luz do sol dançando em sua pele. Um lenço vermelho-cereja no cabelo. A cesta de piquenique no braço. Ela está parecendo uma das balinhas de coração que vêm em uma caixa de Dia dos Namorados, cada uma com uma mensagem. VOCÊ É COMO UM SONHO, a dela diria. FIQUE COMIGO.

Ela solta uma gargalhada quando abre a porta da frente do carro e vê minha tentativa fracassada de fazer um bolo de morango no banco do passageiro. Eu queria adoçá-la, talvez, para essa conversa. Achei que um bolo poderia ajudar. Mas superestimei minha capacidade.

— O que é isso?

Franzo a testa.

— É um bolo de morango.

— É um bololô de morango, isso, sim — diz ela com um sorriso malicioso que tenho vontade de morder. Ainda assim, ela é cuidadosa ao tirá-lo do assento e colocá-lo no banco de trás, ao lado da cesta de piquenique. Layla entra no carro e dá um beijo estalado na minha bochecha. No caminho até aqui, eu disse a mim mesmo que não iria beijá-la até que tivéssemos a conversa. Não iria tocá-la até saber em que pé estamos. Não adiantava tornar as coisas mais difíceis para mim.

Mas, no meu coração, deve estar escrito SOU LOUCO POR VOCÊ. Inclino meu rosto em direção ao dela e pego seus lábios com os meus, minha mão passando por baixo de seu cabelo para brincar com a ponta do lenço vermelho-cereja. Eu o enrolo na mão e puxo, sorrindo quando ouço a respiração dela falhar.

O acordo termina hoje, mas não precisamos terminar outras coisas. Por mais que a abordagem de Charlie e Alex não tenha sido nada sutil, eles estavam certos. Se eu quiser ter uma chance verdadeira de algo duradouro com Layla, precisamos ter uma conversa sincera.

Mas tenho dificuldade em expressar esses pensamentos quando parece que tudo está correndo tão bem entre nós. Quanto mais adentramos na Lovelight, mais minha ansiedade aumenta. Quando chegamos aos campos e ela está me puxando até o lago no extremo da propriedade, meus pulmões estão apertados e meu coração está acelerado. Observo a saia rosa do vestido esvoaçar em torno das coxas, os saltos que ela dá para pular os vegetais que Beckett plantou ali no início da temporada. Aperto a alça da cesta e tento me recompor.

Ela sabe quem eu sou. Ela gosta de quem eu sou, repito como um mantra. *Nossas peças se encaixam. Não vai ser como todas as outras vezes.*

— Layla — começo, mas deixo o vento levar o resto do meu pensamento.

Ela olha para mim por cima do ombro e quase perco o fôlego. A luz do sol que se põe devagar e o ouro reluzindo no colar que ela tem no pescoço. Uma brisa suave que serpenteia pela grama alta e levanta a ponta do cabelo dela. Vaga-lumes que ganham vida no campo ao nosso redor, saindo dos salgueiros como pequenas estrelas caídas.

— O quê? — pergunta ela.

Sacudo a cabeça e engulo as palavras. Só preciso de mais alguns minutos.

— Nada. — Limpo a garganta: — Aqui está bom para a gente ficar?

— Está, sim. — Ela gira em um círculo, a saia esvoaçante e a cabeça inclinada para trás para olhar o céu. É tão linda que meu coração marca um único e doloroso baque bem no centro do meu peito.

Olho para o chão e estendo a manta.

— Você vai tirar sarro do meu bolo de novo?

— Depende do sabor. — Ela se abaixa bem ao lado de onde estou ajoelhado, com o cotovelo apoiado em meu ombro e a boca em meu ouvido. Um sorriso surge no canto de seus lábios. — Às vezes, as coisas mais saborosas podem não ser as mais bonitas.

Tenho certeza de que é conversa fiada dela, mas, mesmo assim, fico agradecido. Tiro o braço dela do meu ombro e dou um beijo rápido na parte interna de seu pulso, sem pensar. Meus lábios se demoram e depois me afasto como se ela tivesse me queimado.

Ela me olha fixamente, a confusão estampada em seu rosto. Segura o braço junto ao peito, a ponta dos dedos roçando o local onde minha boca tocou.

Estou fazendo tudo errado. Não consigo descobrir o que quero dizer nem como. Seria melhor ter feito anotações e as colocado na cesta.

— Ei. — Os dedos de Layla estão hesitantes quando ela se aproxima de mim e traça, sem pensar, um desenho no meu antebraço. — O que houve? Você está meio estranho.

— Eu sei — murmuro. Passo a mão no rosto e a mantenho no queixo, o olhar cansado enquanto olho para ela. Layla se mantém firme, me encarando com seus penetrantes olhos cor de avelã. Deixo a mão cair e tento ser sincero. — Preciso falar com você.

— Tá. — Eu a observo enquanto se prepara, se sentando na manta com um pequeno espaço entre nós. Ela segura os cotovelos, o corpo curvando para a frente. — O que foi?

— Eu...

Não quero mais que nossos encontros sejam um acordo. Quero ser tudo para você, minha mente elabora. *Assim como você é tudo para mim.*

— Quero terminar o acordo.

Ela assente, um único cacho escorregando do lenço em seu cabelo e caindo em seu rosto. Ela o empurra para trás com a mão.

— Tudo bem. Esse era o plano, não era? Estava quase completando um mês, eu acho.

— Faz um mês hoje — respondo. Ela pisca algumas vezes, os cílios trêmulos. Preciso me controlar para não gritar as coisas como um lunático. Inspiro fundo pelo nariz e solto o ar devagar pela boca. Tento de novo. — Completou um mês hoje e eu quero encerrar o nosso acordo.

— Ah — diz ela. Se eu não estivesse observando com tanta atenção, não notaria a mudança em sua expressão. O lábio inferior se retorcendo e o rápido lampejo de dor em seus olhos. Ela ergue os ombros, se preparando. — Ah — repete.

— Eu estava pensando que talvez a gente pudesse...

— É claro — interrompe ela depressa, as mãos na saia do vestido. Ela cerra os punhos e depois volta a abrir. Pela primeira vez, noto os pequenos morangos pintados em suas unhas. De um rosa bem, bem fraco. — É claro, você tem razão. Precisamos encerrar o acordo.

Ela não está olhando para mim, os olhos mirando algum lugar em seus joelhos.

Acabei de dizer exatamente a mesma coisa, mas sua voz soa estranha. O sorriso também parece estranho, frágil e destroçado.

— Certo. Eu...

— Eu não sabia que já havia se passado um mês. Achei que estava perto, mas... — Ela balança a cabeça e morde o lábio inferior rapidamente. — Me desculpe. Faz tempo que você estava esperando pra ter essa conversa? Não quis prolongar as coisas.

— O quê?

— Você deve estar ansioso pra voltar a procurar por aí.

Olho por cima do meu ombro. Tudo o que vejo são campos dourados, um grande celeiro vermelho ao longe, perto da estrada.

— Procurar o que por aí?

Ela enfim me olha nos olhos. Está me observando com atenção, o olhar vagando. Acho que Layla nunca me olhou desse jeito antes.

— Uma namorada — diz, estremecendo de leve. — De verdade, dessa vez.

Algo brusco e feio me revira por dentro, e preciso engolir em seco três vezes seguidas antes de conseguir pronunciar alguma coisa.

— De verdade — repito com a voz fraca. Tudo o que senti por Layla foi o mais próximo da verdade que já cheguei. — Dessa vez.

Ela concorda e brinca com a ponta do lenço em seu pescoço. Movimentos inquietos e distantes.

— Sinto muito por não ter percebido antes e você ser obrigado a falar isso. Parece que o nosso acordo já estava incomodando você há algum tempo.

Incomodando há algum tempo. Toda vez que fecho os olhos, vejo Layla. Toda vez que me viro na cama, sinto sua pele nua na ponta dos meus dedos. Toda vez que vejo esta maldita data em meu calendário, meu peito se aperta e me esqueço de como respirar. Se está me incomodando, é porque eu quero mais. Quero todas as partes que ela me deu e o restante também. Quero cada sorriso, cada croissant, cada toque de sua mão na minha. Quero andar de patins e tomar sorvete derretendo e escorrendo pelos dedos. Comer nachos nos campos.

Layla no meio da minha cozinha, com um grande sorriso e farinha nas mãos.

— É — consigo dizer. — É verdade.

— Ah — diz ela mais uma vez, mais baixo. — Isso é, hum… — Seus olhos se desviam de mim para a pilha organizada de potes ao nosso lado. Seus ombros se curvam para trás e ela começa a recolher os itens que acabou de tirar da cesta: xícaras, pratos e o que parece ser a mesma garrafa de champanhe que comprou todas aquelas semanas atrás na loja de bebidas, uma garrafa laranja com lacre de papel-alumínio dourado. Quando ela pega a caixa de doces, eu a seguro pelo pulso para impedi-la.

— Layla, me ouça só por um segundo. Estou nervoso e não estou… não estou conseguindo me explicar muito bem.

Ela se solta e puxa a caixa de guloseimas para mais perto. Então segura a caixa contra o peito, como se fosse uma armadura. Como se quisesse desaparecer ali dentro.

— Você não precisa explicar nada.

— Layla…

— Por favor, Caleb, não explique nada.

— Por quê?

— Porque está tudo bem, eu entendo. Você não precisa… não precisa me dizer que não sou a pessoa certa pra você. — Ela se afasta de mim e alisa a manta estendida no chão. Observo a saia dela voar ao sabor do vento, meu cérebro preso na frase *a pessoa certa pra você*. Ela se repete como um disco arranhado até que as palavras percam o sentido. — Acho que eu não estava pronta pra isso — completa ela em um sussurro. Não faço ideia se era para eu ter ouvido ou não.

— Eu não estou... Espere aí. — Estico a mão e a ponta dos meus dedos roça na barra de seu vestido. Cerro o punho. — Não estou terminando com você.

— Eu sei, você está terminando o acordo.

— É, eu quero terminar o acordo, mas... — Suspiro, frustrado. Estamos rodando em círculos. Talvez Charlie estivesse certo quando disse que eu deveria praticar em frente ao espelho. — Eu estava pensando que talvez a gente pudesse começar algo novo.

Suas mãos congelam em meio ao movimento por meio segundo, pairando sobre os potes. Não consigo ver seu rosto encoberto pelo cabelo. Mas posso sentir cada segundo silencioso como um alfinete espetando minha pele. Expectativa, do pior tipo.

— Não sei — diz ela devagar. — Concordamos que seria um mês. E já se passou um mês.

— Não podemos acrescentar mais um? — Arrasto os nós dos dedos pelo braço dela. Odeio o tom de súplica em minha voz. Engulo em seco. — Eu quero tentar com você.

Ela arregala os olhos cor de avelã. Seu lábio inferior treme, e eu quase rasgo a manta ao meio. Não quero que ela chore. Não quero que ela chore por *minha* causa.

— Não sei se eu consigo — responde ela, por fim.

— Por que não?

— Porque... — Ela olha por cima do meu ombro, as mãos nos cotovelos, se envolvendo em um abraço. — Porque isso está indo além do que concordamos. Eu nem estou mais avaliando você, Caleb. Era pra ser fácil e divertido, mas agora...

Ela para no meio da frase e cerra o maxilar. Os nós dos dedos estão brancos de tanto apertar os braços.

— O quê? — pergunto. — Mas agora o quê?

Fico no limite da incerteza, a respiração presa. Eu me sinto como se estivesse de novo no escape room e o cotovelo dela tivesse ido direto no meu olho, na minha garganta — no ponto macio e pulsante dentro do meu peito, que parece estar sendo rasgado. Não consigo dizer mais nada, a angústia bloqueando minha garganta.

Sei que tenho o hábito de projetar meus sentimentos, imaginando coisas que não existem. Mas não acho que seja isso. Parece algo completamente diferente.

Layla ficou chateada quando pensou que eu estava cancelando o acordo. Achei que isso pudesse significar que ela sentia o mesmo que eu. Mas talvez fosse ela quem queria terminar tudo comigo antes? Não estou entendendo.

— Não estou entendendo — repito, dessa vez em voz alta.

Ela inspira fundo. Expira, trêmula. Olha para cima, os olhos encontrando os meus, e depois desvia o olhar, encarando os dedos que se contorcem em seu colo. Nunca vi Layla Dupree se encolher dessa forma. Isso não combina com ela.

— Tudo com você parece fácil demais. Acho que vou ficar sempre esperando pelo pior. Sempre quis viver algo assim, mas não… eu não sei se consigo confiar em mim mesma — conclui com um sussurro. — Eu… — Ela olha para cima e pisca algumas vezes. — Eu não sei fazer isso.

— Layla. — Seu nome escapa da minha boca. — Claro que sabe, você já está fazendo isso.

— Não tenho tanta certeza. — Ela passa uma mão trêmula sob o nariz e expira com dificuldade. — É mais fácil terminar isso agora, antes que evolua. Antes que eu… antes que eu… — Ela para de falar, emitindo um som agudo tão próximo de um soluço que quase não consigo suportar. Algo sombrio e muito possessivo desperta em meu peito. Minhas mãos doem com o esforço de não as estender para ela.

— Antes que você faça o quê? Fale comigo.

Parece extremamente importante que ela termine a frase.

Mas Layla não responde. Só balança a cabeça e coloca as mãos nos joelhos, o lábio inferior preso entre os dentes.

— Do que você tem medo? — A pergunta sai de repente, guiada por uma frustração desesperada.

Layla não hesita. Ela finalmente ergue o queixo, encontra meu olhar e sussurra:

— De mim mesma.

— Me ajude a entender.

Ela se ajoelha e volta a recolher todos os itens do nosso piquenique. Uma única lágrima desce por sua bochecha, e meu peito se aperta.

— Eu sempre tive um péssimo gosto pra homens. Sei que brinco com isso, mas meu histórico é o pior, de verdade. Eu... — Ela balança a cabeça, com os lábios apertados, como se estivesse tentando não chorar. — Não posso confiar em mim mesma quando se trata desse tipo de decisão. E não quero machucar você nesse processo, Caleb.

Estou me agarrando à manta com toda a força, tentando não a tocar. Ela coloca os talheres enrolados no plástico-filme na cesta, os guardanapos amarrados com um barbante vermelho. Outra lágrima cai.

Você está me machucando agora, tenho vontade de dizer.

— Nada tem que mudar — digo baixinho. — De verdade. Só o nome que damos a isso. Tudo o que estamos fazendo juntos... Layla, você pode confiar em mim.

— Eu sei que posso. — Ela limpa embaixo dos olhos com as costas da mão e se levanta com as pernas instáveis. — O problema sou eu. Algumas partes de mim estão despedaçadas e eu não... eu não sei como consertar isso pra você, Caleb.

— Você não precisa consertar nada pra mim — retruco. Eu a aceitarei por inteiro, exatamente como ela é. Vamos encaixar nossas peças até que sejamos algo completo, juntos, com nossas partes quebradas se transformando em algo bonito.

Ela dá um sorriso triste, a cabeça inclinada para o lado e o olhar suave.

— Acho que é melhor não irmos além disso se estou... se ainda estou tentando me descobrir. Você merece alguém que se dê por completo, Caleb.

— Eu quero você.

Ela choraminga baixinho.

— Sei que você se sente assim agora, eu só... — Ela balança a cabeça. — Eu acho que precisamos dar alguns passos para trás. Entender o que sentimos de verdade.

O que sentimos de verdade? Eu sei o que sinto. E agora, mais do que nunca, sei como ela se sente também. Vejo a cada vez que olha para mim. A cada vez que segura minha mão. Eu *sei* disso.

— Layla.

— Por favor — sussurra ela —, por favor, pare de dizer meu nome desse jeito.

— O que eu posso fazer?

Quero que ela me diga como consertar essa situação. Quero saber como podemos voltar aos momentos em que ela corria para me encontrar com um sorriso radiante. Quero pegar todos os seus medos e amassá-los, fazer uma bolinha e lançá-los no espaço. Colocar fogo neles. Quero dar um soco em todos os merdas que a trataram como lixo. Lançá-los no espaço também.

— Quero que você... — Ela dá um suspiro curto. — Quero que você vá até a padaria todas as segundas, quartas e sextas. Quero que você fique do outro lado do balcão e peça um café, só com creme. Quero que você compre um croissant de manteiga e não dê a primeira mordida até que esteja na metade da escada da frente. Quero que tudo fique bem entre a gente.

Eu me ergo e me inclino na direção dela. Seguro seu rosto, meu polegar apoiado em seu queixo. Mais duas lágrimas caem de seus olhos e pousam nas costas da minha mão.

— Não sei se consigo fazer isso, Layla. Não sei se consigo fazer isso e não querer você.

A expressão em seu rosto parte meu coração em dois.

— Com o tempo isso vai passar. Eu prometo. Sempre passa.

Eu não acho que vá passar. Vou ficar do outro lado do balcão pensando nas sardas na dobra do seu cotovelo. No som da sua risada abafada pelos meus beijos. Na tatuagem discreta no quadril e nos patins com caveiras e ossos cruzados em miniatura. No sorvete de creme na praia. No pacote de comida congelada no meu olho e na ponta de seus dedos na minha pele.

Estou apaixonado.

No começo, foi devagar, com cuidado. E então aconteceu tudo de uma vez.

Sinto uma pressão bem no meio das minhas costas. Algo que torce e puxa até se acomodar no meu peito. Layla está acostumada com pessoas que a decepcionam. Ela está condicionada a se proteger da decepção.

Alguém já lutou por ela da maneira que merece?

Layla segura meu pulso com força e eu encosto minha testa na dela. Nossos narizes se tocam e ela suspira, trêmula. Não sei se ela está me segurando ou me afastando. Parece um pouco de cada.

— Ainda vou ver você? — Seu lábio inferior roça o meu e todo o meu corpo estremece. — Segunda, quarta e sexta?

Se é disso que ela precisa. Se é para isso que se sente pronta, se essa for a forma de provar que sou o que ela merece ter, então serei o melhor cliente que a sua padaria já teve.

— Sim, meu bem, toda segunda, quarta e sexta.

Ficamos ali, sob a sombra de uma árvore, balançando para a frente e para trás, abraçados. Os pássaros chamam uns aos outros dos galhos.

A grama roça em nossos tornozelos. Seus lábios estão a milímetros de distância dos meus. Ela me segura pelos pulsos.

— Posso fazer uma pergunta? — Mal consigo pronunciar as palavras, vacilantes e roucas. — Antes de irmos embora?

Ela tenta sorrir, mas o sorriso falha nos cantinhos. Um som de dor fica preso no fundo da minha garganta.

— Só uma — responde ela.

Limpo a garganta.

— Se só posso fazer uma pergunta, tenho que escolher uma das boas.

Ela me olha fixamente, lembrando nossa primeira noite juntos.

— Também acho.

Passo o dedo em sua bochecha. Da última vez que disse isso, ela estava sorrindo. Agora, ela fecha os olhos, a respiração irregular enquanto fala.

— Posso beijar você? — pergunto.

Ela mantém os olhos fechados e concorda.

Eu me mantenho imóvel diante dela e me pergunto como devo beijar Layla Dupree pela última vez. Qual é a melhor maneira de fazer com que alguém se lembre de você? Com que queira você de volta?

Pressiono meus lábios contra os dela e coloco a palma da mão em sua nuca. Ficamos ali no espaço entre as respirações, perfeitamente imóveis, dolorosamente imóveis. Tenho medo de me mexer. Tenho medo de permitir que o momento acabe. Mas basta que ela se aproxime mais um centímetro para que eu me liberte de meu cauteloso controle. Com Layla, não consigo evitar. Nunca consegui.

Inclino a cabeça e ela faz um som, algo baixo e irregular que se prende em meu coração e me puxa. Tristeza, acho eu. Insegurança. Exalo de forma brusca pelo nariz e a beijo mais devagar. Implorando.

Não vá embora, tento dizer. *Fique comigo.*

Confie em mim.

Ela afasta a boca da minha com um suspiro e pressiona as costas da mão nos lábios. Dá um passo para longe, e depois dois, tropeçando em uma raiz de árvore. Eu a alcanço, mas ela balança a cabeça. Pega a pilha de potes aos seus pés.

— Eu... — Ela aponta por cima do ombro com o polegar. — Vou pra padaria. Preciso verificar umas coisas.

Enfio as mãos nos bolsos.

— Pode deixar. — Aponto para a manta com o queixo e tento não passar a mão nos lábios. Quero marcar a sensação dela em mim. Gravá-la em minha pele. — Eu recolho tudo.

Ela pisca algumas vezes, o lábio inferior tremendo. Parece muito distante quando diz:

— Eu sinto muito, de verdade. Gostaria de não me sentir assim.

Balanço a cabeça.

— Não precisa se desculpar.

Não precisa, de verdade. Desta vez, eu fui o idiota que partiu o próprio coração. Quando começamos esse acordo, a intenção era me ajudar a me curar desse problema, mas, olhe só, mesma coisa aconteceu de novo.

Olho fixamente para minhas botas no chão. Para a ponta da manta.

— Tá bom. — Eu a ouço dizer. — Vejo você amanhã, né?

Ela vai me ver amanhã. Ela continuará me vendo. Meu último beijo com Layla não será no meio de um campo com lágrimas no rosto.

Concordo e olho para ela, com a palma da mão na nuca. Aperto com força para não ir atrás dela. Ela me encara com o lábio inferior preso entre os dentes, como se quisesse dizer algo mais.

Mas ela não diz nada. Dá mais um sorriso triste e se vira. Ela se afasta de mim, seu lindo vestido rosa ficando vermelho-escuro sob a luz intensa.

Fico ali parado e a vejo partir.

Eu a vejo ir embora até ficarmos apenas eu e as árvores.

24

LAYLA

— Vou querer um croissant de manteiga.

Nem me dou ao trabalho de erguer os olhos do meu bloco de anotações, em que estou fazendo uma lista dos ingredientes que preciso comprar da próxima vez que for para Annapolis. Vou precisar de mais açúcar desta vez. E talvez laranjas em atacado.

E, quem sabe, uma alma nova para a dona da padaria que parte o coração de homens meigos e gentis em seu tempo livre.

— Estamos sem croissant de manteiga.

Gus resmunga. Ele não costuma estar de bom humor pelas manhãs.

— Então por que estou olhando para uma caixa cheia de croissants de manteiga?

— Não são pra você.

Cheguei mais cedo que o habitual e fiz três bandejas de croissants de manteiga. Mantive minhas mãos ocupadas para ignorar o aperto no peito, o aperto na garganta toda vez que pensava no rosto dele sob a luz do sol que se punha, as mãos estendidas para mim. A dor em seus olhos conforme eu me afastava.

E isso funcionou por um tempo. Os croissants. Foi distração suficiente para me impedir de pensar demais em tudo aquilo que eu disse ontem à tarde

— tudo aquilo que *ele* disse ontem à tarde. Preparei uma bandeja inteira e coloquei no forno. Fiquei observando através do vidro enquanto assavam e, no mesmo instante, senti a pressão do silêncio da madrugada. Silencioso demais.

Fiquei ali parada, sentindo todas as minhas dores. Meu ombro, meu pescoço, meu coração: tudo estava dolorido. Acho que a pior coisa que se pode fazer depois de tomar uma decisão duvidosa é se dar tempo para pensar.

Então preparei outra bandeja.

E mais uma.

Tentei cronometrar para que a última fornada ficasse pronta na hora em que ele chegasse, para que os croissants ainda estivessem quentes. Um péssimo prêmio de consolação, acho eu, pela forma como agi no nosso encontro. Mas, ainda assim, um pedido de desculpas.

Fiquei assustada com Caleb ontem à tarde, sei que fiquei. Quando ele se sentou na manta e disse que tinha algo para falar comigo, pensei logo no pior. Ele disse que queria terminar o acordo, então me senti como em todos os rompimentos ruins que já tive, ainda pior. Depois de um mês, eu não tinha percebido quanto havia me apaixonado por Caleb até aquele exato momento. Essa revelação não veio com alegria, mas com o mais profundo pânico.

Acho que não estou pronta para dar ao Caleb tudo o que ele merece. Quando disse que achava que algo estava despedaçado em mim, eu estava falando sério.

— São pra quem, então?

— Não são pra você, Gus.

— Não estou entendendo.

A lembrança me atinge com força. A voz de Caleb, a dor quando disse *Não estou entendendo*. Pisco e sacudo a cabeça. Ontem à noite, fiquei sentada no sofá comendo o bolo de morango horrível de Caleb direto do pote, enquanto olhava para a televisão sem piscar.

Não estou entendendo.

Fale comigo.

Layla...

Sobrou um pedaço do bolo na minha bancada, ao lado de uma sacola de papel amassada que tinha um sanduíche de ovo e um buquê de lavanda meio seco.

— Você pode comer um muffin de mirtilo.

Gus franze a testa.

— Eu não quero um muffin de mirtilo.

Estou prestes a fazê-lo comer o muffin, queira ele ou não, nem vou dizer por onde. Mas então ouço os sinos acima da porta anunciando a chegada de alguém. Verifico o relógio: 7h43 em ponto. Tempo suficiente para ele pegar o que costuma comer e ir para a escola.

Tenho que reunir toda a minha coragem para erguer os olhos do balcão. Seus passos parecem ecoar no pequeno espaço. Casual. Controlados como sempre. Meu olhar se fixa em algum lugar ao redor de sua cintura quando ele para. Cinto de couro marrom. Camisa de botão azul-clara. Seus óculos de sol favoritos presos na gola. Engulo em seco e ergo meus olhos até os dele.

— Oi.

Ele apoia a mão no balcão. Seus olhos castanhos estão em um tom de âmbar, com traços dourados.

— Oi.

Ficamos ali olhando um para o outro. Parece que o mundo inteiro parou. Eu o observo como se não o visse há doze anos, e não há doze horas. Sua camisa está amassada na parte de baixo, como se ele a tivesse tirado das profundezas da gaveta da cômoda. A segunda de baixo para cima, talvez, onde ele guarda as camisas bonitas para o trabalho de um lado e as camisetas velhas e desbotadas do outro. Eu o vi abrir essa gaveta há três dias, enquanto estava nua em sua cama, com os lençóis até o queixo. Ele estava só de calça jeans, pendendo larga da cintura. Tirou uma camiseta velha de banda e a jogou na minha direção com um brilho perverso no olhar. Uma sugestão na forma como suas sobrancelhas se ergueram. Acho que nem sequer saí totalmente de debaixo dos lençóis antes que ele já estivesse me jogando de volta na cama.

Afasto a lembrança e observo como essa versão de Caleb passa os dedos pelo cabelo. Sua mão treme, a única indicação de que ele talvez esteja tão nervoso quanto eu.

Procuro algo para dizer.

— O que você vai querer?

Ele abre a boca e depois fecha. Desvia os olhos e olha para o cardápio acima da minha cabeça. Algo em meu peito se rompe e tento não olhar para o balcão repleto de croissants de manteiga.

Não importa, digo a mim mesma. *Ele não precisa comer um croissant.*

— Acho que vou comer uma torrada com abacate. — Sua voz normalmente grave está rouca. Ele limpa a garganta e passa o polegar sobre a sobrancelha esquerda, ainda estreitando os olhos. — E um chá verde pra levar.

Não me movo nem um centímetro para pegar qualquer uma das coisas que ele acabou de pedir. Por alguma razão, tenho vontade de chorar.

— Não é o que você costuma pedir.

Ele abaixa a mão.

— O quê?

— Não é o quê… Você sempre pede croissant de manteiga e um café com creme. — Caleb olha nos meus olhos, procurando algo. Seus lábios se contraem em uma expressão séria demais para seu rosto bonito, sem covinhas à vista. Não gosto de vê-lo tão sério.

Ele também parecia sério na tarde de ontem. Sério e triste.

Sinto um aperto no peito.

Ele não desvia o olhar quando diz:

— Acho que quero provar algo diferente.

— Por quê?

A pergunta escapa de meus lábios sem permissão. Ele tensiona a mão apoiada no balcão.

— Porque é bom mudar de vez em quando — responde ele, a sobrancelha ligeiramente erguida, com um leve toque de rosa em suas bochechas. Esse homem. Sempre uma contradição.

Demoro mais algum tempo olhando para ele e pego um dos copos para viagem debaixo do balcão. Preparo a torrada, pego o chá e coloco ambos bem arrumados na frente dele. Até alinho as bordas da torrada para que fiquem paralelas, do jeito que ele gosta. Mas ele não olha para o pedido, continua olhando para mim. Acho que, desde que entrou, não parou de me olhar nem por um instante.

E acho que também deixei de respirar desde que ele entrou.

Ele pega o pedido no balcão, a mão encontrando a minha. Meu corpo inteiro estremece, surpreso. Sua mão grande envolve meu pulso e ele passa o polegar na parte em que pode sentir minha pulsação, devagar, com intenção. Seu toque flutua e ele traça os nós dos meus dedos, os espaços entre eles. Sinto arrepios que sobem até meus ombros, apesar de estar quase mil graus lá fora e de eu ter passado a manhã inteira na frente de um forno.

— Você lembra o que eu disse? — pergunta, com a voz baixa. Seu polegar pressiona o meio da minha mão. — Naquele dia em que você estava assando aquela comida toda?

Balanço a cabeça. Para ser sincera, ele já me disse muitas coisas, a maioria delas enquanto eu estava assando alguma coisa. As rugas de um sorriso surgem ao lado de seus olhos, como se soubesse em que estou pensando. Mas o sorriso não se reflete em sua boca.

Eu aceito isso. É um passo na direção certa.

— Eu disse que você merece coisas boas — acrescenta ele baixinho. — E acho que eu poderia ser uma dessas coisas boas pra você. Tenho certeza disso, na verdade. Você merece que alguém tente, e merece que alguém se importe com você. Eu. — Ele suspira, lenta e profundamente, o olhar tão cheio de cautela que preciso enrolar minha mão no pano de prato velho e maltrapilho amarrado ao meu avental.

Quero pressionar meu rosto na curva de seu pescoço e sentir o cheiro dele. Quero seus dedos emaranhados no meu cabelo. Sinto *muita* saudade dele. E isso não é assustador? De uma agonia de tirar o fôlego? Sentir saudade da pessoa que está bem na sua frente.

— Sei que às vezes sou um pouco exagerado nos sentimentos, mas acho que pode dar certo com você. Não quero forçar você a nada — acrescenta ele. — Mas quero que saiba que esse último mês com você foi o melhor que já tive. Eu devia ter dito isso ontem à noite, mas estava ansioso e bem nervoso, e tudo saiu meio errado. Com ou sem acordo, tudo o que senti por você, tudo o que disse pra você… — Ele balança a cabeça devagar, o sorriso enfim saindo de seus olhos e indo parar nas bochechas. Vejo um leve indício das covinhas antes que voltem a desaparecer.

— Foi a coisa mais sincera, mais verdadeira que já senti. — Ele olha por cima do ombro para a padaria meio cheia e depois de volta para mim, inclinando a cabeça para a frente e abaixando a voz. Talvez porque Cindy Croswell está imóvel no balcão de condimentos, com suas orelhinhas maliciosas atentas à nossa conversa.

Eu me inclino para ele, seu nariz roçando minha orelha. Meus arrepios se transformam em um tremor de corpo inteiro. Se ele percebe, tem a decência de não comentar.

— Sei que você não está pronta agora, e tudo bem. Eu vou… vou continuar vindo aqui. Toda segunda, quarta e sexta. É só me avisar quando estiver pronta.

Ele solta minha mão sem dizer mais nada e pega o pedido, se vira e atravessa o pequeno salão, saindo pela porta da frente sem olhar para trás. Minha coroa de peônias balança devagar para a frente e para trás quando ele sai. Fico olhando para ela por um longo tempo, para o tremular das pétalas e para o arranhar da fita contra a janela. Fico olhando e olhando e olhando, minha garganta apertada.

Gus tosse. Acho que ele não se mexeu durante todo esse tempo.

— Posso comer um croissant de manteiga agora?

Pisco os olhos para a porta e volto à minha lista.

— A resposta ainda é não.

STELLA ME ENCONTRA na despensa, sentada de pernas cruzadas em cima do saco de farinha. Se eu tivesse o hábito de fumar, provavelmente estaria com um cigarro pendurado na boca neste instante. Mas tudo o que consegui encontrar foi uma embalagem velha de alcaçuz, que devoro como o grande desastre que sou.

Stella está na porta, com um halo de luz atrás de seu cabelo ondulado. Ela parece a santa padroeira do julgamento.

— Nossa, uau. Isso é… Layla, isso é um pouco demais.

Só posso presumir que esteja falando da assadeira cheia de migalhas aos meus pés. Aquela que com certeza estava forrada com biscoitos amanteigados quando entrei aqui. Decidi que o melhor caminho a seguir seria comer até esquecer meus sentimentos, e comecei com o que tinha à minha frente.

Biscoitos, doces, vai saber o que mais.

É um mundo de possibilidades.

— O Caleb veio me ver — comento sem nenhum contexto. Stella fecha a porta com cuidado atrás de si, nos envolvendo na escuridão e no brilho das luzes em cordas de pisca-pisca que coloquei nas bordas das prateleiras há cerca de seis meses. É o meu lugar favorito para um cochilo no meio da tarde.

Ou para um colapso emocional.

Tanto faz.

— Ele… sempre vem à padaria.

Concordo.

Stella espera apoiando o ombro em uma prateleira cheia de sacos de farinha. Ela passou quase uma década apaixonada pelo mesmo homem. Ninguém tem tanta paciência quanto Stella Bloom.

— Nosso acordo terminou ontem.

— Já?

Dou de ombros e traço a abertura da embalagem de alcaçuz em minhas mãos.

— Já faz um mês, foi o combinado.

Stella dá um passo para a frente e se aconchega na prateleira ao meu lado. Ela tenta afofar um saco de açúcar como se fosse um travesseiro, e tudo o que consegue fazer é com que ele comece a vazar devagar. Uma bela analogia de como as coisas estão. Ela bufa e tenta consertar o buraco, mas só piora a situação.

Arrasto uma tigela com o pé e a coloco no lugar em que o açúcar cai. Mais tarde arrumo isso.

— É por isso que você está aqui comendo doces e biscoitos contrabandeados?

— Não são contrabandeados — murmuro, segurando o doce. — São meus. Obtidos de forma justa e dentro da lei.

— Tá bom, bom saber disso. Mas… e o Caleb?

Suspiro e cato algumas migalhas que caíram na manga da camisa.

— Será que sou uma hipócrita?

A pobre Stella nem vacila quando mudo o rumo da conversa de repente.

— Layla, você é uma daquelas raras pessoas que se deixam guiar pelo coração. Não, você não é hipócrita.

Mas não parece que meu coração está me guiando. Assim que percebi que algo de verdade poderia rolar com Caleb, meu coração pareceu correr na direção oposta.

Como se estivesse em uma droga de uma maratona.

Contra a equipe masculina.

— Sinto que estou esperando há muito tempo pelo amor. Eu me entreguei… de novo e de novo, e de novo. Uma vez saí com um cara que passou o caminho todo até o restaurante tentando adivinhar meu peso. E concordei em sair com ele de novo. — Tiro outro pedaço de alcaçuz da embalagem. — Estou acostumada a torcer para o tempo passar logo e não percebi que meu mês com Caleb estava acabando. Acho… acho que esqueci que era um acordo.

Stella procura um pedaço de alcaçuz na embalagem.

— E o Caleb queria que as coisas continuassem como vocês tinham combinado?

Balanço a cabeça.

Foi a coisa mais sincera, mais verdadeira que já senti.

— Não, ele não queria. É por isso que sou hipócrita. Eu me sinto tão burra — respondo. Stella me entrega um pequeno travesseiro que ela tirou de… algum lugar. Eu o abraço junto ao peito. — Tudo o que eu sempre quis foi um relacionamento bom e, quando encontrei um, decidi me sabotar.

— O primeiro passo é admitir pra si mesma — murmura Stella, ajeitando meu cabelo atrás da orelha.

— Por que eu me sabotei?

— Porque você está com medo — responde ela baixinho, os olhos azuis tão amorosos. Sob o brilho das luzes cintilantes penduradas nas vigas de metal, ela parece um anjo de Natal, algo que se encontraria em um globo de neve. — E porque você namorou um monte de caras horríveis que maltrataram você, machucaram você. É normal sentir medo quando seu coração se deixa envolver.

— Acho que eu gosto demais dele — sussurro.

Stella murmura.

— Como posso confiar no meu coração? A cada vez que penso que fiz uma boa escolha, tudo vai pelos ares, em uma explosão das grandes. Meu coração nunca me indicou a direção certa. Todos esses relacionamentos que fracassaram pareciam bons no começo, sinto que tudo isso acabou comigo. Só sobraram pedaços de mim, Stella. E tenho medo de que, se eu entregar esses pedaços para o Caleb… — Minha voz falha ao pensar nisso. Acho que não sobraria nada de mim.

É melhor me decepcionar agora que depois. É mais seguro assim, mais fácil.

Stella fica em silêncio, pensativa enquanto mastiga um biscoito amanteigado que devo ter deixado passar.

— Quantos pedaços você ainda tem?

— O quê?

— Os pedaços de você. — Ela aponta para meu peito, bem onde está meu coração. — Quantos você acha que ainda restaram?

Pisco algumas vezes para ela.

— Não sei se consigo contar quantos sobraram.

— Tente.

— Estou tentando.

— Bom, se esforce mais.

Quero agarrar minha melhor amiga pelos braços e sacudi-la.

— Stella.

— Se você acha que sobraram poucos, eu entendo. Entendo de verdade, você sabe disso. É difícil criar coragem quando sentimos que a próxima decepção vai acabar com a gente.

Quando Luka confessou que a amava, Stella literalmente correu para as colinas. Não acreditava que pudesse ser amada pela mesma pessoa que estava amando. Achava que aquilo que sentia não era recíproco e ficou aterrorizada pensando no que poderia dar errado e…

De repente, a ficha cai.

— Ah.

Ela assente e dá outra mordida enorme no biscoito.

— É isso aí.

— Por que eu sinto que você tem mais alguma coisa a dizer?

— Porque tenho mais uma coisa a dizer. — Ela se afasta da prateleira e fica de pé na minha frente, passando as mãos na bunda para limpar o short. Seus lábios se curvam em um sorriso gentil e ela pega outro pedaço do doce na embalagem. — Eu ia dizer que tudo bem se você quiser proteger alguns desses pedaços. Mas acho que precisa parar pra pensar em quantos deles ainda são seus e quantos você já entregou ao Caleb. E confiar que, talvez, seu coração finalmente tenha encontrado a pessoa certa pra arriscar.

25

LAYLA

— Essas tortas estão horríveis.

Suspiro e resisto à vontade de bater com a testa na mesa de metal em que estão as tortas horríveis que estou confeitando. É uma mesa reluzente, e dar com a cara ali provavelmente deixaria um amassado muito satisfatório. Mas Stella pagou a mais pelo polimento do metal, e eu odiaria que ela desperdiçasse dinheiro por causa de danos causados por minha testa.

— Beatrice. — Eu me endireito da posição de confeitar e estico o pescoço. É um milagre que eu ainda consiga ficar em pé após passar tantas horas na padaria. — A que devo o prazer?

Ela me olha da entrada, com uma pilha de biscoitos amanteigados debaixo do braço.

— É quarta-feira.

— É. — Esfrego a mão no local dolorido. — Mas não é a terceira quarta-feira do mês. A não ser que eu tenha entrado em um coma induzido e, de alguma forma, tenha acordado sem saber.

Isso não seria bom? Eu adoraria dormir durante os próximos três a seis meses. Enterrar minha cabeça num buraco até que esse aperto em meu peito desapareça.

Caleb apareceu todas as segundas, quartas e sextas-feiras no mesmo horário, como disse que faria, como pedi que fizesse. Ele fica do outro lado do balcão e olha para o cardápio como se não soubesse de cor o que está escrito. E, quando pega qualquer bobagem que eu tenha assado em excesso por puro estresse na noite anterior, movimenta a mão só um pouquinho para passar os dedos na parte interna do meu pulso, no dorso da minha mão, no meu polegar. Um toque aparentemente inocente, mas que, combinado com seu olhar significativo e paciência infinita, me faz…

Estou prestes a enlouquecer. A cada vez que ele chega, fico em dúvida se devo suspirar de alívio ou chorar. Estou dividida entre esquecer tudo o que vivemos e pedir para começarmos de novo. Estou confusa. E chateada. E não tenho dormido muito bem sem meu nariz pressionado em suas costas fortes, meu braço em volta da cintura dele. Tudo isso tem se manifestado na minha falta de paciência e… minhas tortas estão horríveis.

Beatrice ri e fecha a porta atrás de si com um movimento da mão. Ela amontoa as caixas de biscoito de qualquer jeito no balcão, amassando os cantos. Estremeço. Tenho certeza de que ela faz isso de propósito, porque sabe como sou meticulosa com barbante e papelão.

E o quanto valorizo um biscoito amanteigado.

— Não faça isso — protesto.

— Isso o quê? — Ela pisca algumas vezes de um jeito inocente e abre a geladeira, inclinando-se para inspecionar a prateleira de baixo. Faz uma careta e fecha a porta de novo.

— Você sabe.

Ela leva as mãos à cintura.

— Não estou gostando nadinha do seu tom. — Ela me lança um olhar que faria qualquer outra pessoa tremer de medo. Mas, a esta altura, sei que ela tricota em segredo e que foi ela quem fez os suéteres minúsculos para os gatos do Beckett. Não poderia ser menos assustadora nem se tentasse. — O que deu em você?

Estupidez. Medo. Uma completa e total incapacidade de entender o que quero. Uma pitada de frustração e uma boa quantidade de autopiedade.

— Nada, eu estou... — Passo a mão na testa e sinto o toque de algo gelado. Que maravilha, tenho quase certeza de que acabei de passar creme de limão na testa.

Talvez eu devesse mergulhar de cara nele. Assim, vou ficar parecida com a palhaça que sou.

— Eu estou bem — concluo.

Beatrice circunda a grande ilha em minha pequena cozinha e para bem na minha frente. Ela é um pouco mais baixa que eu, mas o que falta em centímetros, compensa em presença. Ela ergue o queixo, uma mecha de cabelo grisalho roçando na bochecha. Parece uma pintura a óleo de um guerreiro antigo. Sinto que ela deveria estar segurando uma bandeira e uma espada.

— Acho que você gosta de namorar caras babacas — vocifera. Ela arranca o saco de confeitar das minhas mãos e me empurra para fora do caminho.

Endireito a postura. Ergo as sobrancelhas. Uma dose de irritação que se assoma ao inferno em meu peito. Não durmo bem há dias, e Beatrice acha que é uma boa ideia entrar na minha cozinha e me insultar?

— Como é que é?

Ela estreita os olhos e inclina a cabeça para o lado, consertando o trabalho horrível que eu estava fazendo ao colocar a cobertura na torta. A ideia era fazer alguns corações, mas ficaram mais parecidos com fantasmas tristes. Nada mais justo.

Beatrice não ergue o olhar.

— Isso mesmo que você ouviu.

— É, eu ouvi.

— Então qual é a dúvida?

— Hum, minha primeira pergunta é: do que é que você está falando? — Dou uma bundada nela para que saia do caminho, mas ela dá a volta para o outro lado e puxa a bandeja junto. — A segunda pergunta é: por que é que está falando disso?

— A rede de comunicação todinha está falando disso — murmura ela. — E você não devia fazer trabalhos que exigem habilidade quando está acabada desse jeito — acrescenta, falando mais alto.

— A rede de comunicação? — Não vale a pena mencionar o comentário sobre estar acabada, ela está certa.

Beatrice ergue a cabeça com um suspiro.

— É, a rede de comunicação. Já ouviu falar?

— Eu conheço, mas não recebi nenhuma mensagem desde...

Tento lembrar. A última mensagem que recebi falava alguma coisa da nova pizza de frango ao pesto na pizzaria do Matty. Luka ligou para Jesse no bar, que ligou para Dane, que com certeza ficou chocado com a notícia, considerando que ele dorme na mesma cama que Matty todas as noites, que então ligou para Susie, que então me ligou. Isso deve ter sido...

Paraliso quando me dou conta, de repente. Não recebi uma única mensagem desde que Caleb e eu começamos o acordo. Caleb mencionou há algumas semanas que não estava recebendo nenhuma notícia, e eu sei que Darlene adora encher a cabeça dele com informações bobas. Beatrice ri de novo, baixinho, se divertindo.

— A ficha caiu?

— É sério que ninguém tem nada melhor pra fazer nessa cidade do que ficar passando adiante fofocas sobre pessoas que podem ou não estar namorando?

— Não acredito que você precise fazer essa pergunta — responde Beatrice. — E eram vocês que insistiam que não estavam namorando. Para a gente, parecia muito um namoro.

— Tudo bem, eu... — Ainda estou tentando assimilar tudo, mas meu cérebro volta para o início dessa conversa injusta. — Espere aí, volte um pouquinho.

— Achei que você ia querer voltar mesmo.

— Não gosto de namorar babacas.

— Ah, gosta, sim.

— Não, não gosto. Foi por isso que aceitei sair com o Caleb, pra começo de conversa. Queria tentar algo diferente. Queria me sentir bem, pelo menos uma vez.

Beatrice coloca o saco de confeitar no balcão e move a torta finalizada para a bandeja em que eu as estava alinhando. Ela pega outra torta, mas não tenta consertar as linhas tortas. Só passa algum tempo olhando para ela, depois a gira para a esquerda e para a direita. Então a coloca com delicadeza ao lado da torta perfeita.

— E você ainda está namorando o Caleb?

Meu coração acelera. Parece que estou naquele campo de novo, no dia do piquenique, vendo o rosto dele franzir em confusão, e depois assumir um ar de frustração ao compreender tudo. Como se tivesse previsto aquela situação muito antes. Como se os termos de nosso acordo fossem tudo o que poderíamos ter.

— Não. — Minha voz falha no início e no fim dessa palavra tão curta.

— Então o que eu disse ainda é verdade. — Beatrice empurra a bandeja de volta em minha direção e pega uma de suas caixas jogadas. Ela a abre e retira um biscoito amanteigado quadrado e perfeito. Coloca-o na frente dela e pega outro saco de confeitar que eu não me preocupei em encher até o final.

— Você gosta de sair com esses caras babacas e idiotas porque é mais fácil. É mais fácil ter um homem estúpido que a decepcione do que um homem bom que parta seu coração.

Pisco uma vez e depois duas. Apoio os dedos na assadeira.

— Você acha que eu estou com medo?

— Acho.

Algo em meu peito se agita e depois silencia. A compreensão, parece. O silêncio aumenta entre nós enquanto fico parada ali, Beatrice ainda se dedicando aos biscoitos que trouxe. Acho que, do seu jeito teimoso, agressivo e rabugento, ela veio me fazer companhia.

Eu a observo trabalhar e as palavras escapam.

— Eu não quero mais sentir medo — sussurro. — Quando isso vai passar?

Beatrice sorri e me entrega o biscoito no qual estava trabalhando. Uma flor com pétalas roxas que se estendem para cima e para cima, para um céu invisível. Beckett já me ensinou o suficiente sobre flores para que eu saiba que essa floresce nos meses de verão. Uma flor teimosa que pode desabrochar várias vezes se sobreviver aos meses frios do inverno.

— Esse é o problema de se apaixonar. É dar o passo em falso, confuso e deselegante em direção ao centro do caos. A sensação nem sempre é boa. É como cair. — Ela pega outro biscoito amanteigado com um sorriso no canto da boca. Seus olhos estão distantes, vidrados pela lembrança. Eu me pergunto em quem está pensando com essa expressão no rosto.

Por quem Beatrice se apaixonou. Quem a fez cair.

— Você só precisa confiar que a pessoa por quem se apaixonou é inteligente o bastante para segurar você antes que bata no chão e se machuque sério.

Ele se atrasa na segunda-feira.

Treze minutos.

Tento não passar o tempo todo olhando para o relógio, mas estou muito nervosa. Fico apertando o tecido do avental, amarrando e desamarrando o lenço no meu cabelo. Na terceira vez que o tiro e passo entre os dedos, Gus faz *tsc-tsc* do sofá no canto, o mais distante. Ele se senta ali todas as manhãs como uma gárgula mal-humorada, comendo todos os croissants de manteiga que Caleb abandonou e tecendo comentários que com certeza deve achar divertidos, mas que, na verdade, só servem para me deixar ainda mais agitada.

— Ele nem vai ligar para o que você está vestindo — dispara Gus. Minhas bochechas queimam de vergonha e olho na direção dele. Ele dá de ombros e ergue as mãos. — É só o que eu acho.

— É, você sempre diz o que acha, mas ninguém quer saber.

— Muitas pessoas querem saber o que eu acho.

— Continue se enganando.

Caleb aparece sete minutos e dois lenços de cabelo depois. Vejo o topo de sua cabeça enquanto ele se move pelo denso conjunto de árvores que circunda a padaria. Cabelo bagunçado, como se tivesse passado as mãos por eles muitas vezes. Meu coração acelera na mesma hora e pressiono a palma da mão contra o peito. Não deve ser saudável me sentir assim toda vez que vejo o rosto dele.

Mas é o que temos para hoje.

Ele dobra a esquina, onde um belo abeto azul estende seus galhos como braços abertos — a árvore que Luka apelidou de Spruce Springsteen —, enquanto finjo reabastecer os canudos de papel com listras vermelhas ao lado da caixa registradora. Ele ajusta a alça da mochila em seu peito e inclina a cabeça para baixo, sorrindo para alguma coisa, *para alguém*, me dou conta. E é então que a vejo.

Emma Waterson. A professora de inglês da oitava série. Colega de trabalho de Caleb. A colega de trabalho de Caleb, muito bonita, que deve ser bem centrada e ter todas as emoções no lugar.

Eles caminham pelas árvores lado a lado e param no primeiro degrau. Como alguém que parece adorar se torturar, continuo olhando, paralisada com um punhado de canudos a meio caminho do pote. Observo quando Emma avança em direção a ele, inclina a cabeça para trás e gesticula alguma coisa. Observo o rosto de Caleb se contorcer em diversão, a leve inclinação da cabeça para a direita que me diz que ele está, de fato, prestando atenção. Curioso e sincero, e todas as coisas adoráveis que fazem de Caleb quem ele é.

Enquanto isso, tenho a sensação de que engoli bolinhas de gude. Uma dor de cabeça ameaça surgir na base do meu pescoço. Estou dividida entre me esconder embaixo da bancada e me jogar pelos degraus da frente. Acho que é com isso que preciso me acostumar, com essa sensação de ferro quente bem no centro do meu peito. Deve ser ciúme, com uma pitada de arrependimento.

Mal consigo colocar os canudos no lugar antes de ouvir a gargalhada de Caleb. Ouço através do vidro grosso das janelas. Quente e grave, divertida. Posso contar nos dedos de uma só mão as vezes em que ouvi Caleb gargalhar, e todas foram comigo. Guardo cada uma dessas lembranças em um lugar secreto e sagrado perto do coração: para mim, e só para mim.

E agora ele está gargalhando com outra pessoa.

Toda a minha determinação ardente de *seguir em frente* tropeça e cai de cabeça em meu coração partido.

Olho para o balcão quando ouço o barulho do sino acima da porta. Passos pesados e o cotovelo dele batendo em um dos potes de vidro transparentes com biscoitos. Ele sempre esbarra ali, não importa quantas vezes eu afaste o pote para não ficar no caminho.

— Oi, Layla.

Sua voz é calorosa, amigável.

Mantenho os olhos firmes no balcão e cutuco alguns dos canudos que deixei cair do pote.

— Oi — respondo, uma tempestade de sentimentos. — O que eu posso oferecer a vocês dois?

Não tenho por que ficar chateada, eu disse a Caleb que nosso acordo havia terminado. Ele está livre para fazer o que quiser. Emma é linda, gentil e uma excelente escolha para tudo o que Caleb tem a oferecer. Ela é exatamente o que ele merece. E deve ser bem o que ele está procurando.

Mas aposto que os croissants dela têm gosto de lixo.

— Dois? — Caleb parece confuso.

Eu consigo olhar para cima até a altura de seu queixo. Mantenho meus olhos firmes ali, sem querer olhar para outro lugar.

— É, o que posso oferecer a vocês dois?

— Ah, ah… — Observo enquanto ele passa a mão do ombro até a nuca, a palma grande massageando os músculos. Um tique nervoso de quando não sabe direito o que dizer. — Eu estou sozinho, mas poderia pedir dois de alguma coisa, se você quiser.

Olho nos olhos dele.

— Cadê a Emma?

Caleb olha para mim como se eu tivesse acabado de perguntar o horóscopo do dia.

— O quê?

— A Emma — explico devagar. Não acho que a imaginei com ele, mas não ando dormindo muito bem. — A mulher com quem você estava rindo lá fora.

— Ah. — Ele olha por cima do ombro. — Ah, sim. Eu encontrei com ela quando estava chegando.

— Hum.

Ele se vira de volta para mim e observa minha expressão. Não tenho espelho, mas deve ser um misto de *Acabei de comer um biscoito que achava que era de gotas de chocolate, mas era de aveia com passas* e *Os biscoito no pote acabaram.*

Seus olhos se estreitam.

— Que som foi esse?

— Que som?

— O *hum*.

Dou de ombros e tento suprimir a dor que aumenta quanto mais eu olho para ele.

— Não foi nada, foi só um som que eu fiz. — Pego um copo de papel debaixo do balcão com força demais. Quando o solto, está amassado de um dos lados. Eu o jogo na lata de lixo e pego outro. — Você quer chá ou café?

— Quero saber por que você está tão chateada.

— Não estou chateada. — Minha voz oscila no fim, como a traidora que é.

— Layla.

— Ótimo, vou pegar um café pra você.

— Layla — diz ele de novo, a voz mais suave dessa vez. Ele me segura pelo pulso antes que eu possa me dirigir até a máquina de café expresso. Aperta de leve e eu ergo o queixo, com a intenção de criar uma máscara de absoluta indiferença. Mas a sensação quente, vergonhosa e feia em meu peito se espalha quanto mais eu olho para ele, e sinto meu lábio inferior tremer. Ele olha para baixo e fixa o olhar. Seu corpo inteiro desaba, curvando-se em minha direção.

— Layla — repete ele, dessa vez em tom de súplica.

— Não. — Puxo a mão para fora de seu alcance. Não sei para o que estou dizendo não. Este dia, talvez. Toda essa situação. Esse ciúme, essa tristeza e a sensação permanente de que estou sempre indo na direção errada. Quero parar de ter medo, mas não sei *como*. Quero acreditar no que Beatrice disse sobre confiar, mas *não sei como*. Quero aceitar que talvez eu tenha enfim escolhido o homem certo, mas *não sei como*.

Limpo a garganta.

— Tenho bolo de café na cozinha — digo em voz baixa. — Já volto.

Desapareço pela porta antes que ele possa dizer mais alguma coisa. Aqui é mais fácil pressionar as mãos contra a testa e tentar juntar os pedaços dispersos de mim mesma. Inspiro fundo e tento contar até doze. Tento canalizar alguns daqueles vídeos antigos de ioga que enviei para Stella há muito tempo.

Isso vai desaparecer, não é? Essa sensação? Tem que desaparecer.

— Layla, espere um segundo. Eu quero…

Caleb entra com tudo pela porta dos fundos e esbarra em mim, nós dois desabando contra a ilha. Da última vez que estivemos aqui, ele me encostou na parede ao lado da geladeira, com o braço embaixo da minha bunda e a boca no meu pescoço. Beijos molhados e chupões que me marcaram por dias.

Acho que ele também se lembrou disso, porque sinto sua respiração trêmula em minha nuca enquanto ele me segura com firmeza, as mãos apertando meus braços com suavidade. Estamos pressionados um contra o outro dos ombros até o quadril, seu peito nas minhas costas.

Ficamos ali juntos, respirando. Faz quase uma semana que ele não me toca de forma nenhuma, e não consigo acreditar no quanto já tinha me esquecido. A sensação de quando ele encosta a cabeça em meu pescoço, de como é bom, firme e quente.

— Layla. — Ele sopra meu nome logo abaixo da minha orelha, o nariz me tocando. Envolve minha cintura com os dois braços e me aperta. — Por que você está chateada?

— Não estou — respondo na mesma hora, com a voz embargada e as mãos trêmulas. Eu deveria me soltar de seus braços. Deveria agir como se estivesse bem. Mas não consigo. Não consigo.

— Você está. Por quê?

Porque vi você com outra pessoa e não gostei, penso. *Porque não sei como deixar de ter medo.*

— Eu não sei — respondo. Uma mentira. — Não estou. — Outra mentira.

Ele se afasta com um suspiro, mas mantém as mãos firmes em meus braços. Caleb me vira até que eu não tenha escolha a não ser olhar para ele. A linha severa das sobrancelhas e os lábios apertados em uma linha fina.

Quero passar meu polegar sobre elas até que desapareçam.

Quero que ele saia da minha cozinha e finja que esta manhã nunca aconteceu.

Não sei o que quero.

— Por que você não pode me falar a verdade?

— Eu estou falando a verdade.

Estremeço no fim da frase. Não estou falando a verdade, nem um pouco. Estou sendo covarde mais uma vez.

Caleb me aperta e depois relaxa as mãos.

— Você ficou chateada porque me viu com a Emma?

— Não. — *Sim.* — Desejo que vocês sejam felizes juntos. Espero que use todas as dicas e truques que aprendeu durante nosso tempo juntos.

Eu me sinto mal só de dizer isso. É grosseiro e maldoso, e não é como me sinto de fato, mas estou confusa. Eu me sinto como se estivesse em uma máquina de lavar, girando de um lado para o outro. Caleb dá meio passo para trás e me olha como se eu tivesse dado um soco em sua cara.

— É isso que você acha? — Ele esfrega o rosto com a palma da mão. — Acha que eu consigo encontrar outra pessoa fácil assim? Que tudo o que queria de você eram *dicas* e *truques*?

— E não era? — Dou a volta até que haja uma tigela e um metro e meio de balcão entre nós. — Você disse que queria ser melhor em encontros. Então vá, se jogue e — faço um gesto estranho com a mão — aproveite.

Ele cerra o maxilar, os olhos ardentes. Não diz nada por um longo tempo até que enfim começa a falar, a voz baixa, quase sem conseguir se conter.

— Não era só isso que eu queria de você.

— O quê?

Ele caminha ao redor do balcão, o queixo erguido, ombros para trás. É de tirar o fôlego em sua calma, em sua confiança.

— Não era só isso que eu queria de você — repete, soando calmo, avançando até que eu tenha que inclinar a cabeça para trás para encará-lo. — Não sugeri começarmos isso tudo porque eu queria dicas, Layla. Eu gostava de *você*. Desde o começo.

— Eu…

— A Emma é a fim de outro professor da escola… o Gabe — interrompe Caleb. — Faz semanas que ela tenta criar coragem pra falar com ele. E a sala dele fica duas portas depois da minha. Ela para na minha sala quando fica nervosa e puxa assunto comigo. Por acaso, ela estava ali fora quando eu ia entrar na padaria hoje de manhã e achou melhor pedir desculpas por passar na minha sala tantas vezes. Ela finalmente falou com o Gabe na sexta, eles vão sair pra jantar essa semana.

O alívio faz meus joelhos fraquejarem. Procuro algo por cima de seu ombro para olhar, enquanto o constrangimento domina minhas bochechas. Caleb se aproxima, segura meu rosto e guia meus olhos de volta para os dele.

— Pare de me tratar como se eu fosse o cara com o removedor de fiapos ou o cara do bar na praia. Pare de agir como se você fosse alguém de quem eu pudesse me afastar. Não quero estar em nenhum outro lugar que não seja com você. — Ele passa o polegar pelas minhas bochechas vermelhas, os olhos ficando mais suaves. — Não subestime quanto tempo posso esperar por você.

— Eu não...

— E, por favor, não minta pra mim.

Fecho a boca.

Ele desliza a mão para a parte de trás da minha cabeça e me observa com cuidado, em silêncio, os olhos observando cada centímetro do meu rosto. Ele suspira e me puxa para a frente, dando um beijo firme no meio da minha testa. Meus braços estão soltos nas laterais do corpo. Meu coração está em algum lugar em minha garganta.

— Eu sinto saudade de você — diz em um sussurro rouco em minha pele, quase como se eu não devesse ouvir essas palavras. Um suspiro surge do fundo de seu peito e ele me solta. Dá dois passos para trás e olha para a porta.

— Agora só depende de você, Layla, o que vai acontecer daqui para a frente. — Ele esfrega os nós dos dedos no peito e dá um tapinha em cima do coração. Como se estivesse tentando desfazer um nó. Olha de novo para mim, com um sorriso um tanto triste. — Só depende de você — repete.

Então me dou conta do que estava esperando quando o vi lá fora com outra pessoa. O que eu achava que queria, mas que, na verdade, não quero de jeito nenhum.

Caleb vai embora e eu fico sozinha.

26

CALEB

ACORDO COM O barulho de panelas e frigideiras na cozinha.

Por um único e doloroso instante, penso que pode ser a Layla, usando a chave que guardo embaixo do capacho da entrada. A chave que mostrei para ela dois dias antes de tudo ir por água abaixo e disse, gaguejando, balbuciando, que ela poderia usar quando quisesse.

Viro de um lado para o outro na cama e me deixo levar pela fantasia. Eu me imagino descendo a escada e encontrando Layla perto do fogão, com a camiseta grande e macia que ela gostava de roubar da minha gaveta. Nada por baixo. Meu queixo em seu ombro e meu braço em volta de sua cintura. Uma música tocando baixinho no rádio. Café quente na bancada. A luz do sol entrando pelas janelas e seu sorriso como uma marca em minha pele.

Mas então ouço os sons abafados da novela — uma sequência de xingamentos em espanhol e o arrastar dos chinelos de dentro de casa da minha avó contra o chão limpinho — e enterro o rosto no travesseiro.

— *Abuela* — digo assim que consigo reunir forças para sair do quarto, olhando para as quatro panelas que ela já está preparando no fogão. Dou um beijo em cada bochecha dela e vou direto para a máquina de café. — O que está fazendo aqui tão cedo? — pergunto em espanhol.

— *No es temprano* — responde ela. Não está cedo. Ela se vira para mim e ergue a sobrancelha. — Onde está sua camisa?

Solto uma risada e aponto com a cabeça para o casaco pendurado no encosto de uma das cadeiras da cozinha. Estou surpreso que ainda esteja aqui e que ela não tenha tentado lavar todas as roupas que encontrasse pela frente. Eu o visto sobre o peito nu e fecho o zíper até a metade.

— Melhor assim?

— *Sí.* — Ela me entrega um prato cheio de ovos, chouriço e tetelas, triângulos recheados com feijão e queijo, ainda quentes da frigideira. Eu me sento em uma cadeira e tento me acomodar no conforto de uma refeição quente preparada pela minha avó, com um episódio antigo de seu programa favorito soando ao fundo, as notas estranhas de uma música que ela cantava às vezes quando éramos crianças, preocupada enquanto mexia a comida.

— Já contei pra você como seu avô e eu nos conhecemos?

Faço uma pausa com o garfo a meio caminho da boca, com as sobrancelhas erguidas.

— Já.

Umas sete mil vezes. É uma das minhas histórias favoritas. Eu fazia com que ela repetisse várias vezes quando me colocava na cama.

Os cobertores bem afofados até meu queixo e a mão gentil em meu cabelo.

— Foi na feira — começa ela, como se eu não tivesse acabado de responder à sua pergunta. — Ele...

— Comprou todos os sapatos que você estava vendendo — respondo, sabendo de cor a história. — Acompanhou você até em casa e voltou no dia seguinte. E voltou várias vezes depois disso.

Minha avó bate com a colher de pau na borda da panela e a coloca de lado.

— Não — retruca ela. — Não foi assim que aconteceu.

Eu franzo a testa.

— Foi, sim.

— Ah, é? — Ela se vira para mim com os braços cruzados. — E você por acaso estava lá?

Enfio uma garfada de ovos na boca, devidamente repreendido. Tenho certeza de que minha avó foi a criadora do olhar severo quando teve filhos e o aperfeiçoou com os netos.

— Não, *abuela, lo siento.* Por favor, continue.

Ela faz um som de clique com a língua.

— Ele não comprou todos os meus sapatos porque queria me cortejar. Ele tropeçou na banca porque não estava prestando atenção. Derrubou um lado inteiro e teve que comprar os meus sapatos porque estragou todos eles. Seu *abuelo* não olhou pra mim com adoração quando me conheceu, olhou com medo.

Pouso meu garfo na mesa e a encaro.

— Como é que é?

Ela dá de ombros e volta a mexer a panela.

— Pensei que ele fosse um *peinabombillas.*

Alguém que penteia lâmpadas. É o insulto favorito da minha avó e não faz o menor sentido.

— Porque… — tento engolir cerca de trinta anos de mentiras. — Por que você me contou uma história diferente?

— Porque o seu avô era um homem romântico. — Minha avó sorri. É um sorriso suave e triste, do tipo que ecoa no fundo do coração quando você se lembra de alguém que amou e perdeu. Uma dor agridoce que se espalha. — Porque ele gostava de ser o herói da história. A história que ele contou sobre o tubarão também era mentira.

— Ele não deu um soco no nariz de um tubarão enquanto salvava um barco cheio de crianças?

Ela solta uma gargalhada.

— Não. Você viu aquele homem, *osezno.* — Ela revira os olhos. — Ele quase não tinha força nos braços. Era um amante, não um lutador.

— Nossa.

— Não acredito que você nunca tenha desconfiado disso durante tanto tempo.

— Nem eu.

É bom saber que minha vida inteira foi uma mentira. Cruzo os braços e me recosto na cadeira. Minha avó olha por cima do ombro e faz outro som de *tsc-tsc,* desliga o fogão e se junta a mim à mesa. Ela coloca uma tigela na minha frente e outra na frente dela.

— Estou contando isso porque… — Ela passa a colher nas bordas da tigela com o olhar distante. — Estou contando isso porque você é muito parecido com o seu avô.

— Enxergo coisas que não existem de verdade? — Meu estômago revira. — Floreio as coisas?

— Não — responde ela com determinação. — Porque você ama com todo o seu coração. E isso é lindo.

Pego meu garfo de novo com a testa franzida e cutuco alguns dos ovos.

— Não me parece uma coisa tão boa assim.

Parece ser a pior coisa do mundo. Parece ser o que continua me machucando repetidas vezes. Não faço ideia se a Layla vai ou não mudar de ideia. Se algum dia ela vai me querer da mesma maneira como eu a quero. Neste momento, meu grande coração parece mais uma grande maldição.

Minha avó estende a mão e segura a minha. Ela aperta.

— É a melhor coisa — diz ela com firmeza. — Sei que nossa família se preocupa com você, com seu coração desprotegido. Mas isso faz de você uma pessoa gentil e generosa. — Ela respira fundo e vacilante. — Seu avô ficaria muito orgulhoso do homem que você se tornou. Só precisa me prometer que nunca vai deixar de confiar no seu coração.

Penso no rosto de Layla atrás do balcão quando entrei na padaria ontem. As lágrimas que ela estava tentando desesperadamente esconder, o tremor em suas mãos. Penso em meus lábios em sua testa, meu corpo apertado contra o dela. Como me senti ao ter que me afastar dela.

— E se eu estiver errado dessa vez?

— Não está — responde ela, rápida e incisiva. — Você não acha que aquela garota merece alguém que ofereça todo o coração? Você não acha que, depois de todos esses homens com quem ela perdeu tempo, ela merece alguém que retribua o carinho sem pensar duas vezes?

Algo em meu peito se acalma.

— É, é isso mesmo. É exatamente isso que ela merece. — Respiro fundo e olho para o tampo da mesa. Vale a pena esperar por Layla. Eu sei disso. Só que é difícil vê-la e sentir toda a distância que nos separa. Quase uma dor fantasma. Bem no centro do meu peito. Olho de relance para minha avó. — Eu vou continuar confiando no meu coração.

Minha avó assente.

— *Bueno.* — Ela pega uma colherada de comida da tigela e a coloca na boca. Posso sentir que está me analisando, os olhos quentes semicerrados em concentração.

— O que foi?

— Talvez seja por isso que você teve tantos problemas com mulheres no passado.

— Por quê?

Ela sorri, as rugas de seus olhos se aprofundando.

— Porque nunca foi a mulher certa.

Estou na metade da minha corrida matinal pelo parque quando meu celular toca. Olho para a tela, vejo que é Charlie e prontamente o ignoro.

Preciso de tempo para relaxar, não de discussões ridículas. Da última vez que ele ligou, tentou explicar as vantagens de fazer arminha com a mão como ferramenta de pegação. Em outra ocasião, foi uma chamada de vídeo de dentro de um provador, e ele queria saber qual suéter de malha combinava mais com seus olhos.

Enfio o celular no cós da bermuda e faço a curva sem perder o ritmo. A cada vez que meus tênis batem no asfalto, penso em Layla. Sua risada. Seu sorriso. Em seus malditos croissants de manteiga que estou desejando como se fosse um viciado. Não sei por que achei que seria uma boa ideia me abster deles enquanto estivéssemos separados. Acho que uma parte de mim queria mostrar a ela que posso experimentar coisas novas. Não sei. Parecia uma boa ideia.

Mas, porra, sinto falta daqueles croissants.

Meu celular toca de novo, vibrando contra a parte inferior das minhas costas. Eu o ignoro.

Ele vibra mais uma vez. E de novo.

Resisto ao impulso de arremessá-lo longe na floresta, mas por pouco. Atendo com uma respiração frustrada e ofegante, meu cabelo encharcado de suor caindo nos olhos. Eu os ajeito para trás.

— O que você quer?

— Rede de comunicação de Inglewild chamando — anuncia Charlie. — Estou aqui pra passar uma mensagem.

— Desde quando?

— Desde quando o quê?

— Você não costuma me ligar. É a Darlene quem liga.

— Ah. — Há um som abafado do outro lado da linha. Como se ele estivesse caindo de um lance de escadas ou lutando sozinho contra uma família de guaxinins. — Bom, houve uma reestruturação.

— Reestruturação?

— Você ouviu, ursinho. Chega de perguntas. Você quer a mensagem ou não?

Aperto a ponte do nariz. Nos últimos dias, estou com uma dor de cabeça permanente.

— Qual é a mensagem, Charlie?

— Estão falando por aí que a Layla se trancou no freezer da padaria.

Sinto meu estômago se revirar. O pânico faz cada centímetro do meu corpo se tensionar. Imagino o pior, seu pequeno corpo encolhido no canto do freezer industrial.

— O quê? — Solto num suspiro.

Há mais agitação do outro lado da linha, então ouço claramente a voz de Stella sussurrando:

— Charlie, que merda é essa?

— O quê? — sussurra ele de volta, com o telefone ligeiramente afastado da boca. Sua voz soa fraca e distante. — Ela disse pra fazer com que ele vá até a padaria.

— É, mas não pra causar um ataque cardíaco nele.

— Tudo bem. — Sua expiração é alta em meu ouvido. — Ei, Caleb, foi mal por isso, cara. Você precisa ir até a padaria, há um incêndio rolando.

— Charlie!

Há uma briga do outro lado da linha. Ouço xingamentos abafados, um som como se alguém tivesse acabado de mergulhar a cabeça na água e um baque. Em seguida, a voz de Stella está na linha, suave, como quem pede desculpas.

— Caleb?

Não faço ideia do que está acontecendo.

— A Layla está bem?

— Ela está ótima. Não ligue para o que o Charlie disse. — Ela suspira e murmura algo do outro lado que não consigo captar. — Você acha que pode dar uma passada na padaria? A Layla quer ver você.

Meu coração acelera. É uma combinação de tensão da minha corrida, adrenalina do susto que Charlie me deu e apreensão por Layla querer me ver. Uma suspeita surge.

— Vocês estão se metendo nessa história?

Stella murmura.

— Deve ter uns vinte e cinco por cento de intromissão nossa, mas com a melhor das intenções. — Ela faz uma pausa e abaixa a voz. — A Layla só precisa de um empurrãozinho. Eu juro que ela quer ver você, Caleb.

— Tem certeza?

— Tenho.

É A MEIA hora mais longa da minha vida.

Deixo todos os vestígios de apreensão para trás na segunda metade da corrida. Estabeleço um novo recorde pessoal no caminho de volta para casa e praticamente caio nos degraus da varanda, derrubando um vaso e um guarda-chuva assim que chego à porta de entrada. Tomo um banho rápido, coloco uma camiseta qualquer e corro para o jipe como se a padaria estivesse, de fato, pegando fogo. Como se minha casa também estivesse pegando fogo.

Quando paro no pequeno estacionamento de cascalho atrás da padaria, meu coração está disparado. Tento controlar minhas expectativas, com as mãos apertando o volante. É possível que isso não seja nada. Talvez eu tenha esquecido algo aqui no começo da semana. Talvez ela precise que eu experimente uma receita nova.

Ou talvez ela queira me dizer que cometeu um erro ao me pedir para vir três dias por semana. Talvez ela queira me dizer para ficar longe.

Respiro fundo.

É melhor acabar logo com isso.

Passo as mãos sobre os galhos enquanto caminho pela trilha. É uma das minhas partes favoritas deste lugar, as enormes pedras planas colocadas com todo o cuidado entre as árvores. É como se perder da melhor maneira possível, vagando por um caminho que é familiar e precioso. As pegadas dos que já passaram por aqui nesta manhã pontilham os dois lados do caminho. A luz do sol fraca, sombreada por galhos grossos. É como estar em um lugar completamente diferente. Dentro de um globo de neve, talvez. Ou em um cartão-postal.

Viro a última esquina e essa é minha segunda parte favorita da caminhada até a padaria da Layla. Através das grandes janelas da frente, posso vê-la em pé atrás do balcão, com um lenço no cabelo e a cabeça abaixada em concentração. Mesmo aqui de longe, percebo que está com a língua entre os dentes. Seu corpo está ligeiramente inclinado para a esquerda enquanto trabalha.

Ela é a coisa mais linda que já vi. A coisa mais linda que jamais verei.

Ela ergue o olhar de relance e me vê parado do lado de fora, entre as árvores. Enquanto coloca o saco de confeitar de lado, um sorriso discreto surge e se alarga conforme ela olha para mim. Vou em sua direção.

Sinto que sempre estive me movendo em sua direção.

Ela se afasta do balcão e logo coloca a cabeça para fora da porta da frente.

— Oi — diz ela, com aquele sorriso ainda no rosto, como se estivesse feliz em me ver. A esperança bate como um tambor de guerra em meu peito. — O que você está fazendo aqui?

— Você estava presa no freezer — respondo. Ela franze o rosto em confusão. — Não importa. O Charlie estava sendo… o Charlie. — Coço a nuca e tento me livrar de todo o meu nervosismo. É só a Layla. — Você queria me ver?

Ela morde o lábio inferior. Minha esperança se esvai como um balãozinho triste.

— Ah, entendi… — Olho por cima do ombro. Talvez seja melhor vagar por entre as árvores e continuar andando. Passar pelo jipe e ir em direção aos campos, deixar a Mãe Natureza fazer o que quiser comigo. — Eu só vou…

— Não, Caleb. Espere um pouco. — Observo Layla mexendo nos cordões do avental na porta aberta. — Fique aí, eu tenho uma coisa pra você.

Ela desaparece antes que eu possa dizer mais alguma coisa. A porta se fecha atrás dela, os sinos logo acima emitindo um som suave através do vidro grosso. Fico ali parado e tento não olhar para o lugar onde ela estava, mas meus olhos correm pelas janelas sem meu consentimento. Eu a observo contornar o balcão e procurar atrás da caixa registradora. Ela ergue um bule de café e olha por baixo dela. Reorganiza os potes grandes no balcão até que seu rosto se ilumina com um sorriso.

— E lá vamos nós. — Ela surge de novo, afobada, descendo os degraus e aterrissando com um leve salto no cascalho do caminho. Ela se aproxima e me entrega uma folha de papel grossa e branca, dobrada ao meio. Sua mão treme enquanto ela espera.

Fico olhando para o papel.

— O que é isso?

Ela o empurra para mim.

— Abra.

— O que é isso?

Ela puxa a mão de volta.

— Você não tem imaginação, vou ler pra você. — Seus olhos piscam para os meus antes de se desviarem e se concentrarem no papel. — É um boletim — murmura ela.

— Pra quê?

Suas bochechas ficam rosadas.

— Para o nosso experimento.

— Ah. — Não era isso que eu estava esperando. — Pra mim?

Ela assente e leva o polegar à boca, mordendo a pontinha. De alguma forma, isso é, ao mesmo tempo, muito sedutor e cativante.

— Talvez isso seja uma péssima ideia — diz ela, tão baixo que tenho que me esforçar para ouvi-la.

— Não, não. — Tento esticar mais as costas e reúno toda a minha coragem. Eu queria que ela me dissesse como ser melhor em encontros. Foi assim que tudo isso começou. E vale terminar. — Eu quero ouvir.

— Está bem, então. — Ela olha para o papel de novo, a cor mais intensa em suas bochechas. Observo com interesse o vermelho descer até suas clavículas. — É meio ridículo, mas…

— Layla, não é ridículo, leia.

— Dividi tudo em categorias — confessa com pressa. — Sua nota final. Entusiasmo, originalidade, simpatia e uma… uma categoria bônus. — Suas mãos se atrapalham com a borda do papel.

Inclino a cabeça para o lado.

— Essas não são as categorias do Miss América?

— Não. — Ela esfrega a palma da mão na testa. — Talvez, eu não sei. Só... só entre nessa por um minuto, pode ser? Estou tentando... estou tentando fazer uma coisa. Estou tentando me desculpar.

Franzo a testa.

— Eu já disse: você não tem nada pelo que se desculpar.

— Eu sei. Você também disse que o que vai acontecer agora depende de mim. — Seu nervosismo diminui e o sorriso se torna mais fácil. Quando ela volta a olhar para mim, consegue sustentar meu olhar por um pouco mais de tempo. Os olhos cor de avelã como pedras preciosas, cristalinos e seguros. — Certo. Vamos lá, então. Na categoria entusiasmo, você recebe dez de dez. Excede as expectativas. De acordo com os comentários... bom, de acordo com os comentários, você sempre demonstrou prazer e entusiasmo em estar presente. Você parece mesmo interessado em todos os aspectos do processo de namoro.

Essa é uma boa notícia. Mas a maneira como ela falou — *de acordo com os comentários* — faz parecer que a opinião dela não importa. Dou meio passo à frente.

— E quanto a você, Layla? O que você tem a dizer?

— Eu digo... — Ela suspira devagar, os olhos ainda no papel. Amassa a pontinha e depois tentar endireitar. — Digo que nunca me senti tão especial para alguém em toda a minha vida — sussurra. — Digo que o jeito como você sorriu pra mim no seu carro naquela primeira noite me fez pensar que eu poderia amar você, só um pouquinho.

Sinto todo o ar se esvair dos meus pulmões em uma expiração lenta e trêmula.

— Só um pouquinho?

— Apesar da camisa havaiana.

— É claro.

Um sorriso surge no canto de sua boca. Ela continua olhando para o papel em suas mãos.

— Próximo: originalidade. Mais um dez de dez. De acordo com os comentários, os encontros nunca pareceram orquestrados ou planejados demais. Os interesses do par foram levados em consideração e aplicados com atenção.

— E você?

— E eu. — Layla enfim me olha nos olhos. — Acho que nunca ri tanto. Pensei que poderia amar você ainda mais quando estava com aquela embalagem de milho congelado na cara.

Meu coração bate cada vez mais forte, em um ritmo rápido e estrondoso.

— O que vem agora?

— Simpatia — diz em um suspiro —, oito de dez. E, de acordo com os comentários, só estão dizendo isso porque você é gentil até demais. E porque deveria se esforçar mais para se proteger de coisas que podem machucar você.

— Humm. — Dou mais um passo para perto dela e seguro sua mão esquerda. Com gentileza, abro seu punho com a palma virada para baixo e traço a ponta do dedo nos nós dos dedos dela.

Desta vez, não preciso perguntar. Ela diz logo em seguida:

— Eu digo que sua bondade, seu coração aberto, sua capacidade de cuidar e amar… são suas maiores qualidades. Eu tenho… tenho passado por momentos muito difíceis, Caleb, tentando criar coragem para confiar em mim mesma, para confiar em nós dois. Eu quero tanto que isso seja de verdade.

Entrelaço meus dedos nos dela.

— E é, meu bem. É de verdade, eu prometo.

Ela aperta minha mão.

— O que me leva ao último ponto: a categoria bônus. — Ela engole em seco e solta o papel, deixando-o à mercê do vento. Observo enquanto ele oscila de um lado para o outro, até que meu olhar seja engolido por Layla sob o sol da manhã, pintada em tons de dourado, rosa e azul fortes do verão. Um sorriso hesitante e o amor brilhando como um farol em seus lindos olhos. Parece que meu coração vai escapar do peito.

— Esse tempo todo… acho que eu estava me apaixonando por você — diz ela. — Não consegui reconhecer porque nunca senti isso antes. E, quando percebi, quando me dei conta, meio que me apavorei. Ainda estou um pouco assustada com isso. No fim, o que eu mais queria é bastante assustador quando é pra valer. Você vai precisar ser paciente comigo.

— Eu consigo ser paciente — respondo, a voz embargada. — Acho que estou me apaixonando por você há algum tempo, Layla. Um croissant de manteiga por vez.

Um sorriso, um segredo, um toque suave por vez.

Seu sorriso é tão acolhedor, tímido. Quero traçá-lo com o polegar. Quero pintá-lo no céu. Quero que seja a cobertura de um bolo.

— Que bom — retruca ela —, porque eu gostaria de discutir os termos de um novo acordo.

Eu me aproximo e seguro uma mecha de seu cabelo cor de caramelo. Esfrego com cuidado entre o polegar e o indicador, giro duas vezes e puxo com delicadeza. Ela sorri e algo se libera em meu peito, quente e amoroso.

— Um novo acordo, é?

Ela concorda e agarra minha camiseta com as duas mãos, me puxando para ainda mais perto.

— Isso.

Meu nariz esbarra no dela.

— Achei que você não quisesse mais acordos entre nós.

— Esse é diferente.

— Pode falar.

— Bom, pra começar… — Ela empurra meu queixo com o nariz até que eu incline o rosto para cima, sua boca no espaço logo acima do meu coração. Ela me abraça pela cintura e deposita um beijo suave ali. — Encontros — murmura em minha camiseta. — Quero muitos deles.

Eu murmuro enquanto balanço nós dois para a frente e para trás.

— Acho que podemos fazer isso. — Faço uma pausa. — Desde que não seja no escape room de novo.

— Não posso prometer nada. Tirando o olho roxo, acho que foi muito bom.

— Ah, sim, tirando o olho roxo.

Ela sorri, e seus olhos se suavizam.

— Chega de notas. Chega de faz de conta. De agora em diante, somos você e eu sendo sinceros com nós mesmos e um com o outro.

Encosto meu nariz em sua têmpora. Deslizo a palma da mão para a parte inferior de suas costas e a aconchego ainda mais. Ficamos juntos entre as árvores.

— Eu gosto dessa ideia.

Ela solta minha camisa e coloca a mão na minha nuca. Sua palma é fresca no calor abafado do verão, os dedos tamborilando.

— Sorvete de creme com casquinha de laranja na praia — acrescenta ela —, beijos na chuva. O som que sai de você, bem aqui… — Ela passa um dedo pela linha do meu pescoço e toca na frente, na direção da garganta. — Quando eu faço você se sentir bem.

Eu faço uma versão mais discreta desse som agora, algo profundo e cheio de desejo. Eu a puxo com mais força contra mim.

— Croissants de manteiga — falo, a voz baixa. — Bolos de morango com creme. Você vai me dizer o que precisa, sempre que precisar. Estarei bem aqui com você.

Ela concorda. Inclina a cabeça para trás até que possa encontrar meu olhar com olhos amplos e abertos sob o céu infinito de verão. Meu coração dispara, e eu pertenço a ela.

— Mais uma coisa — diz ela.

Concordo e ajeito o cabelo dela com cuidado atrás das orelhas.

— O quê?

— Nos apaixonar — diz ela. — Nos apaixonarmos juntos.

Deslizo a mão pelo pescoço de Layla até o centro de seu peito. Meu mindinho se prende na gola do vestido. Abro bem os dedos até sentir a pulsação suave de seu coração.

— Concordo com essas condições.

— Ótimo — diz ela.

Então roça a boca na minha, de um lado para o outro. Ela tem gosto de morango e champanhe. De glacê. Meu tipo favorito de para sempre.

— Porque esses termos não são negociáveis.

— Estou de acordo.

Ela sorri enquanto nos beijamos, uma lágrima escorrendo pelo seu rosto. Alívio. Felicidade pura e perfeita. Eu sorrio e puxo seu rosto para o meu. O melhor acordo que já fiz.

EPÍLOGO

LAYLA

Dois anos depois

— O QUE está acontecendo?

Estou paralisada na entrada da cozinha, com a camisa de Caleb roçando nas minhas coxas e uma xícara de café morno na mão esquerda. Ele acordou antes de mim esta manhã e deixou o café na mesa de cabeceira, como sempre faz, junto com as palavras cruzadas e um beijo suave logo abaixo da minha orelha. É a minha maneira favorita de acordar.

Bom, a segunda maneira favorita de acordar. Minha maneira favorita envolve Caleb e sua boca traçando um caminho sinuoso pela pele macia da minha barriga, suas mãos empurrando minhas coxas e seus dentes roçando minha tatuagem.

Caleb vira metade do corpo e olha para mim por cima do ombro.

— O quê?

Assim de pé, consigo ver o quadro pendurado sobre o fogão. Um recorte da revista *Baltimore Magazine* com uma das fotos que eles tiraram.

Minha foto favorita.

Nela, Caleb está sentado àquela mesinha no canto, com uma xícara de chá florida na mão, a calça suja de lama e sujeira, o rosto exausto. Mas ele está olhando para mim com tanta ternura, que sinto como um beijo em minha nuca. Os nós dos dedos em meu queixo. Na foto, estou atrás do balcão e ele está sentado à mesa, me olhando como se eu fosse a própria lua.

Acho que tenho umas quarenta e sete cópias dessa revista.

Dou dois passos arrastados para a frente e deslizo para um banquinho. Quando decidimos morar juntos, não escolhemos a casa dele nem a minha. Escolhemos uma casa nova, bem atrás da padaria, no meio da Fazenda Lovelight. A construção demorou um pouco, mas a cozinha é enorme, e eu posso dormir até um pouco mais tarde pela manhã.

E Caleb pode me acompanhar ao trabalho todos os dias.

Apoio o queixo nas mãos e abro um sorriso.

— Você está usando um cinto de segurança?

Ele se vira por completo e enfim consigo dar uma boa olhada nas tiras pretas sobre seus ombros. É uma mochilinha de cachorro, e bem no meio de seu peito nu está Poppy, a pequenina que Beckett resgatou e coagiu Caleb a adotar. Ele disse que ela devia ser um cão policial, mas não consigo imaginar isso.

Primeiro porque acho que ela deve pesar uns três quilos e meio, ou menos. E, segundo, acho que nunca a ouvi latir.

Ela é uma coisinha meiga demais. Fui com Caleb no dia em que ele a conheceu. Ele se ajoelhou e estendeu a mão para ela, com a palma para cima. Ela olhou para ele, se enrolou em seu colo e caiu no sono. Desde então, os dois não se separaram mais.

Pelo que parece, nem na hora de preparar o café da manhã.

Caleb se vira de um lado para outro, com Poppy presa em segurança ao peito com uma série de fivelas. Ela inclina a cabeça para cima e o encara com adoração.

— O quê? — pergunta. — É demais?

Eu balanço a cabeça e solto uma risada.

— É ótimo assim.

Ele sorri para mim. Meu meio-sorriso favorito que faz suas covinhas surgirem discretas.

— Ótimo, porque o café da manhã está pronto.

Ele desliza um bagel gorduroso com bacon, ovos e queijo pelo balcão para mim, e meu estômago ronca em agradecimento. Aparentemente, Caleb fez todos aqueles sanduíches de bagel que me trouxe quando começamos a namorar. Agora ele os faz para mim nos fins de semana. E em ocasiões especiais.

Hoje não é nenhuma dessas coisas.

Ele tira Poppy da mochila em seu peito e dá um beijo rápido em seu focinho, deixando-a na cama fofa em forma de muffin no canto da cozinha. Ela está perfeitamente posicionada em um feixe de luz, as orelhinhas se erguendo quando ela dá três voltinhas e se joga na cama. Seus olhos acompanham Caleb enquanto ele se movimenta pela cozinha, limpando as coisas e guardando os ingredientes.

Os meus também.

Observo a flexão de seus ombros nus quando ele alcança a geladeira. A linha forte de seus bíceps enquanto se serve de outra xícara de café. Estamos juntos há dois anos e ainda fico boba olhando para ele. Amar Caleb é como como um sonho, cupcakes e um vinho muito bom. Um calor que começa em algum lugar do meu peito e vai se espalhando até que eu o sinta como o sol em minha pele. Constante. Incrível. Adorável.

Ainda fico insegura. Ainda tenho dúvidas sobre mim mesma e sobre como nos encaixamos. Mas ele me ajuda a superar esse sentimento. Seus lábios na minha nuca e os braços fortes em volta da minha cintura me ajudam.

Passei muito tempo procurando o tipo certo de amor, até que ele entrou pela porta da frente da minha padaria todas as segundas, quartas e sextas-feiras. Falamos muito disso. Eu gosto de reclamar do tempo que levei para enxergá-lo do outro lado do balcão. Caleb gosta de sorrir, passar o polegar sob minha orelha e me dizer: "No fim, deu tudo certo".

Ele me vê olhando e ergue a sobrancelha escura, com um rubor em resposta. Adoro o fato de ele ainda corar por minha causa. De eu ainda conseguir fazer com que o rosa ganhe vida em suas bochechas com um simples olhar.

Dou uma mordida monstruosa em meu bagel.

— Qu' é a ca são?

O sorriso de Caleb se alarga.

— O que você disse? — Ele pega o jornal dobrado na ponta da bancada e o folheia até encontrar a seção de receitas. Entrega para mim sem dizer uma palavra, colocando-a com cuidado perto do prato.

Engulo o bacon de uma crocância perfeita e o ovo com queijo.

— Qual é a ocasião?

— Não posso fazer um bagel pra você só porque eu quis?

A suspeita aumenta. Estreito os olhos.

— Claro que pode, sempre. É que… você também está sem camisa.

Ele olha para seu peito nu com as sobrancelhas erguidas. Passa a mão no peitoral, descendo pela linha do abdômen até o umbigo. Estou hipnotizada. Tenho certeza de que um pedacinho de pão cai da minha boca e vai parar na beira da bancada.

— Estou sem camisa.

Coloco meu sanduíche no prato e pego o copo de suco de laranja de Caleb. Meu olhar ainda está preso em algum lugar entre seus braços e o cós de sua calça de pijama.

— Isso me faz pensar que você quer pedir alguma coisa.

Sanduíches de bagel e Caleb sem camisa são uma maneira praticamente certa de me fazer concordar com qualquer coisa. Foi assim que ele conseguiu que eu diminuísse minhas horas na padaria no verão passado, quando eu adormecia em pé na frente da batedeira. Também foi assim que ele me fez concordar com uma pescaria em casal com Beckett e Evelyn.

Nunca mais.

— Ah, pois é, sobre isso. — Ele apoia os dois braços na bancada, com o rosto sério. Meu coração dá cambalhotas no peito. Um pouco de apreensão, mas principalmente muita alegria. Felicidade também. É mais fácil confiar em mim mesma quando acordo ao lado desse homem. Quando seu rosto é a primeira coisa que vejo pela manhã e a última antes de dormir.

— Eu queria pedir uma coisa.

— Se for pra fazer outra viagem de casal com Beckett, eu vou…

— Não, não. — O sorriso dele se alarga até que as linhas de seus olhos se aprofundam. — Não é isso.

— Ah, o que é, então?

Caleb se afasta da bancada e enfia a mão no bolso da calça de pijama de flanela desbotada. Estou ocupada fazendo caras e bocas para o meu sanduíche, então quase não percebo quando ele coloca alguma coisa na bancada e a desliza para o outro lado. Ela esbarra nos meus nós dos dedos e quase me atrapalho com o copo de suco de laranja quando percebo o que é.

Uma pequena caixa preta que não é maior que a minha espátula favorita. De veludo.

Com uma dobradiça em um dos lados.

Fico olhando para a caixinha e depois olho mais um pouco. Meu coração dispara no peito. Caleb limpa a garganta.

Olho para ele: bochechas rosadas, cabelo bagunçado, minhas duas covinhas favoritas. Ele está sorrindo para mim com o coração nos olhos — aquele coração grande e lindo que esperou e esperou por mim. Aquele que mudou minha vida.

Ele limpa a garganta mais duas vezes antes de conseguir dizer o que quer.

— Layla. — Sua voz soa abafada no silêncio da nossa cozinha, com um sorriso discreto. — Talvez seja melhor revisarmos os detalhes do nosso acordo.

CAPÍTULO EXTRA

Este capítulo extra é a perspectiva de Layla sobre o retorno deles ao escape room, após um ano de namoro.

LAYLA

A SALA TROPICAL não se parece em nada com a sala dos zumbis.

Não há partes de corpos de mentira penduradas no teto. Não há trilha sonora de gemidos e lamentações. Em vez disso, há folhas de palmeira gigantes. Um navio naufragado bastante impressionante feito de caixas velhas de produtos da Fazenda Lovelight, uma praia improvisada com areia e palmeiras enormes ancoradas em cestas de vime que se aglomeram nas laterais da sala.

É agradável, aconchegante. Mesmo com as gaivotas que grasnam nos minúsculos alto-falantes perto do teto.

Passo a ponta dos dedos sobre a tampa de um baú de tesouro fechado com um enorme cadeado na frente. O relógio da nossa sala começou a funcionar assim que Eric fechou a porta atrás de nós com um aviso vago para não fazermos nada de impróprio, mas não tenho pressa. Acho que eles acabaram com a exigência de no mínimo quatro pessoas em todas as salas. Ou talvez Caleb tenha subornado o Eric. De qualquer forma, estou feliz por sermos apenas nós dois hoje.

Já o Caleb... Caleb parece estar com pressa. Assim que os grandes números vermelhos surgiram no relógio gigante no centro da sala, ele foi até uma das palmeiras, tentando descobrir como poderia escalá-la. Seu corpo alto está enrolado no tronco, com as mãos correndo para cima e para baixo na casca áspera, procurando em que se apoiar. Acho que ele pensa que um dos cocos no topo é uma pista. E deve estar certo.

Sorrio enquanto o observo.

— Não acredito que você quis voltar aqui depois da última vez.

Da última vez... quando fomos expulsos da sala por termos destruído metade dela e Caleb saiu com um olho roxo.

Sua cabeça aparece ao redor do tronco da árvore.

— Você gosta de fazer isso.

Dou de ombros.

— Gosto mais de fazer outras coisas.

Como me deitar no sofá com Caleb ao meu lado, com a ponta de seus dedos deslizando no meu braço enquanto compartilhamos o jornal. Croissants na mesa e nosso café morno quando ele inevitavelmente joga o jornal do outro lado da sala e me aconchega sob seu corpo.

— Eu vou resolver isso — diz ele, me tirando do meu devaneio. — Vou vencer esse negócio.

— Tá bom. — Eu me coloco em cima do baú do tesouro e balanço as pernas para a frente e para trás, os calcanhares batendo contra a madeira grossa. Parece oco, mas com certeza há algo dentro dele. — Acho que você planejou tudo isso só porque queria me ver com essa camisa.

Os olhos de Caleb se voltam para o meu peito.

— Isso também é verdade.

Quando Caleb me disse que me levaria para o escape room, na mesma hora procurei em nosso armário a camisa havaiana que ele usava na noite em que tudo mudou entre nós. Por coincidência, também decidi desabotoá-la de forma indecente, com a bainha amarrada em um laço na minha cintura.

Estendo a mão.

— Você pode sair dessa árvore, por favor? Está muito longe de mim.

As bochechas de Caleb ficam rosadas, um sorriso de satisfação que ele faz o possível para esconder. Estamos juntos há quase um ano e ele ainda fica corado toda vez que dou a entender que o quero por perto.

— Nós deveríamos descobrir onde está o tesouro escondido.

— É uma pausa rápida.

— Mal começamos, por que você já precisa de um intervalo?

— Estou trabalhando muito duro aqui.

Caleb atende meu pedido com um suspiro fofo, afastando-se da árvore e vindo em minha direção, cruzando a areia. Ele evita a pequena piscina inflável que acho que deveria ser uma espécie de lagoa e o jacaré gigante de plástico saindo dela, com as mandíbulas bem abertas. Algo range, Caleb escorrega e tenho de segurá-lo com as mãos em sua cintura.

Ele me dá um sorriso envergonhado, coçando uma vez atrás da orelha.

— Ah, é difícil se livrar de velhos hábitos.

Eu o abraço pela cintura e o puxo para mim até que seus quadris estejam entre minhas coxas, meu queixo encostado em seu peito enquanto olho para ele.

— Seus velhos e desajeitados hábitos? Odeio ter que dizer, amor, mas você ainda é muito desajeitado.

Seus olhos brilham na luz fraca da sala. O grasnar das gaivotas na trilha sonora é substituído pelo suave barulho das ondas quebrando na praia. Um ukulele em algum lugar ao longe.

Ele passa os dedos pelo meu cabelo e inclina meu rosto para mais perto do seu.

— Acho que você nunca me chamou assim antes.

— Como?

O rubor se intensifica até a ponta de suas orelhas, um vermelho intenso.

Acompanho sua progressão com a ponta de um único dedo. Ele toma minha mão na dele e entrelaça nossos dedos.

— De amor — diz. Ele se inclina para a frente e dá um beijo rápido e provocante em minha boca. — Acho que gostei — admite baixinho.

— Ah, gostou, é?

Ele concorda e abaixa o rosto ainda mais em meu pescoço. Apesar de toda a alegria que Caleb tem em descobrir o que eu gosto e como gosto, ele ainda é um pouco relutante em me deixar fazer o mesmo. Sinto seus dentes raspando logo acima do meu ponto de pulsação e meu corpo inteiro estremece.

— Talvez você possa dizer isso de novo mais tarde, quando eu estiver com a cabeça entre essas lindas pernas.

Um som escapa de mim, algo entre uma risada e um gemido. Eu não teria imaginado isso há um ano, mas Caleb adora provocar. Há poucas coisas de que ele goste mais do que me deixar na expectativa, contente em me desvendar pouco a pouco assim que estamos sozinhos.

Eu me satisfaço com o calor que se instala em minha barriga, com a sensação de Caleb aconchegado em mim. Arranho a pele quente de seus braços e inclino a cabeça mais para trás, incentivando os beijos lentos e fáceis que ele dá em minha clavícula.

— Quer saber por que eu trouxe você aqui?

Murmuro.

— Para se vingar pelo péssimo desempenho da última vez que esteve em um escape room?

Ele balança a cabeça, e aquelas covinhas bonitas em suas bochechas ganham vida quando ele se inclina para trás para sustentar meu olhar. Puxo a camisa dele.

— Já sei, você queria dar uns amassos em cima de um baú do tesouro.

Ele ri.

— Mais ou menos.

Solto uma risada contra o pescoço dele, minhas mãos encostadas em seu peito. Estendo meus dedos ali e sinto o ritmo constante de seus batimentos cardíacos.

Ele nos balança para a frente e para trás, e o material áspero do baú em que estou sentada roça minhas coxas. Mas Caleb é quente e firme contra mim. Ele tem o cheiro das panquecas que queimou no café da manhã e dos morangos com creme que comemos. O lar que fizemos juntos. O espaço que criamos.

— Da última vez que a gente veio aqui, eu queria beijar você e achei que não conseguiria — comenta ele baixinho, com o queixo apoiado no topo da minha cabeça. Ele me abraça apertado. — Eu não achei que… Bom. Que você queria. Nada estava indo como deveria.

Ele foi agredido verbalmente por um dos bombeiros da cidade e depois fisicamente com um pé falso. Mas, mesmo assim, mesmo com tudo que havia dado errado, foi um dos melhores encontros que eu já tive.

— Sempre me esforcei muito para ser exatamente o que as pessoas querem — acrescenta. — Não achei que fosse possível encontrar alguém que me quisesse do jeito que sou. Eu me lembro de estar no canto da sala, olhando para você e esperando.

— Esperando o quê? — pergunto em voz baixa.

— Só… esperando que você me notasse.

Eu o aperto de volta, com uma pressão quente e ardente nos olhos. Aperto até que meus braços tremam com o esforço.

— Eu noto você — digo, com a voz embargada.

Ele se reclina e toma meu rosto entre as mãos. Passa o polegar sobre minha bochecha.

— Eu sei que nota.

— Eu vejo você e amo você — complemento —, cada pedacinho.

Seu sorriso é lento. Começa no canto da boca e vai se abrindo até aparecer todo para mim, torto e adorável. Faz algo dentro de mim se retorcer com força. As peças que ele juntou de novo, onde escreveu o nome dele.

— Eu também queria dar uns amassos em cima de um baú do tesouro — acrescenta.

— Eu sabia. — Solto uma risada assim que ele se inclina para a frente e pega minha boca com a dele. Estamos rindo um contra o outro, bagunçados e perfeitos, até não estarmos mais. A mão de Caleb desce da minha bochecha até meu queixo e ele me agarra ali, inclinando meu rosto do jeito que gosta para que nosso beijo seja mais profundo, mais molhado, mais quente. Abro as pernas para que pressione mais forte contra mim, um som vindo do fundo de sua garganta. Um som rouco que se torna mais profundo quando coloco minha mão entre nós e traço a cintura de sua calça jeans desgastada.

— Espere aí um segundo — sussurro, me inclinando para trás. Caleb me segue, outro beijo ardente que me faz perder a linha de raciocínio. Sua língua desliza contra a minha, e estou a segundos de escalá-lo como ele queria escalar aquela palmeira.

— Espere aí um segundo — repito, a palma das mãos contra seu peito. Ele para na mesma hora, as mãos apertando meus quadris.

— O que foi? — pergunta, parecendo atordoado.

— A sala não tem câmeras? — Olho para a luz fraca nos cantos da sala, procurando por um ponto vermelho piscando. Da última vez que estivemos aqui, Eric disse que estaria observando se precisássemos de ajuda.

— Ah. — Os ombros de Caleb relaxam. — Sim, mas ninguém está vendo.

Eu estreito os olhos.

— Como você sabe?

— Eu sei.

Ele não diz mais nada.

— Por quê?

Ele suspira.

— Porque eu pedi ao Charlie para ir para outra sala e criar uma distração para que eu pudesse ter alguma privacidade com você aqui dentro. — Ele dá de ombros. — Porque eu sabia que provavelmente iria querer dar uns amassos com você em um baú do tesouro.

Solto uma gargalhada.

— Como é que é?

Caleb sorri para mim, parecendo tímido do jeito que só ele consegue. Suas bochechas estão coradas, as covinhas suavizadas, os olhos castanhos brilhando com uma travessura silenciosa.

— Acho que ele está na sala do James Bond. Ele levou o papel bem a sério. Ele e o Alex devem estar trajados a caráter, tenho certeza disso.

— O Alex também está aqui?

Caleb assente.

— Ouvi alguns gritos não faz muito tempo. Estou preocupado com o Eric. — Ele inclina a cabeça enquanto pensa. — Também estou preocupado com o Charlie.

Eu me inclino para cima até conseguir pegar sua boca com a minha de novo. Ele afunda a mão em meu cabelo e me beija. E me beija e me beija até que eu fique tonta com ele e a luz, uma sensação de calor em meu peito. Caleb diz que nunca pensou que encontraria alguém que quisesse todas as partes dele, mas eu nunca pensei que encontraria *isto*. Um homem bom que se esforçasse. Que tentasse todos os dias, de pequenas e grandes maneiras. Que me fizesse sentir que eu valho esse esforço.

— Você é um gênio — sussurro contra sua boca.

Seu sorriso parece o melhor tipo de promessa.

— Só com você, meu bem.

Agradecimentos

AGRADEÇO DO FUNDO do meu coração por você ter acolhido Lovelight com amor. Espero que saiba que isso significa muito para mim.

E eu sei que é difícil me perder para outros mundos durante os meses que passo escrevendo esses livros, mas saiba que as histórias de amor que escrevo só são possíveis por causa do amor que temos e do amor que cultivamos juntos. Nossa pequena família é minha história de amor favorita.

Annie, compartilhar isso com você é o melhor presente. Sou grata por isso, sobretudo neste ano, e por quão altruísta você continua a ser, apesar do seu universo ter sido abalado. Sua capacidade de amar, sua generosidade e sua bondade são o que mais brilha ao seu redor. Espero que você saiba sempre o quanto valorizo você e nossa amizade. Eu a guardo bem no fundo do coração. Há um canto em Lovelight com um jardim esperando, e as flores estão sempre desabrochando.

Sam, seu talento só é superado por sua bondade. Eu valorizo cada uma das obras de arte que você cria para mim e as guardo com carinho.

Britt, foi um prazer trabalhar com você neste projeto. Adorei cada segundo e sou muito grata por seu trabalho, seu grande coração e seu entusiasmo em fazer as coisas rapidamente. Obrigada por ser flexível com um cronograma tão caótico e por sempre me dar o seu melhor.

Sarah, obrigada por segurar minha mão e ouvir minhas mensagens desconexas e por se sentar comigo em bares da cidade enquanto conversamos sobre personagens fictícios. Meu lugar favorito é na poltrona ao seu lado, falando de pessoas, lugares e coisas que só existem em nosso coração e em nossa cabeça.

Adri, sempre haverá bordas de pizza esperando pela Poppy na pizzaria do Matty. Obrigada por me emprestar seu bebê e dá-la ao Caleb.

E, por último, mas não menos importante, um enorme agradecimento a Kelsey e Marisol, por participarem e ajudarem a melhorar esta história. Kelsey, na minha opinião, você é o melhor que o Canadá já exportou. Tem sido incrível ter você em minha vida, e sou grata por isso. Marisol, sua visão deste livro é muito especial para mim, e não tenho como agradecer o suficiente por dedicar seu tempo.

Eu não conseguiria fazer nada disso sem todos vocês. Obrigada por me deixarem contar histórias.

Impresso no Brasil pelo Sistema Cameron da Divisão Gráfica da
DISTRIBUIDORA RECORD DE SERVIÇOS DE IMPRENSA S.A.